大陸當代女性小說研究

陳碧月 著

封面設計：
實踐大學教務處出版組

出 版 心 語

　　近年來，全球數位出版蓄勢待發，美國從事數位出版的業者超過百家，亞洲數位出版的新勢力也正在起飛，諸如日本、中國大陸都方興未艾，而臺灣卻被視為數位出版的處女地，有極大的開發拓展空間。植基於此，本組自民國 93 年 9 月起，即醞釀規劃以數位出版模式，協助本校專任教師致力於學術出版，以激勵本校研究風氣，提昇教學品質及學術水準。

　　在規劃初期，調查得知秀威資訊科技股份有限公司是採行數位印刷模式並做數位少量隨需出版〔POD＝Print on Demand〕（含編印銷售發行）的科技公司，亦為中華民國政府出版品正式授權的 POD 數位處理中心，尤其該公司可提供「免費學術出版」形式，相當符合本組推展數位出版的立意。隨即與秀威公司密集接洽，雙方就數位出版服務要點、數位出版申請作業流程、出版發行合約書以及出版合作備忘錄等相關事宜逐一審慎研擬，歷時 9 個月，至民國 94 年 6 月始告順利簽核公布。

執行迄今，承蒙本校謝董事長孟雄、謝校長宗興、王教務長又鵬、藍教授秀瑋以及秀威公司宋總經理政坤等多位長官給予本組全力的支持與指導，本校諸多教師亦身體力行，主動提供學術專著委由本組協助數位出版，數量近40本，在此一併致上最誠摯的謝意。諸般溫馨滿溢，將是挹注本組持續推展數位出版的最大動力。

本出版團隊由葉立誠組長、王雯珊老師、賴怡勳老師三人為組合，以極其有限的人力，充分發揮高效能的團隊精神，合作無間，各司統籌策劃、協商研擬、視覺設計等職掌，在精益求精的前提下，至望弘揚本校實踐大學的校譽，具體落實出版機能。

實踐大學教務處出版組　謹識

中華民國 100 年 3 月

目　次

第一章　緒論

楊昌年教授在《二十世紀中國新文學史》中談到大陸 90 年代是文化重大轉變的時代，其背景是：

一、市場化進展快速，大眾傳播媒體迅速發展。

二、實用價值被普遍信奉，知識分子以「下海」（改行經商）為時髦之抉擇。

三、受消費文化的擠壓，文學退居文化邊緣。

四、80 年代中消費文化與倫理價值及主流思想間的裂痕不合，現已逐漸彌合。

五、電腦肥皂劇大盛，造成轟動。

六、台、港等的流行文化進入大陸市場，MTV、卡拉 OK、類型電影、流行小說等，以「實用致富」最受歡迎。[1]

大陸自 1976 年擺脫文革陰影，邁入「新時期文學」階段以來，在小說觀念及創作表現上，不斷產生飛躍性的突破。20 世紀 80 年代，是中國大陸現代化剛開始起飛的階段，隨著社會政治和經濟的改革開放，在 80 年代末到 90 年代初發生劇烈的變化——統治了中國將近 40 年的社會主義「計畫經濟體制」向「市場經濟體制」轉型，改革開放的步伐在經濟領域急遽邁開，各個社會文化領域，也順水推舟地被商品經濟意識持續滲透，可看出文化市場對文藝創作的重大影響，而這也順理成章地造就了 90 年代生氣蓬勃又具有開拓意義的文學新向

---

[1] 皮述民、邱燮友、馬森、楊昌年：《二十世紀中國新文學史》，台北：駱駝出版社，1997 年 10 月，頁 494。

度，更新了文學觀念，也擴大了理論視野。90 年代是加速起飛的黃金
關鍵期，鄧小平的改革開放，奠定了大陸的經濟基礎，廣大的市場，
牽引著世界各國的經濟脈動，成為國際體系相當看重的區塊，相對地，
也影響著廣大民眾隨著外在大環境的轉變與對現實生活需求的提昇。

　　沒有任何一個時代的文學敘事像 80、90 年代的中國大陸這樣「在
短暫的歷史過程中歷經如此巨大的變化，敘事表徵的意識形態表象體
系蘊含著異常豐富複雜的歷史內容。」[2]中國大陸 90 年代的時代特徵
是政治、經濟、文化等體制改革、對外開放漸之深入而由其引發的社
會文化的轉型，城市生活發生了前所未有的變化，於是這個階段的文
學呈現出多元的格局。當然也因為 80 年代打下的基礎，所以 90 年代
的女性小說有著生機勃勃的態勢。

　　女性寫作研究，在 20 世紀末的中國進入了一個相對衡定的繁榮
期，然而西方女權思潮的湧入，對大陸女性作家的思想及其寫作的影
響相當重大。1995 年聯合國第四次世界婦女大會在北京召開，使得 90
年代的女性文學寫作在女性主義理論的催發下更添色彩，比如張京媛
在 1992 年出版的《當代女性主義文學批評》首次翻譯介紹「女性寫作」
一詞；還有朱虹的〈美國當前的『婦女文學』〉一文，對「女性意識」
也做了說明；而目前所見的「第二性」、「男性霸權文化」、「女性閱讀」、
「身體寫作」以及「自己的房間」等用詞，便是從那時起開始被評論
文章所使用，這個時期創作、出版、研究乃至國內外的學術研討會如
火如荼相繼召開，代表著中國大陸女性文學理論和創作的發展邁入新
的階段。90 年代以來中國大陸處於轉換方向的時期，而這樣獨放異彩
的文學表現，成為大陸文化界的時代特點之一。

---

[2]　陳曉明：《剩餘的想像：九十年代的文學敘事與文化危機》，北京：華藝出版社，
　　1997 年 7 月，頁 30。

第一節 研究動機

90年代中期，第四次世界婦女大會在中國大陸召開，給中國大陸的女性寫作提供了與世界接軌的機緣及其敞開書寫的機會。還有，全國性的中國當代文學研究會對女性文學思潮的關注，專門設立了女性文學委員會，從1995年到1997年分別舉辦了「女性文學的性質及其在中國當代文壇的地位」、「當代女性文學的本體特徵」、「九十年代女性文學思潮特徵與流向」三場學術研討會，對女性文學的價值目標、女性的命運、角色、位置和屬性，而許多相關叢書的出版，比如《紅罌粟叢書》、《萊曼女性文化書系》、《紅辣椒叢書》等，這些都對90年代的女性文學產生推波助瀾的作用。

在女性文學的風景線上，90年代的女作家大膽地與傳統決裂，樹立屬於自己的一套行為機制，不僅對中國的女性文學是極大的充實，也顯露了女作家思維的深邃以及當代女性文學的無窮潛力。

中國大陸文學在20世紀90年代產生很大的變化，是經濟、生活與文化觀念發生重大變革的時代，文化氛圍也變得寬鬆，隨著改革開放形勢的發展，大陸新時期女性文學獲得輝煌成就。女作家隊伍日益壯大，題材覆蓋面恢宏廣闊，而其長期被掩蓋的女性特徵——包括女性經驗、女性意識、女性心理、女性審美情趣也漸次顯露出來。」[3]女性寫作是90年代最突出的文學現象之一，其女性意識之確立，「是境遇與話語相逢的結果。一方面中國人的解放、社會的轉型必然深入到女性問題深處，兩性關係就成為女性寫作不能迴避的領域。另一方面西方女權主義理論給女性寫作帶來了話語參照，世界婦女經驗的共鳴

---

[3] 盛英：《中國女性文學新探》，山東：中國文聯出版社，1999年9月，頁38。

使西方女性文學作品對中國女作家直接發生激活作用。」[4]女作家由市場開放獲得啟發，其所突出強調的女性經驗，讓女性文學以其成熟的開放、多元的發展為世紀末畫下瑰麗多彩的句點。

　　然而，兩岸歷來研究大陸 90 年代女性小說或作家作品的成果並不豐富，在台灣關於大陸女性小說的學位論文研究多為單一作家的小說研究，研究成績有徐文娟：《嚴歌苓小說主題研究》（1999）、葉如芳：《嚴歌苓的移民女性書寫》（1999）、劉秀美：《大陸新寫實小說研究──以劉恆、方方、池莉及劉震雲作品為主》（2000）、尤美琪：《「黑雨中的腳尖舞」：陳染文本的書寫／閱讀／性別》（2001）、洪士惠：《上海流戀與憂傷書寫──王安憶小說研究（1976～1995）》（2001）、黃淑祺：《王安憶的小說及其敘事美學》（2003）、林怡君：《重繪移民女性：聶華苓與嚴歌苓作品中的華裔美國移動論述》（2003）、林皇杏：《存在主義的側影──嚴歌苓《無出路咖啡館》析論》（2003）、陳振源：《張潔小說之人物研究》（2004）、林佳芬：《王安憶《長恨歌》研究》（2004）、江靜芬：《王安憶小說之女性情誼研究》（2004）、顏瑋瑩：《王安憶長篇小說研究》（2005）、邱綉雯：《「在說中沉默，在沉默中說」：林白小說研究》（2005）、潘雅玲：《王安憶小說中的人物形象》（2005）、張乃心：《方方小說研究》（2006）、林岳伶：《虹影小說研究》（2006）。

　　至於大陸所出版的專書，舉例來說張文紅：《倫理敘事與敘事倫理／90 年代小說的文本實踐》全書近七成舉例談論男作家的作品；陳思和所主編的《中國當代文學史教程》全書共二十二章，其中有三章討論 90 年代的作品，且又以男作家的作品居多；張韌的《新時期文學現象》與陳思和所主編的《新時期文學概說（1978～2000）》來說，前者

---

[4]　陳思和、楊揚編選：《90 年代批評文選》，上海：漢語大辭典出版社，2001 年 1 月，頁 70。

約全書不到三分之一是在討論 90 年代的文學現象，後者則有三分之二以上討論的都是 80 年代的作品；喬以鋼《中國當代女性文學的文化探析》除了 80 年代，也深入到 90 年代的作品介紹，唯一可惜的是引用資料的出處未能註明頁碼，資料不全，也或許礙於篇幅，其所舉例的小說引文不夠充實，讀者恐未能全面理解；程文超《新時期文學的敘事轉型與文學思潮》、管懷國《遲子建藝術世界中的關鍵詞》資料搜羅算是完整，但缺點也是引用資料的來源出處未詳列出頁碼，無法提供研究者完整的參考資料；盛英的《中國女性文學新探》是由她發表於期刊與研討會論文集結而成的單篇論文，雖視野廣闊，具歷史縱深感，但對於小說文本的舉例分析多有重複，且從 80 年代女性小說論起，相對地 90 年代所討論的篇幅也不到一半的分量；其他還有不是從新時期文學整體而論，就是僅僅將 90 年代的女性小說，成為當代女性文學討論的一小部分，因此，就 90 年代的女性小說來說並無法作全面而深入的探究，這是本書的研究動機。

張韌在談到〈九十年代文學的六大模式〉將 90 年代稱為轉型期，因為它不僅僅是時間概念，更為強調時代轉型的意義，經濟變革與歷史轉型期給文學帶來了多方面的價值觀，價值取向必然出現多種多樣的新特點，茲將其簡要分述如下：

第一，多元型態的市場經濟激活了個體與個性、自信與創造力，但市場經濟又召喚了個人物慾的膨脹，輕賤精神價值而向物質金錢與唯我主義傾斜，充滿競爭與各寫各的文學新格局。轉型期價值觀念的迷亂與光怪陸離的誘惑，使文學失落了傳統的理想精神，浮躁、迷惘，唯我中心與無所適從，也給文學蒙上一層缺乏深度與力度的陰影。

第二，人們有勇氣拋棄傳統的重負，但新價值體系還未建立之
　　　前，否定與反叛傳統價值卻使文學的有序變無序，規範變
　　　失範。
第三，轉型期的市場經濟充分確立了商品的地位與價值，但當文
　　　學一旦用商品衡估其價值，金錢至上與享樂主義就會入侵
　　　文學的肌體，崇高被褻瀆，高雅屈從於世俗，通俗降格為
　　　媚俗，終極人生價值的關懷變成個人生存慾望的張揚，文
　　　學的載道功能與傳統倫理價值頓然失色了。[5]

關於以上三點，筆者認為第一、二點其實可以擴大格局將之視為世紀
末的文學特色，比如在 1987 年，台灣解嚴之後，社會結構的巨變，以
及後現代商業文化的影響，一群所謂的「新人類作家」蠢蠢欲動，開
始打破過去的種種禁忌，躁進而積極地表現自我。90 年代台灣小說的
一大特色，便是出現許多以女性情慾、性別跨界及情色頹廢為題材的
作品。其女性小說書寫的主流，包括：書寫女性情慾；呈現女性自戀
而實際的慾望、怨懟與縱情的情色頹廢，對頹廢男性抱以輕蔑，出現
了反異性戀情的傾向；女同志小說對愛慾的歌頌，及其自我追尋；女
性身體與政治權利的角力或交換。很多小說主題呈現了包括感官經
驗、情色慾望、頹蕩情調等，在在顯示出世紀末台北的社會各階層人
物的都會生活和人間世態，突顯了對「世紀末」特徵的展示。對岸的
文學現象和台灣「世紀末」的特徵有相似的走向。

　　至於第三點，筆者認為應該還是要顧及全面去考量，如果以偏概
全，看到的只是少數新新人類作家的作品，就無法客觀地作出評斷，
因為還是有不少關懷的主題文學，堅持純正，追求真善美，在文學的

---

[5]　張韌：《新時期文學現象》，北京：文化藝術出版社，1998 年 2 月，頁 181-182。

載道功能上發揮作用，這一點在本書以下的章節中將會有所討論。誠如張文紅所言：「對 90 年代小說的藝術反思，不但要從歷史哲學、文學社會生長語境和其自身發展規律出發，而且必須與個人自由主義敘事倫理和消解深度、雅俗合流的文化精神統一觀照才能得出較為客觀的判斷。」[6]

《五四時期與新時期大陸女性婚戀小說之女性意識研究》是筆者於 2001 年所完成的博士論文，筆者致力於女性文學研究已有相當長的時間，有感於上個世紀的 90 年代是大陸女性文學相當重要的時期，而 90 年代的女性小說又是在中國當代女性文學史上占著如此重要的地位，但當今卻沒有一本專書是在評論探究 90 年代的女性小說。因此，筆者為了延續過去對女性小說的研究，於是更有了興起撰寫本書的意圖。

第二節　研究方法與目的

本書因研究作品範圍涵蓋整個 90 年代，女作家為數眾多，小說數量也是驚人，面對這麼多題材豐富的作品，想要全面論述所有女作家的小說實非易事，本書大抵以在當代小說史上具有代表性，曾引起廣泛討論與評論的作品為討論對象。在取材方面，本書以作家發表於 90 年代的長、中、短篇小說為主，但在歷史階段的發展中，如有必要，將擷取 80 年代的代表作和新世紀的相關作品，連帶評述，以明其沿承。

---

[6] 張文紅：《倫理敘事與敘事倫理／90 年代小說的文本實踐》，北京：社會科學文獻出版社，2006 年 1 月，頁 269。

　　本文取樣的範圍，除了台灣出版界出版的大陸當代作家作品集與相關評論外，還有台灣研究機構與大陸方面盡可能蒐集到的作家叢書、文集與相關論著評論。

　　喬以鋼說，面對 90 年代女性文學的熱烈景象，她認為背後隱藏著深刻的矛盾：「一方面，女性從長期受壓抑、處於近乎失語的狀態到在思想文化革命的春潮湧動中浮出地表，無疑值得肯定；而另一方面，女性創作究竟是在什麼樣的意義上進入社會文化領域，以何種意味被承認、被關注，其間傳媒宣傳中的商業炒作成分的混雜起著怎樣的作用等，又大可深思。90 年代後期，女性的文學實踐仍在繼續，世紀末之時又以較之先前更為突出的個性化姿態出現，其文化反叛的意味也更為濃厚。」[7]喬以鋼在這裡所提示的問題是很值得深入討論的，比如媒體傳播的宣傳炒作對作品的影響，還有，世紀末的小說所出現的文化反叛，都是本書要討論的範圍。

　　確定研究範圍後，先定義「女性小說」，大陸女評論家吳宗蕙的《女作家筆下的女性形象》將眾說紛紜的女性文學的意見，大致分為三種，這是較為清晰簡單且容易了解的分法。

　　第一種是所有以女性生活命運為題材的作品，包括男性作家的女性題材的創作，這是「廣義」的女性文學。

　　第二種是女作家寫女性的作品，即以女性的眼光，女性的切身體驗，女性的表現方式，專注於女性形象的塑造和女性命運的思索，尋求女性徹底解放的道路，這是「狹義」的女性文學。

　　第三種是女性作家的全部作品，包括女性作家女性題材的創作和社會歷史題材的創作，即女性作家同時面向兩個世界──自我世界和

---

[7]　喬以鋼：《中國當代女性文學的文化探析》，北京：北京大學出版社，2006 年 12 月，頁 54。

外部世界的全部創作。即使取材於社會生活和歷史事件，因為創作視角來自女性，浸滲於作品中的是女性意識，作品中的女性形象必然融含著女性作家對其命運的特殊關注和思考。[8]

　　吳宗蕙認為：「只要是出自女作家手筆，就具有女性文學的特性，就會真切地表現女性的面貌與心理，表現作家的女性主體意識和對女性解放的獨立思考。」[9]的確，作家的性別差異，絕對影響作品所展現的自我意識。女人看女人和男人看女人，在主體意識上所呈現的特性就有所不同。本書將從吳宗蕙《女作家筆下的女性形象》中的第三種意見的角度，即女性作家的全部作品，作為論述的方向。

　　下一步，則將出生於 50 年代、60 年代和 70 年代的知名重要的女作家共 28 位，發表於 90 年代的代表小說家加以整理，作為本書研究基礎。其次，對於材料中的研究對象，包括作家與作品，則是審慎地了解其作品的形成背景及其內容特色，並著重關注在女性解放思想的轉變。最後，將上述的小說加以分類，以呈現整體女性小說所表現的書寫類型、內容題材、思想與風格以及表現手法，以及女性不同的形象、意識及其意義。

　　透過小說的整理、分析、比較與歸納，期待能讓讀者更清晰而完整地了解 20 世紀 90 年代大陸女性小說的特質，且更能突顯該時期女性小說的意義和價值，藉以充實女性文學的研究。

　　此外要先提出來說明的是，本文所探究的女性小說家，多數都不願承認自己是女權主義者，也不太願意承認自己的小說受到其理論的影響，因為中國大陸的人文環境和經濟基礎並不是說變就變的，所以

---

[8]　吳宗蕙：《女作家筆下的女性形象》，北京：首都師範大學出版社，1995 年 11 月，頁 1。

[9]　吳宗蕙：《女作家筆下的女性形象》，頁 2。

當評論家站在女權主義的角度去評析她們的小說，其實她們是很不以為然的；所以，本論文並不打算從女性主義的角度去討論，而是針對其作品所流露的真摯的女性特質去探究。

總括言之，本書意圖經由小說文本的分析、討論與論述，能為90年代女性小說的梳理和總結作出些許貢獻。

當然，我們並不能漠視在80年代末至90年代，市場經濟發展對文學產生重大的影響，再加上，西方女性主義文學思潮的影響已從批評界進入創作領域，女作家在從事小說創作時，會自覺與不自覺地受到西方女性主義理論的影響，像高度西方化的陳染、林白、遲子建和徐坤，並不否認自己受到西方女權主義風潮影響的作家，本書在進行她們的小說文本分析時，也會論及剖析。

張岩冰在《女權主義文論》中提到，中國的「女權主義文論」完全可以命名為「我們自己的女權主義文論」，其表現在兩個方面：一是，它是一種女性的目光，也就是女性的「自己」，中國女性已意識到了自己的存在，開始書寫自己；其二，它又是一種中國特色的理論，即民族的「自己」，這種批評和體驗「來自她們對中國社會的認知，來自她們在中國這塊土地上切身體驗到的東西，而不是來自對西方女權主義教條主義的生搬硬套，不是借他人的酒杯，澆自己的塊壘。」[10]的確，其實中國大陸社會的現代性，本來就存在著西方文化視角所無法解釋或理解的多變與複雜。

本書的研究將兼顧兩個層面，一是女權主義理論對當代中國女性文學的影響，但要摒除過去生搬硬套的研究缺失；二是實事求是，從作家的個性和作品的複雜面去欣賞小說的價值意義。

---

[10]　張岩冰：《女權主義文論》，山東：山東教育出版社，1998年，頁217。

　　本書在考察 90 年代的女性小說時，預定不僅從女性的立場出發，還要結合文化和性別的視角，以揭示其文化蘊涵與精神實質，期望可以扣合當代女性文學與文化、性別研究，深化讀者對 90 年代的女性小說的認識，並肯定其價值。

　　期待經由本書的研析，能夠達到以下四個目的：

一、增進讀者對大陸當代女性小說的了解，提供對女性文學研究者相關研究資料。

二、以本書寫作為中介釐清現實女性內涵的複雜性，為了女性文學探索女性發展提供空間。

三、了解大陸性別文化的歷史演進過程、女性文化建構階段性。

四、從當代的女性小說中的傳續與變化之跡，接續中國當代女性文學史的發展脈絡。

第二章　作家背景及其書寫議題

　　90 年代大陸女性文學擁有三代同堂、實力雄厚的作家隊伍，前輩更上一層展現實力，新銳也在脫穎而出時展翅，她們都注入自己的聲音，呈現出一種眾聲喧嘩的格局，產生了足以代表該潮流的作家作品，將大陸女性文學推進到一個新的局面。

　　本書所研究的作家依其出生的年代，共分為三支強大的隊伍，將於本章第一節分三個子題介紹；而第二節將分論其書寫的類型。

第一節　作家背景

一、「50 代」

　　第一支隊伍是出生於 50 年代的女作家，簡稱「50 代」，這一代是與共和國一同成長的女作家和知青女作家，除了出生於 1937 年的張潔，1949 年的殷慧芬外，像張抗抗、范小青、畢淑敏、王安憶、方方、黃蓓佳、鐵凝、池莉、陳丹燕和張欣都是這個年齡階層。

　　50 年代出生的一代，是青少年時期經歷過文化大革命的激情時代，這一代承前啟後的女作家，是 90 年代女性小說創作的中堅力量。她們的作品在 80 年代時，可看成是女性寫作的青澀的少女時期，對男性滿懷期待，充滿理想主義；但進入 90 年代後，我們見到她們生命的蟬蛻過程，這些女作家群的作品不斷湧出地平線，並對男性主導

文化形成極大的內部文化衝擊與外部思潮默化，在現實的文化和生存環境的歷練，她們更能認清事實、面對現實，其女性的自我意識逐漸成熟。

王安憶、鐵凝和張欣在作品中逼視男性的文化傳統，不但獨立思考，同時也重新確認女性的價值；方方和池莉用平民意識關注世俗階層的現實生存狀態，描寫他們在物慾壓抑下的生存困境和精神苦悶；范小青以宏闊的生活追尋歷史，取代 80 年代到 90 年代以人物命運為主軸的故事；張潔和張抗抗的觸角也已經從原本的單純真情的浪漫主義情調，變為複雜直言披露人性的後現代派；張潔從對男性提出挑戰，到正視女性自身的問題，努力尋求女性解放的真正目的，張抗抗也認定女性只有看透自己，才能看透世界的真實，才能掌握自己的命運。

她們皆從淡淡哀傷的主觀抒發，變為辛辣幽默的冷峻審視，在一定程度上達到了對女性文化反思的深度，故可將之視為「熟女期」，這一期「主要致力於從傳統的『宏大敘事』向『個人寫作』、從男權話語的侵蝕狀態向具有獨立意向的女性話語的艱難過渡。」[1]但也還不算全面且徹底地清理傳統以來的在女性意識上的污染。

其實，從 80 年代中後期以來，這批「50 代」女作家已經開始對女性的自然存在與社會存在進行深入思考，還有女權主義思潮的影響，以及當時社會轉型期的寬鬆的社會意識環境，都為 90 年代的女性文學的成長提供最佳的歷史機遇，也可見女性解放所涵容的精神內質以及女性精神自由的拓展。

---

[1]　李有亮：《給男人命名──20 世紀女性文學中男權批判意識的流變》，北京：社會科學文獻出版社，2005 年 5 月，頁 249。

二、「60 代」

　　第二支隊伍是出生於 60 年代的女作家，簡稱「60 代」，這一代是來自學院 50 年代末、60 年代初出生的一批女作家，包括陳染、須蘭、海男、徐坤、虹影、唐穎和遲子建，另外，也將出生於 50 年代末的林白、蔣子丹、嚴歌苓、張梅和徐小斌歸入「60 代」。

　　「60 代」所處的時代現實矛盾是，她們雖然沒有直接遭受文化大革命的政治權威迫害，但是，傳統的男權社會的壓迫，還是透過她們母輩的人生，在她們的成長留下傷痕；在她們的成長經歷中，還迎接滾滾而來的商品大潮，在社會急遽轉型中，原本傳統裡美好的事物逐漸式微，在個人不同的體驗中，不願面對現實的她們，便以孤傲的姿態走進她們的房間，抒寫自己成長中的傷感與蒼涼的回憶，誠如冉小平所言：「新生代女作家關注自身並非完全理性自覺地革新女性文學，而是特殊時代的出身與經歷所導致的創作態度自然的遇合，因而，其意義不可忽視，同時亦需從更高的理性層面冷靜審視。」[2]

　　「60 代」的作品有其獨特性和另類性，關注自身的成長經驗與性別經驗，為了彰顯女性自我和群體而書寫身體，讓身體自由地發聲，具有反傳統性別秩序的意義；也有著對男性的失望、有「戀父」的期待、「弒父」的掙扎；還有對女女同性情誼的認同矛盾與期待，可將之視為「更年期」。

　　這一群作家「開始實現對 80 年代女性寫作的整體超越，這集中表現在她們充分的性別自覺：她們整體脫離了此前女性難以擺脫的傳統的『宏大敘事』的束縛，她們不再滯留於男女之間時緊時緩的兩性戰

---

[2]　冉小平：〈從書寫身體到身體書寫──二十世紀 90 年代新生代女作家創作漫論〉，《二十一世紀》網絡版，總第 15 期，2003 年 6 月。

爭中艱難分辨自己作為『女性』的特質和內涵，現在，她們直接越過了男性對女性的命名特權，而對女性的性別存在予以了一次相當徹底的自我體驗、自我詮釋和自我確認；甚至，她們在獲得了充足的性別自信後，對男性實施了一次空前的『放逐』行動。」[3]在這一支隊伍的作家筆下，當然找不到對男人的「仰視」，男人的特權少得可憐，當她們發現男人無法給女人所渴望的忠誠、關愛、堅強與寬容時，她們無法與男人平等「對視」，決定對男權放逐，以「俯視」看待男性。從社會層面自覺或不自覺地走向個人的心理層面，也開始切入人性的深度的視點立場敘述人物，從哲理性的層面去探求生命的意義及人的本質。

「60代」的女性作家的主體意識相當強，不會隨便去認同某種集體意識，她們看中的是個人的不可替代的審美優勢，她們不會像70年代出生的女作家那樣專注於狹隘的經驗空間，以及過度迷戀自己的生命體驗，她們有她們特有的靈性。因此，我們見到進入90年代，陳染等為代表的一批女作家「以邊緣化敘事向男權文化發起更為猛烈的衝擊。就中國文學與精神分析的關係史而言，陳染的意義也許最為引人矚目，因為她不僅僅對自己與精神分析的聯繫津津樂道，不僅僅將性驅力的揭示由異性之戀開掘到了同性之戀與自戀的深度，她還是第一個自覺地以女性作家的身分與意識來領會運用精神分析，從而真正將精神分析與性別意識結合了起來。」[4]「60代」作家在強化內視，集中表現女性獨異的身心感覺的確有相當大的突破。

---

[3]　李有亮：《給男人命名——20世紀女性文學中男權批判意識的流變》，北京：社會科學文獻出版社，2005年5月，頁249。

[4]　張浩：《書寫與重塑——20世紀中國女性文學的精神分析闡釋》，北京：北京語言大學出版社，2006年12月，頁204。

　　每一位作家的出生與經歷，還有現實生活構成其獨特的創作。「60代」的作家注重成長中的個人記憶，並從個人命運的起承轉合尋找時代與社會的聯繫，在傳統與現代、中心與邊緣、和兩性對立的二元關係進行抗爭，她們珍惜得來不易的「自己的房間」，並以前衛的性別突破意識和封閉式的生存方式，寫出了她們內省的姿態，她們關注自我，側重理智、理性，注重意識層面，力圖通過自己的眼光，認識自己的軀體，找回丟失的自我。

　　「60代」的「私人化」、「自敘傳」的主觀體驗色彩書寫給文壇帶來的影響，遠不僅在個性寫作這個層面，這種「個人化」的敘述，儘管有其侷限，但也構成了文學審視的一個獨特視角。戴錦華就認為90年代作家的個人化寫作的意義有從個人的觀點、角度切入歷史和自傳意義兩個層面，對其文化意義與美學意義作了某種肯定。[5]

　　另外要提的是，虹影和嚴歌苓這兩位海外華文女作家，她們透過人性的體驗與關懷，從而尋求文化身分的認同，從所處多重文化衝撞的視角切入，建構女性主體構成的文化內涵，一反男性文學重在開拓外部世界的趨向，從其性別角度對女性的生存方式、複雜的處境、精神的流動與民族的邊緣，展現了屬於華文作家的女性生命體驗和性別姿態。

三、「70代」

　　第三支隊伍是出生於70年代的女作家，簡稱「70代」。「70代」作家和「60代」作家一樣，在新時期思想解放的環境中，受到女權主

---

[5]　戴錦華：《猶在鏡中──戴錦華訪談錄》，北京：知識出版社，1999年6月，頁204。

義和後現代思潮的影響，迅速成長，造成她們多重的文化背景。但是，「70代」作家沒有建國經驗與文革經驗，所以，她們的成長中，沒有傷痕的概念；她們擁有的是改革開放的經驗，這個經驗造就她們鮮明的個人風格，歷史社會問題早就不是她們所反思的關注範圍，她們享受著現代都市文明，對當下風潮的反應慾望，大過於共和國歷史所帶給人的沉重回憶。

「70代」作家享受著現代都市文明，一出生就處於喧囂與慾望之中，在物慾中掙扎和本能的慾望成了她們的一切，隨時準備尋找擴張與宣洩的途徑。

她們以「擴張」的姿態呈現其風景，不同於「60代」作家有著傷痕的概念而表現「內省」的姿態，這是因為兩代作家所處的時代環境、成長背景與個人體驗的不同。

「70代」作家有衛慧、棉棉、周潔茹、魏微等，在這一批新生代的所謂的「美女作家」身上，我們見到她們的創作不斷地隨著社會的變動而變動，她們「用瘋狂、玩世不恭、我行我素的筆觸駕馭著都市裡的孤獨、衝動、叛逆、墮落、隱私、慾望，這些有賣點的題材。她們把自己生命成長過程中，本該最隱晦的祕密毫不遮掩地展現在人們面前。她們不再欲說還休，不再被動地承受某種別無選擇的生活方式，不再以男人的目光為意，她們無論在經濟上，還是心理上都更為獨立，面對壓力、競爭和男人，她們能更沉著有力地用身心去應對和搏擊，她們給這座城市賦予了更多人性的渴望。新人類對生活極端個人化的選擇和真誠的袒露決定了這些文本的另類性質。」[6]衛慧等人的小說即是在這樣全球商業化的氛圍下出爐的。棉棉所以與衛慧並稱，在於其小說同樣涉

---

[6]　任靜：〈海派女作家的流變軌跡與內在差異〉，《南京工業職業技術學院學報》，第 6 卷第 1 期，2006 年 3 月，頁 45。

及都會女性的私密生活，然其作品的真實誠懇，集中反映社會時代問題，意境雖然灰暗卻富激情，不同於衛慧的炫燿華美。「衛慧的文字把握能力，棉棉似乎在精神分化上要深刻一些，她們在身體寫作的旗幟下，個人的才華是值得肯定的，每個人特點的不一樣尤為難得。」[7]

　　她們的作品，褒貶皆有，在文學界引起極大的反響，學界有一批人對「身體寫作」這一股思潮，基本上，採取否定態度──創作視野極度狹窄、社會責任感嚴重喪失和審美低俗化，他們認為寫身體、性本無可厚非，關鍵是身體寫作者群的態度不正確，她們採取「玩賞」的態度去鋪陳吃喝睡性交等，其對待男女兩性的性別偏見依然是傳統的。[8]這些「另類作家」、「文學新人類」作品所呈現的精神空間的大膽是前所未有的，正因為如此的激進，因此貶抑的聲音可想而知；但卻不可漠視她們的作品的存在價值，從她們的出版成績來看，比如長篇小說《糖》在歐美等十幾個國家出版；《上海寶貝》出版了三十四種語言，四十八個國家。在十一個國家上過排行榜前十名，其中在日本、新加坡、愛爾蘭、阿根廷、香港曾是第一名。有關其正反面評價的爭議將於下一章的第三節詳細說明。

　　這些晚生代作家的人生觀是以自我為中心，她們把寫作當作時尚，所以注重包裝，著重感性物質，她們清楚在那個商業的時代氛圍中，要嶄露頭角就必須創新，她們不再像前輩們只是停留在心理建構，而是「同時突出了『性別』的經濟結構、突出了自我意識生成的『物質』的基礎。」[9]她們的作品很自我，常常以激進的態度反傳統，

---

[7]　管興平：〈頹廢・偷窺・慾望──棉棉《糖》、九丹《烏鴉》、衛慧《我的禪》評析〉，《沙洋師範高等專科學校學報》，第 3 期，2006 年 2 月，頁 42。

[8]　林樹明：〈關於身體寫作〉，《文藝爭鳴》，第 5 期，2004 年。

[9]　于東曄：《女性視域：西方女性主義與中國文學女性話語》，北京：中國社會科學出版社，2006 年 9 月，頁 146-147。

力求另類的刻意表現，文本中所暴露的活著沒勁的情緒，呈現出一種危機。

在現代消費文化興起的時代語境中，漸漸地遷移了女性寫作的價值，似乎也有著對男性中心文化傳統回歸的傾向，因為她們的性別意識有一種迎合男性的自覺。但是，這些刻意標榜個性化的寫作，她們的風格卻很相似，可見真正要做到個性化是不容易的。對於陳染、林白們所堅守的精神理念棄之不顧，「幾乎全面傾向於『行為藝術』的極端，但其本身同樣構成了對男權傳統的特殊的解構力量。」[10]在女性解放的意義上，「70 代」的女性寫作就是與男性爭奪慾望的權力，並由此淪入一種後現代的精神迷戀。這使她們的寫作在客觀上具有了某種精神探險的特殊意義。[11]「70 代」作家筆下的情愛所追求僅僅是一種隨意的自由散合，因其狂暴本能和慾望都急待宣洩，兩性間沒有責任負擔，更不在意付出或擁有，其所在意的是個人的慾望與願望的實現。她們的寫作得到了極大的自由和解放，因為在那個浮躁和解構的年代，要進入沉靜的內省是不可能的。

「70 代」作家的作品充斥著「無根狀態」，周潔茹《小妖的網》裡年輕漂亮的茹茹在辭去公職的同時，也等於和家庭關係陷入冰點，在那樣的家人決裂和身心俱疲的邊緣，網絡提供茹茹找到與現實迥異的另一種生存空間。在網路的虛擬世界裡有太多和她一樣茫然的青年男女，聊天室和 BBS 成為他們宣洩苦悶和慾望的自由空間，他們渴望在那個空間裡尋找解放的宣洩。

再以衛慧的小說來說，從《上海寶貝》、《水中的處女》、《愈夜愈美麗》到《蝴蝶的尖叫》、《慾望手槍》、《黑夜溫柔》不都充斥著大都

10　李有亮：《給男人命名——20 世紀女性文學中男權批判意識的流變》，頁 249。
11　李有亮：《給男人命名——20 世紀女性文學中男權批判意識的流變》，頁 316。

市的喧囂與曖昧氣息，坦率而直接。她們覺得心靈層次的審視探索過於沉重，在她們所處的那樣一個 SARS 不期而至、海嘯突如其來、恐怖攻擊迅雷不及掩耳的年代，她們認為生理的需要與宣洩、聲光、酒精與毒品、痛感與快感的及時行樂，才是重要的。所以，她們作品中的意象簡潔明快，單從小說題名便可見出。

總之，「70 代」作家的另類寫作，的確為 90 年代以來的大陸女性文學增添了一道新的風景線，也在女性文學發展史上，占有一席之地。

90 年代的小說藝術風貌是多姿多彩的，池莉著重日常的生活性去關注女性的生活；王安憶以女性特有的情感記憶，解構並重寫女性的歷史敘事；陳染、林白和海男以絕對的女性個人體驗，表達純粹的女性內心；徐小斌和蔣子丹從歷史神話探究女性的生存意義，以表達其生存感受；嚴歌苓和虹影在海外用華文寫女性的文化思維與命運；張欣直接表達當代女性在商業社會的生活方式，及其所迎接的挑戰和變化；衛慧和棉棉以其任性和擴張的墮落姿態，顛覆或滿足男權社會或自我的需要。

第二節　獨特的書寫議題

一、私人書寫

在 90 年代異彩紛呈的女性文化語境中，個人化的「私人」寫作沛然興起，成為相當引人注目的文學現象。女作家把過去男權中心所避諱談論，或者說是無法言說的女性私人經驗——女性的個體生存經驗、情感經驗、生命經驗、身體經驗、性經驗——帶到了開放的公共

空間，於是，女性「私語」的寫作有別於其「公共話語」而崛起，企圖顛覆並破解傳統的男性神話，與其建構的政治權威，是截然不同於80 年代僅僅只是性別自覺的主題。

近年來對於女性寫作來說，文化大革命的歷史劫難，留給 60 年代出生的女作家對於「文革記憶」所起的敘事資源，她們以她們的童年記憶，去書寫「文革記憶」並著力在寫青春的騷動和迷惘，而不是慘烈的場景。她們的作品比前輩作家更趨多元化發展，她們以個人寫作的不可替代的強烈的主體意識，去尋找自身的審美優勢，比如林白的靈性，陳染的孤絕。這種無名狀態下的「個人化寫作」，探索的是女性生存的理想空間，從公共空間走向私人空間，強調的是個人日常生活的經驗、感情世界及身體肉慾的各種感受，這種寫作思潮，相當有力地創造了女性意識的審美意境。

其實早在 80 年代的女性小說中，我們很能見出作家有意讓筆下的女性走出閨閣，參與社會，以求表達自己的權利，實現自我，比如知青作家王安憶就已經開始創立獨特的個人敘事風格，她的〈兄弟們〉和張潔的〈方舟〉都對同性情結有所描寫；而 90 年代的私人化寫作中，更是集中敘述同性姐妹情誼的多面呈現與複雜糾葛──「如果說在張潔、鐵凝等人的小說文本中，女性作家一直是在某種社會政治的歷史背景下講述著她們的女性經驗女性故事的話，那麼在林白、陳染的小說文本中，講述的卻是一種極為純粹的幾乎與社會、政治不發生什麼聯繫的女性經驗和女性故事。」[12]80 年代中後期至 90 年代的女作家，不同於 80 年代前期的女作家比較關注在社會層面的問題，她們更加注重的是在個人，包括生活體驗和生命意識的表現。

---

[12] 張浩：《書寫與重塑──20 世紀中國女性文學的精神分析闡釋》，北京：北京語言大學出版社，2006 年 12 月，頁 206。

　　90 年代中期以後，陳染、林白等女作家們努力往內在找尋自我，某些層面是拒絕參與社會的，她們強化的是個人視點，她們用自己獨特的方式去表達面對現實的情感和態度，進而履行自己對時代的責任。陳染在接受荒林訪談時說：「到今天，張潔的任務已經完成了，參與社會的意義已經實現了。那麼，今天的我有權力不介入社會，這也應該是一種解放！」[13]

　　徐坤將 90 年代女性對自己身體的解放，稱之為女性的「第三次解放」：「一個相對平等、進步的社會機制和相對發達的電腦資訊化網絡的建立，使女性有權利更加自主地選擇自己的生存方式，無論是選擇婚姻、獨居還是離異，也無論是出外做工還是選擇滯留家裡，不會有體制上的壓力和公共道德輿論上的指涉。只有在這個時候，『身體』的問題才會被提到認識層面上來，遭受湮滅的性別才得以復甦，女人對自己身體的認識慾望於是格外強烈。她們不必再如以往一樣借男權之眼為鏡，在那面哈哈鏡中反觀自己，而是力圖通過女人自己的目光，自己認識自己的軀體，正視並以新奇的目光重新發現和鑑賞自己的身體，重新發現和找回女性丟失和被湮滅的自我。」[14]女性獨特的身體經驗，在 90 年代空前的自由空間中，鬆動了傳統的男性權利的話語，讓她們擁有不同於男性的得天獨厚的優勢，讓女性得以在此鬆動的空隙中，對自身身體產生關注，她們從書寫自己的身體出發，所爭取的是軀體覺醒後，在性別歷史上「說話」的文化權利；所著眼的是女性自我的重新發現。

---

[13] 荒林：〈文本內外：陳染訪談〉，《花朵的勇氣：中國當代文學文化的女性主義批評》，北京：九州出版社，2004 年 10 月，頁 218。

[14] 徐坤：《雙調夜行船──九十年代的女性寫作》，太原：山西教育出版社，1999 年 3 月，頁 17。

　　喬以鋼認為 90 年代女性文學最引人注目的現象「或可說是『私人生活』成為女性寫作的重要資源和表現對象。此類創作取材於女性私人生活空間，多以女性自傳或準自傳的方式抒寫女性獨有的隱密生活體驗。由於它大膽的敘述內容、新穎的敘事視角中所體現的對女性『性』經歷和體驗的特別關注……有人著眼於文本中性描寫從道德上給予負面評價，也有人強調其對男性邏各斯中心主義的衝擊以及對女性解放的積極影響。……毋庸置疑……強調女性『軀體』無疑是爭取女性話語權的一個有效手段。」[15]陳染、林白等女性作家的作品，向來被視為「個人化寫作」的「私小說」，她們被評論界認為是開啟女性自傳體文學領域，抗拒主流規範的超前性的代表作家。

　　吳曉晨讚譽陳染「是首批以個人化的私語狀態開始創作的女作家之一，這無疑是女性寫作的一大歷史性突破，這標誌著中國女性作家，開始有意識地擺脫男性話語權力中心，開始朝著個人化方向發展，而這一轉變的背後實則有著一把無形的鎖，它試圖鎖住女性作家獨有的感悟生命的創作方式與能力，於是為了重新從自我出發打開永恆之鎖，女性開始了獨特的自我思索以獲取寫作的話語建構，其策略之一便是退回女性之軀，直視自我。」[16]

　　陳染作為晚生代的一員，從發表〈與往事乾杯〉、〈破開〉到《私人生活》，她的作品大膽探索現代人的生存困境、性愛生活，以強烈的女性意識，不懈的探索精神，對所謂的理想存有疑慮，所以反映在作品裡的是個人對世俗的反叛，把女性獨有的複雜的心理狀態與情慾地

---

[15]　喬以鋼：《多彩的旋律──中國女性文學主題研究》，天津：南開大學出版社，2000 年 1 月，頁 134。

[16]　吳曉晨：〈論陳染的女性自覺寫作〉，《延安大學學報》（社會科學版），第 3 期，2003 年，頁 108。

帶，還有人性幽微的黑暗面表現出來；而林白《一個人的戰爭》被稱為「反文化」的「超道德」寫作，因為文本中有相當令人訝異的鮮明的女性立場和個人話語，傳達一個女性自我成長經歷，將女性的私人隱密體驗，透過內心獨白小說體式進行了大膽而有效益的挖掘。

　　葛紅兵曾在〈身體寫作及其審美效應：世紀末中國的審美處境〉指出，出生於 60 年代，而在 90 年代湧上文壇的作家，這些新生代共同的思想背景與經歷就是：「他們都是站立在激情主義的廢墟上，60 年代的政治激情本身沒有太大地影響他們，但是 70 年代中後期『政治激情的廢墟卻成了他們成長的共同背景，在他們的成長中激情、理想、正義……統統成了貶義詞，他們失去了對這些正面詞彙的理解力。』而 80 年代『新啟蒙的時代大潮給了他們一顆追求個人自由、追求人性解放的心，因而可以說他們這一代是非理想主義時代的理想主義者。』」[17]對陳染而言童年時代父母的婚變，是比當時的政治與社會背景的影響更為巨大的。

　　陳染在一次訪談中說：「我十八歲時，父母離婚，這在當時是件很稀罕的事，不像現在。……我以三分之差沒有考上大學，和母親借住在一個廢棄的寺廟裡，一住就是四年半。當時我沒覺得多麼不好，現在回想起來，覺得對於一個正在對世界充滿好奇的少女來說，是件很殘酷的事。」[18]於是，我們見到陳染筆下對人物破碎家庭與父母分居的安排，還見到「尼姑庵」成為陳染小說裡頻繁演出的場景，而且也見到作者把她的孤獨寫入小說裡。而在陳染《斷片殘簡》的隨筆集裡，也能讀到作家的個人經歷和小說中人物背景的重疊。作家存在的背景

---

[17] 葛紅兵：〈身體寫作及其審美效應：世紀末中國的審美處境〉，「葛紅兵個人網站」──http://www.xiaoyan.com，2004 年 6 月 6 日。
[18] 陳染：〈我的成長〉，《不可言說》，北京：作家出版社，2000 年 5 月，頁 220。

環境，所反映自身的社會現實生活的錯綜關係，表現在其作品中，便呈現出屬於自己的主觀特徵。她勇敢地暴露所體驗和感受的生存痛苦，記錄青春成長的創傷──那些沒有歸依感的人物，破碎的家庭、受父親摧殘以及對父愛的渴望，而在男性長者或男性權威者的身上去尋找父親的影子；還有母愛的不足，而對同性產生微妙的情愫與情感糾葛。

　　于東曄在《女性視域：西方女性主義與中國文學女性話語》中提到：90 年代，經歷了 80 年代「個性解放」的衝擊，加之社會價值多元化和文學邊緣化所帶來的意識形態的寬鬆，更主要的，是西方女性主義文學理論的譯介，給中國女性的寫作帶來了理論上的自覺，女性的自我和主體意識得到了頑強的生長，表現在敘述話語上，最突出的就是同故事中主觀色彩最強的自我故事也就是「自敘體」形式的運用。[19]但陳染卻表示她不太同意「自敘體」這種說法：「我喜歡用第一人稱寫作，但這並不能說明我的小說完全是我個人生活的『自敘』。人們是以兩種（或兩種以上）的方式經歷現實的，有的是真實的經歷，而更多的是心理的經歷。……如果談到真實性的存在這一問題，那麼我的小說最具有真實性質的東西，就是我在每一篇小說中都滲透著我在某一階段的人生態度、心理狀態。而其他的都是可以臆想、偽造、虛構的。」[20]陳染以「私語」形式去處理屬於她自己的女性書寫，把她們的生活體驗，以第一人身──「我」真實披露，貼近讀者的靈魂。

　　至於林白呢？在她的散文〈流水林白〉裡可以見到作家自述她個人的成長經歷與《一個人的戰爭》裡的林多米的遭遇相似。在〈內心

---

[19] 于東曄：《女性視域：西方女性主義與中國文學女性話語》，北京：中國社會科學出版社，2006 年 9 月，頁 235。

[20] 陳染：〈個人即政治〉，《不可言說》，北京：作家出版社，2000 年 5 月，頁 193。

的故鄉〉中林白說：「我出生在一個邊遠省分的小鎮上，三歲喪父，母親常年不在家。我經歷了飢餓和失學，七歲開始獨自生活，一個人面對這個世界，對我來說，這個世界幾乎就是一塊專門砸向我胸口的石頭，它的冰冷、堅硬和黑暗，我很早就領教過了。」[21]所以林白並不諱言《一個人的戰爭》的自傳成分是很強的。

周冰心在談到這些半自傳性的私小說時說：「對女性個人隱私情感故事和性經歷的大膽呈現而橫空出世。她們重新確定了在『新時期』文學中女性的社會地位，粉碎了過去一切既定的文化空間，以極度張揚大膽的『性』別加入到歷史的新社群裡，重新詮釋了女性『個人』的生存狀態，顯示出與歷史主流的自我『脫軌』，並提供了一個新的文化視野，表現出對日常生活的關切度與對世俗關懷的強烈要求，處在文學『邊緣化』的位置上的向眾讀者表達她們的吶喊與性別嘶叫。」[22]屬於個人化寫作的「私語」，是對女性身體及隱密內心格外看重的絕對私我的心靈獨白的，是與男性權威話語的宏大的公共架構相對應的。

陳染將自己的長篇小說題名為《私人生活》，卻同樣申明：「我是『個人主義者』……我認為一個人能夠經常的勇敢地站出來對這個世界說『不』是一種強烈責任心的表現。」從個人的感覺出發，同樣是對這個世界的一種對待和回應。因此，「個人言說」的個人化寫作在某種程度上也有一定的社會意義，當然是寓藏在「個人言說」中的。個人化的女性寫作，對女性自我認同有著不容忽視的推動作用，林白認為：「個人化寫作是一種真正生命的湧動，是個人的感性與智性、記憶與想像、心靈與身體的飛翔與跳躍，在這種飛翔中真正的、本質的人

---

[21] 林白：《德爾沃的月光》，昆明：雲南人民出版社，1995 年 8 月，頁 173-182。
[22] 寧亦文編：《多元語境中的精神圖景：九十年代文學批評集》，北京：人民文學出版社，2001 年 11 月，頁 264。

獲得前所未有的解放。」[23]這是對女性寫作困境的清醒認知，也揭示了過去被禁錮的性別差異。

這兩位作家從自己的性別出發，直逼女性的生命體驗，向女性的內在世界探索，而陳染的尋找背後是孤獨，一種置身鬧市而難「入」的孤獨，她的人物是在心靈體驗層面上牢牢把握著女性的自主意識；而在林白的尋找背後則是恐懼，一種對世界的「隱約的驚恐不安」，她的人物主要是在現實生存層面上竭力掌握著主動權。[24]確實，她們在她們的精神自傳中，從最私性的身體感受出發尋找自我，開掘私人經驗，張揚自我情緒，表達生命的獨特性，激發女性特有的魅力，就算是孤獨或恐懼的焦慮都有其獨特性。

在 90 年代的個人化書寫中，作家寫出了女性在自我認同過程中的精神障礙──「焦慮」，這種隨著文明世界而來的心理狀態，來自身心和道德等層面。陳染所表現的「焦慮」首先在人物塑造上，〈無處告別〉裡的黛二小姐是個二度單身的知識女性，有親近的同性朋友和獨身的母親，在經歷過婚變後，接受也享受孤獨，但卻又渴望精神戀愛，在情緒失調中努力要找尋自我。而類似黛二小姐的背景也在陳染其他篇的小說中的女主角身上出現，比如《私人生活》中的倪拗拗、〈另一隻耳朵的敲擊聲〉裡的黛二，〈潛性逸事〉裡的雨子，〈飢餓的口袋〉裡的麥戈等。這些人物形象所共同表現的焦慮，似乎是作者刻意強調的某種精神歷程的發展線索或成長命運的軌跡，也或許可能是因為對世界、對人際關係看得太透徹，所以對外界採取主動的「幽閉」。這一點可看成是其小說的顯著特色。還有〈嘴唇裡的陽光〉裡的巫女、空心

---

[23] 林白：《林白文集4──空心歲月》，南京：江蘇文藝出版社，1997 年 5 月，頁296。

[24] 李有亮：《給男人命名──20 世紀女性文學中男權批判意識的流變》，頁 263。

人和禿頭女們都在為幻覺守寡；〈在禁中守望〉描寫了 J 的同性戀、性濫交等反社會的行為。陳染以其與生而來的性別意識，用前衛性的話語方式，以思辨和哲學沉思的方式來觀照自我，表現了女性特有的敏感藝術，筆觸大膽地探索了現代人的性愛與生命，精神和情感的困境，審視女性內心深處獨有的複雜或變異的心理，既是華麗又是陰暗的弔詭的空洞，並試圖想要尋求一種出路。

　　而屬於林白筆下的「焦慮」，誠如《一個人的戰爭》裡所寫：「認識 N 的時候我三十歲，這是一個充滿焦灼的年齡。自二十五歲之後，我的焦慮逐年增加，生日使我絕望，使我黯然神傷。我想我都三十歲了，我還沒有瘋狂地愛過一個男人，我真是白白地過了這三十年啊！我在睡夢中看到自己的暮年驟然而至，我的頭髮脫落，牙齒鬆動，臉上布滿皺紋，我的身上從未接受過愛情的撫摸，我皮膚中的水分一點點全都白白地流失了，我的周圍空空蕩蕩，我像一個幽靈在生活著，我離人群越來越遠，我對真實的人越來越不喜歡，我日益生活在文學和幻覺中，我吃得越來越少，我的體重越來越輕，我擔心哪天一覺睡醒，我真的變成了一個幽靈，再也無法返回人間。」[25]多米的焦慮並不在於空虛，而在於她對精神自由的高度追求，所以「我離正常人類的康莊大道越來越遠了，如果再往前走我就永遠無法返回了。這個意識使我悚然心驚，我還沒有生活過，我不願意成為幽靈，我必得拯救我自己，因此我發誓我一定要瘋狂地愛一次，我明白，如果再不愛一次我就來不及了。」[26]

　　作家在小說中展現了複雜、性感而危險的多種樣貌，在面臨躁動與困惑之際企圖找出一種與生活的和解，在肉體與靈魂之間、精神和

---

[25] 林白：《一個人的戰爭》，台北：麥田出版社，1998 年 10 月，頁 197。
[26] 林白：《一個人的戰爭》，頁 197。

內心之間、愛情與婚姻、忠實與背叛之間，她們安排筆下的人物掙扎
和反抗著，急欲衝破陳舊的觀念和秩序，並以大膽的隱密性和強烈的
前衛性，為苦悶的心靈荒野尋求出路，在其書寫女性情慾、呈現女性
自戀而實際的慾望與其自我追尋時，這當中瀰漫著詭密憂傷孤獨恐懼
和病態，也同時真實展露了人性的扭曲。誠如石曉楓對於大陸 90 年代
以降的女作家小說評說：「在『身體』背後所質疑的性別認同，更造成
了情慾發展的多元性，以及血緣傳承關係的罅隙，在流動的情慾、流
動的我不斷展演的同時，家國也成為相對不穩定的存在。凡此俱衝擊
了傳統對於『身體』的掌控，以及空間對於個體的規訓作用。可以說，
擺脫了家國權力論述之後，個人恢復了獨立意識，身體遂得到更為多
元的發展可能，也得到更自由的展演與確認。」[27]

　　喬以鋼曾將女性文學身體書寫分為「性徵話語」、「自閉話語」和
「超驗話語」三個層面。[28]筆者在這裡借用喬以鋼的說法，並針對以上
三個層面詳加介紹，並舉小說文本加以說明。

　　第一個層面是「性徵話語」：指的是違反常規、秩序和邏輯的話語
方式，筆觸大膽潑辣，通過慾望、夢幻、回憶、囈語等形式，將女性
的性別特徵和私密體驗充分表達，大肆張揚女性豐富細膩的性體驗。
比如在陳染、林白和海男的小說中，我們見到女主角有的躲進自己的
房間，緊鎖門閂，有的拉上窗簾，自己照著鏡子，其中以作夢、吶喊、
尖叫、渴望飛翔、夢境和死亡的意象交疊著。海男的寫作有一種強烈
的自覺的性別意識，找到了女性和世界對話的方式。再看林白《一個

---

[27] 石曉楓：〈林白、陳染小說中的家庭變貌及意義論述——以女兒書寫為觀察核
　　心〉，《師大學報：人文與社會類》，第 49 期，2004 年，頁 62。
[28] 喬以鋼：《中國當代女性文學的文化探析》，頁 64-67。

人的戰爭》中寫到多米在走向自由的同時，也走向封閉，在幽閉的生
存狀態中自我欣賞、安慰並反抗——

> 我躲在房間裡，永遠垂下的窗簾使室內光線暗淡宜人，宿舍離圖
> 書館有二三百米，所有的人都去前面遊園了，宿舍區一片寂靜，
> 我脫掉外衣，半裸著身子在房間裡走來走去……這是我打算進
> 入寫作狀態時的慣用伎倆，我的身體太敏感，極薄的一層衣服都
> 會使我感到重量和障礙，我的身體必須暴露在空氣中，每一個
> 毛孔都是一隻眼睛，一隻耳朵，它們裸露在空氣中，傾聽來自記
> 憶的深處、沉睡的夢中那被層層的歲月所阻隔的細微的聲音。
> 既要裸露，同時又不能有風，這樣我就能進入最佳狀態。
> 我的裸身運動常常在晚上或周日或節日裡進行，這時候不用上
> 班，也沒有人干擾。N城沒有我的親戚，我又從不交朋友，所有
> 撞上來與我交朋友的人都因為我的沉默寡言而紛紛落荒而逃。我
> 喜歡獨處，任何朋友都會使我感到障礙。我想，裸身運動與獨處
> 的愛好之間一定有某種聯繫。……只要離開人群，離開他人，我
> 就有一種放假的感覺，這種感覺使我感到安靜和輕鬆。[29]

　　在多米的孤獨少女成長經驗中，不論是主動或被動與異性交流都無
法贏得認同，所以在絕望中的自慰行為，應是作者有意表現多米對現實
的反抗，並明白表達慾望的真實存在。誠如陳思和所說：「這種種無序、
偏執、隱私性的幻美之境，正符合邊緣化的審美敘事的特色，與正統、
高雅、宏大的男性政治歷史敘事，形成了一種偏執的對峙的美學。」[30]

---

[29] 林白：《一個人的戰爭》，頁 36。
[30] 陳思和：《新時期文學概說（1978-2000）》，桂林：廣西師範大學出版社，2001
　　年 11 月，頁 220。

第二個層面是「自閉話語」：指的是小說裡的女性人物在尋求自我封閉時，所造成的身體和外部世界的白熱化的狀態，比如說因為父母感情不睦，而引發的弒父情結和厭母情結，而更進一步產生對自我身體過度依賴，而排斥現實存在的一種自戀情結。由於生存空間的孤獨，便在內心深處營造一份無人能入的空間。她們在精神上孤芳自賞，將自己封閉於個人的天地，很少與外界聯繫，她們有自己的見解，但又難以排遣對生命的虛無感。

陳染的自戀，展現在她筆下的女主角們身上，幼年以來成長過程的柔弱多病、無能沮喪，以致後來成就同性之間相互欣賞的補償性質的自戀，以及在男性身上受挫後的自我憐愛的自戀；徐小斌《雙魚星座》裡的已婚的卜零也總是把自己看成是小孩，示弱地向外界尋求協助，表現其依賴長不大的一面。

因為這樣的自戀情結，我們見到陳染、林白和海男筆下的女主角對父親、工作、愛情婚姻、生養小孩，甚至是生活的拒絕，她們「更放肆地書寫父女、母女之間錯綜糾葛的情感關係，以身體的張揚衝擊國體的神聖性。在擺脫不去父者魅影的前提下，她們選擇脫逃，退回個人世界進行幽閉性寫作。」[31]在充滿自戀性的文字中，折射出作家靈魂深處的強烈慾望和痛苦衝突。

陳染《私人生活》裡的倪拗拗在父親缺席，得不到父愛的情況下將情感寄託在母親和替代父親角色的 T 老師身上，但卻在這兩人讓她失望後，她轉而將身心全然給予鄰居禾寡婦，可是一場大火奪走了禾寡婦，也摧毀了她們的親密關係，於是她退回自我意識的孤獨世界中。

---

[31] 石曉楓：《兩岸小說中的少年家變》，台北：里仁書局，2006 年 7 月，頁 256。

一年來，沉思默想占據了我日常生活的很大一部分。在今天的這種「遊戲人生」的一片享樂主義的現代生活場景中，的確顯得不適時尚。

其實，一味的歡樂是一種殘缺，正如同一味的悲絕。

我感到無邊的空洞和貧乏正一天重複一天地從我的腳底升起，日子像一杯杯淡茶無法使我振作。我不知道我還需要什麼，在我的不很長久的生命過程中，該嘗試的我都嘗試過了，不該嘗試的也嘗試過了。

也許，我還需要一個愛人。一個男人或女人，一個老人或少年，甚至只是一條狗。我已不再要求和限定。就如同我必須使自己懂得放棄完美，接受殘缺。因為，我知道，單純的性，是多麼的愚蠢！

對於我，愛人並不一定是性的人。因為那東西不過是一種調料、一種奢侈。

性，從來不成為我的問題。

我的問題在別處──一個殘缺時代裡的殘缺的人。[32]

陳染似乎對「殘缺」有著一種迷戀，在這種迷戀中呈現出現代人的精神抑鬱、內心疏離、迷失和不安全感等焦慮，她筆下的人物多是屬於反常的病人，其人物所承受的創傷，都與青春記憶攸關，儘管所承受的傷痛有別，但在他們的語境中，我們卻同樣見到人物撕裂的痛苦，以及飽滿的愛慾，還有，在往前探索的過程中的孤獨、恐懼與陰暗的無序的痛苦經歷。患了「幽閉症」的倪拗拗最後選擇與浴缸長伴──

---

[32] 陳染：《私人生活》，南京：江蘇文藝出版社，1997 年 2 月，頁 8。

白中泛青的光線射在安靜簡約的不大的浴室空間中，什麼時候
走進去，比如是陽光高照、沸騰喧嘩的中午，都會使我覺得已
經到了萬物沉寂的夜晚，所有的人都已安睡，世界已經安息了，
我感到格外地安全。

雪一樣白晳的浴缸上，頭尾兩邊的框子平臺處，擺放著那枝翠
黃而孤零零的向日葵。它插在敦實的淡紫色的瓷瓶中，一派黃
昏夕照的景致。浴缸旁邊的地上，是一張褪色的麥黃草席，花
紋縝密，森森細細，一股古樸的美。一根長條形的栗黑杠木鑲
嵌在白瓷磚牆壁上，一邊隨意地掛著一疊泛著香皂氣味的毛
巾，和一件濃黑的睡衣，是那種伸手不見五指的黑，睡眠的顏
色。濕濕的霧氣，彷彿雨季來臨。

一幅立體的現代派圖畫，一個虛幻的世界。

無論什麼時候，只要我向浴室裡邊望上一眼，立刻就會覺得已
剛剛完成一次遙遠的旅程，喘息未定，身心倦怠，急需鑽進暖
流低徊的浴缸中，光裸的肢體鰻魚一般靜臥在沙沙的水流裡，
感受著僅存的摩挲的溫暖。

浴室裡的景致非常富於格式、秩序和安全，而外邊的風景則已
經潦草得沒有了章法、形狀和規則，瞬倏即變，鼓噪嘩亂。

這個世界，讓我弄不清裡邊和外邊哪一個才是夢。[33]

這是一種僅僅關注自身問題的邊緣化寫作，寫成長過程的悲喜際遇，
並用自己的軀體去體驗世界，拓展自己的意識，強調個人的情感記憶
和感覺，在宣揚自我表現的同時，將女性軀體的祕密展露無遺，男性

---

[33]　陳染：《私人生活》，頁 270。

的場景和語境是全然被排拒在外的，而充滿慾望的個人化品格的女性
軀體一覽無遺。

　　陳駿濤在 1996 年的南京女性文學研討會上，曾經提出過女性寫作
者應該克服「自戀癖」和「自閉症」的問題，是寄希望於女性寫作能
夠衝破封閉的、狹隘的空間，而走向開放的、廣闊的天地。但經過兩年，
面對著女性個人化寫作給予文學寫作所提供的一些新鮮的經驗，它在
文學閱讀和文學欣賞領域所形成的一道引人注目的風景線，使他對這
個問題有所反思。他覺得：「女性寫作中的有一點『自戀』，未必不是一
件好事。但凡事都得有個度，如果一味地耽於自戀，就會把自己的手腳
捆住了。我這裡所說的自戀，是指女性對自己的身體、對自己的癖好、
對自己的習性、對自己的情感、對自己意識深處比較隱蔽的角落……諸
如此類的東西的迷戀、偏愛、撫摸，應該從諸如此類的迷戀、偏愛、
撫摸的情結中突圍出去，才是女性寫作的廣闊的天地。……才能實現
女性寫作的自我超越。否則就只能在狹隘、封閉的私人空間裡徘徊，
不斷地重複自我，不斷地被自我所糾纏，從而也就不可能再給讀者提供
什麼新鮮的東西。」[34]因此，從自戀、自省到自強，是一個女性獨立人
格完善的過程，也是一個成熟的女性創作者要學習不斷攀升的經過。

　　第三個層面是「超驗話語」：是一種形而上的女性話語境界，指的
是不再滿足於對身體的單純摹寫，而是運用和女性生活有關的物品所
產生的聯想意象，比如小說中大量利用的花瓶、窗簾、鏡子、化妝品、
浴缸等形成一種特殊的風景。鏡子是 90 年代女性個人化寫作中最常被
使用的道具。傳統的女性始終處於被凝視、規範和定義的位置，但是，
個人化寫作讓女性在「自己的房間」裡照「鏡子」，她們對著鏡子，自

---

[34] 陳駿濤：〈自戀和自省、自強——女性寫作論議之三〉，《科學時報》，1999 年 3
　月 7 日。

審自賞，對著完美肉體留戀讚嘆。海男《坦言》裡的第二個女人徵麗就是一個終生與鏡子為伴的女人，在鏡子構成的幻想世界中，美麗的徵麗陷入自我迷戀中，她的肉體在鏡面中全然體現，鏡子的正面是她的肉體在面臨著一種超乎想像的滿足，而鏡子的後面是她的肉體在尋找歸宿。在自我封閉的生命狀態中，她的軀體就是她的世界，她用自己敞開的軀體跟世界見面，也同時用自己的軀體保守她的祕密；在陳染〈與往事乾杯〉裡的女主角把自己脫得一絲不掛，拿著一面鏡子對照著婦科書逐一認識自己；林白〈致命的飛翔〉裡的北諾當她一個人時，她會把內衣全部脫去，在落地穿衣鏡裡欣賞自己的裸體，她從鏡中看到自己的身體撩人的陳列在床上，雙腿雙臂光滑的裸露出來，就像在海灘麗日之下曬太陽的女郎。她對著鏡子調整位置，在鏡子裡看著自己細腰豐乳，病態地喜歡自己的身體。這些作品中的女性軀體的描繪全都是自賞式的。

　　總結個人化寫作的作品特色有以下四點：

　　一是，強烈的自戀情結：通過對認識自己的身體表達出強烈的自戀情結，在這些小說中作家常安排女主角在鏡子前或者浴室裡觀察、認識自己的身體，並欣賞讚美自己胴體的美麗，於是，開始對器官的撫摸，並深深陷入對自我的思考，比如林白在《一個人的戰爭》中多次安排多米在鏡子裡看自己，既充滿自戀的愛意，又有和身體對話的快感，這可從吉登斯在《現代性與自我認同》中說：「身體不僅僅是我們『擁有』的物理實體，它也是一個行動系統，一種實踐模式，並且，在日常生活的互動中，身體的實際嵌入是維持連貫的自我認同感的基本途徑。」[35]得到印證。虹影承認自己自戀，坦言自己的小說中很多地

---

[35] 吉登斯：《現代性與自我認同》，北京：三聯書店，1998 年 5 月，頁 111。

方都有自己的影子，她說希望她本人就是備受爭議的小說《英國情人》中的「林」。她甚至這樣描述自己和書中主人公的「相遇」──「於是我們在某一天，就成為一本書的紙和字，無法剝離。好了，現在你可以跟隨我的聲音，跟著我的腳步，和我一起回到書頁裡。」[36]

二是，身體解放的意義：新生代女作家選擇從身體的獨立開始，有著極具藝術美感和挑戰傳統性及性別意識的意味。西方女性主義理論中的女性寫作特別看重對於身體的認同。就如王艷芳所說的：「女性寫作的理論也相關於女性自我的建構。『自我』，首先是由身體體現的，對身體輪廓和特性的覺知，是對世界的創造性探索的真正起源。但身體又並不僅僅是一個實體，正是借助它的覺知與功能，自我認同的個人經歷才得以維護。」[37]作家跳躍跨越性禁區的柵欄，以唯美而大膽的筆觸，讓原本羞於言說的性話題，隨著女性身體在極度壓抑下的大解放，將筆觸堅持地伸向敏銳的身體感覺與獨特的內心體驗。就像陳染在〈時間不逝，圓圈不圓〉裡讓維伊有自己的一套女性身體解放理論，並且在現實生活中拒絕戴胸罩，行為上也是我行我素。關於這個議題，將在本書的第五章「赤裸的女性慾望體驗」一節中會有更詳細的文本介紹。

三是，天然的同性愛戀：作家努力書寫自己的精神體驗，以迷亂而清幽的個人體驗，呈現虛無縹緲的同性愛戀，那也是屬於女性的特殊經驗，在若隱若現中，質疑性別次序、性別規範與道德原則，坦然而真誠地傾訴內在的自我所對應的外在世界，一如陳染〈破開〉裡的

---

[36] 中國新聞社：〈專訪女作家虹影──「愛寫作就像愛男人」〉，中國《新聞週刊》，總第 164 期，2004 年 01 月 12 日出版。
http://www.chinanewsweek.com.cn/2004-01-15/1/2941.html
[37] 王艷芳：《女性寫作與自我認同》，北京：中國社會科學出版社，2006 年 5 月，頁 176。

「我」和殞南，與《私人生活》裡倪拗拗和禾寡婦，都懷有一種對禁忌事物的天然嚮往之情，並都把女性同性戀的依偎看作是女人之間一種生命潛能的呈現。關於這個議題，在本書本章第四節的「反傳統性別秩序：超性別意識書寫」中會有更深入的探討。

　　四是，自我審視與反思：90 年代真正的個人化女性話語時期，作家透過這樣的個人化敘事，開啟獨特的女性空間，以個人生存體驗，直接從女性性別出發，然後，進入其生存的內心深處和外部生活空間，表達女性集體生存體驗的自覺，以更開放清明的氣度去表現深度。然而，在掀起作家個人的歷史記憶、經驗與軀體感受時，會藉由高度個人化的內心體驗和省察——頹廢暗淡的絕望，掙扎與痛苦的過度，都將其自我審視的視角與自我體驗的意象充分展現。而作家所更多關注的內心的孤獨與蒼涼，讓她們對情感、生命和未來，都有著更深入的思考。關於這個議題，將在本書的第五章「明確而強烈的女性意識」一節中會有更詳細的文本探索。

　　女作家依其成長背景，以激進的性別姿態，挖掘其生活環境與文化處境養成怎樣的性別身分與心靈，並將其私人的生活與個人經驗裸露攤開，「個人化風格首先就直接來自於他們個人化的『經驗』。這種『經驗』一方面對於公眾體驗來說是全新的、陌生的，另一方面也是對於我們的既有文學傳統的封閉格局的一種打破和拓展，他們使人類的一切『經驗』都得到了敞開並從容而堂皇地進入了文學的領地。」[38]表現了私密的色彩——性慾望、性經驗以及性別經驗對人生的影響，她們認為女性要觀照自己，就要從自己的身體出發，面對自己的身體與最真實的生理體驗，於是，我們見到在這類表現女性私人生活的題

---

[38] 陳思和、楊揚編選：《90 年代批評文選》，上海：漢語大辭典出版社，2001 年 1 月，頁 299。

材中,有很多對女性身體和慾望的詳細描敍,這樣的大膽言說,代表
了一種對傳統窠臼的突圍。

另外,要特別提出說明的是,同樣是個人化的寫作,陳染和林白
比較偏重在「精神」層面,是屬於精神上的思考、疑惑和反省,因為,
在她們大學成長時期的 80 年代初是一個精神富足,但物質卻很貧乏的
時代;而衛慧和棉棉則比較是在「身體」層面,是屬於對身體本能的
自戀和異常的展現,那是因為她們成長於一個 80 年代末和 90 年代初
的實用主義時代。于東曄認為衛慧她們的寫作:「已經放棄和悖逆了『身
體寫作』體現女性生命意識、張揚女性生命體驗的初衷與旨歸,『美女
作家』們的女性意識較之陳染們是大幅度的退縮,而就人性表現的深
度和廣度而言亦有明顯的退步。」[39]但筆者認為可將之視為是一種美女
衛慧等人她們的時代的特色,也因為這樣的特色才能去對照陳染、林
白們的個人化寫作的嚴肅性。然而,關於衛慧、棉棉等的個人化寫作
將在下一節「世紀末文化反叛:下半身書寫」詳細探究。

有的批評家對當今越來越多的個人寫作持批評的態度,認為過多
描寫內心的自我世界不是大眾主流,但徐小斌卻說:「要說《羽蛇》是
私小說,我絕對不同意,只能說是一種個人化寫作。主人公個人的經
歷折射出整個家族的經歷,可以說通過一個女孩子的成長史能看到整
個中華民族的備忘錄。個人化寫作與私寫作應該分開,前者是一個世
界趨勢,包括影視與戲劇,許多成功的東西都是如此,它是有個性的
特徵寫作。」[40]徐小斌也肯定個人化的寫作。

---

[39] 于東曄:《女性視域:西方女性主義與中國文學女性話語》,頁 193。
[40] 李冰:〈徐小斌:我是那個追求完美的木匠新華網〉,《北京娛樂信報》,2004 年
6 月 9 日。

　　當然，不可諱言的是，90 年代以來的個人化寫作中大量流瀉私人
體驗和幽閉場景，一方面展現了作家的反抗情緒，但另一方面也在商
業性的操作中滿足了人們的窺視慾望。「男性話語與消費市場的合謀
──女性被大量商品化。傳統的男權機制於此想借助市場之外力，繼
續將女性置於『被看』的地位，女性的『身體』成為商品化時代的消
費對象。這在很大程度上激發了女性為自己身體『正名』的願望，女
性意識開始回落到實在的身體層面上，於此確立對『女人之為女人』
的性別體驗和性別確認。」[41]所以，事物的發生與存在都有一體兩面的，
王文艷也說：「1990 年中國文化的市場化、商業化一方面導致了大眾
文化興起和精英文化的萎縮，另一方面也無形中使嚴肅寫作者退守精
神內心，為氾濫的商業化、庸俗化的時代文學尋找著靈魂上的救贖。
同時意味著在女性寫作中，一方面因為對現實生活的抵制而退居內心
生活，另一方面則以個人化的寫作對當前的文化浪潮作出既迎又拒的
文化和寫作姿態。而這樣的寫作姿態和策略使 1990 年代的女性個人化
寫作一舉成名。」[42]

　　接著來談談一些批評的負面聲音。李有亮認為：「如果說，陳染、
林白這一代女性作家的偏差出在以靈魂駕馭身體（慾望），卻也架空
了身體（慾望），那麼衛慧、棉棉所代表的更前衛、更具先鋒性的這
一批女作家則是試圖以身體牽引靈魂（精神），但又丟失了靈魂（精
神）。」[43]曹平牙認為個人化的追求中導致自我的偏執與迷戀：「如果說
從前對個人的忽視和遮蔽導致了個人的殘缺與虛幻，那麼一種倒打一

---

[41] 李有亮：《給男人命名──20 世紀女性文學中男權批判意識的流變》，頁 250-251。

[42] 王文艷：《女性寫作與自我認同》，北京：中國社會科學出版社，2006 年 5 月，
頁 167。

[43] 李有亮：《給男人命名──20 世紀女性文學中男權批判意識的流變》，頁 322。

耙的方式並不能真正解決危機，多米、倪拗拗的結局是個不無諷刺意味的證明，我們看不到其中有個人的真正解放與實現。那個浴缸雖然舒適而安全，卻也是一個溫柔的陷阱。」[44]筆者並不贊成以上這兩位的說法，關於前者，筆者認為每個人都要面對成長的困惑，並在身體與靈魂之間去尋求平衡，那是一個真實存在的過程，也是一種不能被否認的成長過程，只是每個人的過程不同；而關於後者，多米、倪拗拗的結局怎能算是諷刺呢？多米最後重新執筆，又回到嚮往的電影廠工作；而患了精神分裂症的倪拗拗，難道不能算是真正解放？因為她用她自己選擇的方式存在世上。筆者認為作家所要表達的是每個人的存在價值、與其所擁有對自己生活與生命的權利，都必須要得到認可和尊重。

　　評論家所擔心的個人化的徹底而純粹的自我世界，會讓女性文學有意識或無意識地退居到慾望的墮落之所，其實這種沉淪的、縮小空間的顧慮是多餘的，試舉林白的近作來說，《婦女閒聊錄》和《萬物花開》兩部長篇的筆調感覺已經和她90年代的作品風格完全不同了，這兩部小說把讀者帶進了一片全新的天地，完全推翻了過去讀者對林白的刻板印象，昔日那個古怪神經，躲在自己的小房間，在窗簾內竊竊私語的內心糾纏的林白已經消失了，還有她小說中那些自戀又自虐的女性人物也都出走了。在這兩部長篇中，林白放低了姿態，格局也變大了，所以，我們可以見到原汁原味的木珍和王榨的人物形象，以及其風物人情。林白打開了房門，也拉起了窗簾，讓「個人化」之路，走得更寬更廣了。因此，個人化寫作在女性文學是一個重要的歷程，這個歷程會讓作家以更堅韌的自由意志和批判精神，走出成長陰影，並衝破現實生活的考驗。

---

[44] 程文超：《新時期文學的敘事轉型與文學思潮》，廣州：中山大學出版社，2005年1月，頁289。

二、身體書寫

　　90 年代，女性書寫達到了 20 世紀的新階段，出現了所謂「私人寫作」、「身體寫作」的女性主義創作，那是女性解放的「第三次浪潮」，功不可沒的女作家——林白、陳染、衛慧、棉棉等人的小說，通過對無窮慾望和身體本能迷戀的書寫，表達專屬於女性的隱密經驗、性別意識，還有女性當下的體驗與精神狀態，這些作品引起了廣泛關注，成為女性文學的獨特景觀，那是一個重大的突破。

　　70 年代出生的衛慧、棉棉等人，和 60 年代出生的陳染、林白等人相比，兩者內涵的不同主要表現在女性形象、時空觀及性愛觀，尤其最大的差異在於「身體寫作」。陳染等人的小說是在幽閉中顯現女性的隱密；衛慧等人則是在開放中敞開女性的情慾，以身體寫作的女主角不再躲避於浴缸、窗簾內，她們力圖要自主地運用自己的身體走進社會，而且，她們也不再將男性放逐到她們情感的邊緣，反而是張開雙手迎接，讓男性成為滿足她們身心需求的必要對象。

　　衛慧、棉棉等人的小說敘述「圍繞著身體展開，突出身體與器官的作用，著力於描寫在性愛等活動中的身體感覺。這種『身體語言』雖然從身體出發，但是對於性愛的敘述卻是客觀的，甚至是一種炫耀的，不同於以往許多小說在描寫性愛時喜歡抒發強烈的情感或者發揮豐富的想像將其過程詩化。這就意味著性愛中形而上的精神上的追求被排除在外，性與愛被冷漠地分開了。」[45]然而，她們精緻而典雅的軀體化語言，充分體現了性的快樂與享受，狂熱地把傳統以來禁錮已久的「性」沸沸揚揚地揭密開啟，就在 90 年代中期以後的慾望合法生長

---

[45] 于東曄：《女性視域：西方女性主義與中國文學女性話語》，頁 191。

的時代，她們的文學品格和陳染們的認真體察，和表現女性生存痛楚完全不同了，她們走出了另一條身體寫作的路。

中國大陸在改革開放之後，興起「新文化」思潮，講求「『自由』（消解責任）、『個人』（疏離他者）、『物質』（逃避精神）的文化則對這種渴望的『天然』性產生了懷疑，它承認的是快感、世俗、慾望、享受、趨利避害等人們所呈現的另一種本能。」[46]晚生代作家有著純粹個人主義的人生觀，她們的小說充分展現了這樣的新觀念與社會要求，這是一場女權主義者要求充分自主的大翻身。她們從私慾出發，挖掘心靈和軀體的隱密；她們是極致展現「酷味」，放逐思想，以標榜自己的「另類」，她們以屬於自己的「另類」表現其敢於挑戰傳統的與眾不同。

衛慧在〈像衛慧一樣瘋狂〉中說：「我們的生活哲學由此而得以體現，那就是簡簡單單的物質消費，無拘無束的精神遊戲，任何時候都相信內心的衝動、服從靈魂深處的燃燒，對即興的瘋狂不作抵抗，對各種慾望頂禮膜拜，盡情地交流各種生命狂喜包括性高潮的奧祕，同時對媚俗膚淺、小市民、地痞作風敬而遠之。」[47]這段宣言說出了她們那一代逆主流而動的作家，領受都市消費文化的壓力和刺激，崇尚反叛以及前衛時尚與真實的激情，對一切時尚新潮進行全然的嘗試。

這些晚生代作家，在小說中透過酒吧的迷炫的空間環境而延伸，並展示出以往女性所羞於示人的，但卻是來自生命本能騷動的心事。她們筆下的女性不再按照過去社會所規定的倫理規範，去尋找女性性別在社會模式中的歸屬；也不再自居於傳統賦予女性被動的社會角

---

[46] 孫桂榮：〈「女權主義」與女性意識的文本表達——對當前小說性別傾向的一種思考〉，《小說評論》，第 3 期，2006 年，頁 47。

[47] 衛慧：《衛慧精品集》，長春：時代文藝出版社，2000 年 4 月，頁 3。

色，可以說是站在女性主義的立場，徹底顛覆了傳統女性對性的諱言，也顛覆了中國父權社會的思想，大膽直言地爭取女性的情慾自主，用關於身體的語言，去表達女性的整體的對男性超越的束縛。筆者認為這是她們的企圖，但是否真正超越男性的束縛，我們會在後面加以討論。

　　我們先從衛慧的《上海寶貝》說起，它算是一本成功行銷的小說。作家是美女，聲稱是「半自傳」色彩的長篇私小說，談論的是對道德與價值極端蔑視的赤裸裸的性慾、情愛和小資情調的奢靡之氣，宣揚的是任性放縱的迷醉，地點設定在繁華的上海——高檔的酒吧、躁動的迪廳、異域的餐館、汽車、網吧等人為景觀。《上海寶貝》利用網路為媒介的大眾傳播，在天時地利人和的契機下，快速地在網路中打響名號。

　　衛慧「吸引觀眾眼球的是性愛的暴露和異國之情。上海這個繁華都市需要的是新奇和怪異，異類的表現更讓人看到了上海的與眾不同，……衛慧筆下的都市尤物輕輕巧巧的成功，既使一批都市生活追逐者看到了希望，也讓一批都市生活獵奇者獲得了滿足：衛慧正是把握了一些人的心理使她的小說也獲得了初步的成功。」[48]衛慧知道自己與眾不同之處，找到以獨特的方式推銷她的「商品」，在商品社會看來，並無不妥或不道德。

　　衛慧極盡地在她的寫作中，發揮商業美學的「消費身體」[49]的寫作，從追求時尚、購物消費到休閒健身美容，全然展現了不同於傳統的「身

---

[48] 管興平：〈頹廢・偷窺・慾望——棉棉《糖》、九丹《烏鴉》、衛慧《我的禪》評析〉，《沙洋師範高等專科學校學報》，第 3 期，2006 年 2 月，頁 41。

[49] 美國社會學家約翰・奧尼爾將「現代社會的身體」分為五種：世界身體、社會身體、政治身體、消費身體和醫學身體。奧尼爾指出：「身體是民主社會裡的商業美學所利用的一種資源。」參見約翰・奧尼爾：《身體形態——現代社會的五種身體》，北京：春風文藝出版社，1999 年版，頁 110。

體」感受，她筆下的倪可和天天，靠著天天的母親從遙遠的西班牙寄來豐厚的錢，過著無需勞動的優渥生活；馬當娜擁有前夫的遺產；馬克一出場就是跨國公司的高階主管，這些無業富人或白領階級都住在摩登都市，出門是別克車代步，咖啡館、賓館、畫廊、高級餐廳都有他們的足跡。衛慧筆下的那一群時髦的中產階級人物的所有生活情狀的描寫，滿足了無法進入身體消費的那一個族群，可以透過衛慧的文字圖像找到慰藉，這也是衛慧體會到的社會需求吧！

　　聰明的衛慧有意無意地選擇了一條抓住多數讀者的方便捷徑，她在作品中對個人生活方式和情慾經驗的張揚，滿足了一般人的窺視慾望，迎合讀者的趣味是顯而易見的，「因為只有這樣，作品才能獲得最大限度的商業和傳播價值。」[50]為了激起消費者的胃口，衛慧利用商品社會將「性」物化的特點，成功地以身體所特有的存在方式，側重性心理和性經驗的描寫，充分表現女性在心底深處對情慾的真實表現面，極盡對身體的部位、感覺、觸動毫無保留地「曝光」書寫，「性」的書寫成了大賣點。然而，在劉慧英〈90年代文學話語中的慾望對象化〉和林丹婭〈女性視點：廣告與魔境〉兩篇論文中，深刻揭示和批判90年代廣告文化和商品文化，對女性生活空間的騷擾，那種強制性的塑造，仍舊是迂腐的男權思想對女性生活的窺視。「這等於從另一個方向對女性寫作中過度迷戀身體、放縱私慾傾向發出的警告。」[51]

　　就在衛慧《上海寶貝》造成風潮時，該書卻被中共當局點名裁定為「腐朽墮落西方文化毒害的典型」，內容格調低下，宣揚虛無主義，低俗頹廢的人生觀，夾雜淫穢描寫。大陸《解放日報》報導，北京新

---

[50] 王文廣：〈慾望魔瓶的傾覆──衛慧小說話語世界〉，《鹽城工學院學報》（社會科學版），第2期，2006年，頁64。

[51] 李有亮：《給男人命名──20世紀女性文學中男權批判意識的流變》，頁330。

聞媒體和文化管理部門以《上海寶貝》內容描寫女性自慰、同性戀和吸毒，官方在 2000 年 5 月發布禁售令。小說中那些勁爆的火辣描寫，不難想像中共當局基於「家醜不可外揚」的心態，會去全面封殺這部小說的出版。書被禁後，雖然大陸的出版商都不敢為她出書，但相當諷刺的是小說反而因此越禁越風行，變得更有名。

　　戴錦華說：「女性大膽的自傳寫作，同時被強有力的商業運行所包裝、改寫……於是，一個男性窺視者的視野便覆蓋了女性寫作的天空與前景。商業包裝和男性為滿足自己的性心理、文化心理所作出的對女性寫作的規範與界定，變成一種暗示乃至明示傳遞給女作家。如果沒有充分的警惕和清醒的認識，女作家可能在不自覺中將這種需求內在化。」[52]對於這種投懷送抱對男權的回歸，喬以鋼也認為這樣的狀況：「與部分女作家的初衷相反，由於大眾傳媒的炒作和商業化的庸俗包裝，使此類寫作成為對女性性別的一種褻瀆和玷污。她們本想顛覆男權文化中的傳統女性角色定位，然而某種程度上卻成為變相的獻媚或皈依，於是恰在『突圍』之處面臨『落網』。而這一局面客觀上消解著真正意義上的女性寫作。」[53]的確，這些文本中充滿感官和肉慾的描寫，取代了人性的描寫，滿足了男性社會對女性隱私的窺探慾望。這也是以衛慧、棉棉、趙波和周潔茹為代表的新人類的反傳統小說廣泛被展開討論的重要原因。

　　但是，對於有人說衛慧等人是被炒作出來的作家，棉棉卻也大力反駁說：「我不是被炒作出來的。我的《糖》就是我的近十個中短篇小說，寫了五年了，早就寫好了。在外面折騰了大半年才找到出版商，然後又找不到出版社，我沒花太多工夫在這方面，因為這事只能憑運

---

[52] 戴錦華：《猶在鏡中——戴錦華訪談錄》，北京：知識出版社，1999 年 6 月，頁 204。
[53] 喬以鋼：《中國當代女性文學的文化探析》，頁 60。

氣。我十六歲就寫小說了,《上海文學》知道我的故事,二十七歲才開始發表作品,代表作《啦啦啦》改了一年才發表。我發表作品和所有的作家一樣難。」[54]

接著,我們深入文本內容加以研析,90年代末,在「晚生代」衛慧等人的筆下,派對、酒吧、迪廳取代了日常生活,而由這些場所衍生的跳舞、性交、吸毒,小說人物及時行樂地活在當下,拋棄道德、承諾、理想和責任,於是,盡情地放縱自己的身體,可以說是站在女性主義的立場,徹底顛覆了傳統女性對性的諱言。

衛慧在《愛人的房間》裡為女主角設計了在帳子裡或浴缸間,找到自慰的愉悅方式,作家以軀體化的語言,將其性享受的體驗充分放縱;還有《上海寶貝》裡那個芬芳的夜,月光從沒有拉緊的窗簾縫裡斜溢進來,倪可盯著這絲月光足足有半小時——

> 它看上去虛弱、清冷。像一條在稠密洞穴裡冬眠的小蛇,把腳尖繃直,像跳芭蕾舞那樣緊張著,慢慢移到那束月光下,慢慢沿著光滑動著,我聽到了身邊男孩淺淺的呼吸,睡在隔壁客房裡的一對情人一直在床墊上弄出沉悶的撞擊聲。海水浮上來,月光慢慢地沉下去,我聽到自己的心跳,血液流動的聲音,北歐男人的曖昧呻吟,還有床上機械鐘的嘎達嘎達聲。手指悄悄地在膨脹的下部摩擦著,一陣高潮突如其來地從小腹開始波及了全身,濕淋淋的手指從痙攣的下部抽出來,疲倦地放到嘴裡,舌尖能感覺到一絲甜腥的味道,那是我身體最真實的味道。床單上的月光不見了,那條小蛇像煙一樣毀於無形。[55]

---

[54] 棉棉專輯:http://www.modernsky.com/bands/mianmian/mm_interview1.htm。
[55] 衛慧:《上海寶貝》,頁56-57。

還有更露骨的——

> 我的右手還握著筆，左手悄悄地伸了下面，那兒已經濕了，能
> 感覺到陰蒂像水母一樣黏滑而膨脹。放一個手指探進去，再放
> 一個進去，如果手指上長著眼睛或其他別的什麼科學精妙儀
> 器，我的手指肯定能發現一片粉紅的美麗而肉欲的世界。腫脹
> 的血管緊貼著陰道內壁細柔地跳動，千百年來，女人的神祕園
> 地就是這樣等待著異性的入侵，等待著最原始的快樂，等待著
> 一場戰爭送進來的無數精子，然後在粉紅的肥厚的宮殿裡就有
> 了延續下去的小生命，是這樣的嗎？[56]

衛慧藉著倪可打破沉默，為自己的身體唱歌，打破一直以來的束縛與
壓迫，尋回女性失去已久的身體，這個身體不再為男權話語所控制。

　　文本中最大膽奔放地描寫倪可作春夢——「在夢裡，我跟一個蒙
著眼罩的男人，赤身裸體地糾纏在一起，四肢交錯，像酥軟的八腳章
魚那樣，擁抱，跳舞，男人身上的汗毛金光閃爍，挑得我渾身癢癢
的……」[57]性幻想——睡在隔壁客房裡的一對情人一直在床墊上弄出沉
悶的撞擊聲，「只隔著一層牆壁，卻可以想像成遙遠的地方陌生的人群
進行的性交，可以想像成父女亂倫、兄妹亂倫，也可以想像成兩個男人、
兩個女人、兩女一男，或更多的混亂，想像的翅膀永遠是安全而乾淨
的，聲音卻淪落成任何一種可能的情緒的背景。」[58]這些文字極具張力
和想像，誠如衛慧所說「愛和慾望是女人生命中很普遍的格局。」[59]衛

---

[56] 衛慧：《上海寶貝》，頁 231。
[57] 衛慧：《上海寶貝》，頁 35。
[58] 衛慧：《上海寶貝》，頁 57。
[59] 尚曉嵐：〈上海寶貝告別傳媒〉，《北京青年報》第十五版，2000 年 4 月 8 日。

慧寫出自己，企圖讓女性身體的聲音被聽見，於是，我們還見到她設計了一個情節讓倪可嘗試裸體寫作，她說出了以往女性所羞於示人的，但卻是來自生命本能騷動的心事。在衛慧的書寫中，我們聽見了會唱歌的身體語言，也見到享樂的倪可似乎也不缺乏智慧，她對於周遭的事物皆有清楚的異常認知。

　　趙波在〈關於性，與莎莎談心〉中也提到：別人利用你的性，你自己也用它放縱自己。也許性只是性，當你只想對一個人敞開，為他奉獻，自己也從中得到快樂的時候。當你愛一個人時，性慾會變得很強，這是一種力量，它會變的。也許和身體無關，也許只是害怕孤獨。也許是，想挽留住那一刻肉體的安全感。憑藉性，誤以為能直達內心，感覺被人所用，為人需要。小說文本的身體語言，的確對身體和性的描寫帶來空前的「震耳欲聾」，在小說裡女性的身體已經是女性自己慾望的主體，而不再是男性的客體，女主角正視自己身體的思想和感覺，並傾聽其聲音。

　　在這些晚生代的作家小說中，我們見到離經叛道的人物，衛慧《上海寶貝》裡的倪可離開算是不錯的媒體事業，而到咖啡廳去當服務生；馬當娜輟學後就開始了她的墮入火坑，成了妓院裡的「媽咪」；〈床上的月亮〉中的小米為了引起男人的「重視」，親手毀掉自己的處女之身，以求把自己變成女人，儘早被男人接受；棉棉《糖》裡的「我」很早就離開了校園，四處遊走。這些新新人類表現出無序的文化光影，「其表徵為：消解，去中心，多元論，睥睨權威，蔑視限制，衝破舊範式。」[60]所以，我們見到這一類小說裡的人物，職業有前衛作

---

[60]　王岳川：《中國鏡像——90年代文化研究》，北京：中央編譯出版社，2001年1月，頁167。

家、先鋒詩人、DJ 等；我們見到文本裡混亂的性關係、複雜的性氾濫、氾濫的性交易，還有同性戀、雙性戀的描寫，當然在這些背景下，酒精、搖滾樂、香菸、毒品又是不可或缺的。他們的行為怪異放縱，以極端的行為表現叛逆，放逐靈魂，但在自娛自樂中內心卻是矛盾痛苦的，因為他們不願走進社會，也不知該怎麼走進社會。

90 年代末，隨著經濟的發展，消費社會的來臨，人們的政治觀念逐漸淡化，小說文本中出現對感官享受的追逐，就像棉棉《糖》中，在酒吧文化氛圍中，瘋狂頹廢的人物，在自娛自樂的生活中沉醉慾望，文本中所顯示的，並不是及時行樂的享樂主義，比較多的是獨特的頹廢體驗與意識，以及訴說對金錢、性愛等城市慾望的擁抱和享受。她們都很喜歡狂歡的主題，一如流行音樂是她們筆下不可或缺的追逐時尚、逃避現實的好夥伴，但是，她們也寫出了瘋狂後也抹不去的迷惘與恐慌。

喬以鋼認為這一群新新人類的形象：「體現了現代人被壓抑的生存感覺的暴動。她們大都出身於殘缺的家庭，不幸的童年經歷使這些個體的心靈受到創傷。雖然她們在物質上比較富有，可精神上一直缺少關懷。在她們眼中現實是冷漠、隔閡的，她們與現實之間的這種隔離關係和心理孤獨焦慮是伴隨著整個成長過程。自身在社會中的無歸屬感，對傳統和父輩們所代表的主流生活的厭惡感，使其在長大成人後刻意將自我定位於特立獨行的都市另類。」[61]衛慧、棉棉、趙波的小說以嶄新的不同於以往的面貌出現，有著頹廢的、叛逆的、極端的。全球化在改變人們和世界的關係的同時，也加劇了人們自我身分的困惑，所以「我是誰？」的困惑就更顯突出了。

---

[61] 喬以鋼：《中國當代女性文學的文化探析》，頁 114。

　　衛慧《上海寶貝》說的是：上海女作家倪可與藝術家男友天天同居，天天是她的最愛，但卻是個性無能者。倪可瞞著天天和駐上海的德籍外商馬克有了關係，滿足著彼此的性需求。倪可在情與慾的角力賽中掙扎，也在此掙扎中努力解脫。在倪可和馬克的理解中，「性」代表了一切，對性狂熱、迷亂的義無反顧的渴求，不計一切代價的渴求，他們的思想被捲走，是一種沒有意識控制的感性慾望的實現。所以，狂亂的野合的羞恥也抵擋不了他們對性的飢渴，可看出他們的心智人格的發展只停留在低階層次的生理需要。然而，天天之於倪可，又是她的精神食糧，她渴望在精神層次得到滿足後，又能與生理層次相輔相成，可惜天不從人願，於是我們見到了倪可的痛苦掙扎。

　　晚生代作家們，寫出了個體在社會中的身分尷尬與焦慮，她們筆調所流洩出來的彷徨是明顯突出的，儘管她們筆下的人物多麼放蕩不羈，滿口的無所謂、不在乎，但是她們文本中出現最多就是──無聊、空虛。衛慧說：「我也許無法回答時代身處那些重大性的問題，但我願意成為這群情緒化的年輕孩子的代言人，讓小說與搖滾、黑膏藥、烈酒、飆車、Credit Card、淋病、Fuck 共同描繪慾望一代形而上的表情。」[62]他們把都市當作狂歡的舞臺，不再有前代人進退維艱的猶疑和沉痛。

　　棉棉《啦啦啦》裡的賽寧在國外生活的媽媽永遠會在給他的卡裡面放入足夠的存款，但是賽寧和「我」生活在上海這個繁華的大都市裡的寄生蟲並沒有因為物質的充裕而感到充實，他們感受到的是心靈的空虛和孤獨，他們用彼此的愛撫平空虛，又讓愛情成為相互之間的折磨。「我」除了保留可憐尊嚴外，還容忍賽寧和旗之間出軌的行為，

---

[62] 衛慧：《像衛慧那樣瘋狂》，代後記。

也可以一而再地帶著賽寧去戒毒。「我」曾經認為自己是個不害羞於因為男人而死的女人，強烈傳達出女人得不到深愛的男人所給予快樂，就無法得到幸福的訊息。「我」在賽寧離開後，也開始吸毒，通過賽寧所喜歡的海洛因和他約會。

「我」的為賽寧折服，就像倪可之於馬克一樣，他們都讓自己接受男性的檢閱，渴望得到男性的認可。

為了表現虛空無聊，棉棉的敘事話語是躁動迷亂的，沒有中心思想交流的，如《啦啦啦》、〈黑煙裊裊〉、〈九個目標的慾望〉和〈告訴我通向下一個威士忌酒吧的路〉等一系列的小說，講述的都是瘋狂放縱的故事，其零散的內心獨白皆有著強烈的反叛意志，但卻又有一種深切的明白：有一種境界是她始終無法抵達的。

再看周潔茹以她老道而冷漠的文字風格，在〈回憶做一個問題少女的時代〉和〈亂〉中展露無疑，還有她在〈我們幹點什麼吧〉暗示了不可能改變的生活現狀，並表明不得不坦然接受現實的無奈，這種無能為力的虛無，還貫穿在〈飛〉裡面，文本中有太多遙不可及的夢想，雖然不甘心卻又無所作為。她的小說對人性的態度幾乎是刻薄的。文本中所上演的世紀末狂歡，讓過度縱然的內心衝動，身體慾求的迷戀，以致陷入心靈、精神自我的深度迷失。

作家以酒吧作為存在空間，主人公的職業多設定為酒吧 DJ、歌手、作家或蘇活族。這些直覺主義者，受到五光十色的都市物象的誘惑，以「酷」性的表演，把城市當作狂歡的舞臺，全然迎接即興的瘋狂，因此，她們的城市文學又不如說是酒吧文學，在吸毒、酗酒、亂交、勒索、謀殺等駭人聽聞的事件的反覆中，傾訴著她們的焦慮、慾望、死亡、暴力與罪惡，她們以反抗的姿態脫離舊的東西，拒斥傳統，但在指向虛無時，又沒有新的東西可以讓她們有所依歸，於是，我們在

她們的小說裡見到了「某種『影響的焦慮』，這種焦慮一方面是中國作家對自身所處生存境遇的恐慌，另一方面是對強大的西方技巧進行吸取和再次突破時所帶來的不安。」[63]作家在內心拼命要反抗這種恐慌，所以，在表達上有著失控、情緒化的口語，還有屬玩笑造作的語詞。

她們的徬徨是突出的，特別表現在他們的生活態度和人生觀的張揚，尤其在他們的文本中，沒有理想的現實意義，為反叛而反叛，又顯得淺薄盲從，表現了對人文精神話權的瓦解，最後在困擾的痛裂中心力交瘁，在追求特立獨行的表達中，反更揭開其主體精神的虛無與脆弱，在其成長經驗的敘述中，感受到精神取向的迷惘。

由以上所述，可知晚生代作家的小說所引起的爭議可想而知，以下將以衛慧《上海寶貝》為例，整理學界正負面褒貶的聲音並提出說明與看法。首先來看負面的評價。聯合報在一篇名為〈情慾書寫 大陸女作家新爭議〉報導中指出：大陸 90 年代出現一批「下半身派」女作家，她們以女性的情慾經驗為主題，也不諱言是「從己身經驗出發」。同期出道的男作家亦不乏描寫身體、情慾的，卻未如「下半身派女作家」受注目。西方的性別論述中，指出傳統社會把女性歸為「下半身」世界，是情慾的、身體的；男性則屬「上半身」社會，是思考的、精神的。是以即使女子從事應該屬於「上半身」的活動如寫作，被注意的仍然是「下半身」、身體的部分。大陸的「下半身派女作家」，有人稱「美女作家」，也有人稱「妓女作家」，然而不管是美女或妓女，大家關心的都是她們的「身體」。北京青年報最近一篇評論便指出，「下

---

[63] 王素霞：《新穎的「NOVEL」——20 世紀 90 年代長篇小說文體論》，北京：光明日報出版社，2006 年 8 月，頁 175。

半身派女作家」的作品良莠不齊，但一掛上封面玉照，似乎便再也沒人關心她們到底寫了些什麼。[64]

　　陳曉明在〈『歷史終結』之後──九十年代文學虛構的危機〉中說：「這一批作家，沒有堅固的歷史紐帶，只有個人記憶，只有當下展開的生活，這些生活與我們此前的歷史脫節或斷裂。這些作家與當代城市生活密切相關，她們與鄉土中國已經相去甚遠，中國的城市化和市場化，以及全球資本主義化是她們寫作的現實背景。」[65]她們樂於尋找各種生活的刺激與情感冒險，早就離前代人進退維艱的沉痛相當遙遠了。

　　王文廣認為衛慧成功地以「下半身寫作」、「胸口寫作」作為一種噱頭，把自己推銷出去，「因為只有這樣，作品才能獲得最大限度的商業和傳播價值，這就是衛慧作品的可悲之處。」[66]他認為她的作品沒有多少深度內涵，只是在低水準地複製心靈和展現慾望，是純私人化的感受，所以無論秉承什麼文學創造觀，這種寫作不可能成為經典，只是一種消費時光的消磨，對小資群體來說，交流了生活經驗而已。好小說必須在世界和存在面前獲得一種深度，而不是簡單地在生活經驗的表面滑行。他說膚淺和粗糙是衛慧等人的共性，寫作這種高難度的活動在她們那兒變得簡單化，就是一種個人經驗貧乏的展現。[67]

　　王周生也說：「在物慾和肉慾橫流的時代，對身體和性的過度張揚，非但不是革命的顛覆性的，反而是墮落的徵兆。」[68]她們的小說只停留在抗爭意義，過分歡呼身體主權的回歸，又被陷溺到無所不在的

---

[64] 聯合電子報：〈情慾書寫　大陸女作家新爭議〉，2000 年 7 月 10 日。

[65] 寧亦文編：《多元語境中的精神圖景：九十年代文學批評集》，頁 85。

[66] 王文廣：〈慾望魔瓶的傾覆──衛慧小說話語世界〉，頁 64。

[67] 王文廣：〈慾望魔瓶的傾覆──衛慧小說話語世界〉，頁 64。

[68] 王周生：《關於性別的追問》，上海，學林出版社，2004 年，頁 139。

慾望商品化的陷阱中，所以對於文學建設特質，實是少之又少，解構了文學的基本使命感。

趙稀方也指出衛慧等人身體寫作裡體現的女性意識也是頗成問題的。倪可遊戲於男人之間，自由地支配自己、支配男人，看起來自立自主，其實並不然，因為她是按照男人的眼光看待自己的。倪可所利用的只是自己對於男人的魅力，是男人對於女性的慾望。[69]文中舉例倪可最關心的是自己是不是一個有魅力的女性？她認為女人想要簡潔快速地吸引男人，除了大跳辣身舞，還有就是游露天泳！還有陌生人看她半裸的眼神依然讓她有本能的滿足感。

趙稀方認為在這種情形下女性其實並不自由，也沒有真正的自主，因為她要時時扮演男人眼中的美女形象。在小說中倪可在小說寫作時才感到真正的自由自在，無所顧忌。倪可甚至自認有受虐的傾向，愈受男人虐待愈感到興奮。筆者認為其實這就是多數女性天生的矛盾，渴望愛情，但又想要自主，所以在追求自主的過程，只能從男人的眼光去肯定自己，然後，在經歷每一次愛情的傷害帶給自己成長。

接著再來看看正面的評價。

批評家吳炫對衛慧的作品發表的是積極的評價，他認為衛慧的寫作意義「首先不在於文本的意義、文學的意義。她的意義在於文化上反對傳統道德的寫作，是一種消解和挑戰傳統道德的衝動，所以她的寫作肯定會讓在傳統道德中生活的人不舒服。這個衝動使她的小說顯得非常任意、任性。」[70]

---

[69] 趙稀方：〈中國女性主義的困境〉，《文藝爭鳴》，第 4 期，2001 年，頁 79。

[70] 吳炫：《穿越當代經典——「晚生代」文學及若干熱點作品局限評述》，見《山花》，第 9 期，2003 年，頁 105。

孫瑋芒也肯定說:「衛慧以性學家的準確表現了女性面對情慾的生理反應,以作為一個完整的人的立場健康地看待性,又以詩一般的描寫將性的歡愉予以美化、典型化。」[71]

另外,姚馨雨在指出《上海寶貝》過分放縱女性慾望等缺陷的同時,又指出其「身體寫作」突破了男性中心文化的禁錮,是「女性肢體話語的自由表達」。[72]

蔣濟永還更深入這類作家作品所蘊涵的深刻的文化意義,他以《上海寶貝》為例,對作品「身體的文化隱喻」作深層的文化解讀,以回應當前批評界對「身體寫作」的某些誤解。該文中談到小說中兩代人所顯示的不同的文化隱喻:

第一代是天天的雙親、西班牙男子和天天。天天作為中國父母所生的後代,只剩下一副虛有其表的美麗面孔。這是一個巨大的文化隱喻:天天的父親代表傳統文化,天天的母親越洋過海到西班牙賺錢,代表了一種文化西化認同,而西班牙男子代表著舊殖民者的西方文化(鬥牛士文化)。文化西化的結果是弒父式的,傳統消失了,天天的父親死了,天天的母親與西班牙男子的結合使傳統的後代——天天不僅患上失語症,而且還失勢陽痿。當前中國文化的「失語症」現象之嚴重,就是天天人物這一身體的隱喻。

第二代是天天、倪可和德國有婦之夫馬克。在第二代身體交往中,陽痿無能的天天,失去了抗爭的動力;倪可則朝氣情迷,將愛情與肉慾分開,與天天的結合是一種沒有婚姻的精神之戀;而與馬克的肉慾

---

[71] 孫瑋芒:〈《上海寶貝》:從中國內部顛覆父權社會〉,《PC home e-people 名家專欄電子報》,2000 年 6 月 9 日。

[72] 姚馨雨:〈身體寫作:女性意識的張揚與迷失〉,《南通大學學報》(哲學社科),第 1 期,2005 年,頁 22。

沉迷，享受一種被征服的快感。馬克儘管已有妻子和孩子，然而到東方獵豔依然是西方殖民者征服者的象徵；與傳統殖民主義不同的是，他是新殖民文化的象徵。倪可作為這一新時代文化西化的代表，在物慾和肉慾的滿足中，象徵著一種自甘被征服、被殖民的文化意象；馬克象徵著物慾的強勢文化；天天就在象徵著強勢文化的馬克，與象徵著自甘被殖民心態的倪可的雙重夾擊下，抗爭無能窒息而死亡。按常理，天天有錢，倪可與天天尚有愛情，後來天天的母親也從西班牙重回上海，完全可以為天天的陽痿作檢查、治療，但在小說中我們卻見不到這樣的安排。作者為什麼要這樣寫呢？這是一個神話隱喻，倪可作為一種文化的選擇隱喻，她是矛盾的：她一方面想在本土文化中尋找一種依靠，然而，天天作為新生文化的失勢，倪可深知這是一種沒有結果的結合，於是她退而求其次，只求精神戀愛，但是天天卻因吸毒，不能自拔而死去；另一方面健康漂亮的倪可，抵抗不住感官慾望的誘惑，於是在西方強勢力量的征服下，只能投入西方的懷抱。所以小說末尾的「我是誰？」的文化尋根似的自我詰問，就是一種文化身分無法歸依、確定的詰問和隱喻。[73]

　　蔣濟永還進一步指出：「衛慧也許自己並沒有意識到其作品還有如此深刻的文化寓意，但如歷史上的許多傑出作品出現一樣，開始受到各種攻擊和誤解，作家本人也沒有意識到其意義，只有過了很久以後作品的價值才為人們認識到。文學史上《紅樓夢》、《查泰萊夫人的情人》等就曾遭遇了這樣的命運。衛慧的《上海寶貝》雖不能與《紅樓夢》、《查泰萊夫人的情人》等名著相提並論，但隨著人們對《上海寶貝》深入理解，人們會逐漸認識到它在當代文學中的價值和地位所在，

---

[73] 蔣濟永：〈身體消費的文化隱喻——衛慧《上海寶貝》的文化解讀〉，《名作欣賞——百家茶座》，2006 年 5 月，頁 109-110。

『身體寫作』思潮也將因為其獨特的敘事方式不同於傳統小說性和身體的敘事策略和方式，……而改變目前不恰當的理解和非議。」[74]

徐岱在對《大浴女》、《慾望旅程》、《慾望手槍》、《像衛慧那樣瘋狂》、《你疼嗎》、《我們幹點甚麼吧》等作品的質疑中，同時認為，這些作品也從一個角度傳達了對生活的感受和關心，「能看到她們努力在張揚個性的姿勢和不甘沉淪與貧庸的心願……」可以「觸動著你的思考」，「是文學多元化的體現」。[75]的確，從創作指向看，作家所表達的女性的身體成長中的獨異感覺與體驗，都是之前的文學鮮少見到的，其意義已經超越了一般的女性成長主題，總之，其大膽與獨特，豐富了女性文學的色彩。

綜上對《上海寶貝》正反兩面的評價，可知兩方皆有言之有理之處，但筆者認為當作品可以引起爭議的同時，就有其某種層面的價值存在。

一、小說最引起爭議的性描寫，其實仔細看來大多都有情節安排的合理性；還有衛慧在塑造天天和馬克兩個強烈對比的人物，是要為倪可提供兩個截然不同的環境背景和心理活動的呈現，因此，這部小說在人物塑造的用心上算是可取的。

二、在這部小說中的畸形人物有天天、矮個男友和李樂。衛慧除了通過畸形人物的變態心理映射其性格外，主要也是利用人物哀傷與黑暗的悲劇色彩，反襯人性的完美與光明的可貴。《上海寶貝》是衛慧寫給女性的身心體驗的小說，反映了一定程度的社會現實，把上海這一代青年的空虛與苦悶，及其潛在個性表露無遺。當然無可諱言地，小說具有教化作用，

---

[74] 蔣濟永：〈身體消費的文化隱喻——衛慧《上海寶貝》的文化解讀〉，頁111。
[75] 徐岱：〈另類敘事：論新生代三家〉，《南方文壇》，第5期，2002年，頁35。

可能有人擔心小說中的黑道、毒品的充斥，會對讀者產生不良影響，但作者安排倪可協助天天戒毒，實有其正面意義；而設計天天因吸毒的悲慘下場，不也有警惕作用。

三、有人認為衛慧的《上海寶貝》吸引觀眾眼球的是性愛的暴露和異國之情，讓人看到怪異和新奇的上海，不顧一切地以任何手段追求優越的生活，「在她的筆下，都市的情愛只有性的存在，是沒有愛的。」[76]筆者並不這樣認為，倪可是有愛的，她愛天天，不然不會陪著他戒毒，也不會在靈與肉之間痛苦掙扎，又力求活出自在。這就如衛慧反批評說：「評論家愛誇大頹廢，亂貼標籤，而忽視了我小說中真實、激情和唯美的東西。都說這代人頹廢、瘋狂、混亂，但我還是要強調我們的優點獨立自主，對生活有熱情、有創意，這才是主要的。」[77]衛慧企圖突破傳統女性形象的派定角色及特性，捍衛自己的情慾自主，也寫出了在幽暗角落，卻是確實存在的一群。

四、倪可是一個行為果敢，能夠獨立思考的女性，作者似乎有意以此來和小說中的兩位男主角形成強烈的反襯。天天愛倪可，曾在倪可的協助下治療陽萎，卻沒有成功，他努力不夠，一再地向魔鬼靠攏，沉淪吸毒而死；馬克想與倪可在一起，卻又要勉強維繫表面的婚姻，他勇氣不夠，搖擺不定，最後還是屈服於現實，接受被調回德國總公司的命運；反而是倪可一直很清楚自己要的是什麼，事業成就的追求——寫作儼然成了她的救星。

---

[76] 管興平：〈頹廢‧偷窺‧慾望——棉棉《糖》、九丹《烏鴉》、衛慧《我的禪》〉，頁41。

[77] 尚曉嵐：〈上海寶貝告別傳媒〉，《北京青年報》，第15版，2000年4月8日。

五、情慾性愛，在新生代作家筆下成為重要的敘事場景，人性本能也在此鋪展開來，當然不可否認，晚生代作家衛慧等人對於個體與社會大環境的聯繫不夠，她們以叛逆的敘事姿態顛覆傳統的禁忌規範，對於倫理規範敬而遠之，有著炫耀身體、比拼慾望的傾向，消弭愛的崇高價值，著重性愛分離的慾望敘事，總聽從內心衝動的驅使，過著隨心所欲的瘋狂生活，以致於同時面臨極大的豐富物質和精神虛無；強調個體的獨立價值，與片面強調生物本能與慾望，而忽略了社會因素對人的作用。所以，當她們以特殊的文化立場和敘事姿態挑戰傳統的尺度時引起極大的爭議。當然，「身體是具有文化的意義，人的自然屬性和社會屬性皆被身體所呈現，既可呈現權力的控制，也是自我認同可見的攜帶者。」[78]身體和性，作為現代都市體驗的一個重要部分，在尋求其回歸自我，獨立於外部世界，也應該同時顯示身體與社會、自然、時代的多重關係，因此，晚生代作家在公開自己的隱私時，應該從身體的表述功能試著往更深度去開掘。

六、埃萊娜・西蘇在〈美杜莎的笑聲〉中指出：「我個人而言，我以身體書寫小說。……我緊依著身體和本能書寫……以身體構成文本……婦女必須通過她們的身體來寫作，她們必須創造無法攻破的語言，這語言將摧毀隔閡、等級、花言巧語和清規戒律。」[79]她提出了「兩性共體」理論，是一種文化的而

---

[78] 林樹明：《多維視野中的女性主義文學批評》，北京：中國社會科學出版社，2004年5月，頁176。

[79] 張京媛主編：《當代女性主義文學批評》，北京：北京大學出版社，1992年1月，頁201。

非生理的定位，是對兩性特徵的尊重。如果用這段話來評論
晚生代作家的作品，她們的確在其「語言」和「兩性共體」
上是相當虛弱的。而這又引發筆者另一種思考：如果《上海
寶貝》的作者是位男性，小說還會不會那樣暢銷？又是否會
走向被苛求批判、被謾罵「禁絕」的命運？

七、黃發有說：「經驗化敘事講述的是自己的故事，通過展示個人
經驗的獨特性來揭示個人存在的真實性，但是，由於每個人
的經驗背景的大同小異，以及經驗敘事的孤獨姿態對個體與
社會、時代、歷史的內在關聯的漠視，經驗敘事很快就出現
雷同傾向。新生代作家和 70 年代出生作家眉飛色舞地講述的
都是隱密的成長經驗，結果是『隱私不私。』」[80]就這一點來
說，晚生代作家的作品整體價值其實就在她們「刻意」以強
勁的話語方式表現都市瑣碎的生活，表達其焦慮感的誇張形
式，以及「有心」對倫理秩序形成強烈衝擊、對約束精神的
循規蹈矩的庸俗生活不屑一顧的同時，都大大地減損了。其
實，作家在展示其成長的殘酷和迷惘時，還是要抱以嚴肅和
重視的態度，加強個體與社會、時代和歷史的內在關聯。

八、這樣的「下半身寫作」女性究竟獲得多少身心自由？還是反
被禁錮得更為嚴重？女性有因此而走出男權社會的約制嗎？
這些問題都有待時間考驗找出合理解答。

---

[80] 黃發有：《準個體時代的寫作：20 世紀 90 年代中國小說研究》，上海：上海三
聯書店，2002 年 11 月，頁 79-80。

三、超性別書寫

「超性別意識」是陳染在〈超性別意識和我的創作〉一文中提出的，陳染說：「有時同性比異性更容易構成理解和默契，順乎天性，自然而然……真正的愛超於性別之上，就像純粹的文學藝術超於政治而獨立。它們都是非功利的，是無實利的藝術。」[81]以陳染的理解，人類有權利按自身的心理傾向和構造來選擇自己的愛情，那才是真正的人道主義，才是真正符合人性的東西。所以，她認為：「異性愛的霸權地位終將崩潰，從廢墟上將升起超性別意識。」

陳駿濤在〈性別意識和超性別意識──女性寫作論議之一〉一文中說，超性別意識是性別意識的一種提升，一種昇華，他整理陳染的超性別意識應該有三層意思：

第一層是指愛情，實際上是一種同性愛或同性戀，是為女作家為她們作品寫的「姐妹情誼」所做的一個註腳。

第二層是指寫作姿態，一種把兩性力量融合起來的寫作姿態，就是把男性和女性兩股力量融洽地在精神上結合在一起，才能毫無隔膜地傳達思想情感。

第三層是指看人（不管是男人還是女人）的一種標準，也就是要以超性別意識來看待人、欣賞人，一個具有偉大人格力量的人，往往先是脫離了性別去看待他人的本質的。單純地看到是女性或男性，那是一種膚淺。

他認為「社會要發展、要前進，不能倚仗兩性的對立，而要倚仗兩性的和諧。……倡導兩性的平等，承認兩性的差異，強調女性的特

---

[81] 張清華主編：《中國新時期女性文學研究資料》，濟南：山東文藝出版社，2006年4月，頁101。

點和權力、甚至女性比男性優越的方面，等等，並不是要以女權來代替男權、以女性的偏執來代替男性的偏執。……超性別意識的思路是一種有助於促進雙性和諧的思路。」[82]

劉慧英也在《走出男權傳統的藩籬》一書中提出「雙性文化特徵」，這兩個觀點的提出都反映了作家期待要建構一個開放、多元而解放的女性發展空間。鐵凝也提過「雙向視角」的概念，她說她在面對女性題材時，一直力求擺脫純粹的女性的目光。「渴望獲得一種雙向視角或者叫做『第三性』視角，這樣的視角有助於我更準確地把握女性真實的生存境況……只有跳出性別賦予的天然的自賞心態，女性的本相和光彩才會更加可靠。」[83]

在女性文學批評界有兩派不同的意見，一派認為女性寫作是女作家的性別寫作，主要是她們的私人化和軀體寫作等，至於提出超性別意識、超性別寫作只是一種策略，並非是女性文學的價值目標；另一派認為女作家應該以人為本，女作家突出女性的女性意識、生命體驗是理所當然的，但不應偏執於性別或性別中心主義，也不宜排斥超性別意識或超性別寫作，以致陷於狹隘的境地。然而，對於這樣的歧義，盛英說她比較傾向於後一種看法，但也不排斥那些真正含有文化意味的「私人化」寫作和軀體寫作。只是她不贊同有些批評家把「女性寫作」侷限於此，並稱其為女性文化核心、女性文學成熟標誌的提法。她認為女性文學應重視男女的差異性、突現女性視野，然而不宜由此而走向極端或以偏概全。[84]她說：「其實，是歷史文化造成了文學的性

---

[82] 陳駿濤：〈性別意識和超性別意識──女性寫作論議之一〉，《文論報》，1999 年 1 月 28 日。

[83] 鐵凝：《鐵凝文集‧玫瑰門》，南京：江蘇文藝出版社，1996 年 9 月，頁 1-2。

[84] 盛英：《中國女性文學新探》，山東：中國文聯出版社，1999 年 9 月，頁 124-125。

別化現象，當人們以平等心態書寫性別時，何必搞什麼性別主義？誰
不期待男女互補互助社會的早日到來，誰不期待文學生態的日趨平衡
呢。」[85]確實如此，性別差異帶給兩性太多對話上的困難，也因此不難
想像「超性別意識」的崛起。

　　多數作家的「超性別意識」其實就是在孤獨、痛苦以及漫長的自
我認同過程中開始並形成，大陸學者卜紅在評論陳染的「超性別意識」
時說：「『超性別意識』在另一個層面上還表現為一種『自我認同』。它
是自我意識的出發點。相對於女性而言，女性寫作在講自己的或個人
的故事的時候，實際也是進行文化敘事，這種文化敘事應該是不存在
性別差異的，是一種『超性別意識』的文化產品。」[86]

　　在這一類的文本中，多著重於宣示女女姐妹情深，不但著迷於同
性間的理解與友愛，也在純粹的女性世界裡，撫慰彼此的心靈，有著
「我見青山多嫵媚，料青山見我應如是」的同「性」相憐宣言。陳染《私
人生活》裡出身於不幸家庭的「我」，經歷孤獨的童年、苦悶的青春期，
把對理想母親的形象投射在鄰居禾寡婦的身上，「我」認為禾寡婦：

> 實在是我乏味的內心生活的一種光亮，她使我在這個世界上找
> 到了一個溫暖可親的朋友，一個可以取代我母親的特殊的女
> 人。只要她在我身邊，即使她不說話，所有的安全、柔軟與溫
> 馨的感覺，都會向我圍繞過來，那感覺是一種無形的光線，覆
> 蓋或者輻射在我的皮膚上。[87]

---

[85]　盛英：《中國女性文學新探》，頁 81。
[86]　卜紅：〈感受陳染的「超性別意識」〉，《青海師專學報》（教育科學），第 4 期，
　　　2006 年，頁 56。
[87]　陳染：《私人生活》，頁 96-97。

陳染筆下的女性在渴求父愛不成後，就引發內在反撲，而在面臨「家變」後，其情慾取向也跟著心隨境轉。《私人生活》裡成長過程受到父母忽略的主角「我」和鄰居禾寡婦有這樣一段對話：

> 我說，「人幹嘛非要一個家呢？男人太危險了。」
>
> 禾說，「是啊。」……
>
> 禾又說，「有時候，一個家就像一場空洞的騙局，只有牆壁窗戶和屋裡的陳設是真實的，牢靠的。人是最缺乏真實性的東西，男人與女人澆鑄出來的花朵就像一朵塑膠花，外表看著同真的一樣，而且永遠也不凋謝，其實呢，畢竟是假的。」
>
> 我說，「你以後再不要找男人了，好嗎？像我媽媽有爸爸這麼一個男人在身邊，除了鬧彆扭，有什麼用？」……
>
> 「反正你也不要小孩子嘛。我以後就不要。」我說。
>
> 「那我老了呢？」她問。
>
> 「我照顧你。我永遠都會對你好，真的。」[88]

禾寡婦在「我」孤單無助的人格養成過程成為「我」心靈理想的依歸與寄託。還有〈麥穗女與守寡人〉裡的「我」在和英子情感交流的同時，忽然走神，甚至「懷念起舊時代妻妾成群的景觀，我忽然覺得那種生活格外美妙，我想我和英子將會是全人類女性史上最和睦體貼、關懷愛慕的『同情者』。」[89]

又如〈空心人誕生〉裡的十二歲的少男，觀察婚姻失敗的母親和未婚的苗阿姨相濡以沫的情感──「媽媽難過的時候，是苗阿姨安慰媽媽；媽媽哭的時候，苗阿姨就摟住媽媽顫抖的肩。她身上散發一股

---

[88] 陳染：《私人生活》，頁 104-105。

[89] 陳染：《沉默的左乳》，南京：江蘇文藝出版社，1997 年 2 月，頁 62。

天堂般的溫暖，一股神奇的保護神的魔力。」[90]當母親又受到父親的暴力相向，她帶著兒子離家，而苗阿姨收留了他們母子，在少男眼中苗阿姨是世界上最溫存的女人，他見到這兩個女人對話的聲音很輕柔，距離也很近，說話的時候，她們把目光灑落到對方眼裡，彷彿要抓住對方沒有說出的內容，她們比姐妹還親，一起上下班、分擔家事，「臉上洋溢著難以言傳的寧靜與溫馨」。[91]母親曾對苗阿姨說：「我不需要男人。」然後她們便沉默下來，那沉默「是一種對自己同類所懷有的無法言傳的深深的同情與憐愛。」[92]少男觀察著婚姻失敗的母親和未婚的苗阿姨相濡以沫的情感，母親勸苗阿姨「以後要生個孩子」，苗阿姨說她不要，她認為孩子也不會永遠屬於自己，而且她也沒碰到合適的男人，她覺得她們這樣很好。於是，我們見到精神相通的兩個女人，在鎮上老街走時──「挽著手，黑暗使她們親密起來，小雨過後的寧靜使她們聽到彼此的心跳，聽得到路邊大石頭把水珠吸收進去的嘶嘶聲。很多時候，她們並不說什麼，但都強烈在感到身邊的人的存在。」[93]這樣的柔美浪漫的畫面，對比著少男眼中陰森的父親形象，所呈現出來的灰暗的黑色意象，讓人印象深刻。

在 90 年代的女性寫作中，「異性戀的書寫和認同在更大的範圍和程度上進行，然而對於兩性之間最為深沉的本質關係的揭示卻沒有深入下去，女性自我在實現了與異性的對話之後，迅速地失望並轉向了同性之誼的建構。」[94]的確，從本書前面所討論的婚戀題材的章節，可見出兩性在溝通上的困難重重的障礙，尤其是有的愛情或婚姻是建立

---

[90] 陳染：《與往事乾杯》，南京：江蘇文藝出版社，1997 年 2 月，頁 348。
[91] 陳染：《與往事乾杯》，頁 350。
[92] 陳染：《與往事乾杯》，頁 352。
[93] 陳染：《與往事乾杯》，頁 355。
[94] 王艷芳：《女性寫作與自我認同》，頁 226。

在利益之上的，以現實利害為考量，真愛尤為難見。所以，當同性之間的互愛交心一產生，便很容易迸出火花。陳染〈另一隻耳朵的敲擊聲〉裡的黛二小姐所經歷的內心曲折，都曾是伊墮人走過的路，伊墮人覺得她對黛二小姐有責任——「我的手曾經觸電般碰到過她的淚水，她瘦削的肩曾在我的臂中激烈不安地抖動。那一刻我感到我的生命終於抓到什麼。我必須拉緊她，一刻不能再鬆手。拉緊她就是貼近我自己，就是貼近與我血脈相通的上帝。我需要她。」[95]而黛二小姐對伊墮人也是——「我一眼便把她從陌生的世界上認出來，因為在見到她之前，我們早已由於那個共同守候的祕密而一見如故。沒人知道那祕密是什麼。我被這個祕密所牽引，所驚懼……這個人，我一見如故。在夢中，我很久很久以前就已經認識了她，一種不現實的人和一種禁忌的關係。」[96]

透過陳染的這些文字描寫，我們不由不著迷於同性間的理解與友愛，環境迫使她們遁逃到純粹的女性世界裡，同性的情誼平靜而安詳簡單，儘管情緒複雜，又似乎都有辦法找到解決之道。作者似乎有意表達：真正的愛超越性別，每個人都有權利按照自己的性別傾向選擇愛情。

而林白也在〈瓶中之水〉裡塑造了同樣出生於殘缺家庭的二帕和意萍，兩人在一場會議上結識後，便惺惺相惜地珍視著她們的友情。二帕為了工作發展和一位四十多歲，與老婆長期分居的學院講師上床，意外懷孕後，在確定他不可能離婚的狀況下墮了胎。不過她也在他的幫助下在事業上出了頭。但是這樣的交易關係，是令她感到空虛的。反而，二帕和意萍常常覺得對方與自己是多麼情投意合——

---

[95] 陳染：《沉默的左乳》，頁 195。
[96] 陳染：《沉默的左乳》，頁 194。

意萍說：二帕，咱們要是有一個是男的就好了。

二帕說：就是。

意萍說：這樣咱倆就不用另外再談戀愛了。

二帕說：就成兩口子了。[97]

意萍表示她並不愛她那忠厚老實的男友：「你知道你多讓我動心，你是一個非常特別的女人，只有我才能欣賞你，你知道嗎？」二帕也回說：「意萍你才是真正精采的女人呢！」[98]

　　這樣的女女關係到了出生於 70 年代的前衛作家衛慧筆下被描寫得更是大膽。《上海寶貝》裡的女導演莎米爾，一個頭髮剃成像男子一樣短，穿黑色短裙的女人，經由馬克介紹認識了倪可，莎米爾用很特別的眼神看著倪可，拘謹地伸出手，倪可卻伸臂對她行了擁抱禮，莎米爾似乎有些意外，但很高興。莎米爾是個標準的女同志，她看倪可的眼神裡有一種幽然情挑的，有別於一般女性間交流的東西。她們聊起電影、色彩、服裝、夢境和小說。後來，莎米爾把她的名片遞給倪可，還交代她不要丟掉，以後還會有機會見面的。

　　馬克開玩笑地對莎米爾說她愛上倪可了。莎米爾笑起來覺得沒什麼不可以，她誇倪可是個不一樣的女孩，不僅聰明，還很美，是個可怕的寶貝，她相信她什麼都會說，什麼都會做的。這話一下子就打動了倪可，她一瞬間渾身凝固，有過電的感覺，倪可不明白「為什麼最瞭解女人的無一例外地總是女人。一個女人總是能精確無誤地揭示出另一個女人最細微最祕密的特質。」[99]

---

[97] 林白：《致命的飛翔》，武漢：長江文藝出版社，1997 年 4 月，頁 217。

[98] 林白：《致命的飛翔》，頁 219。

[99] 衛慧：《上海寶貝》，頁 290。

　　王艷芳認為陳染和林白會對女性同性戀取向表示認同「首先部分包含著寫作者個人現實的生活經驗和想像；其次，這與她們有意識的女性主義寫作立場有關，在西方女性主義的理論影響下有意識地以這種充滿冒犯禁忌意味的寫作來實現對男性中心主義文學規範的反動；再次，從女性寫作與女性自我的深層關聯上來講，同性戀作為明確的性別關係為女性自我的心理建構開創了新的形式。」[100]確實這兩位以個人自傳書寫聞名的作家，不約而同地利用超性別意識超脫女性的立場與其狹隘，讓性別視野所關注的範圍更為拓寬，她們筆下那些涉及同性之間身體接觸的親密而大膽的描寫對文化進行了顛覆。

　　作家筆下同性情結的描寫，有更大的部分是要表達女性情慾的多面，而不只是要在強大的男性中心話語體系中，建立起她們的性愛敘事以及言說話語所採取的一種文化策略。女性文學進入 90 年代，作家已漸漸不把男權社會中的不公平當作對抗的對象，她們要面對的是真正屬於自己內心的需求與面對社會眼光的掙扎。

　　林白〈瓶中之水〉裡的意萍常覺得二帕的臉有一種不可思議的美，她深陷的眼睛裡有種憂傷的悲劇吸引著她，看著她時，心裡湧動著一種強烈想要擁抱她的慾望，但是兩人其實又一直在抗拒著。意萍向二帕坦承女人比男人有味道多了——

> 意萍又說：我現在明白了，我其實是喜歡女人的人。
> 二帕遲疑地說：是……那種喜歡嗎？二帕吸了一口氣，及時將那三個要命的字吞了回去。
> 意萍因了這種吞吞吐吐的點破，竟坦蕩了起來，她語氣鬆弛地說：二帕，你不要那樣想，女人之間一定能有一種非常非常好

---

[100] 王艷芳：《女性寫作與自我認同》，頁 227-228。

的友誼，像愛情一樣，真的，二帕你不相信嗎？

二帕說：我害怕。

意萍有些失望：二帕，你真是的！你缺乏內心的力量，不敢冒險，有什麼可害怕的呢？……

二帕盯著黑暗說：我害怕是因為我天生就是那種人，我從來就沒有真正愛過男人，沒有真正從他們那裡得到過快樂，我不知道怎麼辦，我絕望極了。

二帕盯著黑暗說：可我不願意強化自己的這些，我不想病態，我想健康一點。[101]

這兩個相愛卻不夠勇敢的女人在一次言語爭執中決裂了，二帕被傷重了，原來意萍從不用平等的心去對待她；即使事後意萍寫信給二帕，但卻沒等到回信。最後，意萍結婚生子了，二帕如願在事業上飛黃騰達，但是，她覺得自己的心靈枯萎了，她既不愛男人，也愛不上女人。

　　再看〈一個人的戰爭〉裡的多米用冷靜去呼應南丹的熱情。多米當時處在事業的低潮期，為著自己得不到 N 城文學界承認而苦惱。南丹深知這一點，南丹說，「N 城算什麼，我一定要讓你在全國出名。」南丹為了多米，和最著名最權威的文學評論家發生了關係，讓他們評論多米的作品。多米還發誓，一畢業她就要報考中國社會科學院文學所的當代文學研究生，為的是要成為知名的評論家。後來，多米逃跑的態度，傷透了南丹的心。南丹離開後，多米讀完南丹的來信後——

　　看到滿篇都是對同性之愛的熱烈讚美，她的文字像一些異樣的火苗在我面前舞蹈成古怪的圖案，又像一雙隱形的眼睛直抵我

---

[101] 林白：《致命的飛翔》，頁 218-219。

的內心，發出一種銳利的光芒。這封信我沒有再看第二遍，我
把它放在我衣服口袋裡，有一種心懷鬼胎的感覺。工間休息的
時候我偷偷溜回宿舍，我只有一個念頭，就是趕快把這封信毀
掉，那些語言就像一些來路不明的惡魔，與我內心的天敵所對
應，我唯一的想法就是殺死它們。[102]

在認同自己的性別取向的過程，有很多會因為勇氣不夠而爭執，而選
擇逃離的。多米清楚什麼才是她真實的想法，只是她缺乏面對的勇氣。
許多年以後，多米認識了一個年輕的女人，她們互相愛慕，但在最後
關頭多米還是逃跑了，女人指責多米內心缺乏力量，不敢正視自己的
內心。

　　延續上述，情慾的發生是自然而必要的。《一個人的戰爭》裡的多
米也迷戀著女體，文本中描述著她多麼想看到那些形體優美的女人衣
服下面的景象。她覺得——

　　女人的美麗就像天上的氣流，高高飄蕩，又像寂靜的雪野上開
　　放的玫瑰，潔淨、高潔、無法觸摸，而男性的美是什麼？我至
　　今還是沒發現，在我看來，男人渾身上下沒有一個地方是美的，
　　我從來就不理解肌肉發達的審美觀……在一場戲劇或一部電影
　　中，我的眼睛永遠喜歡盯著女人，沒有女人的戲劇或電影是多
　　麼荒涼，簡直就是沙漠，女人一旦出現，我們頓覺光彩熠熠，
　　芳香瀰漫，在夏天我們感到涼爽，在冬天我們感到溫暖。[103]

---

[102] 林白：《一個人的戰爭》，頁 50。
[103] 林白：《一個人的戰爭》，頁 26。

多米有機會接觸到歌舞劇的表演者姚瓊，見到姚瓊在她面前換衣服，她的內心充滿了渴望，渴望撫摸那美妙絕倫的身體，但她更加不敢直視姚瓊，她怕會嚇壞她，永遠無法再看到她。林白〈致命的飛翔〉裡的李萵想像北諾的身影在房子裡飄來飄去，兩條腿在空中擊盪，發出圓潤的聲音。李萵甚至在和她的已婚男友——登陸歡愛時，還看到「北諾的衣服和男人的衣服重疊在一起……我聽見他們的聲音在床鋪和圓凳的上方撞擊，她發出的叫喚被一種強大而結實的東西堵住……我們的身體在飛湍的激流中，肉體就是激流……我們發出一聲聲歡快的叫喊。北諾和我，我們體內的液汁使我們閃閃發亮。」[104]林白筆下的慾望描寫得令人不可抗拒，這樣危機四伏的蠱惑人心的關係既是曖昧又美妙。

　　到了衛慧筆下，在描寫女女情慾時乾脆通過對身體本能的感官迷戀，去表達女性的當下體驗與慾望感受。《上海寶貝》裡的倪可為了女導演莎米爾幾句知遇之恩的話，臨別之前她們站在樹影裡親密接吻。倪可有了這樣的感受——

> 她的嘴唇裡的潮濕和溫暖像奇異的花蕊吸引住了我，肉體的喜悅突如其來，我們的舌頭像名貴絲綢那樣柔滑而危險地疊繞在一起。我分不清與陌生女人的這一道曖昧的界限如何越過，從談話到親吻，從告別的吻到情慾的吻。一盞路燈光突然熄滅，某種沉重如重擊的但又超脫的感覺降臨，她的一隻手撫到了我的胸，隔著胸衣輕撚那突起如花蕾的乳頭，另一隻手滑到了我的大腿。路燈光又突然地重放光明，我如夢初醒，從那股莫名其妙的吸引力中掙脫出來……[105]

---

[104] 林白：《致命的飛翔》，頁 7。
[105] 衛慧：《上海寶貝》，頁 290-291。

倪可坐上男友馬克的車，還感到些許恍惚，不解怎麼會和一個初次見面的女人有那樣的舉動。馬克說倪可先是被她的電影迷住了，而一個聰敏的女人吻另一個聰敏女人，真是讓人驚心動魄。

　　作家們所關心的是那些被隱藏起來非檯面上主流地位的，她們歌頌慾望，尤其強調情慾解放，重視個人選擇權，宣示情慾人權，按著自己的意願來使用自己的身體，而最重要的課題是傾聽內在的聲音、解放自己，對自己誠實，解放情慾。她們不但創造一個多元情慾的世界，且企圖崩解異性戀霸權。在她們的潛意識裡要把那種被壓抑的慾望與心理鬱結，以反抗社會規訓的力量，坦率地表現熾烈的愛慾流動，顛覆傳統既定的兩性現象，企圖揭發廣泛的性別議題面向，走出性別刻板印象。

　　對岸由於政治環境的因素，當然沒有台灣來得民主開放，也因此在 90 年代的超性別意識的題材中，幾乎見不到文本中大膽地提出「同性戀」或「同志」的字眼。林白〈迴廊之椅〉裡的敘述者「我」是一個旅行的單身女子，她偶然闖進一幢紅樓認識了年老的七葉，聽她敘述起這一段主僕之戀，她很難想像「有哪兩個女人的關係是如此的緊密，這使我們很容易想到某個在西方通行的合法的辭彙，從七葉一閃而過的詭密神情和多年以後她對朱涼的忠誠和深情，使我推斷她們之間有些不同尋常的東西。但這是不可知的，這是一個必須嚴守的祕密，這個祕密隨著另一個人的消失而愈益珍貴，它像一種沉重的氣體……」[106]這段話中的「西方通行的合法的辭彙」替代了「同性戀」或「同志」的用詞。由此可見，同性間在尋求認同過程的艱難。

---

[106] 林白：《致命的飛翔》，頁 180。

　　作家以一種含蓄隱約，顯而不露的態度去塑造小說中的人物，去說服較不勇敢的另一半，雖僅僅限於兩人世界，但已經是跨出很大的一個快步。〈一個人的戰爭〉裡的南丹對多米進行愛情啟蒙，說：「同性之間有一種超出友誼的東西，這就是愛，而愛和友誼是不同的，敏感的人一下就感覺到了。她又說柏拉圖、柴可夫斯基都是同性戀者，羅斯福夫人在宮中還密藏女友呢。她說同性之愛是神聖的。」[107] 長大後的多米甚至「有些懷疑自己是否具有同性戀傾向，這類人正在某些國家遊行，爭取自己的權利，這個運動風起雲湧，波瀾壯闊，是我們這個時代特別的景觀，它像革命一樣呼喚著每一個潛伏著革命因數的人，使那些被呼喚的人躍躍欲試，蠢蠢欲動。」[108] 〈另一隻耳朵的敲擊聲〉裡的伊墮人認為黛二小姐「身上糾纏著一股自相矛盾、彼此衝撞的矛盾氣息。彷彿像鐐銬一樣，越是想擺脫、掙扎什麼，什麼就越是箍緊。」[109] 她瞭解她的苦楚，自認為只有她那種女人才懂得她，「只有我才能誘導你，走出去，走出絕境。」[110] 她對黛二說：「沒有男人肯要你，因為你的內心與我一樣，同他們一樣強大有力，他們恐懼我們，避之唯恐不及。若我們不在一起，你將永遠孤獨，你的心將永無對手。」[111] 〈破開〉裡的殞楠曾問「我」如果還有一分鐘會死去，她會怎樣？「我」對殞楠說她會很愛她；殞楠則說她會要親吻她。「我」說：「活到我們這個份上，的確已沒有什麼是禁錮了。這是一個玻璃的時代，許多規則肯定會不斷地被向前的腳步聲劈劈啪啪地搗毀。」[112]

---

[107] 林白：《一個人的戰爭》，頁 43。
[108] 林白：《一個人的戰爭》，頁 26。
[109] 陳染：《沉默的左乳》，頁 193。
[110] 陳染：《沉默的左乳》，頁 194。
[111] 陳染：《沉默的左乳》，頁 200。
[112] 陳染：《沉默的左乳》，頁 275。

「我」認為只有女人最懂得女人，最憐惜女人。最後，「我」在夢中經歷飛機失事後，選擇面對自己，她要殞楠和她一起回家：「我需要家的感覺，需要有人與我一起對付這個世界。」[113]

正因為之前所提的同性相憐，所以，我們也見到作家們為這些女性構築了屬於她們的女性世界的理想桃花源。〈破開〉裡的身為藝術批評家的殞楠，在沒有和「我」相聚時，總會寄給「我」美麗至極的長信──「我總想在這山城的江邊買下一幢木屋，你過來的時候，我們悠悠閒閒地傾聽低渾的濤聲水聲，遠眺綿延的荒丘禿嶺，那是個心靜如水的日子……」[114]很多時候，她們不說話，但是「言語也會以沉默的方式湧向對方，對話依然神祕莫測地存在著。對心有靈犀的人來說，言語並非一定靠聲音來傳遞。」[115]「我」原以為做為一個女人只能或者必須等待一個男人，但是和殞楠相遇後──

> 我更願意把一個人的性別放在他（她）本身的質量後邊，我不再在乎男女性別，也不在乎身處「少數」，而且並不以為「異常」。我覺得人與人之間的親和力，不僅體現在男人與女人之間，它其實也是我們女人之間長久以來被荒廢了的一種生命潛能。[116]

女女之間的相遇是一種刻意不了的緣分。「我」期待和殞楠住在一個不遠不近的山坡上，可以經常一起喝午茶，一起吃沒有施肥過的新鮮水果。更多的時候，「我」想要獨自一人在自己的房間，讀書寫字，尋求心靈無限的平靜。這是一種不同於過去傳統的「寡婦情結」，女性們自

---

[113] 陳染：《沉默的左乳》，頁282。
[114] 陳染：《沉默的左乳》，頁257。
[115] 陳染：《沉默的左乳》，頁257-258。
[116] 陳染：《沉默的左乳》，頁262。

願選擇一種獨身的生活方式，在沒有男性騷擾的情況下，遠離對男性的依賴與可能的傷害，在精神上也尋求一種平靜與精神的壯大。

又如〈凡牆都是門〉裡的雨若在「我」剛從死去的婚姻活過來時兩人認識了，「我」感動於雨若對她的執著，而母親則欣賞雨若處事的勇敢，「我」希望身邊有母親，還要有雨若，她覺得那是再美好不過的相伴了。這三個人溫馨和諧的世界是——

> 傍晚，聚在一起，圍坐在樹蔭下的石桌旁，沒有一絲重負「慢慢喝著清醇的啤酒，或者暖融融的黑米酒，絮絮而談，彼此敘說著一天瑣碎而從容的生活，安寧中的所思所悟。沒有車水馬龍、人聲鼎沸，沒有醉舞狂歌、嫉俗憤世，沒有上司的臉色，沒有催命的合同像鐘錶一樣在耳邊敲擊著滴答滴答聲……」[117]

以上這些美麗柔和的畫面，足見作家傾心打造的女女烏托邦王國，其中也見出 90 年代女性寫作所表現出來的強烈的性別對抗色彩。

作家在她們「自己的房間」裡，專注於自我經驗的書寫，其敘事符號排拒了男性文化的權威，而將其疆域框設在私人性的、自己的房間裡，因為處於邊緣的女女愛戀還無法開誠布公，外部世界的黑暗也還不是這些人物可以有勇氣去迎接面對的，於是，我們只能見到在私密的空間裡所進行的私密的女女話語。

由於東西文化的差異，西方國家的思想觀念較為先進開放，對人權也是尊重而包容，所以，作家也有安排其筆下人物通往另一條康莊大道。林白《一個人的戰爭》裡的南丹說過，她是一定要出國的，她說只有在國外才能找到她需要的生活。她說她出去後，最放心不下的

---

[117] 陳染：《沉默的左乳》，頁 148。

就是多米，她要多米等她來接她；多米還因為自己意外懷孕而辜負了一個叫王的女人，後來，王前往美國，十年後的多米增長了勇氣，她相信王總有一天會從美國回來，她說過她要回來，她們將重溫往日情懷。

　　超性別意識，並不是要作家放棄女性的立場，而是要超越女性意識，是一種對性別意識的昇華。在性別議題的反思上，我們見到作家以精細的筆法游刃於女性互相吸引、逃離與掙扎的邊界地帶，並以其女性自覺的體認及其性別流動下的情慾，發展出多種樣貌的小說。喬以鋼認為陳染、林白、海男等人對女性同性之間關係可能性的追問以及「超性別」以及「雙向視角」等概念的提出「涉及道德評價，如同性戀、婚外戀、性描寫等題材都程度不同地處在社會道德邊緣排斥之列，所以 90 年代女性寫作在某種意義上可以說是對現實道德體系的一種重塑。」[118]而這種重塑正好表現出當代女性小說的特徵。

四、城市書寫

　　90 年代，城市的崛起成為大陸最重要的人文景觀。伴隨著沿海幾個大城市的轉型和經濟起飛，文壇和市場上，出現了以城市為描寫對象，並引起廣泛迴響的作品。文本中被津津樂道的城市意識，都有一種女性化的特質，因為作家筆下的城市歷史都是由這些女性去承載的。女作家對城市有文化上的自覺認同，其城市書寫在軟體上包括文化意涵、風俗世情、文明觀念、生活品質的精緻追求、城市的生存景觀、城市人的生存和商業的焦慮、人際矛盾、內在的慾望需求與精神困擾；硬體上有宏偉的城市規模、街景，城市物象的敘述。作家融合

---

[118] 喬以鋼：《多彩的旋律——中國女性文學主題研究》，頁 156。

軟硬體的城市描摹，展現鮮活的個體生命及其所處環境的營造，都讓讀者隱約能聞到城市的複雜氣息，進而認可城市的精神和價值。這樣的書寫為城市文學的勃興提供了契機。總之，90 年代的女性作家城市小說的最大特徵是「以都市作為寫真物件，重視市民的觀念和心態，它以其豐富性、多樣性、現代性的思維方式去觀照都市現代人」。[119]

　　遲子建筆下的大興安嶺；魏微文革時代的小鎮風光；而王安憶、衛慧和棉棉的新舊上海的創傷、前衛的經驗；池莉眼中的武漢；張欣和張梅筆下的廣州，這些作家都在她們的作品中融入了鮮明的地域文化色彩。

（一）武漢

　　90 年代以來的地域城市書寫，隨著現代化大城市的建設和「新市民」職業結構的改變而有不同的書寫風格，這裡所謂的「新市民」，實際上是指中國大陸社會主義市場經濟開始啟動後，由於社會結構改變，社會運作機制改型，而或先或後改換了自己的生存狀態與價值觀念的那一個社會群體。[120]

　　1980 到 1998 年，是中國大陸城市劇烈變化的年代，池莉在 1998 年後，陸續出版了關於城市成長的小說，訴說了面對轉型期的「新市民」的社會和家庭的壓力與責任，這些作品呈現了改革開放二十年以來的社會變化，記錄了當代人在多變的社會裡，人們多變的心態以及在快速變化中人們的茫然失措。

---

[119] 陳純潔：〈試論 20 世紀 90 年代小說創作形態〉，《內蒙古大學學報》（人文社會科學版），第 6 期，2002 年，頁 80。

[120] 陳思和、楊揚編選：《90 年代批評文選》，上海：漢語大辭典出版社，2001 年 1 月，頁 453。

　　池莉的小說以寫當代武漢的生活為主要的藝術內容，從現實生活的創作取材，以冷靜客觀的敘述，關注城市生活，描寫人物真實的生命狀態，反映當代城市人的生活形象——在快速變化中人們的茫然失措，多變的社會裡人們情感善變的心態，抵達人性的深處，觸及人性慾望無窮的隱密。在〈冷也好熱也好活著就好〉裡池莉這樣描述著武漢市城區的風景——

> 每平方公里平均將近四千人，江漢路又是城區最繁華的商業區，行人又能稀到哪兒去？照舊是車水馬龍。不過日暮黃昏了，竹床全出來了，車馬就被擠到馬路中間去了。本市人不覺得有什麼異常，與公共汽車、自行車等等一塊兒走在大街中間。外地人就驚訝得不得了。他們側身慢慢地走，長長一條街，一條街的胳膊大腿，男女區別不大，明晃晃全是肉。武漢市這風景呵！[121]

池莉十分注重日常細節，在文本中描述了一天的武漢生活，小說裡講到了晚上「住人的房子空了。男女老少全睡在馬路兩旁。竹床密密麻麻連成一片，站在大街上一望無際。各式各樣的娛樂班子很快組合起來。」[122]有人打麻將，有人聊天八卦。等到夜漸漸深後，「公共汽車不再像白天那樣呼呼猛開。它嘶嘶喘著氣，載著半車乘客，過去了好久才過來。推麻將的聲音變得清晰起來。竹床上睡的人因為熱得睡不著不住地翻來覆去。女人家耳朵上、頸脖上和手腕手指上的金首飾在路燈的照射下一閃一閃地發亮。竹床的竹子在汗水的浸潤下使人不易覺

---

[121] 池莉：《一冬無雪》，南京：江蘇文藝出版社，1995 年 8 月，頁 342。
[122] 池莉：《一冬無雪》，頁 344。

察地慢慢變紅著。」[123]另外，民以食為天，小說裡還宣傳了武漢的小吃——麵窩、糍粑、歡喜坨、酥餃、油核糍和糯米雞。

　　池莉曾在〈武漢話題〉的散文中說：「武漢的大也給了武漢人一個致命的弱點，這就是盲目自大。武漢人自以為是城市人，對稍不如己的人一律鄙視……還有欺下媚上，欺弱媚強，欺貧媚富。在農村人面前，在中小城市面前飛揚跋扈，在手提大哥大，西裝革履，滿頭流油的所謂『大款』面前，在更大的城市面前，比如北京、上海之類，武漢人一口粗的武漢話就軟了，一臉的諂笑，滿腔的熱情，唯恐巴結不上，足遍武漢市，深入各階層，這種醜陋之態到處可見。」[124]池莉曾在武漢大學的一場演講中承認武漢人的語氣本來就很粗，在她的小說中我們透過語言粗俗的真實表現，看到女人悍的一面，比如在〈冷也好熱也好活著就好〉裡開公共汽車的燕華，對她的女性好友說起了她車上的女售票員小乜和乘客相罵的事。說是兩個北方男人坐過了站，小乜要罰款。北方人不肯掏錢。於是兩人有了以下精采的對話——

> 小乜就說：「賴兒叭嘰的，虧了襠裡還長了一坨肉。」
>
> 北方人看著小乜是個年輕姑娘，不敢相信自己的耳朵，大聲問：「嘛？」
>
> 小乜也大聲告訴他們：「雞巴。不懂嗎？」
>
> 北方人面紅耳赤，趕快掏出了錢。[125]

這樣的女性語境，完全可以看出武漢女人大剌剌的真性情。

---

[123] 池莉：《一冬無雪》，頁 347-348。
[124] 池莉：《真實的日子》，南京：江蘇文藝出版社，1995 年 8 月，頁 176。
[125] 池莉：《一冬無雪》，頁 348。

王安憶在〈男人和女人，女人和城市〉一文裡說：「城市作為一個人造的自然，遠較鄉村適合女性生存。城市中，女性得以擺脫農業社會對體魄的限制，可以充分發揮女性的智慧和靈魂。」[126]城市意識在女性小說中，已構成一種重要的文學與文化現象，其構成了的獨特基調，重心都擺在表現日常生活的況味。在城區、都會或弄巷裡，我們見到城市的底層，除了小市民們的生存本相，還有他們無拘無束、放蕩不羈的生命特質，小說也平衡描寫了封建道德觀念與江湖習氣的一面，算是把飲食男女的生態景觀都全面敘述了出來。於是，我們見到那些受到苦難困擾的小人物，總是珍惜著他們的生命，很少有自殺事件的，就算是女人被男人欺騙、傷害，甚至遺棄，都有要生活下去的勇氣和希望，總是堅強地一關過一關，從中感受自身的存在價值。

（二）上海

王安憶的小說在進入 90 年代其思想和藝術更為成熟，在創作題材上，她把目光焦點投向巨變的上海，她的一系列以上海為背景的長、中篇小說，都書寫了她對上海的獨特發現與感受。

王安憶算是繼張愛玲這位第一代海派女作家之後，最具代表的第二代海派女作家，她因為經歷過文革和上山下鄉等運動，在來去上海之間，更能領悟到歷史的深度和廣度所帶給都市流動的影響。王德威曾讚譽王安憶是繼張愛玲後，又一海派文學傳人，高度評價王安憶在現代中文文壇的地位[127]，她筆下所呈現的上海，表面看似在風平浪靜中靜默懷舊，但骨子裡卻是暗流湧動地引起觸發。

---

[126] 王安憶：《男人和女人，女人和城市》，昆明：雲南人民出版社，2000 年，頁 89。
[127] 王德威：〈海派文學，又見傳人——王安憶的小說〉，《如何現代，怎樣文學？——十九、二十世紀中文小說新論》，台北：麥田出版社，1998 年 10 月，頁 383-402。

　　《長恨歌》裡寫王琦瑤從 40 年代末到 80 年代中期，伴隨著上海半個世紀以來的風雨滄桑，王琦瑤參加選美，代表弄堂裡的小人物希望能夠出頭的夢想，但又在自己無力掌握時代的轉變中隨波逐流，樂觀務實，世故堅韌，總是想辦法要把日子在有限的能力中，過得有滋有味，因此，我們可以從小說文本，見到作者賦予人物優雅的生活情趣描寫，當然，也見到作者有意把她堅韌頑強的性格，利用其生命張力去表現，當作上海精神的代表，並藉著她延續上海獨特的城市傳統。

　　上海，是最適合安置王琦瑤的城市，她選美；她為了榮華富貴，成為掌握軍權的李主任包養的情婦；上海解放，李主任遇難，生死未卜，王琦瑤像是死了一場，她在反右鬥爭的起伏中，固守著自己的生活。還好李主任生前早為王琦瑤負責，留了黃金給她，安排她日後的生活。當康明遜一出現後，馬上攪亂了她內心平靜的湖水，但是個性軟弱的康明遜，最後，還是接受家裡的安排到香港去接管生意。王琦瑤懷著康明遜的孩子，和身患絕症的薩沙辦了結婚，換了一段名正言順的婚姻；十幾年過去後，五十六歲的王琦瑤居然和一個二十六歲的小男人，陷入一段忘年畸戀，她孤注一擲地愛著他，後來，用黃金還是留不住要離開上海的他；王琦瑤最後死在一個闖入要偷黃金的友人手上。這一連串脫離傳統軌道的事，如果不是發生在上海是很難被接受的。另外，其他的人物，也有著代表上海的象徵意義，比如：程先生是上海的優雅；李主任是權力慾望；康明遜是典型的紈褲小開；薇薇則是摩登新潮的代表，這些象徵著上海形象的人物，都可看出王安憶在塑造人物的用心。

　　在《長恨歌》開頭，作者是這樣描述上海的：「站在一個制高點看上海，弄堂是壯觀的景象。它是這城市背景一樣的東西，街道和樓房凸現在它之上，是一些點和線。而這是中國畫中被稱為皴法的那

類筆觸，是將空白填滿的。當天黑下來，燈亮起來的時分，在那光後面，大片大片的暗，便是上海的弄堂了……上海幾點幾線的光，全是叫那暗拖住的，一拖便是幾十年。這東方巴黎的璀璨，是以那暗作底鋪陳開，一鋪便是幾十年。」[128]在深遠幽暗的弄堂裡藏匿著時間大浪的潮起潮落的痕跡，生活在弄堂裡的人，也在隨波逐流中找尋靈魂安置之所。

　　「弄堂」與上海深層群體的象徵蘊涵著人們尋常生活的印象，是兼具感性與性感的，是整個上海最真實和開放的空間，人們在這裡可感可知、實實在在地活著——在積著油垢的廚房後窗，是專供老媽子一裡一外扯閒的處所；而窗邊的後門，則是供大小姐提著書包上學堂讀書，和男先生幽會的；午後三五人圍爐而坐，說閒話，啜熱茶；旗袍的樣式，女人的髮飾、粉盒，在在表現出來自底層的兒女情態。

　　王安憶曾在〈「文革」軼事〉裡，這樣描述上海的尋常生活：「這裡的每一件事情都是那樣富於情調，富於人生的涵義：一盤切成細絲的蘿蔔絲，再放上一撮蔥的細末，澆上一勺熱油，便有輕而熱烈的聲響啦啦啦地升起。即便是一塊最粗俗的紅腐乳，都要撒上白糖，滴上麻油。油條是剪碎在細瓷碗裡，有調稀的花生醬作佐料。它把人生的日常需求雕琢到精緻的極處，使它變成一個藝術。……上海的生活就是這樣將人生、藝術、修養全都日常化，具體化，它籠罩了你，使你走不出去。」[129]上海雖然帶給王琦瑤傷痛，可是她卻放它不下：「上海真是不可思議，它的輝煌叫人一生難忘，什麼都過去了，化泥化灰，化成爬牆虎，那輝煌的光卻在照耀。這照耀輻射廣大，穿透一切。從

---

[128] 王安憶：《長恨歌》，台北：麥田出版社，2005 年 8 月，頁 17。
[129] 王安憶：《香港的情與愛——王安憶自選集之三》，北京：作家出版社，1996 年 2 月，頁 467。

來沒有它，倒也無所謂，曾經有過，便再也放不下了。」[130]所以，她無法忘卻關於上海的一點一滴，小自雙妹牌花露水、老刀牌香煙、上海的申曲。她覺得無論走到哪裡都聽見上海的呼喚——「她這一顆上海的心，其實是有仇有怨，受了傷的。因此，這撩撥也是揭創口，刀絞一般地痛。可是那仇和怨是有光有色，痛是甘願受的。震動和驚嚇過去，如今回想，什麼都是應該，合情合理，這恩怨苦樂都是洗禮。」[131]

王安憶以女性的世界著眼，細摹地雕繪出上海，描寫個人之於上海的感情，不論是得意與失意的上海；男女曖昧、欲道還休的上海；淮海路的典雅、法國梧桐高聳的上海；浮光掠影的上海，都訴說著上海在大時代底下的層層推移的風華與轉變。

蔣麗莉，這個處於社會洪流的上流社會的女人，是作者用來襯托王琦瑤的配角人物。在上海解放時，蔣麗莉投身於革命運動，之後，面對環境的改變，她無法處之泰然，所以，總是努力去適應角色的轉換，後來，卻在不夠具有「兵來將擋，水來土掩」的智慧中，疲於奔命而身亡；相反地，我們見到生命力極其頑強的王琦瑤，就像上海這座城一樣，在小事委屈成全，面對劫難又安之若素，但在大方向卻不妥協，所以，她不認輸地經營著自己，過著柳暗花明又一村的生活，因此，我們見到她在招待高貴的嚴師母到家中用餐，準備餐食時，不矯情也不怠慢，就是踏實地表現她的經濟條件，包括自己的日常裝扮，也是嚴謹而用心。或許是在上海這座城市的內在精神與歷史印記的支撐下，她走出自己的路。這表現出了海派文化的精神——「弄堂外政治運動聲浪頻高，弄堂裡的人照樣處之泰然，這就是上海人生活勇氣的體現，身居陋室不問世事，只管柴米油鹽的市民女性，才是海派精

---

[130] 王安憶：《長恨歌》，頁158。
[131] 王安憶：《長恨歌》，頁159。

神的代言。……每一個時代的交替都蘊涵在這日復一日的尋常生計中，每一次歷史的轉折都是平常人情沉浮的折射。」[132]在文本中，我們感受到作者在處理大環境歷史背景的「動」與王琦瑤面對紛亂動盪所反映的「靜」，兩者之間似乎不溫不火，可是，明明當王琦瑤還在她的小天地裡安身立命的同時，外面的世界早已歷史劇變，局勢緊張，內戰蜂起。作者著墨在王琦瑤「靜」的海派精神時，「動」的部分卻被作者一筆帶過，冷靜而客觀。

在王安憶的城市書寫中，還能看見殖民地文化的時代特徵——比如在《長恨歌》裡「克臘」這個詞來自英語的「colour」，文本中「老克臘」可歸入「雅皮士」一類，這類風流人物，尤以 50 和 60 年代盛行，在那個全新的社會風貌中，他們保持著上海的舊時尚，以固守為激進。

張海蘭在比較張愛玲和王安憶的小說時說：「張愛玲側重表現傳統文化對女性的束縛，女性生存的真實境況與女性意識覺醒的艱難歷程，審視女性自甘卑下，依附寄生的性格弱點，揭示女性悲劇與文化的關係。而王安憶的小說注重描寫都市生活場景中，女性外在生存價值與內心體驗，致力於女性權利的爭取和女性意識的覺醒，並在社會變革中尋求女性生命的意義和價值，具有更深厚的社會內涵。……王安憶在張愛玲的基礎上有所發展，她比張愛玲有更開闊的視野和更廣闊的歷史感，她的創作標誌著都市女性小說的成熟發展。」[133]因此可見，王安憶在海派精神的傳承上占著相當重要的地位。

筆者肯定《長恨歌》在敘述技巧和其書寫意涵上的價值，並藉以反駁王艷芳認其為被複製的文化消費品的看法：「《長恨歌》的寫作真

---

[132] 陸瑾：〈獨特的女性敘事曲——析王安憶《長恨歌》的敘事特點〉，《小說寫作》，第 3 期，2006 年，頁 23。
[133] 張海蘭：〈傳承拓展與深化——張愛玲與王安憶都市小說創作比較一隅〉，《華北水利水電學院學報》（社科版），第 22 卷第 2 期，2006 年 5 月，頁 95。

正契合了那個懷舊年代中濃重的懷舊氣氛及其牽動的屬於都市的消費文化心理，從而注定了《長恨歌》無論是對文學歷史的建構，還是在對文學女性主義的書寫，都只是一種重複，它是一種雜糅的成功的文學消費品。」[134]

「上海」相關的議題隨著這個城市愈之蓬勃的朝氣，如火如荼地引人注目。狂傲、飛揚與跋扈則是衛慧筆下的上海給人的印象。衛慧曾提及其《上海寶貝》的書寫意識：「我的本能告訴我，應該寫一寫世紀末的上海，這座尋歡作樂的城市，它泛起的快樂的泡沫，它滋長出來的新人類，還有瀰漫在街頭巷尾的凡俗、傷感而神祕的情調。這是一座獨一無二的東方城市，從 30 年代起就延續著中西互相交合衍變的文化，現在又進入了第二波西化浪潮。」[135]《上海寶貝》是她半自傳性的長篇小說，主要內容說的是：上海女作家倪可與藝術家男友天天同居，天天是她的最愛，但卻是個陽痿的性無能者。朝氣情迷的倪可將愛慾分離，瞞著天天和駐上海的德籍已婚外商馬克有了狂熱的性關係，滿足著彼此的需求，也享受被征服的快感。倪可在情與慾的角力賽中掙扎，最後，在天天因吸毒過世後，從掙扎中解脫。

衛慧在《上海寶貝》中展現了成就慾的自我實現。倪可是一個行為果敢，能夠獨立思考的女性，作者似乎有意以此來和小說中的兩位男主角形成強烈的反襯。天天愛倪可，曾在倪可的協助下治療陽痿，他努力不夠，一再地向魔鬼靠攏，沉淪吸毒而死；馬克想與倪可在一起，卻又要勉強維繫表面的婚姻，他勇氣不夠，搖擺不定，最後還是屈服於現實，接受被調回德國總公司的命運；反而是倪可一直很清楚自己要的是什麼，事業成就的追求──寫作儼然成了她的救星。衛慧

---

[134] 吳義勤主編：《王安憶研究資料》，濟南：山東文藝出版社，2006 年 5 月，頁 339。
[135] 衛慧：《上海寶貝》，台北：生智文化事業有限公司，2000 年 8 月，頁 34。

筆下那些敢愛敢恨的女性超越了性別,勇敢地去迎接生活的壓力與困頓,雖然有的不擇手段,以其身體當作跳板去換取「成就」,但總有其敢於直面且挑戰人生的勇氣。

如前所提,上個世紀 90 年代的上海,經歷一個重要的轉型期,轉型後的上海人的物質需求,在高科技與各型工業的高度發展下得到了改善,原本最能代表上海城市文化空間的弄堂,被如雨後春筍般出現的酒吧給取代,那五光十色、多彩絢麗的消費場景,讓人們的慾望在此得到了滿足──「文學中關於同性戀、頹廢者、吸毒者等的活動場所,往往是酒吧……進入酒吧的支配情感是孤獨,但誘惑它進入酒吧的動機,卻是對慾望的追求……。」[136]

衛慧所用力描繪的上海有糜爛奢華的酒吧、無所顧忌的同性與異性的情慾、眼花撩亂的街市、洶湧澎湃的物慾之流,而活在這個環境中的是一群全憑著感覺走的感性動物,所以,他們是瘋狂的享樂主義者「簡簡單單的物質消費,無拘無束的精神遊戲,任何時候都相信內心衝動,服從靈魂深處的燃燒,對即興的瘋狂不作抵抗,對各種慾望頂禮膜拜,盡情地交流各種生命狂喜包括性高潮的奧祕,同時對媚俗膚淺、小市民、地痞作風敬而遠之。」[137]這樣的以身體投入的「直接」慾望早已離王安憶筆下的那種窺視揣想的「間接」慾望很遠了。

上海,不同於北京,她從來就擁有最自由的發展空間,因此,衛慧「對上海都市慾望化的場景的描寫已不像她的前輩那樣停留在觀察者／窺視者的層面上;她大膽地走近了那生活,以自己的身體瘋狂地投入了沸騰的漩渦之中。與王安憶不同,她不是用頭腦揣想、推衍這

---

[136] 包亞明、王宏圖、朱生堅:《上海酒吧──空間、消費與相象》,南京:江蘇人民出版社,2001 年 5 月,頁 61。

[137] 衛慧:《像衛慧那樣瘋狂》,珠海:珠海出版社,1999 年 8 月,頁 40。

些場所景，而是在感官身體與外部世界最直截了當、全方位的碰撞中把握住了慾望的節律。」[138]

　　配合著《上海寶貝》主題的筆調，小說裡這樣介紹著上海——

> 站在頂樓看黃浦江兩岸的燈火樓影，特別是有亞洲第一塔之稱的東方明珠塔，長長的鋼柱像陰莖直刺雲霄，是這城市陽具崇拜的一個明燈。輪船、水波、黑駿駿的草地、刺眼的霓虹、驚人的建築，這種植根於物質文明基礎上的繁華只是城市用以自我陶醉的催情劑。與作為個體生活在其中的我們無關。一場車禍或一場疾病就可以要了我們的命，但城市繁盛而不可抗拒的影子卻像星球一樣永不停止地轉動，生生不息。[139]

　　在這樣成功的文字敘述張力中，衛慧相當寫實地把上海灘光華四射的、扶搖直上的、國際化的面貌真實呈現——積極的、消極的、摩登的、市儈的、墮落的、有格調的——在這樣的一個城市光廊中，無所遁形的是人們存在的真實樣貌。

　　90 年代之後的女作家，從長期以來的性壓迫以及性壓抑的禁慾文化中掙脫，男性在性活動中不再居主導地位，女性也不甘於只能默默承受，她們開始意識到心底深處性愛意識的確實存在，主動地要求在性活動中享有其權利。上海提供了女性良好的發展空間，也帶給女性更多的誘惑與刺激，她們所正視的「性愛」領域不但貼近了女性生命本身，更重要的是張揚了其女性意識。衛慧在《上海寶貝》中，為了充分表現女性在心底深處對情慾的真實表現面，極盡對身體的部位、

---

[138] 王曉明主編：《在新意識形態的籠罩下——90 年代的文化和文學分析》，南京：江蘇人民出版社，2000 年 10 月，頁 268。

[139] 衛慧：《上海寶貝》，台北：生智文化事業有限公司，2000 年 8 月，頁 20。

感覺、觸動毫無保留地「曝光」書寫；而衛慧把這樣的女性的生活背景放在前衛的上海是最適當的安排。

　　衛慧把這些人物狂歡的場景設計在上海的酒吧裡，是因為酒吧往往和昏暗、頹廢、放肆、誘惑、墮落、刺激、空虛和慾望等情緒符號連在一起，在酒精、音樂，甚至如小說中所提及的毒品的催化下，在那樣一個無法把持的空間裡，趨之若鶩地講究享樂，盡情釋放其靈魂，把時代的特徵，酒吧的文化語境，極度張揚著他們的生活態度和觀念。然而，也因為從酒吧的空間意象，我們不僅可以感受到改革開放以來，城市經濟文化的碰撞交匯，也能體會到中國文化與世界潮流的彼此衝擊、矛盾與溝通。

　　在衛慧這部長篇的書寫中，她極度張揚著上海的繁華傲氣：「上海這座城市的迅速脫胎換骨。她生長的慾望就像章魚的腳一樣，張牙舞爪地伸出來，強而有力並且充滿著能量。」[140]於是，在這樣的能量中，我們見到新的人際關係形式慾望和新的意識形態的產生。

　　有人覺得衛慧的作品就像流行音樂，來得快，去得也快，這一點也正好可以映襯出上海的快速變化。而這種快速的變化，當然也會產生後遺症，上海過去長期的封閉造成了在物質和身分上的匱乏與缺失，而面對國際化的趨勢，上海在興高采烈迎接改變之餘，也同時感到迷惘，而衛慧筆下的人物正好體現出這樣的迷惘。

　　且看小說裡那一群身處於高度發達的商業社會的新新人類──倪可是個熱衷於時尚的自戀的作家，她的男友還在被母親豢養著，母親從遙遠的西班牙寄來豐厚的金錢，讓他過著無需勞動的優渥生活；情人馬克是跨國公司的主管；而好友馬當娜則擁有前夫的遺產，這些具

---

[140] 衛慧：《上海寶貝》，頁 8。

有青春本錢的人物是放蕩不羈的，他們不喜歡談責任，喜歡的是透支金錢、智慧與情慾，然而，在繁華褪盡、情感透支、慾望盡情流淌之後，驚覺浮光掠影的都是泡沫，而在回歸到自己的同時，其實有更大的徬徨與空虛的反撲。於是，不難看出小說中，表現現代粗鄙的消費化、慾望化的現象，也傳達出上海新人類文化的某種普遍性存在的價值觀。

　　改革開放之後，激發了人們的物質慾望，極其發達的商品經濟，高級的消費娛樂快速發展，在五光十色的商店櫥窗、燈紅酒綠的舞廳、奢靡高檔的酒吧、聲光化電的躁動的迪廳，在嘈雜與喧囂中，肉慾在橫流，靈魂在墮落，這些有別於傳統的新的社會階層與人際關係的新形態盡情地出現在衛慧的小說中。

　　有人認為這樣的作品是膚淺、粗糙，是一種賺錢的噱頭，但筆者卻認為衛慧卻是真實地毫不矯情地展現了上海真實的另類的某一面。衛慧曾反批評文評家對她的小說的批判：「評論家愛誇大頹廢，亂貼標籤，而忽視了我小說中真實、激情和唯美的東西。都說這代人頹廢、瘋狂、混亂，但我還是要強調我們的優點：獨立自主，對生活有熱情、有創意，這才是主要的。」[141]作家這樣的情緒訴諸於作品中，敏銳地直覺到物慾高漲的社會需求，以慾望狂歡的直接感性去替代理性思考，重視的是當下的感官，這的確是 70 年代作家世紀末的普遍情緒特色。

　　《上海寶貝》重構了對當代上海的認識與理解，這部小說還是有其在當代文學中的價值與地位。又如衛慧在《上海寶貝》中還寫出了從外地來到上海的「新移民者」的身分的不安與躁動：

---

[141] 尚曉嵐：〈上海寶貝告別傳媒〉，《北京青年報》，第 15 版，2000 年 4 月 8 日。

　　每天早晨睜開眼睛，我就想能做點什麼惹人注目的了不起的
事，想像自己有朝一日如絢爛的煙花劈裡啪啦升起在城市上
空，幾乎成了我的一種生活理想，一種值得活下去的理由。
　　這與我住在上海這樣的地方大有關係，上海終日飄著灰濛濛的
霧靄，沉悶的流言，還有從十里洋場時期就沿襲下來的優越感。
這種優越感時刻刺激著像我這般敏感驕傲的女孩，我對之既愛
又恨。[142]

倪可和天天常常依偎而行的淮海路上——

　　那些燈光、樹影和巴黎春天百貨哥特式的樓頂，還有穿著秋衣
步態從容的行人們，都安然浮在夜色裡，一種上海特有的輕佻
而不失優雅的氛圍輕輕瀰漫。
　　我一直都像吮吸玉漿瓊露一樣吸著這種看不見的氛圍，以使自
己丟掉年輕人特有的憤世嫉俗，讓自己真正鑽進這城市心腹之
地，像蛀蟲鑽進一隻大大的蘋果那樣。[143]

作家準確地把握探求女性情愛的自我生存之路，將她們的女性慾望書
寫設置在上海這個昔日號稱東方巴黎的慾望之都，描述了老上海和現
代新女性之間的衝突與糾紛，也書寫城市女性的慾海浮沉，不論是享
盡短暫榮華，又歸於平淡的王琦瑤，或是在慾望沸騰的年代，極盡享
樂狂歡，放蕩頹廢、憂鬱又掙扎的倪可，她們總會找到對自己的物慾
與情慾的反思能力與消解之道。

---

[142] 衛慧：《上海寶貝》，頁 2。
[143] 衛慧：《上海寶貝》，頁 19。

　　「上海」是中國現代化起步最早、程度最高的城市，所以，上海
的「女性較其他城市的女性而言面臨著更多、更大慾望的誘惑與挑戰。
20 世紀 90 年代的市場經濟大潮給上海的女性提供了太多的機遇，使
她們頻繁地從物質這一魔幻之鏡中窺視到自己雖虛幻卻極富眩惑力的
女性鏡像，從而激發她們極大程度的自我愛戀、自我陶醉，但這實際
上是主動將自己轉為被動之物，將自己異化和物化。」[144]就像衛慧認
同上海，自有一股優越感：「我住在上海，這是個美得不一樣的城市。
這個城市有著租界時期留下來的歐式洋房，成排成蔭的懸鈴木，像 UFO
般摩登的現代建築，植根於平實聰明的市井生活裡的優越感，和一群
與這城市相剋相生的豔妝人。」[145]衛慧確實寫出了城市書寫中的尋求
創新、新奇、特別與刺激的先鋒的精神特質。

　　而身為上海人的自豪，表現在殷慧芬的〈吉慶里〉裡最為明顯。
在德國公司擔任翻譯工作的上海姑娘小雨，總是被說不像上海人，她
認為原因在於她沒有住過弄堂房子，所以為了「沾染」上百年上海的
風韻，擁有弄堂女孩的自信，成為標準的上海女孩，男友幫她搬進了
一條叫吉慶里的弄堂，經過弄堂的洗禮，等到她搬出吉慶里時，已經
成為一個合格的上海小姐。有一次，她在德國遇上一位中國餐館的老
闆，老闆看她一眼就確定她是上海人；另外還有，唐穎的〈紅顏〉則
以美容廳為主要場景，寫出了上海女人物質生活的枝節。

　　這幾位作家筆下的上海各具風格。

　　此外，再來看看王安憶設計了生活在西化的上海這座大城市的
人，和世界潮流的彼此衝擊、矛盾與溝通。〈我愛比爾〉裡的大學生阿

---

[144] 李海燕：〈王安憶城市女性慾望書寫論〉，《廣西社會科學》，第 1 期，（總第 127
　　期），2006 年，頁 146。
[145] 衛慧：《我的生活美學》，珠海：珠海出版社，1999 年 7 月，頁 248。

三不惜被學校開除也要和美國男友比爾在一起。比爾愛中國、中國飯菜、中國文字、中國京劇、中國人的臉。阿三向比爾介紹中國的民間藝術：上海地方戲，金山農民畫，到城隍廟湖心亭喝茶，還去周庄看明清時代的居民。他倆就好像兩個文化使者似的，進行著友邦交流。

　　漢語老師曾經給比爾講過一本中國古代的《烈女傳》，中國女性的貞操觀給他留下崇高和恐怖的印象。所以剛開始比爾面對阿三曖昧不明的肉體，有著極大的挑逗與恐懼。但終於比爾還是在得到阿三後，受不了阿三全然的付出與占有，提出了分手。和比爾分手後，阿三在賓館或別的地方結交上法國人馬丁、陌生的美國老頭、美國專家、比利時人和更多的外國人，都只是為了想要找尋和「比爾」在一起的異國情調，所以，勞教農場的暗娼們給阿三取了個綽號叫「白做」。

　　在 90 年代這樣一個經濟持續發展、文化迅速擴張的時期，多元化是不得不的趨勢，城市經驗也變得普遍化。可以想見改革開放改變了阿三的城市生活，不論是消費行為、生活方式和價值觀。而阿三這種單向的情感付出，註定是要悲劇收場的，因為完全沒有任何協商的可能。「上海在重新『國際化』的過程中必然遭遇和理應發生的自我與他者間的『交換』／『協商』於是被懸擱了；無疑，同時被擱置的還有上海在新時代裡的身分創新或創建。」[146]阿三這樣一個孤獨的個體橫衝直撞地在尋找新的文化認同中，找不到自己的身分確認，她迷戀異國氛圍，就算獻出身體，也得不到對方的一半的交換。作家很有智慧地將女性情慾的解放的地域城市，設定在上海，讓她們迷亂地遊走在城市的燈紅酒綠中，因為也只有在最繁華、最高尚的上海最有可能發生這樣的情節。

---

[146] 陳惠芬：《想像上海的 N 種方法──20 世紀 90 年代「文學上海」與城市文化身分建構》，上海：上海人民出版社，2006 年 10 月，頁 21。

　　王安憶的作品關注社會性，批判性較強，社會含量也較豐厚；而衛慧則關注都市的消費性，其寫作對當下都市的消費性的認同度較高，有相當程度的指標——她們的作品裡都呈現了一種對上海的真切認同。經由她們筆下的弄堂、咖啡館、酒吧等所帶動的精神和物質所體現的力量，維繫著她們對上海的認同感，尤其身為女性作家的身分，她們都特別喜歡描寫上海女人的情感與生活，寫出了女性愛怨情纏的境遇與生存挑戰，也寫經濟化和市場化大潮所帶來的各種誘惑，尤其是造成女性迷失在慾海中的陷阱與其生存困境。

（三）廣州

　　日益繁榮的開放性的城市，可以展現個人的慾望，也提供追逐名利者無限機會，作家以創新的都市話語，寫出她們對城市的價值發現與承認——生存方式、道德和價值標準——輕義重利、世俗庸俗和漂移無根。

　　張欣身處改革開放經濟發展前沿的南方都市，也許因為自己的性別身分，她總是特別關注那些面對商品大潮巨大衝擊的女性心理、女性情感和命運的挑戰。90 年代的都市提供女性一展長才的機會，於是，我們在她筆下的城市書寫中，見到女性的生存困境，及其對人生的新的思考與探索，在都市文學中流露出成熟的都市意識，表現了她自己獨特的體驗與話語方式。

　　張欣小說裡的人物都是普通的都市平民，〈伴你到黎明〉的安妮就算感情不順，工作不穩定，她依然逛街購物；〈絕非偶然〉的幾個廣告人口袋空空，一直計算著發薪水的日子，可是一旦薪水到手，便去大快朵頤，直吃到見了肉想吐為止，還有其他篇章裡的白領職業女性喜歡下午茶、愛唱歌、看八卦新聞，這些人物就算是在惡劣的生存環境

中，依樣不減樂觀，努力在實際的生活中為自己爭取一點樂趣，表現了嶺南文化的平民風範與世俗情懷。所以，也不難想像張欣筆下的可馨、何麗英和安妮等人會為了一件事「開除」老闆，這是屬於新的南國文化精神的個性魅力。

喬以鋼說：「有人認為務實是廣東人生命之根。……自改革開放以來，伴隨經濟的迅猛發展，人們的商業意識、市場意識、金錢意識很快覺醒，繼而膨脹。在處於市場化最前沿的廣東，追錢逐利、實惠至上、多做少說的觀念頗為盛行。當內地還在為姓『資』姓『社』的問題爭論不休的時候，廣東人早已甩開膀子大幹起來。直言不諱地強調金錢，表明廣東人把理想追求扎根在現實的土壤裡。要獲得金錢，就必須努力拼搏和付出。在張欣的小說裡，我們正可以感受到這樣一種注重具體生活目標、講求功利務實的文化氛圍。」[147]比如在〈歲月無敵〉裡作者特意安排母親方佩得知自己患了癌症，用心良苦地變賣家產帶著女兒從上海遷至廣州，希望女兒可以在廣州練就生存的本領。這個細節的設計，可看出作家對廣州生存體驗的準確。

身為普通都市人的張欣曾說過：「大街上人頭湧湧，你去問他們哪個沒有努力過、奮鬥過，可成功者畢竟是少數人。都市人內心的積慮、疲憊、孤獨和無奈，有時真是難以排遣的，所以，我希望自己的作品能為他們開一扇小小的天窗，透透氣。」[148]她寫都市系列的作品的心願是要走進都市人的內心。

獨特的生存和地理環境，造就嶺南女性外柔內剛、寬容平和的性格，重視生活情趣的廣州女人樂於相夫教子，操持家務，她們的骨子

---

[147] 喬以鋼：《中國當代女性文學的文化探析》，北京：北京大學出版社，2006 年 12 月，頁 238。

[148] 張欣：《歲月無敵》，武漢：長江文藝出版社，1996 年 3 月，頁 366。

裡很想成為賢妻良母，可是又迫於現實，讓她們在家庭和事業中兩頭燒。《絕非偶然》裡的職業婦女何麗英知道自己深愛的丈夫與女大學生發生了戀情後，雖然內心痛苦，卻選擇以平和的方式決定不糾纏丈夫，婚姻只不過是緣分，丈夫若願意回頭便會回頭。

在張欣的城市書寫中，她還利用人物的語言去建構一種文化和風土人情，比如她的文本中出現一些零星的方言像發薪水說是「出糧」；「大耳窿」指的是放高利貸的人；說人「口水多過茶」等等，這些方言都使文本呈現出亮麗的南國都市色彩。[149]誠如喬以鋼所說：「張欣用一種帶有地域色彩的文化意識來審視都市，以一種新的文化眼光來關注都市人生的精神存在和物質存在，並運用自己的方式將其藝術地表現出來。……嶺南文化使張欣的創作在女性創作中別樹一幟，具有獨特的韻味。」[150]

張梅也是廣州知名度相當高的作家，她善於利用小說對城市進行嘲弄，比如在中篇《殊途同歸》裡的聖德、娜娜、米蘭和莫明，都是自命不凡，自認為懷才不遇，是處於邊緣的典型人物。這些只知坐而言，無法起而行的曲高和寡的人物，也創造了城市奇景；還有短篇《成珠樓記事》也呈現了城市鮮明的節奏韻律感，在青春流動的氣息中，讓讀者見識到城市的脈動。

作家筆下的這些女人的風韻——柔軟溫厚、堅忍包容和兼收並蓄，就代表著她們熟悉的地域城市的風情。過去的小說家總是將目光放在遠大的社經政治生活，但以上的作品選擇的是圍繞弄堂街巷、城區的車水馬龍、都會的高度競爭、咖啡館、酒吧所展開的生活，而且主角都是女性。作家利用城市的具象，通過女性人物的命運發展，抽

---

[149] 喬以鋼：《中國當代女性文學的文化探析》，頁 242。
[150] 喬以鋼：《中國當代女性文學的文化探析》，頁 243。

象地把城市內在底層的精神特質表現出來。女性，也是城市精神的一半代言，她們有一種堅韌的精神之美，和城市變化一樣非常耐受委屈，生命力極強。

在文化轉型的過程，作家面對城市的驟變，於是便突出城市文化和生活方式的主題書寫，透過這些城市符碼，我們見到了大量的城市體驗的描寫。作家要描寫「真實」的女性，主要的空間場景當然就是要設定在「城市」，城市風景提供了實際性與直接經驗。作家筆下的女性人物可以受教育、求職找工作、在職場上發揮自我，在欣然接受城市誘惑的同時，也享受慾望的滿足，這些機會是鄉鎮所無法給予的。

（四）其他

徐坤《春天的二十二個夜晚》的都市愛情小說，描寫了北京城裡一個女人和三個男人的婚戀故事；有結婚的喜樂與惶恐、也有離婚的悲愁與解脫，還有尋找對象的情感焦灼，文本中大膽地袒露了女性最幽密的慾望與傷痛。

遲子建筆下的〈原始風景〉和〈逝川〉等都描寫了她大興安嶺故鄉如童話般的美麗；魏微在〈一個人的微湖閘〉中以傷感的風格回憶了文革時代小鎮的寧靜生活，這些作品都在戰爭與政治的悲劇中，以懷舊懷鄉的情緒傳統，企圖留下一塊淨土；還有徐坤在小說中，揭示在城市化進程中，城市的變化、生活在城市中的人的異化現象──價值觀的改變、物質慾望的困擾和精神的變異，以及城市女性的生存困境，還有，對於現代城市文明病的關注。這些作家以其豐富的閱歷和才華，在小說中融入鮮明而有力度的地域文化色彩，色調變化萬千，展現了別開生面的地域文化的新氣象與獨特的思考與文學表達。

　　出現於 80 年代後期的城市小說，隨著 90 年代初的大陸社會從農業走向工商、從封閉走向開放，在這個往現代路子邁步的過程，身處其中的人們不管是創業者、投機商、由外地來的打工仔，其價值觀、行為方式，也一直在進行解構和更新，作家寫出了他們在城市中迷惘彷徨與身處高樓大廈或燈紅酒綠的躁動不安。展現了中國當代小說，前所未見的轉型期城市人的精神風貌與城市文化、意識。

　　地域城市書寫，強調了文學的當代性，作家在表現城市、理解城市的同時，也透過描繪城市人的精明智慧和能量，突顯人們面對商品大潮的衝擊、妥協和掙扎，也觸及城市人在面對改革和現代化的一邊觀望、一邊行走的心靈狀態。

　　綜上所述，作家像是城市的觀察家和探險家，對所屬城市不但有感性的欣賞，又有理性的審視、發現和理解，理解各個城市的獨特之處，包容多種生命形態，她們筆下的風光都帶給讀者對城市無限量的發展可能的想像，誠如南帆所言：「當今的文化語境之中，昔日的帝王和英雄隱沒了，宏大的敘述正在分解，種種閒言碎語登堂入室，女性和城市走向現實的前臺。」[151]就這一點來看，地域城市書寫在女性書寫的傳承上是很值得期待的。

---

[151] 吳義勤主編：《王安憶研究資料》，頁 184。

第三章　小說書寫的敘事技法

　　優秀的作家懂得在情節的設計安排上，藉由故事的曲折離奇，高潮的迭宕起伏，去掌握人物在故事中偶然性和必然性的關係，以女性生活為主，涉及愛情都會、兩性關係、找尋自我、異鄉生活和玄幻神祕等情節，讓情節更富有變化，更具吸引人的可看性。

　　當代的大陸女性小說書寫，有著獨特的敘事與表現手法和技巧，不論作家是對社會現實的高度概括，或在精巧的情節構思、細膩的內心描寫、簡潔明快的語言藝術等表現方式，都取得了很大的成就，也或可從其鮮明的時代色彩，了解 90 年代女性小說的題材特色，這些都是成績斐然的，對新世紀的女性小說一定具有相當之影響力。以下分五節加以敘述。

第一節　善用敘事觀點與手法

　　趙萍在〈淺論 90 年代女性小說創作特徵〉說：「特有的女性寫作主題和女性表現視角，必然賦予文本具有鮮明性別特徵的新的敘述語言和形式，小說呈現出男性作家無法取代的風格學特徵，改變了以往女性文學的藝術形態。」[1]從本書以上所舉的文本看來，作家所以能將

---

[1]　趙萍：〈淺論 90 年代女性小說創作特徵〉，《無錫商業職業技術學院學報》，第 4 期，2005 年，頁 94。

小說寫得精采動人，在於她們為表達素材時，取得有利的立場，讓讀者獲得最佳的閱讀小說的角度，而達到小說藝術的最大效益。

一、第一人稱敘事觀點

　　前所提之「個人化書寫」講到新生代作家，以第一人稱經驗視角去表達「私語」，相當貼近讀者。筆者利用一些篇幅，再加以分析說明，以充實立論。比如陳染以第一人稱的敘事觀點，舒展最大的經濟效益，將其情慾模式加以展現，其情慾模式不單只是性而已，對象不同，人與人之間也會產生不同的關係，在她的潛意識裡，要把那種被壓抑的慾望與心理鬱結，以反抗社會規訓的力量，坦率地表現熾烈的愛慾流動。在她的長篇小說《私人生活》中可以見到她在 90 年代的寫作的基本主題，包括有：戀父和弒父情結、戀母和仇母情結、同性之愛、異性之愛與雙性之愛——一個出身於不幸家庭的女孩，經歷孤獨的童年、苦悶的青春期，在社會的壓力和失敗的愛情中，終於面對自我，忠於自我。

　　陳染利用第一人稱的主角敘事觀點親自去演述整個故事的進行，比如表達她觀點獨特的生死觀，〈與假想心愛者在禁中守望〉裡的寂旎並沒有對少年的死亡感到哀痛，反而理出一套對生死的看法；〈另一隻耳朵的敲擊聲〉裡的黛二，也時常感受死亡的接近，可以短暫體悟精神脫離肉體的快樂——

> 一年來，沉思默想占據了我日常生活的很大一部分。在今天的這種「遊戲人生」的一片享樂主義的現代生活場景中，的確顯得不適時尚。其實，一味的歡樂是一種殘缺，正如同一味的悲絕。我感到無邊的空洞和貧乏正一天重複一天地從我的腳底升

起，日子像一杯杯淡茶無法使我振作。我不知道我還需要什麼，在我的不很長久的生命過程中，該嘗試的我都嘗試過了，不該嘗試的也嘗試過了。

也許，我還需要一個愛人。一個男人或女人，一個老人或少年，甚至只是一條狗。我已不再要求和限定。就如同我必須使自己懂得放棄完美，接受殘缺。因為，我知道，單純的性，是多麼的愚蠢！

對於我，愛人並不一定是性的人。因為那東西不過是一種調料、一種奢侈。性，從來不成為我的問題。我的問題在別處——一個殘缺時代裡的殘缺的人。[2]

以私人寫作的作家運用自敘體，以第一人稱的敘事觀點，把女性的身體和心理經驗直接講述出來，拿回過去被代言、被書寫的權利。林白的小說和陳染一樣有著強烈的私人化色彩，結合私密的個人的經驗，把私人的生活領域帶進了公共空間。《一個人的戰爭》是作者以自傳的紀錄形式寫作而成的，關於女性的成長故事；虹影《飢餓的女兒》也因為第一人稱經驗視角的運用，引起讀者無限的閱讀期待。

晚生代的衛慧更是極盡大膽地善用第一人稱的特色，在倪可身上寄託了自己的情慾，吐露了心底真實的聲音。且看倪可臣服於馬克的誘惑的描寫，是十分聳動的——

這是我第一次感覺到做愛之前的親吻也可以這般舒服、穩定、不急不躁，它使隨後的欲望變得更加撩人起來。他身上的那無數金色的小細毛像太陽射出的億萬道微光一樣，熱烈而親暱地

---

[2]　陳染：《私人生活》，南京：江蘇文藝出版社，1997年2月，頁8。

啃齧著我的全身。他用蘸著酒的舌尖挑逗我的乳頭，然後慢慢
向下，他準確無比地透過包裹在外的陰脣找到了花朵般的陰
蒂，酒精涼絲絲的感覺和他溫熱的舌混在一起，使我要昏厥，
能感覺到一股股滋液從子宮裡流出來，然後他就進入了，大得
嚇人的器官使陰道覺得微微的漲痛……[3]

再看倪可和馬克在女廁中做愛的一幕──

把我頂在紫色的牆上，撩起裙子，俐索地褪下 CK 內褲，團一
團，一把塞在他屁股後面的口袋裡，然後他力大無比地舉著我，
二話不說，把濕淋淋的陰莖準確地戳進來，我沒有其他的感覺，
只覺得像坐在一隻熱呼呼的消防栓上一樣坐在他又洪又大的雞
雞上……他狂熱而沉默地注視著我，我們換了姿勢，他坐在抽
水馬桶上，我坐在他身上，女上位的好處就是一個女人可以像
操女人一樣去操那個男人，並且自己來掌握性敏感方向，控制
男人在自己陰道裡的扭動。[4]

　　這部小說的靈魂所在，是作者表達了女性對「靈」、「肉」合一的
情愛渴望，誠如倪可把有亞洲第一塔之稱的東方明珠塔，看成陽具直
刺雲霄；但可惜她心愛的天天卻是性無能，他是倪可心中的「靈」
──善良、有才情、深愛著她；但這是不夠的，她還需要生理上的平
衡與協調，於是馬克成了她心中的「肉」──高大成熟、精力充沛。
作者以第一人稱的視角敘述，其所表述的情愛經驗帶給讀者強烈效應
的深刻體悟。

---

[3]　衛慧：《上海寶貝》，頁 83-84。
[4]　衛慧：《上海寶貝》，頁 99-100。

　　王素霞在《新穎的「NOVEL」——20 世紀 90 年代長篇小說文體論》論及第一人稱的經驗視角說：「敘述者常常放棄追憶性的眼光而採用過去正在經歷事件時的眼光來敘事，這就形成了經驗自我的正在進行時態或現在時態，同時它與目前的眼光之間有了時間距離，產生了正在體驗事件的現在時或進行時的效果。這與敘述自我的視角有著相當大的不同。在敘述自我的敘事過程中，有一種居高臨下的追憶性角度，我們可以感受到敘述者與往事之間的時間距離。而在第一人稱的經驗視角中，由於這種視角將讀者直接引入『我』經歷事件時的內心世界，因而具有了直接生動、主觀片面、較易激發同情心和造成懸念等特點。它讓讀者直接觸入人物的心靈。」[5]這一大段話印證在上述以個人化的自傳或半自傳寫作的作家作品是最貼切的了。讀者只能通過「我」的眼睛，去觀察整個家庭的變化、糾紛與排解，如此，更激發讀者的參與感。

二、第三人稱萬能觀點

　　接著來看看作家對第三人稱萬能觀點的運用。池莉在《來來往往》裡以全知的萬能觀點安排人物演出了時代的隔閡所衍生的性別代溝——「當今的時代特殊，這麼一些年的中國變化太大，十年八年就是一代人，康偉業經歷過的使他刻骨銘心的『文化大革命』運動和知青上山下鄉運動，對於林珠，那只是她出生的一個背景而已，她刻骨銘心的經歷是考大學，是如何下決心把個人檔案丟在人才交流中心，是如何跑遍北京城到處租房子，是如何憑自己的實力迫使洋老闆給她開

---

[5]　王素霞：《新穎的「NOVEL」——20 世紀 90 年代長篇小說文體論》，頁 65。

到十萬元以上的年薪。康偉業林珠他們不是同一代人，沒有同樣的時代胎記作為他們天長日久的紐帶。」[6]至於，新舊時代的爭戰，小自愛情觀、婚姻觀，大至人生觀的代溝差異，也因為池莉對全知觀點的運用，而使讀者可以進入每個人物的內心世界通盤了解。

殷慧芬〈紀念〉中功成名就的狄仁，在公領域是個充滿魅力的企業家，但他的弱點卻在他的私領域全然暴露。紀念從小就是個不安於平凡的女孩，她會突發奇想心生叛意，她渴望不同尋常的遭遇。婚後，她發現自己無法扮演賢妻良母的角色，於是，便努力在記者工作的舞台上發光發熱。

因為電話採訪的關係，她認識已婚的狄仁。狄仁心目中的女人是月光，他喜歡女人但始終沒有找到心目中的女人，他周圍的女人，除了妻子，全都對他拋過媚眼。當他還是個小科長時，他周旋在兩個女人之間。但當流言漸起時，他及時懸崖勒馬，不露痕跡地迅速設法離開那個單位，保住他的名聲。在後來的一次次擢升中，他總是一再慶幸當時的果斷。他因此而變得格外謹慎。

狄仁到新企業上任的第一天第一件事，就是辭退美麗的女祕書，他為此暗地心痛不已。他的嚴肅、不為女色所動立即在企業傳為美談。狄仁的生活中其實到處是機會，例如那些獨資、合資企業裡年輕漂亮的辦公室小姐，她們「用中英文夾雜的語言和你交流，她們著裝雅致、品味高雅、收入可觀。諸如此類的綜合使她們對這個城市的很多男人不屑一顧。她們中不乏有出色的令人動心的，但她們好高騖遠不輕易和某個男人保持牢固的關係，假如她們喜歡的男人並非腰包鼓鼓，她們寧願等待。她們是這個城市天空自由的小鳥。當這樣的小鳥飛到狄

6　池莉：《來來往往》，頁 104。

仁肩上的時候，狄仁並不拒絕風流。他把一切安排得穩穩當當好合好散，他在一次次的溫柔中顯出男人的自信。」[7]

狄仁認為他的妻子，和他的雄心勃勃，廣見博識相比，顯得平庸和無知。但他從不流露出他對妻子的倦怠，因為他喜歡家的平靜和幸福，因為在他約定俗成的慣例裡：培養提拔幹部必須是生活沒有緋聞的、家庭安定團結的人選；還有一個原因是他確實需要這樣一個家，一個心無雜念的妻子，把家等同於一個世界，而不與他分享外面世界的精采。

紀念子宮外孕最痛苦時，她的丈夫安杰在外面喝酒，他把她送回娘家坐月子，整整七天不見人影，痛快地安排訪友聚餐觀光的活動，紀念第二次大出血時，紀念的母親找不到安杰，原來他已醉倒在酒店，當昏迷的紀念在疾駛的救護車甦醒時，心中萬般怨恨，即使後來安杰想辦法作很多彌補，但傷痛已經造成了。她沒有意識到，安杰在七天裡對她或家庭的逃避，正是她內心始終困惑著的騷擾，她時時不安和驛動的不正是一種逃避嗎？逃避平常和規範的日子，在偏移和越軌中品嘗生活的苦澀和甜蜜。

電話採訪後，狄仁邀請紀念可以到他們企業參觀，之後，他們還通了很多次電話，可是他再也沒有邀請她，「紀念覺得狄仁似乎在等待，等待她的軟弱，這是個強大的自信的男人，有時候拿著電話筒，紀念會有一種奇異的感覺，感覺她和他在較量，比試彼此的尊嚴和力量。」[8]三十五歲的紀念知道和狄仁見面是一種誘惑，但她無法拒絕，她終於主動和他約要參觀他們企業的時間。於是，他們有了第一次交歡的機會，她充分享受性愛的美好，甚至主動提出她的強烈慾望。在他們交往的那段時間，她發現世界又變得新鮮而神祕了。

---

[7] 李復威主編、張德祥編選：《情感分析小說》，頁13。

[8] 李復威主編、張德祥編選：《情感分析小說》，頁17。

紀念因為去過狄仁的新居，她也想要狄仁在她的家裡留下他的氣息。但就在兩人在家幽會時，安杰意外地出現了，三人面面相覷，安杰收斂著他的山東漢子的血性選擇離開，他不能面對這樣赤裸而醜陋的背叛。而紀念接著面對的是狄仁平靜而負心的眼睛：「你為什麼，為什麼執意要我來你家？你知道會發生的，你知道這一切，你想要幹什麼？」狄仁知道，是他該犧牲紀念的時候了，他不得不挑明了說，你為什麼要和你男人串通一氣來搞我，你這是預謀你企圖得到什麼？[9]

淚流滿面的紀念在這個殘酷的時刻試圖辯解，但狄仁顯得軟弱、蒼白、令人生疑。她怎麼也想不到那是他先發制人的城府和心計。

和狄仁分手後，紀念終於對他有了新的了解。她在回憶中發現每次歡愛後，他都急著要沖洗的真實原因，是「在預防或者說恐懼傳染上某種可怕的疾病。只有性生活隨便又經驗豐富的老手才會有這樣的恐懼和手段。……他一定意識到她也有可能成為傳染的媒介，但他顯然並不在乎別人，他珍愛的是他自己。」[10]這樣的發現令紀念震驚和憤怒。她所有的呵護和溫柔，被這樣的發現貶低成為一種邪惡。

如果作者不是使用全知全能的敘事視點，我們將無法得知，狄仁這個自私卑劣冷酷的花心男，他從頭到尾的內心陰暗的可怕算計，最可惡的是當婚外戀曝光後，狄仁想的是要如何逃開，推卸責任；當然，我們也見到紀念這個女人愚蠢而浪漫的想望，而到最後她也醒悟唯一沒有受傷的是強者「敵人」，而這個她再也無法較量的敵人，留給她後半輩子那樣深的一個「紀念」傷痕。

最後要談的是，90 年代初開始出現個人性的文化格局，也同時形成知識分子的自我反省，在小說裡我們見到知識分子對傳統道德理想

---

[9] 李復威主編、張德祥編選：《情感分析小說》，頁 38-39。
[10] 李復威主編、張德祥編選：《情感分析小說》，頁 33。

的質疑，也因為市場經濟的迅速發展與變化，他們在生活的困惑中，轉而關懷個人實質的生存空間。

方方在〈無處遁逃〉中就以全知觀點討論知識分子市民化的問題，文本說：「原先一心教書和做學問的知識分子漸漸地越來越多地湊在一起談關於錢和關於如何賺錢的問題了。他們再也不可能把自己關在書齋裡專心致志地研究那些虛無縹緲的 $1+1=$？的問題，也不敢只呆在書齋中做一系列抽象的演繹。……於是而到處在社會上攬課講，設法參加成人考試判卷，高考學生改卷以及做個體戶孩子的家庭教師等等等等，所有所有的這些早已打亂了他們沉靜地坐在書齋中專心備課或科學研究的心情。為生計所進行的思考多於了為學問所進行的思考。……知識分子又怎能不在這愁上眉梢庸庸碌碌的生活中悄然地向小市民轉換？既無相當的社會地位，又無起碼的經濟條件，自尊自重自我賞識的信心亦一日少於一日，舉止言談生活風度又怎敢不一日日市民化？」[11]這樣的敘事，寫出了知識分子處境的困窘、尷尬與艱難。

總之，作家在敘事視角上的成功安排，確實為作品加分不少。

三、雙重的敘事手法

王安憶〈叔叔的故事〉中的「人物和故事都是被『我』按照某種需要重新安排和闡釋的。這就是王安憶所津津樂道的『講故事』，以此來突出講述者虛構的自由，強調講述者對所講故事的理性洞察。作者採取的這種『講故事』的敘述方式，更強調個人觀點，恰恰有益於『女

---

[11] 方方：《白夢》，頁 332-333。

性化』的『溫柔』在作品中表現得游刃有餘，二者相得益彰。」[12]小說
的敘事者是個歷史偵探的觀看者身分，他的審視立場是個他者，文本
開始，敘事者就交代了他和叔叔在時間上的關係——

> 他與我並無血緣關係，甚至連朋友都談不上，所以稱之為父兄，
> 因為他是屬我父兄那一輩的人。像他這類人，年長的可做我們
> 的父親，年幼的可做我們的兄長，為了敘述的方便，我就稱他
> 為叔叔。他們那類人倒楣的時候，我只有三歲，而當我開始接
> 受初級教育的時候，他們中間近半數的人已經摘去那頂倒楣的
> 右派帽子，只留下了一些陰影，尾巴似的拖在他們身後。等那
> 陰影驅散，雲開日出，他們那類人往往成為英雄的時候，我已
> 經是個成熟的青年了。[13]

這個旁觀青年以理性的態度，對叔叔經歷的那段歷史進行重看與反
思，赤裸而無情地扯去了那一代，連自己都看不清楚的人的頭頂上的
虛假的光環。因為這樣的一個敘事者的安排，才能拆開歷史的藩籬，
建立真實的自我的感知。

　　尤其特別的是小說一開頭就寫出叔叔對敘事者的警句：「原先我以
為自己是幸運者，如今卻發現不是。」而敘事者所以要講述故事，也
是為了要印證並表達他心中也很近似的想法：「我一直以為自己是個快
樂的孩子，卻忽然明白其實不是。」於是故事就在這兩個人物不同輩
分的雙層——一層是叔叔的故事本身，另一層「我」講的是叔叔的故
事，各自表述中進行，而且在表述過程中，「我」以一種狀似輕鬆的姿

---

[12] 侯迎華：〈論 90 年代王安憶小說的敘述姿態——兼論其「女性化」寫作傾向〉，
《新鄉師範高等專科學校學報》，第 3 期，2003 年，頁 25。
[13] 王安憶：《叔叔的故事》，頁 3。

態去表現一個沉重的故事,這顯得格外諷刺;〈紀實與虛構〉也是從兩個層面上去對女性的歷史進行探尋:奇數的章節是追溯母親的家族歷史;偶數的章節則是記述「我」——「打著腰鼓扭著秧歌進入上海的『同志』的後代」的成長經歷,這是一種新穎的敘事方式。這種雙重敘事方式,很具啟發性。

而這種新穎的視角,鐵凝也運用在她的小說裡,在〈無雨之城〉和〈對面〉中,前者是葛佩雲,後者是「我」都以窺視的視角把丈夫和其情婦、對面的女人和情人的私人性的性愛場景客觀「展示」全然攤在讀者面前,而不再以傳統的講述方式,這樣的聚焦,更能集中其被窺視者的慾望。

第二節　妥善的情節設計

在 90 年代女性小說中,可以見到作家對於情節的設計是相當用心的,作家有意識地挑選或安排相互有關的行動的結構,製造因果、矛盾、糾葛與衝突,造成事件的發生,在安排情節上,不管是從人物的性格去推動命運的故事性發展,還是,無巧不成書的曲折離奇,都相當引人入勝。

張欣也是非常明確地定位於追求富於故事性的情節,來表現思想內容的寫作者,〈城市愛情〉裡的林默蘭和她的女友們,正巧在一個時間點面臨考驗相互扶持的真友情的情節設計;〈今生有約〉裡的蔚文浩在生存競爭的爾虞我詐的鍛鍊中,練就了他自私冷漠的個性,他對於父親死前告白婚外偷情並產下一女的托孤遺言,感到厭惡,他不想提供給重病的未曾謀面的妹妹任何幫助,所以當他發現兒子也很不巧地

隔代遺傳了他父親的血癌，而求救於他那同父異母的妹妹時，妹妹也見死不救地以等同的冷漠回應。

這種巧合的安排，在遲子建筆下也有溫馨的場面出現。《親親土豆》裡的秦山夫婦是禮鎮種土豆的大戶，他和妻子李愛杰感情很好，有個女兒，一家和樂。三十七歲那年秦山因為吸煙過量吐血，於是住進醫院檢查。同房的病人是腦溢血，搶救回來後，對待照顧他的妻子更為暴躁，常拿她出氣；妻子身兼數個工作，擔負起家中經濟重擔，在擔心丈夫好不了的狀況下，有時被他罵婊子、破鞋時，還真巴不得他走得快活些。秦山檢查後，醫生宣布他得末期肺癌，李愛杰有意隱瞞，秦山也不願揭穿，他不願花冤枉錢治療，於是偷偷離開醫院，趕回家鄉收最後一季的土豆。離世前，他送了一件旗袍給李愛杰，李愛杰穿著旗袍為他守靈，也為他辦了一場不同尋常的喪禮——把五袋土豆倒在墳上，離開秦山的墳時，一顆土豆從墳頂上墜下來，跟在她的腳邊，她輕輕嗔怪說：「還跟我的腳呀？」這一對農村恩愛夫妻的真情摯愛真是令人動容。

還有，池莉的《雲破處》也寫到了不是冤家不聚頭的典型巧合情節。而方方的《埋伏》則是運用大量的側寫和懸念的情節安排去鋪墊，讓那一場埋伏更具戲劇性的悲喜劇效果。

陳染、徐小彬、林白和遲子建都是很能利用故事情節去渲染神祕氛圍的作家，她們運用她們豐富的想像力和神奇的感受力，把女性神祕的感覺散發在其作品中，陳染《沙漏街的卜語》——

> 據我所出生的白羊座和春天的第一星座說，此時出生的人，她的信念堅定得像西班牙修女聖泰雷絲・阿維拉。在我身上，這些懦弱恐懼又堅韌剛毅的互為矛盾的品質，和諧地融為一體，

流淌在我的血液中。正像我的思想，在龐大的精神領域裡深邃成熟，而在粗淺的現實面前往往卻天真幼稚，它們分裂又融洽地混合為一體。那時候，我每天總是長時間地沉溺在預感當中，沉思默想的習性占據了我很大一部分日常生活。……冥冥之中，我預感到不遠的一次什麼事故中，我會忽然離開我生活已久的城市，到一個安全的不為人所知的小地方隱居寄生，不必再為自己與外部的關係問題而苦惱。後來，不出一年時間，這預感果然靈驗。大概是心嚮往之的緣故吧。

也許正是這個特點，我的奇思異想、怪夢幻象才源源不斷地湧瀉到筆端。……我的這一種自我分析和預感的強烈愛好，是與著書立說全然無關的。……而我，不停地在紙頁上塗塗抹抹的習慣，也是一種心理平衡的手段，它構成了我的生活方式。[14]

這裡所呈現的神祕字眼，在小說的整體思想取向和故事情節安排中，發揮了獨特而重要的作用；還有《私人生活》裡也有大量的神祕預感的描寫。

　　林白在《一個人的戰爭》中設計多米是個相信緣分、算命的女生；〈子彈穿過蘋果〉全篇充滿異域的神祕文化色彩，神出鬼沒的蓼有著女巫特質的形象，還有迷戀上煮顏料的父親；另外，在〈迴廊之椅〉裡還見到放蠱的巫術的敘述。

　　徐小彬在《羽蛇》的起頭就說要寫那樣一部小說的想法，從很早就開始，也許是從生命的源起，從子宮就開始了。於是，不難想見小說裡充斥著血緣無法駕馭的神祕。徐小彬曾說過：「打我很小的時候，神祕和魔幻便浸透了我想像的空間……支撐我創作的正是我對於女性

---

[14] 陳染：《沉默的左乳》，頁 215-216。

繆斯的迷戀和這種神祕的智性的眩暈。」[15]於是我們見到《羽蛇》裡包羅萬象有轉世再生、耳語預言、刺青紋身、特異功能、心電感應等，作家以她獨特的形式和途徑，讓其神祕文化參與其中。

再看在《人寰》裡嚴歌苓則利用那位已接受過西方教育的留美中國女性在接受治療時對醫生的口述，一邊穿插當前在美國的生活事件，一邊斷斷續續返回她早年在中國的經歷。其中道出了當代中國大陸幾十年來政治鬥爭中，男人與男人之間的道德、友誼與倫理在性格方面所承受的衝突考驗，讓讀者見到了西方觀點所審視的東方倫理問題；還有《扶桑》裡在唐人街的作惡多端的惡霸大勇放高利貸、壟斷洗衣業、暗殺白人、倒賣妓女，還開春藥廠，但他又扮演唐人街英雄的角色，行俠仗義，蔑視法律與道德，以暴力捍衛唐人街的安全和秩序，用以暴制暴的方式，阻止白人對華人的壓迫。這些衝突情節的安排都反映了當代社會的生存現實。

另外，虹影在《孔雀的叫喊》也利用人物的衝突去推動情節，小說以受到全世界關注的長江三峽大壩水庫的修建為故事背景。北京科學院基因工程女科學家柳璀，孤身前往壩區總部，要查明在四川擔任三峽工程開發公司總經理的丈夫是否真有外遇而展開。柳璀在大壩總部，一邊受困於丈夫的外遇疑雲，一邊又捲入關於身世的追索，而三峽水庫興建所引起的各種紛爭——對缺乏人文關懷的技術官僚而言，這個工程僅僅是一個運用資本為經濟建設服務的過程。柳璀原本對於龐大的三峽工程的反對聲浪，也認為意見太膚淺，沒有遠見，可是當她回到生養她的故土，所思索的卻是該不該建水庫？她坐在江邊的峭崖上，好似看到長江的水不斷往上升，將她腳下屬於自己的記憶城市

---

[15] 徐小斌：〈寫在〈紅罌粟〉叢書出版之際〉，《世紀末風景》，昆明：雲南人民出版社，1996 年 2 月，頁 109。

給淹沒。作者讓柳璀表達了她對人類生存環境的憂慮，呈現了她的悲憫情懷。

大陸學者王俊秋評論該篇小說說：「展現了在歷史變革與發展的過程中，人性的真善美與假惡醜的激烈衝突……追尋是展示命運的魔力，而展示過程也是人性的拷問過程。虹影對長江和三峽有著深沉的眷戀，因而對故土的每一個變化都分外地關注與敏感。於是，書中人物的命運與經歷成為她展示和評判人性善惡的最真實的場景。」[16]就像小說中柳璀功利的父親，為了自己的升遷，冤判和尚和妓女通姦，而在鎮反改造中成績優異，平步青雲。但他找不到心靈的平靜，最後卻在文革的政治迫害中，因為妻子揭發了他的惡行，他受不了良心的譴責而自殺。

1980 至 1998 年，是中國大陸城市劇烈變化的年代。從池莉小說的情節設計我們見到男主角康偉業，隨著時代潮流而產生的思想變化，對理想的追求所產生的危機；現實的矛盾與錯誤；面對愛情在靈魂與肉體上的迷惘；對過去、現在和未來的茫然，作者皆有細膩而犀利的洞察。

池莉《來來往往》裡的康偉業有三個女人，一個是他的妻子段莉娜，她是高幹子弟。70 年代，康偉業和段莉娜在那樣一個特定的時代背景中戀愛，因為身分的懸殊，康偉業有些怯步，然而，當段莉娜掏出她的內褲，內褲上散布著僵硬的黃斑和雜亂的血痕，要康偉業負責時，康偉業冷靜而現實地考慮他們的關係——

---

[16] 王俊秋：〈救贖與懺悔：虹影小說的道德反省與宗教意識〉，《當代作家評論》，第 6 期，2006 年，頁 133。

首先，康偉業肯定是要事業和前途的，事業和前途是一個男人的立身之本。其次，從大局來看，段莉娜是一個很不錯的姑娘，從始至終，待他真心實意。黨性原則那麼強的一個人，也不惜為他的入黨和提幹到處找她父親的戰友幫忙。康偉業想：如果自己不那麼自私，站在段莉娜的角度看看問題，她的確是很有道理的。雖然她的確是太厲害了一點，那麼害羞的時刻裡，還暗中留了短褲作為證據，把事情反過來說，這麼厲害的人，當你和她成了一家人之後，誰敢欺負你呢？你豈不是就很省事了嗎？[17]

婚後，兩人胼手胝足，康偉業也當過好丈夫、好爸爸，但是他們的婚姻，隨著文革時期到改革開放時期，直到 1988 年隨著時代的變遷，不斷地變化。當康偉業的經濟條件漸入佳境，而無法與時俱進的段莉娜則愈顯庸俗，兩人的情感愈走愈遠。

康偉業的第二個女人是林珠，在準備和段莉娜談離婚的期間，康偉業以四十萬人民幣，用林珠的名字買了一間套房送給她，他認為她絕不是傍大款的輕浮女子，他心中也盤算著結婚後，房產也是共同財產。

但林珠的好時代卻不完完全全是他的好時代。他的父母無法接受林珠：「段莉娜是不配你，你是受了許多委屈，但是這都不是你與這個女人結婚的理由。我們沒有調查，不敢下結論說她是貪圖你的錢財，至少她太年輕了，你滿足不了她的，無論是從經濟上、肉體上還是精神上，你們不是一代人，精神境界溝通不了。你這是在飲鴆止渴。」[18]長輩們認為為了小孩，不能離婚。

---

[17] 池莉：《來來往往》，頁 37。
[18] 池莉：《來來往往》，頁 121。

　　池莉把城市生活的角落，鮮活生動地牽到讀者面前，讓我們見到社會人群的層層面面，社會問題被反映了出來，群眾心聲也被傳達了出來。康偉業以為改革開放，形勢大好，大家都在反思自己的婚姻質量，紛紛離婚，進行重新組合，他們家的形勢應該也和全國一樣大好，可其實卻不然，雙方的長輩和領導幹部紛紛加入勸說的行列。

　　的確，他倆果真不是同一代人，當浪漫的愛情，真正落實到現實生活上時，問題叢生，他們實在找不到他們原所嚮往的夫妻感情。康偉業已經吃了四十多年的米飯和熱騰騰的炒菜，但林珠卻堅持吃麵包、生菜沙拉。林珠明白表示她不會做菜，也不願意做菜。然而，康偉業覺得母親在廚房裡勞動的形象是最美的；但林珠卻說她絕不重蹈母親身上全是油煙味的覆轍。尤其她「對婚姻沒有寄託太大的希望，結婚不是她人生的目標，她這輩子可結婚可不結婚，她的理想是遇上一個她愛的人，這個人也愛她。生生死死地愛它一場。」[19]現實因素逼迫林珠賣掉套房，帶著錢離去後，康偉業徹底死了心。

　　後來，康偉業遇上個才滿二十歲的和他時代相差甚遠的時雨蓬，他們的肉體關係，就只停留在解決問題的層面上，沒有人再能像林珠激起他的多重感覺了，但是時雨蓬的粗糙爽朗的語言和作風，反而很能讓康偉業放鬆，她能夠諒解康偉業無法陪她逛街買東西，她自在地接受康偉業的提議收下了他的錢。她提議兩人結拜為兄妹，把關係公開，表面正常化，不要再為了段莉娜而閃躲，她一方面認為生命是最寶貴的，在這個時代，像段莉娜不願離婚，而要同歸於盡，是愚蠢的行為；另一方面，她也料定像段莉娜那樣的革命同志，就算是要吃了她，段莉娜一定還嫌腥呢。

---

[19] 池莉：《來來往往》，頁 106。

　　段莉娜終於開始考慮要離婚，是在一個時雨蓬也在場的飯局上，那是段莉娜要康偉業安排的。時雨蓬借酒裝瘋要講葷段子，段莉娜出面勸她不要隨便聽男同志的慫恿，但時雨蓬找機會修理段莉娜說：「段阿姨，還是你對我好。你首先就應該管管康總，不要讓他欺負我。現在的男人哪，真的是沒有好東西，能夠不與他們結婚就盡量不要結，能夠與他們離婚的就盡量與他們離。優秀女人哪裡還與他們一般見識。」[20]後來，在大家的慫恿下，時雨蓬講起她的葷段子，她朗誦起毛澤東的詩：「暮色蒼茫看勁松，亂雲飛渡仍從容，天生一個仙人洞，無限風光在險峰。」當年段莉娜給康偉業寫的第一封信裡，就引了這首讓全國人民學習和景仰的詩歌，但如今這首詩竟被康偉業的女人拿來開黃腔，她終於覺醒他們的青春記憶已經過去了。

　　社會契機的轉變，生存環境與氛圍的變動，導致人物的精神與生活方式的改變，影響著人物性格的意識發展，在小說人物與社會磨合的過程中，我們見到了他們的意識的覺醒。池莉讓改革開放大潮所引起的家庭婚姻與自我成長的問題浮出檯面，用來檢示現代人的困惑與茫然，展現其獨特的視角。

　　這一類因為環境變化，而演出的婚姻的變奏曲，也出現不少篇章在黃蓓佳的小說中。〈婚姻變奏〉講一對知青出身的夫妻——寧生和陳娟，胼手胝足成立了一個家，在兒子十歲大時，才開始過得比較悠閒。後來，陳娟提議去補拍婚紗照，穿上白紗，更覺自己身材的缺憾，於是去作了整形手術——豐胸、隆鼻、墊臀。出院回家後，漂亮得連寧生和兒子都差些認不出來。驚喜過後，晚上夫妻同枕共眠，寧生撫摸妻子「讓男人無法一手掌握」的乳房、觸碰妻子的人工製造的臀部，

---

[20]　池莉：《來來往往》，頁 181。

但總覺得那裡面不是肌肉，而是墊著化學物質，激情就縮了回去。之後，夫妻房事，次數明顯減少，不然就是力求速戰速決。最後，寧生提議離婚，也承認他外面有了女人，但是備受委屈的陳娟不肯離婚。於是展開馬拉松式漫長的調解工作，且看在法庭上兩人的第一次調解的對話——

　　寧生說：「陳娟已經不是我原來的妻子，她的屁股、乳房、鼻子都是假的，用矽做出來的。」
　　陳娟紅了臉跳了起來：「什麼假的！我不過在醫院做了一點小小的整容手術。」
　　「可我感覺上你已經不是原來的你。」寧生強調說。
　　陳娟指著他的鼻子：「當初我要去墊胸脯，你說，何不把鼻子也墊一墊？你贊成而且鼓勵我。」
　　「我那僅僅是諷刺，你難道連諷刺這個詞的涵義都不明白嗎？」
　　「可我們是夫妻呀！不得到你的允許，我敢作這麼大的主嗎？」陳娟說著抽泣起來。
　　「你不要在法庭上耍賴，我憑良心起誓，沒有說過一句贊成做手術的話。」
　　「我也憑良心起誓，你當初絕沒有阻攔。」
　　老審判員插話：「作為夫妻，沒有阻攔就是默許。男方實際上默許了女方的行動。」
　　寧生不慌不忙地說出另外一個理由：「我還有一件事要提請法庭注意。自從陳娟做手術回來，我發現我在她面前逐漸喪失了性生活能力。」
　　「你胡說！」陳娟憤怒地尖叫，「你喪失能力怎麼還能在外面找

一個女人！」

「我說的是在你面前，你！當我一次次面對實際上是化工產品的胸脯和臀部時，我怎麼可能有夫妻生活的興趣！沒有夫妻生活，夫妻關係又如何能成立？請法庭明察。」寧生說著，將身體謙恭地轉向老審判員和小書記員，深深鞠了一躬。[21]

　　另一篇〈電梯上的故事〉也有出乎意料的結局。老實古板的小宋在擁擠的下班電梯裡遇到愛開玩笑的小羅，小羅發現小宋的連衣裙衣領，一片翻在外衣外面，一片在裡面，生性活潑的小羅很認真地摸了小宋的衣領，思考地問著小宋，衣領應該放外面，還是裡面較好，不苟言笑的小宋請小羅放下他的手，旁邊的同事冷不防接上一句：「骯髒的手。」電梯裡的人笑到不可遏止。這個單純的玩笑事件立刻傳到小宋的丈夫和小羅的女朋友耳裡，一連串的質疑，如滾雪球般展開，小說以雙線進行──久婚不孕的小宋突然懷孕了，原本丈夫萬分關懷，後來居然懷疑起孩子是不是小羅的，甚至不願聽從小宋的意見抽胎兒的血做親子鑑定，覺得是擺明了自己出洋相，像是和別人宣告：我戴上綠帽子了，要求醫學為我澄清事實。所以他給小宋兩個選擇：一個是送她進精神病院，一個是做人工流產。他認為只要再懷第二個孩子，就可以用第二個證明第一個是他們的小孩。小宋悲憤之餘，決定做人工流產，因為若是決意生下這個孩子，孩子也是註定要受苦。至於小羅的女朋友則是在和小宋挑選了家具，準備向單位打證明、體檢、領取結婚證書前，急急踩了煞車，說是覺得他太輕率隨便，真假難辨，教她摸不透。而小宋也覺得她缺乏幽默感，是可悲的，不懂得生活。小說結局這樣寫著──報社裡傳出特大新聞，小羅和小宋結婚了，都

---

[21]　黃蓓佳：《午夜雞尾酒》，南京：江蘇文藝出版社，1998 年 8 月，頁 217-218。

說新房布置得別出心裁，家具是淡紫羅蘭色鑲著咖啡色編框，典雅柔美得不同凡響。小羅原來的女朋友聽說之後大哭一場，心裡說：這家具原來是我的。哭過之後又覺得慶幸：好在她沒有跟小羅結婚，他們分手才這麼點時間，小羅跟小宋的關係就由暗轉明，不恰恰證實這兩個人之間存在著「骯髒的手」嗎？再過一年，小宋手裡已經抱上了一個瘦精精眉眼很像小羅的兒子。這回輪到小宋原來的丈夫開開心心喝酒拍大腿了。他得意洋洋對廣告部的同事說：「怎麼樣，某人還是有眼力的吧？上次要讓小宋把那個孽種生下來，我不是白替人家養兒子嗎？」[22]小說寫到人們受到外在環境所引發的一連串的疑心的揣想，而這樣的疑心揣想一冒出頭，就愈冒愈高，不可收拾，終生遺憾。

　　黃蓓佳這樣一連串合理的故事推動，讓人生的荒謬性，更能被清楚看透。

　　王安憶筆下的米尼的悲劇也是性格使然，作家讓她的性格一一顯露，然後去推動故事的發展。米尼是一個普通的上海女知青，偶然的機會她愛上從小就有偷竊習慣的阿康，兩人在相處不到幾天後，阿康被捕入獄，懷著阿康的孩子的米尼也走上了偷竊之路，阿康在獄中寫信要米尼等他，癡情的米尼也等到他出獄，可是浪蕩阿康怎麼會只在米尼身上停留，所以，他看上米尼工廠裡的小姊妹，他說其實他對那個小姊妹並沒有什麼，不過她人長得不錯，欣賞欣賞罷了，就好像一張好看的圖畫，有人走過去，會多看兩眼——

　　　　米尼就說，那你想不想看我呢？阿康說，你是貼在家裡的畫，
　　　　月份牌一樣，天天有的看，不看也曉得了，再說，夫妻間，難

---

[22] 黃蓓佳：《輸掉所有的遊戲》，南京：江蘇文藝出版社，1998 年 8 月，頁 347。

> 道僅僅是看嗎？米尼被他的話感動了，就說：既是這樣，我就常常帶她來，給你看。[23]

後來，她果真又帶她來了一兩趟。但每次走後，她又和阿康吵，一次比一次吵得厲害。米尼不知道，她犯下了大錯誤，無疑是在撮合阿康和那女孩。她不該帶那女孩上門，或者帶上門了，就不要吵鬧。每吵一架，他們兩人就更遠，遠到賭氣離婚了。

之後，阿康安排一個叫平頭的皮條客朋友，去滿足米尼性慾的需求。阿康感到對不起米尼，他告訴平頭要挽回只有一條路，就是假如米尼也另有一個男人的話，他良心上才可平靜，這樣兩人就平等了，誰也不吃虧了。這樣複雜的情事關係，讓米尼更放縱在平頭和阿康之間，而且和阿康在離婚後在性事上久別重逢，讓他們更覺激動而快樂，他們忘卻了一切恩怨，盡情地作賤著自己和對方。隨著時代的變遷，這對扒手夫妻，又成了皮條客與賣淫女，當平頭被逮入獄後，阿康更上一層取代了平頭，甚至有意訓練米尼成為女皮條客的角色。後來，阿康他們也被一網打盡了，米尼在等待著從小在香港賺錢的母親為她辦簽證時，沒想到就被阿康供出來了——

> 阿康原來是想等米尼辦好了簽證，再去派出所，以一個覺醒的嫖客的身分告發米尼，他的計畫是讓米尼從希望的頂峰直跌到深淵。他見不得別人的希望，尤其是見不得米尼的希望，米尼的希望於他就像是服刑一般，使他絕望。米尼就好像是他自身的一部分，他不允許這部分背叛另外的那部分。他所以遲遲沒有行動，還因為他想米尼根本拿不到簽證，她的母親只是說說

---

[23] 王安憶：《米尼》，頁 146。

而已，並不是真正出力為她辦出境簽證，甚至她只是哄騙米尼。他滿心喜悅地等待這騙局拆穿的一日，那時候，米尼將多麼悲傷。可是當他住在拘留所裡，在那燈光照耀，明亮如畫的深夜裡，他想到自由在街上行走的米尼，覺得她就好像在天堂裡一樣。他是絕不允許他在地獄，而米尼則在天堂。他供出米尼的同時，還交上一份證據，就是米尼的存摺，這存摺上的數位對米尼從事著一個不被公開的職業，可作一部分證明。[24]

米尼到最後才發現自己走過的道路就好比是一條預兆的道路，現在才到達了現實的終點。殷慧芬〈焱玉〉裡的焱玉的悲哀和米尼相似，焱玉在上海讀書工作，並和男友阿雄戀愛同居，自以為擁有幸福的她，直到被阿雄趕走後，才發現原來阿雄一直瞧不起她只是個鄉下人；他沒有被打倒，以她的專業在工作上努力奮鬥，後來出現在阿雄面前的是一個讓他無法置信的優質都會女性，但是名牌的物質生活卻不能滿足焱玉對愛情的渴望，她在放縱自己的開放性態度下，更加找不到真正的自己。

作家抓到了愛情是女性的罩門，讓她們義無反顧地走向死穴，合理的橋段，構思、設置出相應的故事情節。

張潔在〈她吸的是帶薄荷味兒的煙〉裡為那些受害的女人出了一口氣，年老色衰的老舞蹈家對付男性的手段是毫不留情的。一個自命不凡的二十七歲的男子，多次寫信誘惑國際知名的老舞蹈家，希望目前在國內作交流的老舞蹈家可以提拔他，他願意以性服務作為交換。他在信中吹噓自己的性能力，用語極為放肆粗俗：「我要搞得你受不了，搞得你精疲力盡，……搞得你死心塌地地跟定我，搞得你離開我

---

[24] 王安憶：《米尼》，頁 225。

就茶飯不思，飲食無味。」[25]當他如約進到老舞蹈家下榻的飯店房間，剛開始還擺著雄性昂揚的優越高姿態，後來，當老舞蹈家主動發號施令要他脫下衣服時——

> 他只好在她沒有通融餘地的沉默裡，沒有退路地脫下去。……然後她走了過來，圍著赤裸全身的他，緩緩地繞了一圈又一圈。然後站在他的面前，指著他的那個物件，用一種和他探討的口氣說：「似乎不太理想？你太緊張了吧？也許我們應該等一會。」……
>
> 她翹著腿，輕吸輕吐著薄荷味兒的煙，用鞋跟輕敲著圈椅的腿，一副與他的窘迫很無關聯的閒情樣子。「你讓我想起了一個老故事……」她閒散地望著深感難堪的他。……
>
> 她又停下她的講述，走出落地燈的暗影，走到他的身邊來，接著又像方才那樣，在他身邊，繞了幾圈，甚至伸出她的一個手指，戳了戳他那疲軟的物件，行家裡手地說：「還是沒有什麼希望嘛！」[26]

這個情節安排那個男子的「死亡」，可能斷絕了他未來在性能力上的希望，其中兩性關係的白熱化，也讓矛盾明朗化，更加加重了那個男子的悲劇色彩。

海外作家嚴歌苓，也利用故事情節，寫出了邊緣人物的悲慘遭際和命運。《誰家有女初長成》裡的鄉村少女潘巧巧被熟人介紹到深圳去打工，後來被熟人轉手誘姦拐賣而落到一對養路工兄弟手裡。潘巧巧

---

[25] 張潔：《中國國外獲獎作家作品集，張潔卷》，昆明：雲南人民出版社，2001 年 10 月，頁 118。

[26] 張潔：《中國國外獲獎作家作品集，張潔卷》，頁 138-140。

面對現實，獲得了兩兄弟的疼愛，可是後來又無法忍受成為兩兄弟的妻子，她親手殺了兩兄弟，然後逃到靠近青海的小兵站，就在司務長要迎娶她時，通緝令到了兵站，眾人幫助她脫逃，但是，她最敬慕的站長卻說出了她的藏身處，作者藉著逃亡中似是而非的戀愛，去反映中國大陸經濟發展過程的陰暗面。文本中下半部脈脈的溫情，消解了上半部強烈而殘酷的衝擊。

第三節　靈動的新潮語言

當代的大陸女作家除了爭取擴大她們的生存空間，也直接要求改變文化上的性別歧視、拒絕性騷擾與侵犯，要求性權利的真正平等。她們用屬於她們的獨特而新潮的靈動的語言風格，去加強女性小說的表現手法。

成名於 80 年代的張潔談起，她發表於 90 年代的作品，已經不同以往，女性取代了過去傳統文化中男性的絕對優越，展現出女性寫作的鮮明性別立場和文化批判精神。〈她吸的是帶薄荷味兒的煙〉裡身強體壯卻一無所長的年輕人，向年老色衰的華裔女舞蹈家出賣他唯一的資本——身體，為的是希望征服這個有錢老女人，然後過上奢華的日子。當她在豪華套房接見了他，他脫下了衣服後，她卻給了這個出賣自己靈魂與肉體的男子，以鄙視的目光和犀利的言辭規勸，把他羞辱得無地自容，就在他一蹶不振時，似乎只記得她吸的是帶薄荷味兒的煙；還有〈紅蘑菇〉裡的夢白姐妹以性為武器，把大學教授吉爾冬的醜行惡德攤在陽光下，讓他受到應有的報應。

　　從這兩篇小說，可以發現張潔在創作上的成長，她揭示男性的醜陋，比起對女性要辛辣很多，前者是男妓，後者是大學教授，無論身分高低都逃不過她的嚴厲批判，她用她的語言一層層剝掉社會大眾對男性的社會期待，將其無賴卑鄙的一面，充分對比地展現。

　　徐坤的小說最引起評論界關注的是，她以 90 年代知識分子和城市女性生存困境為題材的小說，她反諷、調侃、幽默的語言風格，集中對社會菁英分子批判解構，如〈狗日的足球〉寫在世界足球比賽球場的看台上，一群男性球迷集體無意識地用污衊女性身體的髒話叫嚷起鬨，令在場的女性難堪。以譴責的言論在文本中瓦解男性的尊嚴，還有陸星兒的〈夏天太冷〉寫到男性的小氣自私與不負責任；竹林的《女巫》鋪陳了近百年中國農村婦女被男權社會壓迫的歷史，小說中的幾代婦女被身心蹂躪變成女鬼、女巫和娼妓的悲慘故事，把男權社會對女性的暴力和虐待完全暴露。

　　對男權的惡行加以聲討的小說，還有，鐵凝的〈對面〉暴露男性的窺淫僻好；林白〈青苔〉裡的女主角受不了性陷阱而用匕首殺死男人，並報復性地割下他的陽具塞進他的嘴裡。遲子建的〈向著白夜旅行〉、徐坤的〈遊行〉也都在在以作家強烈而辛辣的女權話語對男性提出清算。

　　陳染的小說也有其獨特的敘述語言，她常以喜劇、幽默的調侃嘲弄語氣，表達她小說中某些誇張的部分，比如〈角色累贅〉裡：「我」去參加舞會──「如今的舞越跳越邪乎，誰也不挨誰，自己跟自己較勁，屁股越蹶越高，踩著『彈簧』爬『大山』。樂隊也是一會抽筋一會兒又軟得像餓了三天沒吃飯。最餓得走不動步的一首舞曲是每天晚上電視台播放天氣預報時的那段音樂。當時我覺得很滑稽，好像大家在

談著天氣預報跳舞。」[27]陳染透過文字,把這種嘲弄詼諧發揮得淋漓盡致;還有〈沙漏街的葡語〉裡所涉及的權力爭鬥和慾望遊戲等黑幕,也顯現了她的語言的調侃才能,而在她的嘲弄而沉穩的尖刻敘述中,我們也見到了她獨有的藝術特質。陳染用她自己獨一無二的辭彙與符號、奇異的比喻和暗示,以她的俏皮的意象去表現她的感覺,以及對世界的看法與期待。

人物的語言是表現典型性格的特有形式,有經驗的作家會運用多樣化的語言,在不同的環境、場合和情境下,刻劃人物性格的多面,表現出人物豐富而複雜的性格。池莉便是善於以通俗幽默俏皮的小說語言,去演活她筆下的小人物,以市民目光來看待生活,注重在作品中鋪敘現實,善於鋪展人物細碎的人生體驗和態度。對生活進行細緻的捕捉,將人性瑣屑面,展示得相當詳盡,提示了讀者值得認真思考的問題,也豐富了讀者對於生存的體驗感受。

80 年代末,隨著商品經濟的興起,市民階層迅速擴大,市民文化蓬勃發展,池莉在此時本著和市民百姓可以坦誠相見的對等語言而得到認同。

池莉不是屬於那種用精神和靈魂寫作,或是小說技巧創作的人,她所擁有的是對市井平民生活的深切體驗和感受,所以在創作時她會站在百姓大眾的視角用他們的語言去表達其所思所想,像《生活秀》裡的來雙揚——宴請張所長;端午會後母;以情勸九妹;街頭罵小金——那幾幕所表達的語言,準確而鮮活,不僅表現了時代的語碼,也把人物的心理與性格具體呈現。還有《來來往往》裡段莉娜對飛黃騰達的康偉業說:「記得當年你在肉聯廠扛冷凍豬肉時候的自悲嗎?記得

---

[27] 陳染:《沉默的左乳》,南京:江蘇文藝出版社,1997 年 2 月,頁 309-310。

我是怎樣一步一步地幫助你的嗎？記得你對我是如何的感激涕零嗎？記得你吃了多少我們家從小灶食堂頭的瘦肉和我們家院子種的新鮮蔬菜嗎？記得這些瘦肉和蔬菜帶給了你多少自尊，滿足了你多少虛榮嗎？是誰對我說過：沒有你就沒有我的今天；你就是我的再生父母。」[28]

　　池莉的語言是屬於市民生活的，是貼近表現原始生態的，她的小說一開始即不討文學殿堂的喜歡，被批評為「苟活」和「小市民」，尤其她在小說中出現了很多被學院派評論家所詬病的粗話，例如：「我操」、「狗日的」、「你他媽的」、「搞女人」、「玩不玩」、「夜發廊」等，但她一點也不急著辯駁，因為她與大家看世界的視點可能不一樣，她認為她是從形而下開始的，大家是從形而上開始的，所以認識的結果完全不同。[29]而在她極具特色的小說語言中，幽默的筆調也是基本款的，在《冷也好熱也好活著就好》就是透露著些許的池莉式的幽默。

　　池莉的作品基本上是社會意義大於文學意義的，因為其作品帶給轉型期市民心理上某種程度的滿足與期待；同時，透過其語言的傳遞也展現了她對下層市民的生活方式與態度的尊重和理解。

　　同被歸為「新寫實作家」的方方，在其《落日》裡也充滿了武漢方言，俏皮又粗鄙真實的「漢腔」為「冷漠」的新寫實小說添加了一點暖色。

　　而王安憶則是努力寫出屬於她筆下的「性」的真摯語言，並且也用她的語言去表達男性所不知曉的女性經驗。王安憶筆下的米尼是個忠於自我，主動爭取所愛的女人，且看她和阿康有了關係後的對話——

---

[28]　池莉：《來來往往》，北京：作家出版社，1998 年 8 月，頁 61。
[29]　郭欣：〈女作家池莉：小說不是我的自傳〉，《新聞晨報》，2001 年 03 月 23 日；http://www.sina.com.cn。

　　她伸手從背後抱住了他，將臉貼在他的背上，說道：「阿康，我要跟你在一起，無論你要我做什麼，都可以的。」阿康怔了一會兒，又接著把被子疊完，撣了撣床單。米尼反正已經豁出去了，她將阿康抱得更緊了，又一次說：「阿康，我反正不讓你甩掉我了，隨便你怎麼想。」說罷，她淚如雨下。阿康不禁也受了感動，輕輕地說：「我有什麼好的？」米尼說：「你就是好，你就是好，你就是好。」……米尼抱住他的頭頸，說：「……不管你喜不喜歡我，我反正喜歡你了，你是賴也賴不掉的。」阿康說：「我沒有賴。」米尼歪過頭，看牢他的眼睛，說：「你喜歡我嗎？」阿康沉吟著，米尼就搖他的身子，說：「你講，喜歡還是不喜歡？」阿康說：「你不要搞逼供信呀！」米尼就笑，笑過了又哭。她想：天哪，她怎麼碰上了這麼個鬼啊！她心甘情願輸給他了。[30]

　後來，阿康因為偷竊被判入獄，米尼還主動對阿康的父母表示，從今以後，她總歸是阿康的人了，請他們不要趕她走。阿康在上海，她就在上海；阿康去安徽；她也去安徽；阿康吃官司，她給他送牢飯。阿康的父母說她太衝動將來會後悔的！米尼再三保證不會。阿康的父母心軟了，他們看她對阿康真心實意，就算將來要後悔，現在卻死心塌地。說不定有了她，阿康會變好。

　　女人對愛情的癡狂，在王安憶簡潔傳神的語言風格中傳達出言近旨遠的寓意，由這樣的語言也不難想像一廂情願的米尼最後被阿康出賣的悲劇的命運。

---

[30] 王安憶：《米尼》，海口：南海出版公司，2000 年 12 月，頁 36-37。

90 年代以來女作家的女權話語以其「俯視」，取代「仰視」和「平視」男性世界，「在社會組織、權力、社會意義和個人意識的分析中，共同的因素是語言。社會的現實和可能的形式、結果，都通過語言得以確立和體驗，人們對自身的感受和認識，也通過語言得以結構。」[31]於是，我們見到陳染在〈時間不逝、圓圈不圓〉裡維伊充滿優越感地欣賞並探究她的男人，並喊著他「寶貝」、「孩子」。從仰視、平視到俯視，作家筆下的女性，大抵都有身為女人的自我認同與自豪感，以一種全新的自信精神姿態「平視」男性，甚至是「俯視」男性的卑劣與虛弱本相。

徐小斌也在〈迷幻花園〉中以簡潔而傳神的語言揭示男人世界的醜惡和虛妄，並以女性的復仇作結，全篇展現的是語言的快感。小說講的是二女一男的三角關係。怡和芬原本是好朋友，金是她們兩個都很欣賞的對象，金先占有了怡，又在怡的床單上，留下了芬的處女紅。怡當場發現時，三人是尷尬萬分的。金和芬結婚後，並不珍惜她，對她是嫌惡的，他常常夜不歸，也懶於編造任何理由。

金在事業上如日中天，他的影視公司要招聘女演員，這時失蹤多年的怡出現了。後來在一場歡愛的戲中，金被臨危授命，因為所有的男演員都無法和怡配戲。這一幕引發芬對金的殺機，也讓怡一炮而紅。

其實怡背著芬暗中作了安排，他們設了一個隱蔽的攝像機暗暗對準狂怒的芬，芬的一氣橫掃損失的財產上百萬，卻使製片人獲得了億萬收入。事後怡堅持對法官說芬患有妄想型精神病，使她免於牢獄之災。

---

[31]　林樹明：《多維視野中的女性主義文學批評》，北京：中國社會科學出版社，2004年 5 月，頁 163-164。

　　十年後，怡已經成為聞名的超級明星；芬雖然離了婚，但是追求她的人也不輸給怡，她所設計的時裝也遠銷海外，義大利米蘭公司已經聘請她為設計師，收入驚人。兩個好朋友還是彼此關心的，怡常常去買芬設計的時裝，而芬反覆看著怡主演的電視錄像。因此，她們彼此依然熟悉，就像昨天剛分手。

　　後來，有一天芬去拜訪怡，兩人在交談的過程，正好見到一個人從窗外經過，那個人面色焦黃步履蹣跚，像是晚期肝癌患者或者是猿人的活化石，最終芬還是認出了他是金。怡冷冷地對芬說：「現在的他是你的傑作……十年前你打中了他，他早成了廢人。你看他那副樣子，好笑嗎？」[32]怡忽然狂笑起來，笑起來就止不住，芬也笑了，想起自己曾經為了贏得那樣一個男人，用生命的代價來換取美麗和青春。

　　徐小斌的語言策略，不論是富有反叛意味地對男權的批判或是直面人生的奇特語言，都在在利用其語言特徵去表達她內心的抗議與需求，其感受強化了文學語言的感官性。

　　受西方女性主義話語的啟迪與影響的陳染和徐小斌，她們的作品，不論是小說題目的命名，如陳染的〈凡牆都是門〉、〈禿頭女走不出來的九月〉、〈沉默的左乳〉、〈空的窗〉、〈巫女與她的夢中之門〉、〈跳來跳去的蘋果〉、〈火紅的死神之舞〉、〈零女士的誕生〉、〈空心人誕生〉以及〈禾寡婦以及更衣室的感覺〉、〈沙漏街的葡語〉這一批特立獨行的小說的題名令人匪夷所思，她的筆下好似有另一個不同於其他作家的世界。林白的〈子彈穿過蘋果〉和〈致命的飛翔〉等都有缺憾的負面的否定意味。

---

[32] 李復威主編、張德祥編選：《情感分析小說》，北京：北京大學出版社，1999 年 9 月，頁 223。

　　而關於人物的命名——如陳染筆下的守寡人、禿頭女、巫女、麥穗女、禾寡婦、拗拗、黛二、寂旖、伊墮人、水水、杞子、雨若、繆一、墨非、莫根、T……等琳琅滿目的名字，這些名字好像有著一種清高自傲的優越感，還有林白筆下的多米、七葉、二帕、李蒿、北諾，徐小斌筆下的金烏、羽、若木，也似乎有著特殊的靈魂，然而，這些怪異的、反叛的命名，有一種向邊緣勇往直前的策略，她們不願再在父權話語秩序中言說，她們要大膽地創造屬於女性自己的符號，突破規範與重圍，賦予語言全新的意義。另外，還有小說中代表著女性意象的修辭——夢、房間、鏡子、黑夜、飛翔等，也都豐富了女性的話語。

　　王蒙在《沉默的左乳》的序言中評陳染說：「她的小說詭祕，調皮，神經，古怪；似乎還不無中國式的飄逸空靈與西洋式的強烈和荒謬。她我行我素……信口開河，而又不事鋪張，她有自己的感覺和制動操縱裝置，行於當行，止於所止。她同時女性得坦誠得讓你心跳。她有自己獨特的語言獨特的方式。」[33]這段話評論得相當中肯。陳染用她自己獨一無二的辭彙與符號、奇異的比喻和暗示，以她的俏皮的意象去表現她的感覺，以及對世界的看法與期待。

　　且從她的小說文字看看她特殊的語法，在《另一隻耳朵的敲擊聲》——

　　　　梵高的那只獨自活著的諦聽世界的耳朵正在尾隨於我，攥在我
　　　　的手中。他的另一隻耳朵肯定也在追求這只活著的耳朵。我只
　　　　願意把我和我手中的這只耳朵葬在這個親愛的兄弟般的與我骨

---

[33] 陳染：《沉默的左乳》，頁2。

肉相關、唇齒相依的花園裡。……我只愛這隻純粹的追求死亡和燃燒的怪耳朵，我願做這一隻耳朵的永遠的遺孀。[34]

在〈與假想心愛者在禁中守望〉──

在那條乳白色的麻絲褲子像一條永不凋謝與投降的旗幟，在早已被改乘電梯的人們遺棄了的樓梯裡寂寞地閃動。那褲子總是被燙得平展展地裹在她優雅纖秀的腿上，蕩出樂聲。[35]

這些文字像是在隨時跳躍著，也像是在搞自閉，可以優雅，又可以蒼涼，有一種弔詭的神祕，但卻是被她實實在在地握在手上。

　　林白曾表示：「在事實中真正的性的接觸並不能使我興奮和燃燒，但我對關於它的描寫有一種奇怪的熱情。我一直想讓性擁有一種語言上的優雅，使我在創作中產生一種詩性的快感。」[36]陳染在《私人生活》中形容「女人是一座迷宮，一個岩洞的形狀。」那是男性經驗所無法體驗的感覺，她就是想要透過古怪的修辭、詩意的語言，去強調女性經驗是男性所不了解的世界。

　　作家的創作個性和語言風格愈鮮明、愈獨特，其作品就愈具藝術魅力。盛英肯定 90 年代的女性文學說：「90 年代中國女性文學以她對歷史的俯視，對現實的環顧，對民族的凝思，對人性的拷問，顯示著她博大恢弘深刻乃至困惑的繁複風貌。」[37]的確，在 90 年代女性小說中對男權的批判，可以見到矛盾又複雜的人性本質，還有女性在自我發現過程中，想要逾越的「性別困境」，對自身性別的審視與確認，所展現

---

[34] 陳染：《沉默的左乳》，頁 212。
[35] 陳染：《沉默的左乳》，頁 102。
[36] 林白：《致命的飛翔》，武漢：長江文藝出版社，1996 年，頁 352。
[37] 盛英：《中國女性文學新探》，山東：中國文聯出版社，1999 年 9 月，頁 46。

的女性意識的獨立與深刻性，比起 80 年代女作家的反抗傳統，而又很難剝離掙脫的「生存困境」，已經是大有進步地展開全新的文化語境。

　　「私小說」的出現，把男性排除在女性的閨房之外，女性對自己的竊竊私語，徹底放逐了男性。林白曾對《一個人的戰爭》的書名解釋：「一個人的戰爭意味著一個巴掌自己拍自己，一面牆自己擋住自己，一朵花自己毀滅自己。一個人的戰爭意味著一個女人自己嫁給了自己。」[38]從這段話連續出現的八個「自己」，還有「牆」、「擋住」、「毀滅」、「戰爭」等語詞，可以想見主角多米受到現實際遇的傷害、絕望而走入自我幽閉的境地。這部小說在 90 年代女性文學的意義是代表著「把自我從生命禁錮中解救出來的女性話語方式。」[39]

　　李有亮認為林白的語言具備女性的體貼和柔韌，是一種敞開的私語，沿這一方向上敞開的個人記憶，基本上涉及了作者成年階段的人生經驗，充滿艱辛與無奈，如〈瓶中之水〉和〈隨風閃爍〉；另一種是向內心隱密深處的敞開，即對自我早年成長經歷的遙遠回望，並且對這種恐懼所產生的當下影響，予以清理和平息，如《一個人的戰爭》和〈守望空心歲月〉。[40]

　　在《一個人的戰爭》的敘述語言中，我們見到林白的敘述方式是零散的，沒有一個中心的，隨著自我的情緒與感受蹦出的隨意片段。陳思和認為這非常有特點：「讀起來覺得零亂無章，彷彿是隨風而來的一些記憶散片，遊蕩在真實與虛構之間。人物與事件也常常互現於各種小說文本，招之即來，揮之即去……常常在不斷重複中拆解了小說

---

[38] 林白：《林白文集》第 2 卷，南京：江蘇文藝出版社，1997 年 5 月，頁 225。

[39] 金文兵：《顛覆的喜劇／20 世紀 80-90 年代中國小說轉型研究》，北京：中國社會科學出版社，2004 年 1 月，頁 72。

[40] 李有亮：《給男人命名——20 世紀女性文學中男權批判意識的流變》，北京：社會科學文獻出版社，2005 年 5 月，頁 271。

的理性意義,敘述中片段與片段的流轉相當自由,讀起來似行雲流水,飄忽不定,表現出非常女性化的特點,讓人聯想起現代文學史上著名女作家蕭紅的語言藝術。」[41]的確,兩位學者所言正是林白特有的語言風格。筆者認為林白的個人化的慾望寫作企圖建立起一種屬於女性自我身體空間的敘事型文本,因此,也不難想見她的女性話語裡的男性的符號單元代表著的是權力、壓抑和冷漠自私。

第四節　栩栩如生的人物刻劃

在大陸當代的女性小說中,作家塑造了許多具有鮮明獨特個性的人物,她們利用外在環境氛圍的烘托,著力在人物性格上的刻劃,使得人物栩栩如生,躍然於紙上。

一、女性形象

王安憶筆下的任性自主又前衛的米尼,她的精明表現在她從不被那些虛妄的情緒所支配,她永遠懷著實際的目的,先來看看她要到安徽插隊落戶,走之前,她對阿婆說,她不在家裡吃飯,應當把她父母從香港寄來的生活費交給她。阿婆恨恨地望著她,心想自己千辛萬苦,竟餵大了一隻虎,阿婆說她哥哥在農場勞動鍛煉,每月已經開始拿工資;姐姐早一年就分在了工廠,也有了鐵飯碗。米尼聽出阿婆話中有話,不由惱羞成怒,但又立即壓下了火氣,反笑了起來說,假如爸爸

---

[41] 陳思和:《新時期文學概說(1978-2000)》,桂林:廣西師範大學出版社,2001年11月,頁229-230。

媽媽願意給她飯吃呢？阿婆說不出話，臉皺成了一團。阿婆這些年來
對於兒子媳婦按期地寄錢來，她總是扣一些錢存著，以防不測。開始
這錢是為了孫兒孫女，怕他們生病。慢慢地，孩子長大了，這錢就有
些是為了自己的了。她怕自己生病老去，她要為自己打算，錢一點點
存多了，存錢的熱情日益高漲。大孫女一月十八元時，她並不說什麼，
待到第二年拿到二十三元了，她便讓她每月交五元作飯錢。姐姐由於
麻木，對什麼都渾然不覺；米尼卻把事情看得很清楚，常常生出一些
小詭計，迫使阿婆用錢心痛，看見阿婆臉皺成一團，她心裡高興得要
命——

> 阿婆說：「給你一個月十塊。」其實她心裡想的是十五塊，出口
> 時卻成了十塊。米尼以這樣的邏輯推斷出了十五塊這個數位，
> 又加上五塊：「每月二十塊。」她說。阿婆就笑了：「你不要嚇
> 唬我啊，二十塊一個月？到鄉下是去勞動，又不是去吃酒。」
> 米尼就說：「那也不是命該你們吃肉，我吃菜的。」她的話總比
> 阿婆狠一著，最後阿婆只得讓了半步，答應每月十七元。米尼
> 心想不能把人逼得太緊，就勉強答應了，心裡卻樂得不行，因
> 為她原本的希望，僅僅是十元就足夠了。從此以後，爸爸媽媽
> 從香港給阿婆寄錢，阿婆從上海給米尼寄錢，插隊的日子就這
> 樣開始了。[42]

這樣一個狡猾刁鑽的女孩，談起戀愛也是頭腦始終很清醒的，她清楚
她愛上的是那樣一個浪蕩子。她是個心機重的女孩，就如當她懷疑自
己是不是懷孕時，她故意將自己的疑心告訴阿康媽媽，向她請教，是

---

[42] 王安憶：《米尼》，頁32。

怎麼回事。其實她心裡還有一層意思，是向他們證明，她千真萬確已
是阿康的人了。

　　米尼有一套不同於阿康的偷竊哲學，尤其比阿康機敏鎮定得多，
她從不重複在一個地方「行動」，太過冒險的「行動」，她也絕對不做，
她總是耐心等待最好的時機。她是很現實的，不像阿康的「行動」往
往是出於心理的需要。比較變態的是她在「行動」時「會有一種奇異
的感動的心情，就好像是和阿康在了一起。因此，也會有那麼一些時
候，她是為了捕捉這種感覺而去做活的，那往往是當她因想念阿康極
端苦悶的日子裡。而即使是這樣的不能自律的情況之下，她依然不會
貿然行事。阿康在這行為中最陶醉的是冒險的意味，於米尼則是從容
不迫的機智。」[43]即使在勝利的時刻，也不讓喜悅沖昏頭。她不肯冒一
點險，可是從不放過機會。她具有非凡的判斷力，能在極短的時間判
清狀況，作出決定。她常常在最安全的情況中看見了最危險的因素，
最有利的時機裡看見了不利的因素。她的天性中有一種幽默，懷著譏
嘲的態度去進行她的偷竊。譬如她偷了鄰居一條毛料西裝褲後，堂而
皇之帶了阿康家的戶口名簿去信託商店寄售，售出的通知書正是那位
失竊西裝褲的鄰居交給米尼，米尼哀傷地對鄰居說若不是無奈，她是
決不捨得賣掉這件西裝褲的，那位鄰居一邊感慨，一邊回憶著，他也
有過同樣的一條褲子。

　　可是這樣聰敏的女孩，一遇上男人、對愛情或對生活品質鑽牛角
尖起來，生命會陷落得更為徹底。在其他作家筆下也有這類陷落自我
分化的都會女性，張欣〈如戲〉裡生於幹部家庭的佳希是個設計師，
她看不起從商後的丈夫的市儈，可是又在保持她的清高時，和她的藝

---

[43]　王安憶：《米尼》，頁 101。

術家情人，享受金錢給予的快樂，最後在車禍中喪身；〈你沒有理由不瘋〉裡已婚的谷蘭原本生活平穩無憂，但在市場經濟的帶動下，她慫恿身為貿易公司副總的丈夫，也和收水電費的民工一樣去炒作股票，自己也在醫院的工作以外兼作生意，他們的生活開始起了變化，到最後幸福的家庭消失了；王安憶〈妙妙〉裡的妙妙瞧不起縣城，只有北京、上海和廣州才是她最嚮往的城市，她企圖用新潮的外在打扮去掩蓋內心的空虛，她走在純樸的頭舖街上顯得突兀，更諷刺的是她自以為時尚，其實卻是最為落伍，因為當大城市的時尚，輪迴到偏遠的頭舖時，已經又退了流行了，所以妙妙永遠也沒有辦法減輕自己的孤獨，反而更為失落。這些都會女性在與社會的碰撞中成長，得到了自由進取的都市意識，其生活品質也由此提昇，但相對地，她們在面對世俗和理想的衝突時，原本的價值與信仰漸漸被摧毀，她們焦慮不安地面對角色分裂進而妥協，而被動地走向自我的毀滅。張欣也寫出了女性在事業上衝殺的艱辛與疲憊，比如〈舞〉的甘婷的舞蹈夢、〈掘金時代〉的穗珠的作家夢、〈歲月無敵〉的方佩的藝術夢，她們具有文化又有情調，但是身處物慾橫流的社會，卻落得事業、愛情兩頭茫然的結局。

　　還有都會女性在追趕時代潮流、迎合消費時尚，但卻迷失在衣香鬢影、繁華喧囂的城市中的，她們以為可以藉由外在的物質，藉由城市生活所提供的各式各樣的消遣，得到內心的滿足與快樂，但事實卻不然。作家透過這些女性人物寫出了都市中的消費現實對人的誘惑和異化。張梅的〈隨風飄蕩的日子〉，原題名為〈吃喝玩樂的日子〉，單單從這兩個題目就可以得知主角像一個遊蕩在世上的塵埃，儘管吃喝玩樂卻找不到生活的重心。還有〈蝴蝶和蜜蜂的舞會〉裡的四個女人，每天把自己打扮成花蝴蝶，因為無聊所以穿梭在舞會和情愛遊戲中，但是卻因為越追求感官慾望的刺激，而越感到空虛無聊，因此，一而再

再而三地陷入痛苦的循環中，成為慾望的奴隸。衛慧〈蝴蝶的尖叫〉和〈像衛慧一樣瘋狂〉裡打扮時尚的女性，生活在熱鬧的都會城市，卻強烈感受到孤獨，有著既激進又頹廢的矛盾性格，和男人在酒吧舞廳陷入混亂而痛苦不堪的愛情，在她們身上可以見到刺激性的生活景觀。

當然以上所說的這一類女性，是絕對物質的。90 年代作家所塑造的世俗女性，是利己主義者，她們一方面利用社會分工的專業化確定自己的謀生工具，擺脫附庸的地位，一方面又很清楚在那樣世俗化的時代裡，色衰愛弛，男人是靠不住的，可以依靠的、實質的只是男人給的金錢，所以她們崇尚享樂，活在當下，盡情揮灑她們的青春和美色。從某一個層面來看，她們認識自己，也勇於面對自己。這一類的世俗女性，其實在 40 年代的張愛玲筆下就已經出現過，到了 90 年代人物形象更為鮮活亮麗。

張梅〈孀居的喜寶〉裡的喜寶，明確地表示她們都不作繭自縛，都愛物質文明；唐穎〈麗人公寓〉裡的寶寶和海蘭盡情享受著都市的多采多姿，還有物質與金錢的美好，她們看不起柏拉圖，並且認為，柏拉圖如果活到現在，也會是個物質主義者；陳丹燕〈吧女琳達〉裡的學美術的女大學生琳達身兼吧女身分，她和英國人 John 交往，在接受 John 邀約飯局後，得知 John 對她只是逢場作戲，在感到傷痛且斥責 John 的同時，又無法拒絕 John 丟給她的小費，小說寫出了琳達在憧憬高檔生活時面對財富和人格尊嚴的衝突；不同於琳達這位城市女青年，范小青〈成長〉裡出身農村的姚彩虹擔任鄉鎮企業公關小姐，以喝酒為職業拉攏生意；甚至還有為了錢不怕涉足險境的，張欣〈掘金時代〉裡的安妮為了充分享受高檔的物質生活，進入了一家黑社會性質的討債公司。這些作品都算是成功地寫出了在社會轉型期，這些世俗女子的靈魂的自我撕裂，和女性被權力金錢物化的社會現象。

這些女作家筆下的女性「以熱烈奔放的慾望追求、實利主義的生存法則和世俗化的情感訴求，演繹著富於魅力的都市生活，成為當代都市中一道生動的風景。」[44]商品經濟的物質與消費以勢不可擋的姿態，進入女作家的小說裡，因為城市的生態，是由城市人積累起來的生活方式來支撐的，所以，作家把人物放在以經濟活動為主要內容的新的社會關係中，探討其命運，同時也不再避諱對物質利益的渴望和享受物質所帶來的快樂。

都市在興盛的過程中，身處其中的人物要面對精神與物質擠壓，世俗慾望與理想真情的對決，女性處境的矛盾和異化的心理過程，就隨著都市化的演進發展，糾葛得愈之嚴重。於是，作家筆下還出現了一群沉淪墮落的女子。

王安憶《我愛比爾》的時代背景，是 90 年代初的世紀末的上海。大學生阿三愛上了美國駐上海領事館的文化官員比爾，也因此而輟學。為了討好比爾，她學習西方人的性開放，但比爾還是離她而去。在她靠賣畫維生的日子裡，她強烈感受到社會變化所帶來的文化衝擊，後來，她淪為專做外國人生意的高級妓女，但她為的不是錢，而是因為對西方生活的崇拜，只有透過和外國男子的歡愛，她才能感覺自己是貴族，一旦回歸理性的社會秩序，她也只能承擔被視為妓女的痛苦。最後，她走上被送進監獄勞教的命運。

還有方方〈在我的開始是我的結束〉裡的黃蘇子也是在感情嚴重受挫後，過著「白天白領，夜晚暗娼」的人格分裂，難以協調的日子，最後死在一個噁心的嫖客手中；〈隨意表白〉裡的靳雨吟和記者男友熱戀，但當男友已婚的事實被揭發後，她又因為被惡意中傷，而失去了

---

[44] 喬以鋼：《中國當代女性文學的文化探析》，北京：北京大學出版社，2006 年 12 月，頁 94。

電台主持人的工作。在情愛幻滅，前途無望的狀況下，她開始展開放縱的墮落生活。

「女作家對此類核心事件的重複敘事，表達了她們精神上的困擾。一方面，她們深知商業社會生存的嚴酷性，對人物的選擇抱之以理解和寬容；另一方面，則又希望人物獨立承擔自己的生存。」[45]因為都市空間的擴大，作家對女性的生存提供了相當大的自我提昇的環境與伸展的舞台，於是，我們見到女作家筆下也出現了很多經濟獨立、追求自我的女性，她們渴望自由，忠於自我地去追求自己的選擇和夢想。這些都會女子代表著時尚，現代大都市的崛起讓這些解放的女子，走出了自己的房間，提供了更多涉足公共領域的機會。

在池莉〈冷也好熱也好活著就好〉裡的燕華有俏皮的資本，是個家裡還算有錢的獨生女，有長相，有房子，有技術。在小說裡我們見到燕華和三個女性好友，個個穿得時髦，定型髮膠將瀏海高聳在前額，臉上是濃妝豔抹。她們的步態是時裝模特兒的貓步，走在大街上十分引人注目，單單逛大街、吃小吃、閒聊日常瑣事就可以讓她們覺得開心。

在90年代部分女作家筆下所描繪的都會女子，有的像陳染筆下過著離群索居的生活，張欣、衛慧筆下只享受戀愛的不婚族，這些不是單身，就是分居或離異，或者是只求性滿足而找同居伴侶的，她們都遠離了「家」的意識。

而在90年代中後期的女性小說中，還出現了一批很另類的作品——渴望擁有對抗主流的私人空間。在陳染的筆下出現了一群自我幽閉逃亡的女性，這一群生活在現代都市的美麗優雅的女性，認為自己和外部世界無法溝通，有著背離人群的姿態。〈無處告別〉裡的黛二小

---

[45] 喬以鋼：《中國當代女性文學的文化探析》，頁103。

姐在大學裡教授哲學，但是，因為人際關係的糾葛，讓她決定辭掉工作到美國去——

> 啊——美國，用它那強大的現代文明沖洗吞沒著黛二小姐，同時又用它無與倫比的病態和畸形發展了黛二小姐心靈深處的某種東西。她原以為美國的現代文明可以解脫她的與生俱來的憂戚與孤獨，以為那裡的自由、刺激、瘋狂會使她的精神平衡起來。於是她把自己當做一隻背井離鄉、失去家園的風箏，帶著一股絕望的快樂和狂熱，在紐約的街頭、酒吧、超級市場、賭場、小型影院、紅燈區裡飄搖。可是，不到一個月她就厭倦了，她獨自走在紐約繁華而淒涼的街頭，卻夢想起太平洋西岸同一緯度上的那個城市，紐約城衰老的黃昏時分北京是黎明在即了！她想念起北京那人煙浩蕩、塵土飛揚的街景。於是，黛二小姐像在中國時一樣又開始把自己關在公寓裡，窗簾緊閉，與世隔絕，躲在房間裡把收音機、電視機調呀調，可中國連點影子都沒有，彷彿在這個世界上並不存在中國這麼大的一塊土地。收音機和電視機裡全是哇啦哇啦洋鬼子的瘋狂，或纏纏綿綿如泣如訴的洋鬼子的悲戚憂傷。黛二躲在昏黯的房間裡思念著遠方，可是那遠方分明是她剛剛拼盡力氣逃出來的。黛二小姐對自己深深失望，那裡不屬於她，這裡也不屬於她，她與世界格格不入，她覺得自己是一個失敗的人。[46]

後來，她又從美國逃回了中國，經濟與求職的壓力，再加上體弱多病，讓她身心痛苦不已，她與世界、與現代文明都是格格不入的，親情、

---

[46] 陳染：《與往事乾杯》，南京：江蘇文藝出版社，1997 年 2 月，頁 88。

友情和愛情都不是她的寄託，她無法融入社會，享受都市生活帶來的快樂；〈角色累贅〉裡的我也是不想和不相干的人過分親密，因為孤獨可以讓她感到充實，她要維護她的孤獨，因為那意味著自由。

她們反抗都市物質，對於都市的發達文明感到壓迫。

由於兩性關係隨著時代的開放，也更為不單純，所以作家筆下也出現了一些復仇的女性形象。張潔〈紅蘑菇〉裡的夢白維持家中的經濟來源，卻又隨時要接收丈夫吉爾冬自卑性的較勁和報復；姐姐夢紅童年破相自慚形穢，後與一瘸腳男子結婚，沒有正常的性生活。這兩個對男人、對婚姻失望的女人，一起合作利用人類最原始的性，撕毀了吉爾冬的假面具；〈楔子〉裡不堪男性性迫害的精神分裂症的女子，以從容不迫的冷靜態度殺死一個男人，並將他的生殖器丟進垃圾桶。

都市是慾望的中心，而這種慾望最容易在商品大潮中引起大波浪，有的女性順著大波浪前進，在慾望的追逐中得到快慰；有的是困陷在自我理想與世俗慾望當中載浮載沉；有的是堅守原則，不被市場經濟和價值觀的轉變而隨波逐流，反是努力地突圍困境。

不同於前面所介紹的世俗女子，也有的女性是具有社會的競爭意識，努力在市場經濟的洗禮下，靠著自己的力量，發揮自我，而闖出一番天地，張欣〈掘金時代〉裡在藥廠工作的穗珠，在廠長和同事都不看好公司前途時，她憑著智慧和努力單槍匹馬在惡劣的環境中，闖出了一個新氣象，讓藥廠起死回生。後來，她在鬧區開了間小門市，經過幾年的努力自己也成了老闆。殷慧芬〈吉慶里〉的小雨也是憑著自己專業躋身到主流社會；池莉〈來來往往〉裡的林珠遇上了改革開放和國際接軌的好時代，把握時機，努力發揮，圓融又厲害，也是擔任到經理的職務。還有，張欣筆下的都會女性有如〈親情六處〉的簡

俐清、〈僅有情愛是不能結婚的〉的商曉燕、〈愛又如何〉的莫愛宛、〈首席〉的歐陽飄雪和吳夢煙，都是在市場化時代造就而成的聰明、能幹又獨立的都會女性。

　　總之，90年代，女作家們更加著意於「從文化的角度對人性發展的觀照，開掘和揭示人性結構及其變化結果，她們筆下的人物形象，尤其女性形象大多具豐腴的文化內核：既能反映人物文化心理發展的情勢，又能折射社會精神文化層面和物質文化層面的存在形態，為當今文壇增添強大活力和創造性。」[47]

　　以上這些女性形象多在中產階級，作家集中描寫了都市新貴階層的職場與生活的表現；可惜的是，在低下階層的女性形象，比如下崗女工或是離開家鄉，進到大城市工作的打工妹，這些人物的缺席，讓女作家的平民意識打了折扣。

二、男性形象

　　承繼20世紀20、30年代知識分子在作家筆下的當紅，90年代的小說中知識分子又成為作家關注的焦點。因此，講到男性形象，首先要先來介紹女作家筆下的知識分子。

　　傅鏗在1992年發表〈大陸知識分子日益邊緣化〉一文中提到：鄧小平的開放改革，雖成功地走向商業化；但是，知識分子卻成了最受剝削的階級，日益邊緣化，文化日益沙漠化！知識分子的社會地位已降低到歷史最低點，比如上海市青年工人的平均月入已超過大多數教授，已經出現許多上海知識分子熬不住貧窮，自1991年底以來，紛紛

---

[47] 盛英：《中國女性文學新探》，頁70-71。

集資以玩股票為第二職業的狀況。[48]這種現象也在 90 年代的女性作家筆下出現，而且作家往往在文本中設計「下海」轉型後的知識分子和堅持於原崗位的知識分子在生活條件上的極大差異。

方方〈行雲流水〉裡的大學窮教授高人云感嘆自己一個大男人不能讓妻子兒女過上舒服的生活，時常責備自己無能，他同樣身為大學副教授的妻子安慰他說：「你縱然才智過人縱然出類拔萃，就算有三頭六臂之能量，你又能怎麼樣呢？誰讓你只是一介書生，誰讓你又只作了大學老師！你沒能力巧取豪奪，不就只能給多少算多少？愧疚的又不該是你。」[49]文本勾勒出當代大陸知識分子在一般所說的商品大潮或消費主義下的生存狀況。知識分子的邊緣化，全然顯露。

陳思和在 1993 年「當代知識分子的價值規範」的研討會上說：「我們面對的文化處境每況愈下，商品經濟的蓬勃發展與精神文化的萎靡不振形成一個強烈反差……這幾年經濟大潮起來，知識分子似乎連『責任感』也不再提，不敢提，或者不想提了。在日益見漲的消費水平與日益增多的經濟暴發戶面前，知識分子突然感到自慚形穢，知識分子在當代社會的形象就變得非常委瑣。」[50]的確，知識分子在計畫經濟體制下所居社會中心的傳統地位，已經隨之失落，也因此，我們見到作家在言說自身，和整個知識分子階層時，所發出的吶喊，或所展示的形態各異的知識分子形象，都有一絲絲的對環境的抱怨與無奈。

在張梅《破碎的激情》中那一批只為理想奮鬥的知識分子，但在社會劇變中，他們面臨物質和精神難以兼顧的尷尬境地，而這些蔑視

---

[48] 傅鏗：〈大陸知識分子日益邊緣化〉，《中國時報周刊》，第 40 期，1992 年 10 月，頁 66-67。

[49] 方方：《白夢》，南京：江蘇文藝出版社，1995 年 12 月，頁 261。

[50] 陳思和：〈當代知識分子的價值規範〉，《上海文學》，1993 年 7 月，頁 67-71。

現實中已經「為五斗米折腰」的現實生存個體的邊緣人，最後，卻成了理想的失落者。90年代的知識分子算是有史以來，處於最尷尬處境的一群，他們被迫退守到邊緣地帶，生存的壓力，讓我們看到的另一面是無力抗爭者的形象。

　　小說描寫了這些處於轉型期的中年知識分子，承擔著社會和家庭生活的責任和壓力，同時還對未來充滿著未知的徬徨，在尋求自我實現的過程中是如此地矛盾無力與無可奈何。他們想盡力去改變，卻又被現實環境折騰得疲憊不堪，無法改變；但若不得不改變，卻又徬徨於改變後的未知。當然也有人認知到知識分子身分「有時成為其謀取生存利益的巨大障礙。最後迎接他們的生存命運是：徹底消弭掉知識分子身分，或者麻木個人敏銳的感知世界和批判世界的能力，混跡於普通市民之中，被動地融於世俗；或者無法將自我精神價值實現與世俗生存方式和解，最後生命萎靡以致自殺身亡。」[51]這種狀況可在王安憶〈叔叔的故事〉裡的叔叔得到印證，雖不致結束生命，但已然是行屍走肉。

　　叔叔是80年代知識分子菁英的代表，他是個綜合體，他身上結合了幾十年來，所有受難的知識分子的共同經歷──在50年代的政治運動中被錯劃為右派，然後，發配到農村從事懲罰性的勞動，文革結束後恢復身分，重拾筆桿恢復知識分子的尊嚴。但是，王安憶並沒有寫到這裡就結束，叔叔下放農村勞動改造時，曾有過一段婚外戀情，戀情曝光後，妻子選擇原諒他，她有意要降服他。

　　作家在設計叔叔和他妻子的出場時，就已經給讀者強烈的對比印象，叔叔和一個女學生的戀情曝光後，被學生的父親和哥哥左右揪住，

---

[51] 張文紅：《倫理敘事與敘事倫理／90年代小說的文本實踐》，北京：社會科學文獻出版社，2006年1月，頁210-211。

他是難堪而失語的；但叔叔的妻子就不同了，她力大無窮地摑完學生的父親一巴掌，又一頭撞在學生的哥哥的胸上，硬是潑婦罵街地，咬定女學生自己送上門勾引老師，她以語言的強悍擊敗了對方，扭轉了局勢，拯救了叔叔。但自此怕老婆的他的婚姻生活陷入苦難，他的人生信念被摧毀了，也因此產生了一種自卑情結。

　　文革後，他返城出書，和鄉下妻子離婚，也離開了他的兒子。為了彌補在文革中耽誤的青春，他靠著自己的名聲追逐愛情遊戲，希望找回失落的自我。他在小米身上找到生理的滿足，但是傳統知識分子的使命感，又讓他不願滿足於形而下的狀態，於是他又在端莊賢淑的大姐身上，透過對話與交流找到靈魂的昇華，他如魚得水，直到他在一個德國女孩的身上受挫，還有在他幾乎已經要遺忘的兒子大寶身上，見到他所極力要擺脫的醜陋、猥瑣、卑鄙等，兒子像一面鏡子，讓他發現他過去所有過的恥辱是無法擺脫的，他終於精神崩潰了。

　　大寶痛恨父親讓他受苦，失去健康，也沒有工作前途，於是他拿刀往父親揮去。「叔叔看見了這個孩子因仇恨而血紅血紅的眼睛，他想：很多孩子愛戴他，以見他一面為榮幸，這個孩子卻要殺他。叔叔看見了這孩子的瘦臉，抽搐扯斜了他的眼睛，兩個巨大的鼻孔一張一翕著，嘴裡吐出難嗅的腐臭氣息，他無比痛心地想道：這就是他的兒子，他的兒子多麼醜陋啊！而這張醜陋卻是他熟悉的，刻骨銘心地熟悉的，他好像看見了這張醜陋的面孔後面的自己的影子，看見了這醜陋的面孔就好像看見了叔叔自己。」[52]終於，叔叔還是認清了大寶是他生命的延續的事實，他是永遠擺脫不了過去的，他也永遠不會再幸福了。這是一個甩不開過去，無法往前看的知識分子形象。

---

[52] 王安憶：《叔叔的故事》，台北：業強出版社，1991 年 12 月，頁 87。

知識分子文化人格的養成非一朝一夕，而整體的歷史格局的錯位，影響了個體的生存際遇，我們在叔叔身上見識到他的自私陰暗、懦弱懊悔。

以上這些形象豐富複雜的知識分子，讓我們見到了儒林百態在環境變遷下的生活底蘊，有掙扎於十字路口的慾望化的痛苦，有堅持固守讀書人的道德情操，也有棄守原則，隨波逐流向金錢權利投降的書香變銅臭的人物，這些人物不管是用卑劣的手段獲取權力，或者是就算被嘲笑道德清高換不得一個漢堡包，也要守望知識分子的精神家園的，都為女性小說的人物畫廊增添了難得的光彩。

除了學術圈的男性人物外，作家也塑造了一群在商場上打拼的「成功」人士形象。池莉〈來來往往〉裡的康偉業從上到下全身名牌，不惜花費大把鈔票打點自身行頭；〈小姐你早〉裡的王自力的成功理想是要有房有車，還要有上百萬的錢，還要有美元存款；張欣〈婚姻相對論〉裡的艾強是名牌的愛用者，孩子念貴族學校，假日會和老婆去打高爾夫球，體驗有錢人的生活，而尹修星則是開著名車到處跑，重要時刻還會甩出美金擺闊。文本中盡是豪闊生活的描寫。

且看這些「成功」人士是如何發跡的。王自力是國有外貿公司的總經理，吃喝嫖賭都拿去報公帳，公器私用，靠攫取國家人民的公共財產而發財；康偉業雖說是靠自己努力以正當途徑賺來他的財富，但是他的成功卻和政治權力有密切的關係，有錢能使鬼推磨，他利用金錢買通有實權的官員，讓他得以官運亨通；而艾強和尹修星則是身為政府官員，前者是總幹事，後者是主任，因為政府創辦「國際交流基金會」，讓他們有機會收回扣、受賄賂。

而這些男人總是在「成功」後，開始嫌棄糟糠之妻，在外豢養小老婆，到處尋花問柳的王自力，甚至連自己家的鄉下不起眼的保姆都不放

過。作家在結局安排王自力在老婆的全力反撲下失去所有；自食惡果的艾強被送進了監獄，作家利用這些成功的男性人物形象表達鮮明的批判。

這些有著社會地位的人士，都有追錢逐利的特徵。鐵凝〈無雨之城〉裡的普運哲當他面臨抉擇：一是保有完整的家庭，而從副市長升為市長；還是，不愛江山愛美人，捨棄仕途與妻子離異，然後和心愛的情人在一起。最後，普運哲辜負了情人，選擇了市長的職位，但其實他對不起的還有他自己以及不被他愛著的妻子；張欣〈掘金時代〉裡也出現了一群利慾薰心的男性人物——冬慧的父親總想利用女兒成為搖錢樹，而她的男朋友又是一個為錢騙情的人；工商科局長梁劍平渴望升官發財；章朝野在黑社會裡為錢賣命。

這些從女人身上騙取錢財、為權利義無反顧，或者是用性慾化的眼光，貶低女性的令人作噁的男人，還出現在鐵凝的〈對面〉，小說裡的青年沉溺於愛慾，在一次偶然的機會下，讓他發現一個比肉慾遊戲更為刺激的東西，兩個月來他用望遠鏡心甘情願地在黑暗中偷窺著對面一個已婚的女游泳教練和兩個男人偷情，那甚至成為他的生活目標，展現了低等的男性心理滿足，後來，青年將女教練的祕密公開攤在陽光下，讓在眾目睽睽底下無地自容的女教練走向死亡。還有，殷慧芬的〈慾望的舞蹈〉和張潔的〈她吸的是帶薄荷味兒的煙〉中，其下流與卑鄙的行徑描寫，充溢了女作家對男權文化的逼視與思考。

男性的投機游離，也在嚴歌苓〈少女小漁〉裡的江偉身上可以見到。為了讓女友小漁得到綠卡，他以金錢作為交換的代價，安排小漁和一個貧窮的洋老頭假結婚，但是弱勢的文化處境帶給他心理上的扭曲，就在小漁和洋老頭結婚後，他無法面對小漁和洋老頭一起生活的事實，常常怒氣衝天找小漁麻煩，他自私專橫、以現實利益至上的性格，在他自以為受到屈辱的處境中顯現無遺。

　　還有，作家對虛偽貪婪的男性性格型塑也不在少數，比如張潔《無字》裡的胡秉宸摧毀了妻子對愛情的憧憬與婚姻的信心，在結婚後，他的自私懦弱、充滿心機，展露無遺；〈紅蘑菇〉裡堂堂一表人才的大學教授吉爾冬，盡做些到處占人便宜的惡事。他對妻子精神和肉體的雙重折磨，顯出他卑鄙與貪婪的一面；而張欣〈掘金時代〉裡的穆青無法適應環境的轉變，只懂得怨天尤人，當妻子經商成功後，大男人的他又不甘示弱，原本鄙視從商的他也跑去作生意，結果血本無歸連累妻子。這是一個被社會淘汰的好大喜功、不切實際的男性形象。這些男性人物所展現的根深蒂固的男性中心主義性格，是傳統男性中心文化所養成因襲的結果。

　　鐵凝《大浴女》裡的方兢是 80 年代在電影界大紅大紫的明星，而他也運用他的優勢去贏得各種類型的女人的青睞，當她遇上從事出版業的尹小跳，這個他未曾體驗過的女人，便以情書攻勢騙取芳心。這一種陰沉虛假的心機男，也是充斥在 90 年代女性小說的人物畫廊中的。

　　陳染〈無處告別〉裡和黛二小姐，有性愛關係的兩個男子的形象，只是模糊的象徵。黛二小姐到美國後，一方面找不到對異質文化的認同，一方面又無法忍受和美國男友瓊斯僅僅只是以性去維繫關係，於是她逃回了國內，在因緣際會下她認識了讓她留下不可磨滅的印象的氣功師，文本中是這樣形容氣功師的——

> 他身材頎長但不乾巴，看上去不到五十歲，體態中散發一種底蘊十足的溫情與魅力，他那鎮定自若的神情給人一種宗教般的超然的悟性。他的手很大，那手在空中劃來劃去的時候，黛二在心裡遙遙感到一股博大溫熱的神力。……
> 「我有個診所，自己幹。主要是搞氣功。」

「花費很高嗎？」

「一般是收費的。我最近正在搞中樞神經系統以及一些穴位的
研究。對你可以免費。」[53]

黛二小姐在氣功師為她治療頭痛的過程中，真的對他動了心，她並不
拒絕他對她寬衣解帶，但歡愛過後，氣功師卻神祕莫測地在一旁暗自
發笑——

黛二莫名其妙地看著他，說：「你不想跟我談談嗎？」

「我們——談什麼？」

「比如氣功。比如很多。」黛二低下頭。

「當然。你，嗯，是個可愛的姑娘。可是，很遺憾，我必須先……
嗯，我也許不該告訴你，我的，嗯，實驗成功了。」

「什麼實驗？」

「剛才的事情。有關中樞神經系統和某個穴位的發現……還
有，嗯，某種誘導的傳遞……」[54]

黛二小姐前後的這兩個男人——西方的實際又膚淺；東方的神祕又詭
計——兩人狠狠地把黛二小姐又推向孤立幽閉的環境。

最後，我們還要從王安憶《米尼》裡的阿康看他「本惡」的人性。

阿康最後會出賣他的妻子米尼，其實從他的本性就不難理解他的
作為。他對父母是沒有任何感恩的，人性本惡在他身上全然展露，從
小他就覺得天底下再沒比他的父母更沒勁的人了，他一看見他們就意
氣消沉。他覺得父母總是掃興，心裡也漸漸對他們起了恨意，有時候

---

[53] 陳染：《沉默的左乳》，頁 104、105。
[54] 陳染：《沉默的左乳》，頁 110。

也故意要讓他們掃興，譬如考試，他其實是可以考一個讓父母快樂的成績，可就為了不讓他們快樂，他便決定故意不考得更好；他還喜歡偷偷地將他們的東西藏起來，看著他們著急，並且和他們一起找，找來找去找不著，心裡就有無比的喜悅。過了很多日子，他們會在完全意想不到的地方，重新看見這樣東西，當然，還有一些東西是永遠不會再出現。他們從來沒有想過，會是自己的兒子藏起了他們的東西，他們總是互相埋怨，或者埋怨自己，說自己又老又糊塗，他們黯然神傷，灰心喪氣。終於有一天，他們發現錢少了。經過幾番掙扎，他們開始盤查阿康了。阿康先是說他不知道錢的事情，他的表情是那樣愕然，使兩個大人覺得十分內疚，心想他們不應當去懷疑一個孩子。但束手無策的情形，使他們稍稍堅持了一會兒，問道：自你回家以後有誰來過這裡？阿康說沒有，說過之後就沉默了，自知露出了破綻。此後再怎麼問也不作聲了，只是以委屈的目光看著他們。無奈之下，便搜查了他的書包，最後在他的課本裡，找到一張壓得很平整的完整的鈔票。

阿康還是個十足的大男人，他是無法接受女人的意見的。

勞改回家後的阿康，和也變成扒手的米尼，談論起他的經驗，兩人意見相左，起了爭執，阿康認為這種事，本身就是風險；米尼則認為阿康這樣把這種事情當作風險的看法，其實是錯誤的，而這也是造成他們失手的原因。若不是十拿十穩的情形，她是絕不下手的。「其實這樣的事情非但不危險，還很安全，危險的倒是那些口袋和皮包裡裝了錢夾子的人。他們時刻提防著別人竊取他們的錢財，提防著他們可能遭受的損失，他們才是真正的冒險。如果像阿康那樣，自己認為自己是在冒險，因此做出許多危險動作，其實這種危險動作都是多餘的，

帶了表演的性質，所以就一定要失手。」[55]阿康聽不得米尼這樣反覆說著「失手」兩個字，這使他感到羞惱，他說「失手」，不過是交學費而已，交一點學費是很值得的，勞改真是一座大學校，所學到的東西，都是你不交學費做夢也做不出來的。米尼說：我不用交學費也可以學到許多經驗，一邊做一邊學。阿康寬容地一笑說：你的那些經驗當然是不能與我的相比的。米尼就說不見得，阿康擂了一下桌子說他的生活道路，就是從碰到她的那一日起，走錯了，一步錯，步步錯。「你這樣的女人，就像鞋底一樣。」[56]阿康輕蔑地揮手，不屑與她再多說一句。

講了這麼多負面的男性形象，不可否認的，作家筆下也有優質好男人。張抗抗《情愛畫廊》裡的奐雄坦然地面對無法挽回的婚姻──十幾年來竭力守著美麗的妻子真是太疲累了，還不如文化水平雖然低一點的賢妻良母型的阿秀，來得自在安全──奐雄理性而成熟地處理離婚事宜，也許因為他身為醫生的社會地位，十分符合他理智的處理問題，如果作家安排他是個中產或藍領階級，也許故事會出現暴力色彩，但是我們見到的是奐雄和移情別戀的水虹心平氣和地談論她的新歡的住房條件，「他擔心水虹在蘇州這麼多年優越的生活，恐怕一時難以適應北方。又憂慮藝術家在生活習慣上雜亂無章，除了畫布哪兒都髒，水虹會為此受委屈。他嘮嘮叨叨地叮囑著水虹過日子的絮繁，要水虹千萬懂得愛護自己。一時間，他變得像個婆婆媽媽的老父親，在為自己的愛女做出嫁前的準備。」[57]至於家庭財產的分割，水虹原本只想從存款裡帶一兩年的生活費就好，但是奐雄還是堅持要公平地把該歸給水虹的歸給她。奐雄除了是好丈夫外，還是個好父親，他不讓女

---

[55]　王安憶：《米尼》，頁 134。
[56]　王安憶：《米尼》，頁 135。
[57]　張抗抗：《情愛畫廊》，台北：業強出版社，1998 年 12 月，頁 192。

兒去打擾水虹的新生活，他傾其所愛給女兒，在面對水虹的離去、阿秀的變故、父親的逝世、阿霓的癡呆和情感的糾纏後，過早衰老的他，監守著最後對愛女的陣地，只求她一生平安。另有，嚴歌苓也讓我們在《扶桑》裡的鐵漢大勇身上，見到他柔情的一面，他的內心最純潔的一塊淨土就僅留給了他最愛的老婆。

　　不管作家是從正面或反面的筆法去描寫男性，或極盡譏諷嘲笑之能事，或以揭露男性的生存困境、靈魂深處的醜陋與陰暗面為主旨，她們筆下的傳統父權文化賦予男性重大責任的價值期待，使男性自身已經無法繼續扮演他們自造的男性強大的虛空角色，顯得疲憊與厭倦，這也使得作家在揭示他們內在生命的枯萎，或人格的卑瑣懦弱與妄自尊大，相當適切得宜。

第五節　運用純熟的修辭技巧

　　90 年代女性小說的文字佳美，語言具有優美的抒情情調，宋劍華和劉力在〈論 90 年代女性長篇小說現象〉中肯定 90 年代的女性小說：「充滿著女性靈性的優美文字，在這一時期的女性長篇小說中比比皆是。各種修辭方法的廣泛運用，生動細膩地勾勒出了女性對於各種事物所特有的感覺與體驗，無論是客體存在的物質實體還是無法把握的精神狀態，她們都能以迥然不同於男性的視角娓娓而談，想像力之大膽新奇與用詞之華美流暢，都與女性內心世界那種瞬息萬變、不可捉摸的感性本能，完美有機地結合為一體。」[58]王安憶也利用 80 年代時

---

[58] 宋劍華、劉力：〈論 90 年代女性長篇小說現象〉，《當代中國文藝研究》（天津社會科學），第 3 期，2006 年，頁 95。

尚的粗鄙去「對比」昔日風韻綺旎的絢爛──「一窩蜂上的，都來不
及精雕細刻。又像有人在背後追趕，一浪一浪接替不暇。一個多和一
個快，於是不得不偷工減料，粗製濫造，然後破罐破摔。只要看那服
裝店就知道了，牆上，貨架上，櫃檯裡，還有門口攤子上掛著大甩賣
牌子的，一代流行來不及賣完，後一代後兩代已經來了，不甩賣又怎
麼辦？」[59]王安憶以其一貫的寫實風格把時代的變遷，人生的無常，絢
爛後終歸於平淡真實表達，讓讀者像是嗅到了上海永不凋零的氣息；
而陳染在〈站在無人的風口〉中，她藉由一位容顏老去、行將就木的
老夫人，對比出英國紅白玫瑰，刀光劍影的沉重的歷史事件，並呈顯
其中的荒謬。

　　衛慧在《上海寶貝》中以「誇飾」的手法，去描述充滿狂歡的氛
圍、迷亂的詩意，在新生代作家的筆下「對詩意的追求是與現代派的
變形、誇張的手法融為一體的。」[60]這一類誇飾的修辭在文本中隨處可
見，比如倪可給朋友們的回信中說：

> 用想得起來的漂亮、俏皮、駭世驚俗的語言。某種意義上，我
> 和我的朋友們都是用越來越誇張越來越失控的話語製造追命奪
> 魂的快感的一群紈褲子弟，一群吃著想像的翅膀和藍色、幽惑、
> 不惹真實的脈脈溫情相互依存的小蟲子，是附在這座城市骨頭
> 上的蛆蟲，但又萬分性感，甜蜜地蠕動，城市的古怪的浪漫與
> 真正的詩意正是由我們這群人創造的。
>
> 有人叫我們另類，有人罵我們垃圾，有人渴望走進這個圈子，

---

[59] 王安憶：《長恨歌》，頁 340。
[60] 樊星：《當代文學新視野演講錄》，桂林：廣西師範大學出版社，2007 年 1 月，
　　頁 75。

從衣著髮型到談吐與性愛方式統統抄襲我們，有人詛咒我們應
該帶著狗屁似的生活方式躲進冰箱裡立馬消失。[61]

由這段文字敘述可看出新生代作家的誇張筆觸，「他們顯示了與傳統
文心的契合，也在有意無意間展現出了新的風格。在他們的筆下，詩
情畫意不再像前輩作家所描繪的那麼純粹。慾望的氣息、調侃的筆
墨、恍惚的感覺、怪誕的比喻，與空靈、飄逸的文字其特地雜糅在一
起，體現了某種現代特徵：以批判、審醜的眼光去打量自然、揭示人
心。」[62]

在〈說吧，房間〉裡林白把男女關係「比喻」成「網」和「魚」
的關係，因為小說裡的女主角從男人身上經歷了人工流產、生產離異，
還有被解聘的悲劇過程。衛慧《上海寶貝》中出現了很多次利用「子
宮」來做「比喻」的描寫，如：「溫暖如母親的子宮」；又如「浴缸是
像母親子宮般溫暖安全的福地，以清水洗濯身心可以使自己感到遠離
塵埃，遠離喧囂的搖滾樂，遠離黑幫流氓團夥，遠離折磨自己的種種
問題、苦痛。」[63]不難想像倪可渴望回歸原始，想常保赤子之心，所以，
最後在天天死去、馬克離去後，她終於在寫作上有了進展，而得以超
脫。「無根性」是以「身體」寫作的作家，精神上最大的缺憾，雖然《上
海寶貝》褒貶皆有，但是，我們在小說中的確見到精神大幅貶值的無
價的同時，也在故事結局，見到作者又為倪可安排了一線生機，讓她
生命的時空性得以拓展。

---

[61] 衛慧：《上海寶貝》，頁 322。
[62] 樊星：《當代文學新視野演講錄》，頁 77-78。
[63] 衛慧：《上海寶貝》，頁 307。

一、象徵

徐小斌善於運用象徵的方法，去提出暗示，比如《海火》裡的象徵物都和「海」有關，除了美麗壯觀的「海火」外，還有具有半人半巫的「海妖」般魅力的郗小雪，她所象徵的是「惡」，可是男人卻愛這個邪惡的女人，連受過郗小雪嚴重傷害的方菁——「善」的象徵也是，她不得不被郗小雪所吸引。小說結尾講到了善惡的相對觀念，方菁並沒有因為郗小雪的破壞而失去愛情，弔詭的是郗小雪卻因為方菁的因素，永遠失去了她的所愛。作家相當慎重地提出了善惡觀的思考。

還有另一部《羽蛇》裡的幾位女主角的名字，都取自古代神話太陽神系譜，比如象徵陸羽性格的「羽蛇」，是一種能喚醒人的潛力的神蛇，又是嚮往自由的神鳥。

而在鐵凝《大浴女》裡有更多強烈的象徵形象。先從小說題名的「浴」字來看，「浴」所呼喚的是心靈的「沐浴」，有「澄清」、「剖析」的象徵意涵。因此，我們見到尹小跳在與名人方兢初戀失敗後，能迅速治癒創傷，不僅獲得心靈的調適，也在事業上獲得成就，還清楚果決地拒絕美國的求愛者，而把全部的愛，交託給具有共同的童年記憶、知根知底的中國情人陳在，並且在最後走出罪與贖的自我實現。

而文本中引人注意的「三人沙發」一開始就出現在文本開頭，這座「三人沙發」是尹小荃意外身亡前坐過的，文本中說「她們誰也不坐那張三人沙發，尹小跳和尹小帆聊天時，總是分別坐在那兩張灰藍色的單人沙發上臉對著臉。十多年過去尹小荃依然存在，她就坐在 U 字底的那張三人沙發上，那就像是專為她一人單獨的特設。」[64]往後其意象一直出現在尹小跳心中，因為那套「三人沙發」讓她想起她見死

---

[64] 鐵凝：《大浴女》，南京：江蘇文藝出版社，2001 年 4 月，頁 4。

不救的尹小荃，所以，「她從來不坐那張三人沙發，即使當陳在把她抱
在懷裡，要求更舒適地躺在那張三人沙發上時，她也表示了堅決的不
配合。情急之中她乾脆對他說：『咱們上床吧！』」[65]那套三人沙發彷彿
成了尹小荃的化身——

> 沙發還是那套沒動地方的沙發，灰藍色織貢緞面料，柔軟而又
> 乾淨。……
> 房間裡也不開燈，黑洞洞的，過了一會兒他們的眼睛才漸漸習
> 慣了黑暗，原來這黑暗也不那麼密實，對面樓房的燈光透過沒
> 拉窗簾的窗子射進來。四周一片寂靜，她什麼也沒聽見。她沒
> 有聽見唐菲，也沒有聽見尹小荃，那三人沙發一聲不響，沒有
> 尖叫聲。這使她有一種揪心的空洞感，也使她有一種不敢承認
> 的輕鬆。……三人沙發一聲不響，沒有尖叫聲。[66]

三人沙發，是見證尹小跳從負罪到走出黑暗的見證物，也是發現自我
的原動力。此外，文本中的「波斯菊」也具有特別的象徵，尹小跳有
一頂最愛的波斯菊圖案的草帽，她和萬美辰談起：「我喜歡我曾經有過
的那頂草帽，你知道戴上它我有一種什麼樣的感覺？我覺得我就像一
個墓中人在地面上行走，無聲無息的，人們看不見我，只看見我頭頂
上盛開的波斯菊。你說得真好；頭頂波斯菊。你說，我們每個人不是
都有頭頂波斯菊的那一天嗎，當我們頭頂波斯菊的時候，我們當真還
能夠行走嗎，你怎麼看？」[67]尹小跳利用「波斯菊」這個象徵物，表達
經過自我反思，終於找到自己內心深處的祕密花園。

---

[65] 鐵凝：《大浴女》，頁 10。
[66] 鐵凝：《大浴女》，頁 285-286。
[67] 鐵凝：《大浴女》，頁 322。

陳染小說文本中時常出現的「病房」場景，是囚禁的象徵，也是女性軟弱的符號；當女主角與母親的關係愛恨交織，對同性的危險誘惑又恐懼不已時，陳染筆下的女性只能堅守自己的「浴缸」，這個「浴缸」象徵的是一種自我封閉的狀態。又如〈空心人誕生〉裡那個同情母親、憎恨父親的少男，在聽見悲劇的母親與苗阿姨的對話時，他一面為母親感到傷痛，同時又在森林中對著蟻群，下意識地拿起石塊把地上「雄氣十足」的幾隻蟻王砸死，因為成長的痛苦，他把對父親的怨恨利用這種「弒父」的象徵動作發洩地表現出來。

還有〈破開〉也是最明顯地運用象徵手法的小說之一。「殞楠是作家理想之光照耀下被父權文化遮蔽的女性精神象徵。殞楠失而復得與黛二的會合，象徵著女性文化浮現；黛二乘飛機去尋找殞楠的旅途中認知『尼克松時代』，象徵女性與父權文化告別；殞楠的故鄉，一座陰雨綿綿的山城，象徵著現代女性在歷史中的邊緣地位；黛二所在城市的高層建築作為一種公共標準的男人的律動和節奏，象徵著現代女性真實文化處境；黛二與殞楠坐飛機歸家，途遇逝去的殞楠之母，有象徵著女性對自身文化的體認。如此多的精心安排的象徵背後的闡釋，便是作者作為一個女性作家一直以來都在思索的女性獨特的關注自我的書寫方式。」[68]

王安憶的《長恨歌》在節奏和緩的敘事中，以從容不迫的閒散興味使用隱喻的手段，如「上海的弄堂是情感的，有一股肌膚之親似的」合具象與抽象為一；遲子建〈霧月牛欄〉裡的傻子寶墜對著天空狂抓霧氣，又一再抓空的動作，象徵著他對於未來不定的命運是無力抗爭的；衛慧《上海寶貝》中的倪可把有亞洲第一塔之稱的東方明珠塔看

---

[68] 吳曉晨：〈作為女性的自覺寫作──論陳染小說創作〉，《杭州師範學院學報》（社會科學版），第 5 期，2003 年，頁 85。

成：長長的鋼柱像陰莖直刺雲霄，象徵她渴望精力充沛的情慾，那是強壯高大的德國情人馬克可以給她的；還有〈愛人的房間〉裡的女孩對從事藝術的男孩的房間的想望，那間女孩所眺望的「空房間」可視為是作者始終不忘為愛情找到安身立命的位置的象徵。

二、錯綜

　　女性作家的感性夢幻要表現在她們的作品中，其中一個手法便是巧妙地在表現技巧上虛實錯綜兼夾，利用變化多姿的虛實交錯，超越時空限制，去推移節奏和情節，不管是大膽地讓時空跳接穿插，或是透過今昔的對照，披露出不對位的錯置製造懸疑氣氛，都增添了文本的豐富性與藝術性，也讓嚴肅的小說主題變得不那麼沉重。

　　陳染所感興趣的是夢境、夢囈、精神分裂狀態等超現實的書寫，她利用那樣的書寫去張揚反正統文化主流地位的離經叛道，並擅長在小說中以時間與空間變換自如，虛構與寫實交替的多變風格，去書寫記憶的重現及隱匿；利用時空交錯法，以現在、過去、未來三種時態，揉合在一起，間雜錯綜進行。把時間和空間分割成許多碎片，錯置開來，或以主線、支線交叉進行。形成互不連貫的混合體，時間變成一張複雜的網路，敘述和回憶可以交替出現。

　　在〈巫女與她的夢中之門〉裡的「我」被父親排拒在外，因為自她出世後，母親對丈夫的愛全數轉移給她，渴望父愛的「我」始終重複又重複地迷戀在過往回憶的危險中穿梭迷失。文本中「我」有這樣的詩句：「父親們／你擋住了我／你的背影擋住了你，即使／在你蛛網般的思維裡早已布滿／坍塌了一切聲音的遺忘，即使／我已一百次長大成人／我的眼眸仍然無法邁過／你那陰影／你要我仰起多少次毀掉

了的頭顱／才能真正看見男人……你要我走出多少無路可走的路程／才能邁出健康女人的不再鮮血淋漓的腳步。」[69]

而在〈無處告別〉中，陳染則記述了黛二的三個「典型夢」；另外〈麥穗女與守寡人〉也以夢魘的方式演出女性的內心描寫，可算是女性生存現實的寓言。

陳染的小說中有夢境、空想與幻想，她總是插敘記憶片段，或是把許多飄忽不定的內心獨白以及時空交替的遐想穿梭到敘事中。在陳染的小說中，多可看出造成家變的原因都是來自暴戾的父親，但身為女兒她們對於父親的復仇行動往往只能通過想像；且在現實生活裡，又因為渴求父愛，而不斷地尋求「父者」的移情形象，並與之發生性關係，她相當擅長利用夢境與冥想等手法去展現人物幽微的潛意識，在〈巫女與她的夢中之門〉裡有一段作者刻意加入的夢境：

> 那一座雪白的圖書館的台階高聳入雲，一個父親般蒼老的男人在吃力地攀爬，他臉色灰白，面容憔悴，跌跌撞撞，呼哧呼哧的喘息聲從他的肺腑裡艱難地湧出，他大聲呻吟，彷彿死到臨頭。……然後，是一些雄性的年輕笨驢在圖書館外圍的大理石台階下邊的綠草坪上亂轉圈，發出嘈雜急切的嚎叫……再然後，是一群松林般的綠警察包圍過來，維持秩序，他們高高翹舉著各自的手槍，從四周的早已摸索清楚的土紅色羊腸小道探尋過來。可是，圖書館外邊的擁鬧秩序還沒有清理好，那些圍觀者已經迫不及待地加入了公驢們的行列，變成了一條條急惶惶的綠驢……這世界是怎麼一回事啊？[70]

---

[69] 陳染：《沉默的左乳》，頁 125-126。
[70] 陳染：《陳染小說精粹》，成都：四川人民出版社，1998 年 9 月，頁 117。

這是一段具有巫女與她的夢中之門的夢境,「高高翹舉的手槍」很明顯地是男性陽具的暗示;至於「圖書館」呢?其實,在之前文本中「我」與尼姑庵男人的對話裡,就有提到「圖書館」:「那時候我喜愛讀書,終日沉醉書中。他告訴我,子宮其實就是一座圖書館,不同的女人裝不同的書。他說,我的圖書館天生是為他一人閱讀的,他要做這一座圖書館不厭其煩的唯一讀者及永不退休的館長。現在,他將耐心等待這圖書館,並準備著為之殉身。從此,『圖書館』在我心裡就有了它詞意本身以外的引申意。」[71]於是,「我」的夢境中就出現了「圖書館」的場景。因為,這樣的場景跳接的安排,讓讀者發現了文本前後的連貫呼應,也可以將「圖書館」看作子宮的隱喻或是指女性的身體,而這個夢境,則清楚而明白地,揭示了少女對於父親與其他父者,替代形象的慾望和畏懼。

　　遲子建也是擅長運用虛實交錯筆法的作家,〈重溫草莓〉裡的「我」為了臥床苦等丈夫的母親,在靈魂的漫遊中,展開一場尋父之旅;〈遙渡相思〉裡,作者同樣藉由虛實交錯的筆法,讓已經不在人世的父親可以重回家園,和女兒進行精神上的對話,並參與女兒的成長。作者所設計的各種虛幻的場景,似假似真。王緋說在遲子建的小說中「北國廣闊空間的白雪和揮之不去的親情,總是占據著特殊位置,這之中,父親,便成為揮之不去親情裡的一個巨大偶像,使遲子建一次又一次地在現實的增益之美裡,或明,或暗,或實,或虛地用文字雕塑『父親』的情感偶像。」[72]這種「明、暗、實、虛」的筆法,在現實與想像的交錯中,好似把父親的形象提昇到更高的位置。

---

[71]　陳染:《陳染小說精粹》,頁 107。
[72]　王緋:〈遲子建的傷懷〉,《北京日報》,2001 年 12 月 3 日。

　　遲子建的〈回溯七俠鎮〉也是在縹緲虛實間，生與死，現世的生平時間與超世的未來時間，去探究愛情；還有〈爐火依然〉、〈向著白夜旅行〉等都是充滿夢幻色彩的作品，人物的思緒在夢境和現實之間飄蕩，在亦真亦幻、虛虛實實的敘述之中，在失落與憂傷的語調中，遲子建表達了她對愛情、婚姻的理解。

　　作家為了擴大小說的格局，也會利用時空跳接的錯綜結構，把故事結局層層揭露，於是更深更廣的寓意就會逐漸浮現。鐵凝在《大浴女》的最後，讓俞省長五歲的小孫女向著尹小跳跑過來——

> 尹小跳恍惚看見了幼年的尹小荃。那就是兩歲的尹小荃吧，仙草一樣的生命。這是她心房的花園裡第一株嫩芽，她作踐這嫩芽，這嫩芽卻成全了一座花園。她從椅子上站起來，望著已經不太乾淨的護城河水，聞見了心中那座花園裡沁人的香氣。……她想，就讓我重新開始吧。小女孩兒從她眼前跑過，又不斷扭頭觀察她。一個聲音從遠方飄來：嗨，小孩兒，你怎麼啦？嗨，小孩兒，你怎麼啦？她微笑著注視那孩子，內心充滿痛苦的甜蜜。[73]

尹小跳從眼前五歲的小女孩，想到小時候她沒有阻止要掉進水井的同父異母的尹小荃，因此，她一輩子活在陰影之中，但是，今時今日，她走過去了，她要重新開始了。小說中現實與幻境的虛實錯綜，也展示了命運的無常與可以期待。

　　再看有著古靈精怪的筆調的林白，其所創造的敘述模式也和上述作家一樣質詰了傳統小說虛實的分界，她對她的語言駕馭自如，所以，

---

[73] 鐵凝：《大浴女》，頁353。

在軌跡不定，花樣百出的風格中，雖然虛實反差很大，讓人物隨意穿越飛行，但卻能掌握她的敘述的文化視角，也因此人物更為豐滿。陳思和評她的《一個人的戰爭》說：「作家故意以這種虛實不分的敘事策略，把通常社會道德認為是屬於私人隱密的女性慾望、身體、性等意識，淋漓盡致地展示出來，表現出坦誠對待生命與生命之美的勇氣。」[74]

此外，徐小斌在〈末日的陽光〉講述一個十三歲少女的初潮經驗，所帶給她的猩紅色的恐懼夢魘。作者在文本中刻意採用長句，以大量堆疊的形容詞，去製造語言的暴力意象，強化少女無法抹去的恐怖記憶；海男的〈私奔者〉和〈我的情人們〉中也充斥著夢境的真實與自由的虛幻。

綜上所述，不管作家是採用時空錯序的方式去回憶，或是以時空跳接的事件去回望，其所用的時空處理技法，都是相當成熟而具有強烈力度的，充分展現了女作家柔軟又多樣的敘述風格。

三、意象

在陳染、林白的小說中出現最多的是房間、浴室和鏡子等意象，這些在上一章第四節的精神分析討論過，這裡就不再重複。本部分要談的是作家筆下較為明顯的逃離和死亡的意象。首先先來看看逃離的意象。

林白《一個人的戰爭》裡的多米和〈隨風閃爍〉的紅環，都是徹底的逃跑主義者，她們要逃離的是早年的不幸記憶，所產生的恐懼；

---

[74] 陳思和：《新時期文學概說（1978-2000）》，頁 227。

海男〈觀望〉裡的觀望者「我」雖然逃離了古老小鎮，卻逃離不了婚姻，而另一個女子——嬌女，雖然逃離了婚姻女性的藩籬——婚姻，卻無法逃離悲劇命運。作家以女性細膩的生命體驗，將女性逃離的意識活動軌跡坦然刻劃；海男還有〈蝴蝶〉和〈我的情人們〉，徐小斌的〈迷幻花園〉和〈雙魚星座〉也都不約而同地觸及了「逃離」。陳染的小說也有強烈的逃離意識，她也安排人物以「逃跑」的姿態宣告與家庭、社會的離棄，像〈無處告別〉裡的黛二小姐從國內逃到國外，三個月不到又逃回國內，逃回國內還是難以其精神世界和外部世界融合。

　　戴錦華認為陳染試圖在逃離陰影籠罩中「『不安分』的自我，但一個女人的生命經歷必然地使她發現，她不僅無處告別，而且無處可逃。逃亡，是某種無力而有效的拒絕。她必須逃離的角色累贅，不僅是社會的偽善與假面，事實上，她不斷逃離的是女性的社會『角色』——一個如果不是『規範、馴順』的，便是曖昧不明的。然而，她和她的女主角的逃亡之行，同時是某種投奔，在逃離女性的『規範』角色時，也是在逃離一個『不軌』女人的命運。如果說，逃離成就了一個多重拒絕的姿態，但它無疑不能給陳染一處沒有角色累贅的純淨處。」[75]作家的作品中，皆透過逃離原生家庭，而展現對家的渴望，而其筆調所突出的「逃亡」和「漂泊」的意象，更加深了強烈的「不安分的自我」的女性意識。其筆下女性人物在逃離與投奔間掙扎、往復，在生命經歷的追尋過程中，雖然耗弱了身心靈，但每一次逃跑，都是一種成長，小說所呈現的能量都是正面的，就像〈時光與牢籠〉中當過記者和專欄撰稿人的水水在每一個城市的最長時間都沒超過一年，她不停地奔

---

[75] 陳染：《與往事乾杯》，頁 406。

波，不停地從失望中夢幻出新的希望去奔赴，就算落得身心疲憊，但她依然不停止追尋，因為她不願隨意被安放。

還有，徐小斌《雙魚星座》裡的卜零在現實生活中敵不過丈夫、情人和老闆的三重壓迫，只能在夢中輕易地殺死他們，然後在醒來後，逃往她認同的空間——佤寨，這個逃離的意象，代表的是她嶄新的開始。

在小說的主題上，「逃離」成為這些女作家共同的選擇。

接著再來看看死亡意象。死亡意識也是貫穿陳染作品的一條主線，陳染以一個女性的體驗深入思考人類共同面臨的困境並對人類永恆話題諸如時間、生命的意義與本質、死亡的真相，進行獨到的探索。〈破開〉裡在夢幻中所出現的飛機失事和死亡體驗；〈無處告別〉裡的黛二小姐，在雨霧中，「彷彿遠遠地看到多少年以後的一個淒涼的清晨的場景：上早班的路人圍在街角隱蔽處的一株高大蒼老、綻滿粉紅色花朵的榕樹旁，人們看到黛二小姐把自己安詳地吊掛在樹枝上，她那瘦瘦的肢體看上去只剩下裹在身上的黑風衣在晨風裡搖搖飄蕩……那是最後的充滿尊嚴的逃亡地。」[76]還有〈一隻耳朵的敲擊聲〉裡的「我」感覺死亡經常纏繞在她的頸間，成為她的精神脫離她的肉體獨立生活的氧氣。作者常常設想著可怕的死亡意象，所以，我們在文本中可以感受到陰冷的太平間、淒清的秋風、殘敗的落葉、詭譎的黑夜，當然在這樣場景裡的人物是喜歡穿著黑衣的有禿頭慾望的女人。

90 年代的女性小說中出現大量的死亡意象，李有亮歸結原因有二：一是，女性群體總以弱者自居，強化了對終結性力量的畏懼感；二是，女人比男人更敏感於時間的流逝，尤其是那些注重內心生活者，

---

[76] 陳染：《與往事乾杯》，頁 115。

幽居自閉，耽於夢幻，沉迷於往事，其實都是由於對衰老、對死亡、對時光流逝的恐懼和抵抗。在這樣的恐懼和抵抗中，女性的現實生存境況在 90 年代女性作家筆下首次得以局部的、同時也是深刻的敞開。[77]筆者十分贊同這兩點說法，不過筆者認為應該還有一點原因，那就是在那樣的對死亡的恐懼和抵抗中，女性有勇敢面對死亡的現實的勇氣，這使得她們能從死亡問題的描寫和思考入手，並賦予死亡以深刻的意義。

此外，徐坤在〈狗日的足球〉利用「足球」所被認定的男性世界的意象出發，去揭示女性在日常生活中的處境，她開始發出女性主義的憤怒吶喊，藉由生活中所存在的男權的強悍，顛覆兩性平等的神話。

作家有心讓這些「意象」浮出檯面，在藝術構思上算是相當成功的。

四、隱喻

徐小斌《羽蛇》中隱喻著兩性關係的發展，在小說結尾兩條蛇冷冷地對視，表達的仍是兩性彼此對立的關係；還有徐小斌在〈迷幻花園〉裡安排芬和怡玩牌算命的遊戲——三張分別代表生命、青春和靈魂的牌，隱喻人生在面對很多選擇時的艱難和殘酷。

王安憶在《長恨歌》裡的關於上海的空間形象描述和人物的裝飾打扮的細節描寫，都是一種隱喻，藉著這樣的隱喻，主要是要顯示百年來屬於上海的世事滄桑。比如一開始對於「弄堂」的大量華麗文字的描述，強力衝擊著讀者的視覺——

---

[77] 李有亮：《給男人命名——20 世紀女性文學中男權批判意識的流變》，頁 294。

> 站一個制高點看上海，上海的弄堂是壯觀的景象。……它是這
> 城市背景一樣的東西。當天黑下來，燈亮起來的時分，這些點
> 和線都是有光的，在那光後面，大片大片的暗，便是上海的弄
> 堂了。那暗看上去幾乎是波濤洶湧，幾乎要將那幾點幾線的光
> 推著走似的。它是有體積的，而點和線卻是浮在面上的，是為
> 劃分這個體積而存在的，是文章裏標點一類的東西，斷行斷句
> 的……。最先跳出來的是老式弄堂房頂的老虎天窗，它們在晨
> 霧裡有一種精緻乖巧的模樣，那木框窗扇是細雕細作的；那屋
> 披上的瓦是細工細排的；窗臺上花盆裡的月季花也是細心細養
> 的。[78]

文本中藉著對上海弄堂的形形種種，聲色各異的描寫，性感的或可感
可知或有私心的，這些日常的情景，還有上海弄堂的又一景觀——流
言，幾乎又是可視可見的。

　　這些充滿空間裝飾性的語言的獨特的表達方式，是作家的智慧的
策略，可以輕易渲染小說的主題與內涵。

　　尤其是隱喻性的語言，深藏著作者表面呈現的背後的真實意義，
是作者對作品深層意涵的展露。

　　而在 90 年代女性小說中有不少疾病的描寫，而這些疾病隱喻的是
女性受害的創傷。「女作家作品中的疾病主題又與男作家有著本質的區
別，它與患者的角色、自我意識發生關係。在女作家筆下，女性的疾
病成了受害的隱喻，女性的疾病與女性的角色衝突，與女性的性別緊
密聯繫了起來。」[79]

---

[78] 王安憶：《長恨歌》，頁 17。
[79] 陳曉蘭：《女性主義批評與文學詮釋》，蘭州：敦煌文藝出版社，1999 年 12 月，
　　頁 208。

　　陳染在小說中展現了現代人的精神抑鬱、內心疏離、迷失和不安全感等焦慮，她筆下的人物多是屬於反常的病人。佛洛伊德依據臨床的經驗，歸納常見的心理疾病有七種，其中的「抑鬱」（Depression）：遇事過度悲傷、不振、退縮、嚴重者有自殺的傾向；「妄想」（Delusion）：虛構許多自以為是的觀念，因而終日焦慮不安；還有「離解反應」（Dissociative Reaction）：產生幻覺、妄念或精神分裂等，以逃避外界之刺激，這些都反映在陳染的人物中。陳染筆下人物所承受的創傷，都與青春記憶攸關，儘管所承受的傷痛有別，但在其語境中，我們卻同樣見到人物撕裂的痛苦，以及飽滿的愛慾，還有在往前探索的過程中的孤獨、恐懼與陰暗的無序的痛苦經歷。

　　〈麥穗女與守寡人〉算是迫害妄想自述的作品——小說裡的「我」想像被兩只催命的釘子咄咄逼著，那釘子和墓碑一樣碩大而耀眼，並且感覺到前胸和後腰已經死死頂住了兩只釘子，而「我」還想盡力保護她身邊已經有了丈夫的女友英子——

> 我對著那兩隻逼人的釘子說：「我跟你們走，去哪兒都行，但是你們要讓她回家。」
> 兩隻釘子詭祕地相視一笑：「為什麼？」
> 難道不是嗎？我這種守寡人專門就是用來被人劫持和掠奪的，我天生就是這塊料。而且我早已慣於被人洗劫一空，我的心臟早已裹滿硬硬的厚繭，任何一種戳入都難以真正觸碰到我。
> 兩個男人發出釘子般尖銳的咳嗽：「如果不呢？」
> 「沒有餘地。碰她一下，我殺了你們！」我說。

又是一陣釘子般急迫的怪笑。

然後，四隻老鷹爪似的男人的手便伸向我們的胸部和腹部。[80]

還有《私人生活》裡的倪拗拗在成長過程也是相當壓抑而痛苦的，她長期面對暴戾又殘酷的父親、處境堪憐的母親，使得她在恐懼不安的陰影中生活，而這也造成她的叛逆性格，以及「早衰症」的警訊；另外，又如〈角色累贅〉裡有著精神病的女主角；〈無處告別〉裡的黛二認知到自己的病症還不少──閉經、陰道痙攣、經前期緊張、性感缺乏，這種種的壓力，都讓她對未來感到無望；〈站在無人的風口〉裡拉上窗簾，獨自冥想的自閉主角，這些人物都在作家的隱喻手法中，讓形象更為鮮明。

作家們採用敘事的修辭手段，多種多樣，有含蓄隱晦，也有直接表達，而這些用來控制讀者閱讀興味的具體技巧，成功地以形而上的感性方式，在意象、象徵、比喻、誇飾、對比和隱喻上都有自己的特色，而且這些小說修辭手段的運用，不論是在動態或靜態的修辭表現中，都讓小說更增光彩，也算是對女性小說走向精緻化多有貢獻。

當代的大陸女性小說，很明顯地有很廣闊的思考空間，因為作家們從不同的角度展現了「發現自己」的意念。她們在作品中，以女性的敏感天賦，自覺地進行各種質疑與解構，不僅超越過去挑戰男性霸權的侷限，甚且在建構新的女性思維上，有相當大的成就。下文就 90 年代大陸女性小說的表現手法，歸納為九點。其特點，就成熟的小說作品所應具備的條件言，90 年代的女性小說，比起 80 年代在小說內容極力所展現的女性意識外，視野更為廣闊。對筆下小說人物的刻劃，筆觸所及更為細緻。

---

[80]　陳染：《沉默的左乳》，頁 63-64。

第四章　小說的思想藝術風貌

　　當代的大陸女性小說有著強烈的女性意識，這是 90 年代以來的女性小說最明顯的特徵之一。

　　任一鳴在《中國女性文學的現代衍進》中為「女性意識」下定義說：「女性意識應該是女作家的主體意識之一。首先體現為女作家明確的性別自認，即女性的自覺。在這個大前提下，女作家以其特有的經驗關注女性生活、女性生存處境、女性命運；以其特有的目光觀照社會、過濾人生，從而對人生社會，尤其是女性生活有更多的發現，更深的理解。」[1]他將女性現代意識分為兩個層面：其一是以女性眼光洞悉自我，確定自身本質、生命意義及其在社會中的地位；其二是從女性立場出發審視外部世界，並對它加以富於女性生命特色的理解體驗和把握。[2]女性意識源於女性特有的心理和生理的反映，女性以其獨特的眼光去體驗和感受外部世界時，有著自己獨特的方式和角度，而從不同的方式和角度，不同程度地映現出其內在的感情與外在環境對其生活經驗的影響或制約。

　　而作家們將其強烈而明確的女性意識表現在其小說書寫裡，以下分六節說明。

---

[1]　任一鳴：《中國女性文學的現代衍進》，香港：青文書屋，1997 年 6 月，頁 23-24。
[2]　任一鳴：《中國女性文學的現代衍進》，頁 26。

第一節　愛情的書寫

愛情，是小說家觀察世界、表現世界的重要視角。劉慧英說：「絕大多數的女人是在愛情中尋找自我，最後又在愛情中迷失自我一樣，女性文學本身涉足最多和最深的也是愛的主題，這一主題至今仍然陷於困惑之中，它沒能找到一個終極的完滿答案，這也是女性未趨於完全解放的一個標誌和象徵。」[3]男女兩性基於性別上的不同，在支配慾、占有慾、攻擊性、自信心和情感體驗等心理特點上，都存在著明顯差異。

愛情的描寫，向來是文學中人性表現的一個重要內容，因為我們很容易從愛情或婚姻的錯位，去見到人性的悲劇才是造成愛情悲劇的主要因素。從以上的分析，我們見到了不同類型的愛情悲劇，見到女性主體意識在愛情和婚姻的覺醒過程中成長，也見到雙性和諧的幸福，那需要一個漸進的過程。

以下將從兩性的代溝所引發的衝突與悲劇，因此而引起的男女的對峙交鋒，以及兩性在交往過程為了利害關係，各取所需的交易愛情，還有因為缺乏經營，而疲乏厭倦的岌岌可危的易碎婚姻，除此之外，我們也在一些文本中見到雙性和諧的浪漫愛情與可貴婚姻。這些都是我們要討論的婚戀類型。

一、兩性爭戰

千變萬化的社會現實也給兩性帶來了情感的衝突與變異，男女在交往磨合過程中想方設法的協調或猜忌，女性試圖解構男性的表象權

---

[3]　劉慧英：《走出男權傳統的藩籬》，北京：三聯書店，1994 年 4 月，頁 60。

威，男性試圖征服女性出頭的蠢蠢欲動，都體現了兩性對愛情的不同對待。

　　方方〈無處遁逃〉裡的安曉月為了維持家計，離開學校在歌舞廳唱紅了，有了錢了，但對於忙於事業的丈夫嚴航是多有抱怨的；可是嚴航想的是：只要他拿到美國簽證，安曉月還是會像過去一樣愛戀他，女人都是愛慕虛榮的，有的漂亮女人，為了可以出國，想盡辦法找老外結婚。他認為他老婆也是喜歡享受生活的人，一旦他可以帶她去美國，她一定會像小狗一樣溫順。孰料，嚴航萬萬沒有想到，就在他忽略安曉月時，給了她機會在老闆的晚餐宴上，認識了一個叫江天白的已婚台商，江天白對她積極展開追求，她克制著想要戀愛的心，並決定瞞著嚴航懷孕，但是，嚴航卻無法理解她想要小孩的心情，並帶她去做了人工流產。而就在江天白對安曉月保證，他可以為了她拋妻棄子辦離婚時，嚴航收到了美國華盛頓大學錄取他攻讀博士的通知書，這讓安曉月陷入兩難，因為她也並不是一個為愛奮不顧身的人：「如果嚴航只是國內一個普通的寒酸的大學教師，或許一切都會容易些。但嚴航一旦真的飛去美國，並很快能使她也去那一片天地。從嚴航對事業的熱情和刻苦，他會成功地站立在他的同行們之間，如此相比，江天白就真的比嚴航更為重要麼？安曉月想我只是一個凡俗的女子罷了。而凡俗之人所以總能與幸福同在，乃是因為把實際的利益看得比理想中的東西重，實際就是一種福。」[4]而且她也顧慮萬一她和嚴航離婚，而江天白又盡食前言，那麼她不就兩頭空。

　　後來，嚴航從別人口中得知安曉月的婚外戀情，他既氣憤又想放下尊嚴地挽回，可又嚥不下那口氣；安曉月再三保證她拒絕和江天白

---

[4]　方方：《白夢》，南京：江蘇文藝出版社，1995 年 12 月，頁 343-344。

發生關係，她分析她是一個很實際的人，而嚴航也在思量後理解並原諒安曉月的錯誤，他決定先不辦離婚，等他到美國安定後，還是接她過去，然後重新開始，現在她還是自由的，可以和江天白約會，他要用他的實力擊敗江天白。但是天不從人願，就在他堅辭教研室主任，所做的科研項目技術負責人的委派，自信滿滿地到北京的美國大使館辦簽證時，卻因為沒有充分的材料證明他的能力而被拒絕，他才驚覺原來失敗是可以接踵而至的。

　　兩性在婚姻存續的交戰過程，很少有一方可以毫髮無傷地全身而退的，包括男女之間的逢場做戲的刺激與誘惑更是如此。

　　徐坤〈遊行〉黑戊是個已婚的大學教授，林格是個小他十多歲的記者，兩人總是在黑戊家中抓緊時間做著男女情事，完事後他會在老婆小孩下班放學回家前，將與林格翻滾廝殺的偷情痕跡塗抹掩蓋完畢。林格已經工作十年，仍是熱情不減，她可以馬上在和黑戊完事，沖掉他沾在她身上的黏液後，「清清爽爽地坐在她的多媒體電腦前敲著她的稿子。不能想像她會沾著一個男人的體液投入這麼嚴肅的工作。無論怎麼說，工作都會讓她感到愉快，那種愉悅是普通的男歡女愛所不能比擬的。」[5]黑戊總思索著林格所吸引他的除了她的年輕熱情奔放外，「最重要的是，語言，是語言讓他們之間相互糾扯著難以分開。有許多思想的火花便在這語言的較量和交鋒中無形地產生了。書讀得太多以後，他感覺著自己的話語場就整個兒的跟常人對接不上了。如同高手和大師們總是要在高處默默地悟道參禪，是因為他們在修煉成功之日起，便把值得一打的對手無形之中給失去了。」[6]

---

[5]　李復威主編、陳染編選：《女性體驗小說》，北京：北京師範大學出版社，1999年9月，頁148。

[6]　李復威主編、陳染編選：《女性體驗小說》，頁163-164。

　　儘管黑戊說他深愛林格，不允許別的男人娶她，但其實他又是離不開他那個對他愛護關懷備至的妻子的。黑戊的自私，林格早就看明白了，於是她決定利用懷孕來檢驗他信誓旦旦的愛情。當林格拿著醫院的化驗單送到他面前時，他面色蒼白，哀怨而虛弱。他沒有陪林格去動人工流產的手術，反而去探望林格的是他的妻子，妻子表明她不想失去她的丈夫，她丈夫也不希望這件事毀了他的前途，所以來看看林格有沒有什麼需要？

　　黑戊真的失去了林格，而林格也在付出青春享受愛情的同時，殘留對男性的心痛。

　　在兩性彼此妥協的拉鋸戰中，我們見到作家筆下的女人，不再處於弱勢，而是善於心計，想辦法在愛情問題中找到自我解放。

　　徐坤〈遭遇愛情〉裡的梅被老闆指派到北京和島村談生意，兩人為了達到雙方同意的價錢各懷鬼胎。梅利用美色以溫柔的低姿態，希望獲取島村的同情，從她大學畢業後、辭職、下海、離婚、工作碰壁到跳槽，期待能夠利用這次談到好價錢度過試用期，果然這樣坎坷的經歷，引起了島村的惻隱之心。島村和梅進了她下榻的賓館，梅希望價格可以壓低一點：「您覺得我值多少？」島村反問她：「那麼我將得到什麼？」談判的過程島村覺得和梅算是棋逢對手，於是講定梅提出的價錢，約定隔天梅到他的住處簽合約。

　　島村是個離了婚的單身男子，兒子跟著前妻，其實他是很渴望愛情的，他原以為可以在梅身上找到，可是簽約當天，呼吸急促的島村卻被令他迷亂的梅要了。梅拿出了三千元錢交給島村說是給他的報償。「島村的面部肌肉登時發僵，進而急遽扭曲著，像是不懂地詰問：你真的認為我要的就是這個嗎？你真的是這樣想的嗎？梅被他的表情

給震懾住了，睜大眼睛疑惑地問：這樣有什麼不對嗎？那麼你還想要什麼？」[7]失落的島村半推半就地在梅的催逼下簽下了合約。

但是梅怎麼也沒料到在簽約前，提醒她看清楚合約的島村，是道高一尺魔高一丈的，小說末尾島村打電話給回到深圳的梅：「梅小姐，祝賀您生意取得成功。我要告訴您的是，在複製合同文本時，我忘了把『發行權』字樣打上了，就是說，您購買的只是影帶的複製權，卻沒有發行權，您有權拷貝出一卷卷的膠片或磁帶，卻不可以拿到市場上出售發行。我重新準備了一份比較完備的合同，不知梅小姐是否願意一切從頭再來？」[8]聽筒裡一時寂靜無聲。島村似乎可以看到梅那欲哭無淚的眼神。他暗暗笑了，卻笑得很苦。

兩性關係隨著時代的開展，處於商品經濟和競爭機制社會中的現代女性其思想也隨之進步，而在「爭戰」拉鋸中，尋求「和解」。這部小說表現的是改革開放後，性別意識的萌動和覺醒，然而，因為作家的女性身分，其實更多的是表現在現代女性漸漸從封閉走向開放、從軟弱走向堅強的心路歷程；還有，這樣的兩性爭戰，也表現在男性尋求二度單身時演出最烈，最具心機。

《小姐你早》裡的戚潤物，撞見王自力和保姆的不正常關係後，對他提出了離婚；讓王自力絞盡腦汁的是，他將如何引導戚潤物解放思想，利用她對他的嫌惡，順利地達到快速離婚的目的。離婚的確不是他首先想到的，因為他們的家庭一貫不錯，她在事業上也很有成就風光，最重要的是他們有一個患有先天疾患的病兒子，他們都是有責任不離開兒子的，所以離婚不是他的事情。但是，當她在大街上斬釘截鐵地宣布「我要離婚」後，他突然覺得眼睛一亮。

---

[7]　李復威主編、陳染編選：《女性體驗小說》，頁 69。
[8]　李復威主編、陳染編選：《女性體驗小說》，頁 70-71。

　　原來王自力不是沒有想到過離婚，是不敢去想離婚，不敢去想的潛意識是渴望離婚。現在不比從前了，從前的一切都受制於環境受制於他人，找個老婆也必須首先考慮是否對自己的生存有利；現在的他不愁生計了，身為一個男人，他自認為自己有權利選擇一個他熱愛的女人，一個漂亮的性感，對生活的一切都是那麼有感覺，而且是可以配得上他的女人。

　　王自力認為他應該可以重新生活一次。否則這一輩子他也太虧了！

　　自從戚潤物提出離婚的要求之後，他天天都盼望她能拿出實際行動。但是王自力又不能操之過急，生怕惹惱了她，她又不離了。王自力還是了解她的——

> 王自力不能流露出渴望離婚的意思來。他要從形式上讓戚潤物感到是她在拋棄他，要讓她占據精神上的優勢。而王自力是一個被拋棄者，是一個做了壞事落得孤家寡人下場的臭男人；她是高尚和清潔的，王自力是低俗和骯髒的。只有把局面維持在這種狀態，離婚才能夠順利進行。與讀書人打交道，你必須彎彎繞。[9]

當然，戚潤物也不是省油的燈，她在李開玲和艾月的幫助下，展開和王自力這個「商人」打交道的拉鋸戰，一切都按照她們的設計而發展：王自力很快就拜倒在艾月的羅裙下，為艾月拼命花錢，為她買汽車，最後被搜括一空。

　　在池莉〈雲破處〉中也寫到了與卑劣的男性作針鋒相對的抗爭的女性。曾善美幼小時，弟弟在一場中毒意外相繼離開人世，寄人籬下

---

[9]　池莉：《來來往往》，北京：作家出版社，1999 年 8 月，頁 80-81。

的日子承受姨丈和表弟的姦淫，結婚後十五年發現丈夫金祥是下毒元兇，對於未有任何懺悔的金祥，絕望的她，最後親手用刀殺死了他。當法律和道德都不能去對抗卑劣的人性時，她只能靠自己去得到完美的，能夠說服自己的解答。

　　在文本中我們見到曾善美剛開始是想要給金祥機會懺悔的，可是他卻理直氣壯，兩人在言語的交鋒中，一層層地掀開過往的謊言。曾善美說結婚前她的身體就已經給三個男人糟蹋過了；金祥不信，因為結婚前金祥的母親給了他一塊白手巾，因為他們家的長輩隔天是要見紅的，金祥記得事實證明她是處女；曾善美說：

> 你一定沒有忘記，當年你很想我們在秋天結婚，說秋高氣爽，婚禮之後我們好出門旅行。可我執意選擇冬天舉行婚禮。為什麼？因為我姨在我婚禮的那天，為我準備了一隻雞心。她把雞心從活雞的身上一掏出來就裝進事先準備好的一個小塑膠袋裡。然後我把它藏在身上，在晚上關鍵的時候取出來，往白布上面一按。就像按手印那樣。白布上就會有一個完美的處女圖案，足以哄騙最有經驗的最挑剔的婆婆。冬天，這是我結婚時提出的唯一要求。因為只有冬天寒冷的氣候和鼓鼓囊囊的衣服是我成功的把握。」「後來，我成功了。我必須成功。因為那是我這輩子幸福的保證。是我姨的一片苦心。可憐她一個讀了一輩子書的高度近視的工程師，不得不偷偷摸摸，低聲下氣地向那些販夫走卒們求民間偏方，前後花了三百塊錢。一九八二年的三百塊錢可是現在的三千塊甚至更多。而且錢還在其次。就是因為你和你們家狹隘的封建的愚昧的農民意識，我們付出了

> 巨大的代價！你要知道，我崇尚做一個高尚的磊落的人，是你
> 破壞了我的人格。你們欺侮了我的姨。」[10]

曾善美說她受了委屈，卻沒有辦法去告姨丈和表弟，因為姨母離不開他，姨丈又是家中的經濟來源；氣不過的金祥也交換了他仇恨的過往，當年他十一歲，在某個晚上，從那個森嚴壁壘的工廠的食堂下水道裡鑽進去，把劇毒的河豚內臟放進了他們的魚頭豆腐湯裡，上夜班的人來吃夜餐了。結果就中毒了，有人貪吃，吃得太多就一命嗚呼了——

> 「那麼高的圍牆，上面還拉電網，門房日夜值班，不讓我們農
> 民的孩子進去玩耍。你們憑什麼霸占了我們的土地還對我們盛
> 氣凌人？我溜進去偷過一次葡萄，被逮住推了出來，鼻子摔破
> 了，流了很多血。我發誓要給你們一點顏色看看的。」「那年我
> 十一歲，都以為我年幼無知，其實我懂事得很。這就是階級仇
> 恨。人類世界非常重大的問題之一。」曾善美：「可是你一定沒
> 有想到會死人的，而且是那麼多人。後來你後悔和害怕嗎？」
> 金祥：「沒有。我們紅安人不怕殺人更不怕死人。死幾個人算什
> 麼？地球照樣轉動。中國照樣人口過剩。」[11]

這些狠話句句穿透他們倆十五年的婚姻，曾善美說她在婚前流產過兩次，患了子宮內膜炎，從此就不能生育了，她對他抱歉，如果說她對他有欺騙行為，也就只有這一點。「你是你們金家的獨生子。你肩負著你們家族傳宗接代的重大責任。按說我是最不應該在這一點上欺騙你的。誰知道鬼使神差地就這樣了。可你不也是在最不應該欺騙我的地

---

[10] 李復威主編、陳染編選：《女性體驗小說》，頁 126-127。
[11] 李復威主編、陳染編選：《女性體驗小說》，頁 133。

方欺騙了我嗎？你在我們談戀愛的時候就已經知道我是誰，你居然不趕緊躲開，還與我結了婚。當然，仔細想一想，你也應該與我結婚，應該伺候我十五年。該遭到絕子絕嗣的報應。因為是你造成了我的不幸。是你害苦了我。這是天意。你說呢？」[12]

對於金祥來說，這一刻是他人生的滅頂之災。

之後夫妻相敬如冰地過了一段日子，兩人都覺得分手的時刻到了，曾善美問金祥：「你就沒有考慮一下投案自首的可能？」金祥發出一陣大笑，說：「為什麼？憑什麼？我什麼事情都沒有做。什麼話都沒有說。投案從何談起？」曾善美終於拿出了一把她事先藏好的利刃，她覺得總要有一些真正勇敢的人來為人類服務，主持公道。

曾善美當然地被列入調查名單。但是，很快就被排除了。大家都說他們是一對結婚十五年的相依為命的恩愛夫妻。現在曾善美傷心得都要跟著金祥去了。怎麼還能懷疑她！有個小老闆與金祥有過幾次激烈的爭吵，小老闆有販毒的行為。於是警方發出了通緝令。在被追捕的過程，小老闆拉響了別在腰間的手榴彈，與一個員警同歸於盡。金祥的懸案就此結案。

曾善美以「殺夫」的行動，親手埋葬讓她失望的男性世界，身體力行地徹底顛覆世俗的男權神話。

王安憶認為：「要真正地寫人性，就無法避開愛情。」[13]關於這一點，90 年代多數的其他女作家也都注意到了，另外，她們也總是把人性的悲劇落實到情感上，尤其是婚姻戀愛的悲劇主題上。

黎慧在梳理 90 年代的女性寫作時也指出，「物質性成了女作家性別關係探索的一個方面或重要參照物，這無不深刻地表達了女性寫作

---

[12] 李復威主編、陳染編選：《女性體驗小說》，頁 134。

[13] 朱寨、張炯：《當代文學新潮》，北京：人民文學出版社，1997 年 12 月，頁 148。

對當下處境中性別和種族生存的細膩而犀利的觀察。這種寫作一方面是『女性』的，另一方面則成為『社會』的、種族生存的紀錄，女性的性別經驗和種族生存的觀照有機地結合在一起。」[14]

王安憶《香港的情與愛》寫出了在香港發生的一段交易廝磨出的情義，但情義卻是建立在實際利益的基礎上的。逢佳隻身在香港奮鬥，為了實現移民國外的願望，她做了富商的情婦，順利移民澳洲，她認為自己很值得，沒有吃虧，假如靠她自己去奮鬥，這兩年到不了這樣的程度，許多大陸出來的新移民就是例子。她還是覺得自己不錯的，這兩年的時間是用在刀刃上的。王安憶安排她在交易自己的同時，也諒解了她的屬於女性的精神傷痛。作家以同情的筆觸給予充分的道德寬容。

林白〈隨風閃爍〉裡二十六、七歲的紅環在一次勇闖雜誌社主動要投稿的因緣下，認識了李可，她讓楚楚可憐的自己，得到李可的照顧，同居一年後，李可也不確定紅環究竟是不是真愛他？一直到紅環邁出了她令人瞠目結舌的一大步──犧牲自己的愛情，嫁給一個大她四十歲的荷蘭籍有相當社會地位的老華人──李可才確定了紅環的愛情觀，原來，她「不要愛情，她從來沒要過愛情，愛情對她來說是奢侈的。對於一個受到輕視已被激怒一心想出人頭地的人，愛情又算得了什麼！愛情只不過是一堆垃圾，讓愛情見鬼去吧！」[15]紅環不屈不撓咬緊牙關，她深知只有咬緊牙關才能在這世上活下去，她以愛情換得了報紙上一再的讚譽──「中國青年女詩人紅環在鹿特丹舉辦個人詩歌朗誦會獲得巨大成功。」[16]後來，有人說荷籍華人和紅環分手了，他

---

[14] 林樹明：《多維視野中的女性主義文學批評》，北京：中國社會科學出版社，2004年5月，頁379。

[15] 林白：《致命的飛翔》，武漢：長江文藝出版社，1997年4月，頁22。

[16] 林白：《致命的飛翔》，頁18。

繼續到處旅行，後來因為意外而身亡，但這不影響紅環，她本就不愛他，她在荷蘭「靠自己的智慧和肉體生存。」[17]

這些女性清醒而理智地選擇以「交換」的方式，去獲得經濟的解放，而作家也寫出了在物質化生活中的女性的生存處境以及她們精神上的期待與困惑。

二、性溝矛盾

所謂的「性溝」，指的是性別所引起的隔閡。生物、環境以及文化等因素的共同作用，產生男女兩性表現在面對愛情與處理相關問題上的差異。

王安憶〈我愛比爾〉裡的比爾僅僅是把阿三當成他孤獨異地外交生涯中，聊慰寂寞和解決生理需求的眾多女孩之一，他無法承擔阿三肉慾以外的精神依附；但是阿三卻是渴望可以在身心都與比爾相通，她在被比爾拒絕後，逐漸迷失了自己，最終只能在精神和現實中，無可回頭地讓自己陷入更深的孤獨之中。

虹影《K》裡的朱利安其實就是另一個比爾，只是他沒有比爾及早抽手的理智。朱利安‧貝爾為尋找革命激情，從英國到中國武漢大學文學院任教，而與文學院院長夫人林發生婚外戀情。因為林是女友如雲的朱利安的第 11 個情人，所以，朱利安給她「K」的編號。朱利安還沒有參加革命，卻瘋狂地與林陷入了不被允許的「偷情」中。長久以來認定性與愛可以分割的朱利安到四川去尋找紅軍，但是，革命的血腥和殘酷又使他卻步，他重新被林的愛情與房中術給擄獲，而在性

---

[17] 林白：《致命的飛翔》，頁 23。

愛的交融中，被林給征服——他很驚訝「怎麼會對她有這種超出性之外的感情？他一向不願和女人有性以外的關係。最好做完就結束，各奔東西。他喜歡為性而性，只求樂趣。現在他驚奇地看到他走出自我設禁。」[18]林提議私奔，並以死相逼，朱利安就在中西的迷亂中躊躇，在革命與愛情之間迷離。最後戰死在西班牙內戰戰場。

　　女人常常有一種明知山有虎，偏向虎山行的傻勁，徐坤〈遊行〉裡的林格從少年時代就迷戀詩人程甲的作品，在只能沉緬於印刷讀物的歲月裡就已經愛上了他。終於得到專訪他的機會——「從見到程甲的第一面起林格就知道一場獻身運動是不可避免的了。這種獻身情愫早已在她的無意識當中深深潛伏，只是在等待一個合適的時機去全面爆突。」[19]王安憶《米尼》裡的米尼因緣際會地愛上了扒手阿康，她想經由阿康的愛情擺脫孤獨的漂泊命運，但卻注定了她的悲劇命運。她為了阿康離家，也因迫於生活，而走上和阿康相同的路，她不認為偷竊是不正當的行為，反而覺得在偷竊時有一種奇異的感動的心情，因為這樣的行為，讓她和阿康更為接近，那是一種心靈相通的管道。在阿康身陷牢獄時，她對阿康不離不棄，在生活和經濟上依舊給予他無微不至的關心和幫助，她從小缺乏家庭溫暖，希望能藉此找到慰藉。

　　林白筆下的多米也是，在《一個人的戰爭》裡她經受莫名的委屈，花花公子矢村、理想主義的電影導演 N，他們總能輕易地利用男性的權力、慾望或承諾，讓女人打開心門，多米就是這樣一個不懂得保護自己，但卻又真實，為愛不計代價的女孩。

---

[18]　虹影：《K》，台北：爾雅出版社，1997 年 5 月，頁 131。
[19]　李復威主編、陳染編選：《女性體驗小說》，頁 152。

多米在輪船上認識了矢村,他藉著看葛洲壩裡的水一點點漲高,和上游持平時,試探性地攬了攬她的腰,之後,他吻她,她一開始就莫名其妙地服從了他。在生活中,她還沒有過服從別人的機會,三歲就失去了親生的父親,繼父在很久以後才出現,她從小自由,害怕了這個廣闊無邊的東西,她需要一種服從。

付出第一次的多米,覺得是出於渴望冒險的個人英雄主義,才讓這個陰錯陽差的事情發生。他們的關係曝光後,多米回顧這個事件,發現矢村對她說假話的只有他的年齡和他已經結了婚的事實,事發之後他的妻子找到多米,見到面容憔悴、清秀剪著短髮,但穿著打扮很普通的多米就放了心地說:「我年輕的時候比你要漂亮,你到我這樣的年齡連我還不如呢,只不過你是大學生,我是工人,但我跟他都過了十年了,都有兩個孩子了。你也真有眼力,他說他二十七歲你就信了,他都三十七歲了。」[20]她忽然想起了什麼,她緊盯著多米問:你們下館子了沒有?多米說:下了。她又問:是誰出的錢?多米猶豫了一下說:有時是他,有時是我。她更加放心了,同時自豪地說:他這個人我知道的,如果你們有事,他肯定不會讓你拿錢的。

後來,矢村的小姑姑和多米談,她問:你有多大了?多米說:二十四歲。她說:你已經不是小女孩了,又是大學畢業生,對自己的行為有能力負責了。她問多米:你為什麼要這樣呢?多米說:我要寫小說,要體驗生活。她說:你可以慢慢在生活中觀察,不必寫什麼,就要做什麼。

在整個過程中,矢村輕而易舉地就誘騙了多米,每一個階段的突破都勢如破竹,沒有受到更多的阻力。他一定以為是他英俊的外貌和他的家庭背景起了決定性的作用,但多米明白,有兩樣東西更重要:

---

[20] 林白:《一個人的戰爭》,台北:麥田出版社,1998 年 10 月,頁 140。

一個是她的英雄主義，想冒險，自以為是奇女子，敢於進入任何可怕事件，另一個是她的軟弱無依。

在多米三十歲那年，她愛上 N，兩人相會在長官的辦公室，對望的同時，有相見恨晚的感覺。N 說：他不是一個適合結婚的人，他是獨身主義者，他將永遠不結婚。在他看來，結婚是愚蠢的。雖然多米很傷心，但卻無法離開他。就在那個時期，多米去做了檢查，確定懷孕了，告訴他結果時，他第一句話就問：做手術很痛是嗎？要不要打麻藥？要多長的時間？要住院嗎？最後他總結說：很煩人的，不好。多米說：我知道你是不想要的，讓我承擔一切好了，一概不要你管，我自己把他養大。後來，他說過幾天他就要外出了，去半個月，要在這幾天做出最後的決定。

多米最後自己決定要承擔孩子的一切，不用 N 付一分撫養費，但她不希望孩子受到歧視，所以孩子要有一個正式的父親。聽完她的話，他摔門就走了。第二天一早他來，一進門就面無表情地說：星期一就去打結婚報告。他說打完報告，就去浪跡天涯，放棄電影。他又說：女人都是從自己的利益考慮，你說你三十歲了，是你的最後一次機會了，你說精神和肉體都受到巨大損傷，那我放棄電影，這在精神上抵消了吧，我去做苦力，肉體也受苦。這下抵消了吧，你覺得平衡了吧。多米知道，讓他放棄電影，她就成了罪人了。如果她要這個孩子，將永遠見不到他，見不到他，她活著還有什麼意義呢？

她讓他陪她到醫院去，坐在手術室門外的椅子上等她，但他在醫院門口就溜走了，手術後也沒有陪她。這件事之後，她沒有懸崖勒馬及早回頭，反而更加深陷其中，她還是一次次遷就他，完全看不到他對她的不好。後來，多米從友人口中得知 N 向一個藝術學院的女孩下跪，他們打得火熱時，正是她做手術的那段期間。

有些女人最容易犯的毛病就是一旦認定了，就很容易將生命、情感與幸福寄託在男人身上，以上這些女性人物雖在某些方面具備主動爭取的強烈個性色彩，但她們還是視男人為天，所以，期望在依附男人中找尋自己、發現自己，但這種觀念和行為只會走向愛情的盡頭。

然而，走向愛情的盡頭，可能還是比較好的狀況，更糟的是也有人因此而喪命的。徐坤〈遊行〉裡的林格在每一場愛情中，努力要找尋自己，卻又迷失自己。伊克被林格所吸引，也同時崇拜著她，希望她能要他、接納他，但是林格不願意那樣做——「如果她和他之間的意念不能夠很好地對流和溝通，單單是肉體的交接又有什麼意義呢？那跟一次普通的生理排泄又有什麼區別？」[21]所以林格決定要不惜代價地包裝伊克，幫助他成長。

她從多方面下手，請學院派的批評家寫評論文章、陪廠長喝酒應酬而得到贊助，而就在全面捧紅了伊克後，有一天伊克的身上還留有林格的體溫時，林格不辭而別，後來，有人聽說她死了、也有說是出家了，像她這樣的人，似乎是不該留在這個俗世上的。方方〈暗示〉裡的葉桑為了丈夫的外遇毅然回娘家，也拒接丈夫的來電。母親勸她說到底是丈夫，男人的心本來就是比較花的。葉桑的二妹，因為感情受創，得了精神分裂，但葉桑卻羨慕二妹的精神自成一體，她對母親說也許有一天她也走進那樣的境界，就會有自己的天空了，母親為此很擔心，葉桑卻說她的腦子很清楚，而且越來越清楚。

寧克是葉桑的父親的研究生，曾經在葉桑回家探親時，代替她父親來接船，兩人有了交流後，他對葉桑表示如果早幾年認識她，絕對不會錯過她；這一次葉桑回家，得知寧克和小妹即將要結婚了。然而，

---

[21] 李復威主編、陳染編選：《女性體驗小說》，頁179。

這一次的重逢，兩人沒有陌生的感覺，反倒心中生出了些渴望與抗拒。小妹因為工作的關係，讓葉桑和寧克有了獨處的機會，兩人看完戲後，在兩情相悅的狀況下，發生了關係。

事後，葉桑覺得和寧克已經結束了，而她和丈夫也扯平了，丈夫能做的，她也能做得到，而且還會比他做得更漂亮，她要輕輕鬆鬆地回家，日子該怎麼過就怎麼過。她想通過自己的「出牆」，去換得心理上的平衡，卻因此陷入更大的精神危機，就在家人到碼頭送行時，她心中對小妹有著強烈的罪惡感，不知要怎麼才能回報她，也不知她會怎麼懲罰她。在回南京的船上，她思索著人不會只有活著這一種形式，最後心靈崩潰，她選擇結束生命。

男人對愛情的態度、對女人的要求，有時是很令女人不知所措的。蔣子丹〈桑烟為誰而升起〉裡的蕭芒扮演「貞女」或「蕩婦」都被男人遺棄，前者雖被尊重，但久而乏味；後者卻因主動而被看輕。

再看陳染〈時間不逝　圓圈不圓〉裡傳聞已婚的維伊，是個讓人難以掌握的女人，但她卻懂得掌握自己的情感，她勇敢面對和林子梵的感情，告訴他要讓生活充滿有意思而行動，而不單單只是幻想；但林子梵的「名人意識」總是使他懷疑，別人是看上他的「名」了呢？還是看上了他本人？一個吃過女人苦頭的男人，早已對生活充滿了必要的和不必要的戒備與防範。所以，在他與人最初交往的幾個回合裡，往往像個偵探，封鎖住自己的一切，而儘量多地打探了解對方，對對方投來的熱情，向來不敢輕易造次。但維伊卻在一次餐宴後，成功地誘惑了林子梵。他的確感到有些猝不及防。

一個星期後，林子梵收到了一封維伊從北國 V 市寄來的信。她坐在奔往北方的火車上，回 V 市探望她父母的途中寫的。她說她其實並沒有一位遠在異邦的丈夫等待她去陪伴，那不過是她在厭倦的詩人藝

術圈裡的一種方便的存在方式。她大膽地對他表達愛意——「我不敢像你一樣視靈魂重於肉體，視精神高於物質，我不敢那樣放縱自己的幻想，我一直努力讓自己毛細孔封閉，在人群裡，在歡笑中，在各種菌體攜帶者之間，結結實實地頑頑韌韌地活著。但是，你和你的詩一起用力搖晃我。你那樣的猛烈的搖晃，你要我睜開，從裡到外地睜開。你吸住了我，我已被你『腐蝕』。多少年的自我『抗拒』而『毀』於你這『一旦』。現在，我多麼地需要你！願意和我在一起嗎？」[22]她留下聯絡方式等待他的回應。

林子梵覺得被什麼東西噎住了，是那種甜軟的食物。有些東西吃的時候口感很好，但噎住的感覺非常糟糕。他終於不敢撥通她的電話，不敢再真實地觸碰到她的氣息。如果她真有丈夫，他還有可能會和她有交會的機會，然而，現在，維伊的單身身分具有了某種可能性，使得這一種輕鬆的關係含有了高危險的特質，含有了某種承擔與責任，那種感覺完全不同了。他覺得只有沉默，是最好的回復。

承擔責任與誓言承諾，對男人來說，是生命中不可承受之「重」，也是「輕」。前者指的是不輕言承諾，但一經承諾，便視為責任；後者則是輕言許諾的男人，不把責任當回事，到處留情欺騙、散放風流。

遲子建《廟中長信》裡的對愛情懷著浪漫憧憬的阿媚，和有婦之夫 C 陷入熱戀。在兩人世界時，C 對阿媚海誓山盟，許諾要與妻子離婚；但在公眾面前又演出和妻子情投意合、相敬如賓的戲碼。C 欺騙著兩個女人，將她們玩弄於股掌間。當真相被戳破後，C 以口頭和肢體的甜言蜜語安撫阿媚，要她相信他。但激情消退後，C 又以無端的指責和挑剔激怒阿媚，使她陷入自我否定與懷疑的狀態，最後他理直

---

[22] 李復威主編、陳染編選：《女性體驗小說》，頁 376-377。

氣壯地提出分手，見異思遷地擺脫了困境；而〈鬧庵〉裡的妻子，放棄自己的生活，跟隨著畫家丈夫不斷地遷徙，然而生活留給她的只是一次次的等待，在她癡情的等待中，落拓不羈、縱情任性的丈夫卻在用心製造著一次次激情的豔遇，包括與尼姑的調情。

但女人並不都是一直在愛情之河愚蠢地跋涉著，她們也會在愛情中被欺騙漠視與利用的經驗中記取教訓的。不同於須蘭〈紅檀板〉裡性格扭曲的章少芳和一個日本女人爭奪丈夫與愛情，池莉〈綠水長流〉裡的白素則顯得智慧。在他丈夫的外遇對象蘭惠心服藥自殺後，對救回蘭惠心一命的「我」語出驚人地說：「我離婚與蘭惠心無關。今天的蘭惠心也就是從前的我。我也曾為羅洛陽尋死來著。他是好情人，但不是個好丈夫，我也是他的好情人，但不適合做他的妻子。我愛他就愛他那份風流瀟灑，結了婚，他對我的那份風流瀟灑就沒有了。是他沒有了？還是我不再感覺得到了？也許是我。因為蘭惠心對他的迷戀可以證明他的魅力。可我改變不了自己，我再也找不到從前的所愛。如果不是為了孩子，我早就離開他了。十三年歲月消磨了一切，我們都覺得應該分手了。」[23]白素料定羅洛陽未來的選擇不會是蘭惠心，而是「我」；五年後，羅洛陽即將出國，他向「我」表白愛意，卻被「我」拒絕，「我」望著飛機，不說話——「男人！男人你知道什麼？你永遠令人心動的是你那份風流。可風流是婚姻的死敵。為了愛你，為了喜歡你，為了思念你，聰明的女人她們決不會與你同行。我在機場的幾分鐘裡洞悉了一個叫白素的女人的心和我自己的心。」[24]

[23] 池莉：《紫陌紅塵》，南京：江蘇文藝出版社，1995 年 8 月，125-126。
[24] 池莉：《紫陌紅塵》，頁 127。

　　時代在進步，但是進步的社會，似乎也無法讓都市女性在現代化的文明中看清自己的愛情命運。張欣小說的愛情描寫，先不看文本內容，單從題名就可看出其結局——〈僅有情愛是不能結婚的〉、〈愛又如何〉、〈誰可相依〉、〈無人傾訴〉和〈不繫之舟〉等。〈不繫之舟〉裡談到：都市人，越來越飄忽不定，如不繫之舟，卻再也沒有人願意做港灣了。她筆下的已婚女性即使是事業成功的女性，依然把愛情視為第一位，所以當她們面對受到慾望衝擊的岌岌可危的婚姻，她們一面無奈嘆息，一邊還在懷抱希望地等候或追尋。兩性的差異，讓女性執著抱守愛情的偉大，卻讓男性在面對權勢金錢與生存時首先捨掉的是愛情，如〈纏綿之旅〉裡所說：在愛情和從政之間，男人永遠選擇後者，不是愛情不甜美誘人，但從政畢竟是男人的正餐，愛情僅是餐前小食。

　　大抵來說，愛情對於男人是易於改變的，女人則追求的是從一而終，也正因如此，我們往往見到女性總是承受著愛情苦難的代價，才換取有限的幸福。此外，女人往往為愛情做出讓人難以理解的選擇，而那樣義無反顧的癡傻的一廂情願的選擇，又不得不教人佩服與同情。

第二節　親情的書寫

一、母親場景

　　縱觀古今中外，「母親」常被定義為是正面的社會角色，而「母職」則長久以來被視為是女性的天職——懷孕、生產、養育和照護等，女人被約定俗成地認定，因為成為母親，而更有價值，因為母親是影響個人社會化過程中最重要的人物。

　　在大陸 80 年代的女性小說中，我們見到大抵作家們是正面肯定母職的，但是，這種對母愛的宣揚，從 80 年代末起就變調了。鐵凝《玫瑰門》中的老婦人司猗紋，就是個惡母形象的典型代表，她是個虐待狂，透過其騷擾與報復的手段，去控制和統治她的兒女。讓人印象最深刻的是司猗紋對於外孫女蘇眉處心積慮的占有。在蘇眉十四歲那年，司猗紋好玩地用化妝品為她妝扮，之後從蘇眉身上見到酷肖年輕時的自己，從那一刻起，司猗紋對蘇眉的占有就沒有停止過，就算是蘇眉成為一名女詩人後，司猗紋對她的騷擾、窺探和跟蹤盯梢不斷，蘇眉被這份愛折磨得痛苦不堪。

　　而在 90 年代崛起的一批年輕的女作家所出爐的小說，文本中對「母親神話」的顛覆，更成了一種趨勢，多數女作家筆下的母親，已不同於男性作家筆下追懷、歌誦著母愛的可歌可泣，並為母親的不幸和反抗寫出詠嘆調。

　　90 年代的大陸女性小說不再歌頌母親，反而以書寫的方式去證明，不管是在惡劣或者安逸的環境，並不是每個女人天生就有當母親的能力或本事，絕不一定就像是冰心筆下無私寬厚的母親形象，「她」也可能是有附帶條件的，就像張愛玲〈金鎖記〉裡的曹七巧，或是〈傾城之戀〉裡白流蘇的母親白老太太，還有〈花凋〉裡的母親更是。「母親」這個神聖的文化符號，被打上了個大問號，以往傳統無私奉獻的母親形象，受到了強烈的考驗和質疑。隨著時代不斷演進，在大陸 90 年代的女作家筆下的母親出現了完全顛覆傳統母親應有的正面形象，而出現了反派角色，這也代表了整個社會對傳統道德觀念的遽變。

　　徐小斌《羽蛇》裡的母親若木對待女主角羽是極其殘酷的。六歲的羽在好奇心驅使下，按了剛出世的弟弟的鼻子，弟弟意外離開人世，外婆責備羽不是個好東西。從此，若木讓羽背負著「殺死弟弟」的十

字架，羽在這個罪名中慘澹地成長，因為長期缺乏母愛，她覺得失敗、放棄才是她的好朋友。小說裡的母親的外表是典雅高貴的，但內心卻是邪惡陰險，她總是戴上面具，算計著對丈夫和女兒的生存方式的掌控，所以，我們見到小說中的羽在負面的環境中孤苦地成長。

盛英說：「徐小斌通過羽對母親式女人的感受，探測了女人母性內部災禍性的逆變……當女人為母，但卻把『母愛』逆變為『母權』，對其兒女實施各式統治、征服、壓迫、壓抑、禁忌的時候，『神話母親』會即刻因其喪失本性而倒塌。這裡的『母權』既是父權中心文化的幫兇和合謀，更是母性的一種自我逆變。」[25]的確，母親的角色相當微妙，好壞善惡似乎一線之隔，若是有心以此身分所賦予的權杖挾山超海，那果真是自我逆變為「父權中心文化的幫兇和合謀」。

女性不同於男性有著崇高的懷孕經驗，但這樣的難得經驗也未必能讓每個母親發揮其母性。在徐坤《女媧》中的母親李玉兒生育的過程充滿辛酸、苦難和荒誕。她的身體被夫家三代人使用過，傳宗接代的功用被極盡地發揮。而當長期被婆婆虐待的李玉兒一旦媳婦熬成婆後，她以一個要支撐起十個兒女的家的寡婦身分，支配控制著整個家族，她又變成了另外一個惡婆婆，把她曾經所經受過的一切折磨人的待遇，完整地繼續加諸在她兒孫身上──她告發兒子和女婿，又毀掉兒子的愛情和女兒的眼睛，還向孫輩數落他們父母的不是，全家不得安寧。這些惡婦的母親呈現了複雜而負面的怨女形象。

這篇小說剝離了母愛和生命的真諦，整個解構了母親的形象，使其陷落於魔獸的不可理解的野性之中，也把女人神聖的生殖能力給玷污了。關於女性的生殖，陳丹燕在《上海的金枝玉葉》安排筆下的女

---

[25]　盛英：《中國女性文學新探》，山東：中國文聯出版社，1999 年 9 月，頁 312。

主角郭婉瑩說：「懷孕拿去了一個女子在少女時代對自己身體的神祕和珍愛，和一個美麗的女子對自己的自信，被孩子利用過的身體無論如何不再是嬌嫩的了，在生產的時候，無論你怎麼被讚美是在創造著生命，但你知道那時你更像是動物，沒有一個女子潔淨的尊嚴。」[26]這裡把女人的生殖像是拉回了 30 年代蕭紅筆下的女性那種無意義、無價值的生殖，女性感受到的是生命的卑賤和殘酷的肉體創傷，那種痛楚的歷史文化是無法讓女性的靈魂找到新生命所帶來的喜悅的。

還有的母親是把自己的情慾需求，看得比與孩子間的情感互動來得重要，那是愛自己勝過愛孩子的母親類型。鐵凝《大浴女》裡的章嫵主動用身體「交換」唐醫生的病假證明，而不用再回農場得以順利回家，女兒尹小跳親手煮了紅燒鯉魚給章嫵享用，章嫵鼻子一酸，這是她回家之後頭一次流淚，除了內疚，還有抱歉。她這才發現自從回家之後，她還沒有問過兩個孩子的生活，學校怎麼樣，她們每天吃什麼，有人欺負她們嗎……她很想把尹小跳和尹小帆攬在懷裡使勁兒抱抱她們，但她又似乎不具備這種能力。她這才發現「並不是每一個母親都具備愛撫孩子的能力，儘管世上的孩子都渴望著被愛。並不是每一個母親都能夠釋放出母性的光輝，儘管世上的孩子都渴望著被這光輝照耀。」[27]我們再來看看尹小跳對章嫵可能出現的親熱始終保持警惕態度，包括她的哭，假如哭也是一種親熱，哭也使尹小跳難為情。這是她們母女終生的遺憾：她們幾乎永遠不能同時歡笑，同時悲哀。所以現在章嫵的流淚並不能打動和安慰尹小跳，她只是盡力理解她的母親。

尹小跳生氣母親，身體有病為什麼還花這麼多時間織毛衣給唐醫生。母親對尹小跳說她應該要珍惜父母有一方能從農場回來，回來陪

---

[26] 陳丹燕：《上海的金枝玉葉》，台北，爾雅出版社，1999 年 12 月，頁 83。
[27] 鐵凝：《大浴女》，南京：江蘇文藝出版社，2001 年 4 月，頁 54-55。

伴她們的機會。但尹小跳並沒有看出母親陪伴的意思——「她不關心她們姐妹，她沒發現尹小帆掉了門牙，她甚至也沒問過這半年多的日子她們每天吃些什麼。尹小跳從北京初來福安市時不會講當地話，她因此受到歧視，這些章嫵從來也沒有問過。」[28]

　　母親常常在送飯盒給唐醫生的同時，也送上她自己。有一天，她竟然徹夜不歸，而妹妹就在這天晚上出麻疹了。在女兒最需要母親時，她毫無下落。妹妹的痛苦使尹小跳有種揪心的難受，她恨母親，她想母親回家時，她一定要跟她大吵大鬧。她把妹妹摟在懷裡抱了一夜，她一夜沒有睡覺，睏了就用涼水洗臉。她決心一定要睜著眼等母親回家，讓母親眼見睜了一夜眼的她。天亮時章嫵才躡手躡腳地開了門走進來。而迎接她的是撲面而來的一隻大枕頭，尹小跳抓過床上的枕頭打上母親的臉，並且大義凜然地看著母親；在遲子建〈遙渡相思〉裡也有一個不安於室的母親。

　　母親所具有的溫情與撫慰功能，在 90 年代的兒女成長經驗中，已甚為少見；取而代之的是千瘡百孔的母親和子女間的恐怖關係，扭曲變態的愛替代了正常的親子關係，還有人性的殘忍所帶來的母愛的消解，小說集中體現在喪盡母性的母親，但是，我們同時也見到壓迫／被壓迫以及威脅／被威脅者的辛酸與無奈。

　　王安憶《長恨歌》裡的母親王琦瑤感覺上對女兒薇薇就是一個威脅者。王琦瑤始終是一個周旋於男人中的女人，她從來就沒把「母親」的角色，納入她的生命中，所以，在小說中我們見到王琦瑤和唯一的獨生女兒薇薇從小就是疏離的。小說裡呈現了一個母親極力想要留住青春尾巴的力量，超越了對女兒的愛，這樣的精神姿態，似是解放了

---

[28] 鐵凝：《大浴女》，頁 60。

「母親」自身角色的刻板印象，而回歸女性本質去考量。這樣的母女關係的重新書寫，也算是作家為女性爭取權利的一種行為。

作家筆下對於多重複雜的母親的描摹，往往加強其心理與潛意識加以探究，讓這些母親更具立體感，也更能現出其悲劇典型。

首先來看看在惡劣生存環境下變異的母親。

20 世紀 50、60 年代之交，毛澤東發動「大躍進」運動，中國經歷了一場人類有史以來最為慘烈的大飢荒。當時，「大躍進」的浮誇所造成的糧食豐裕的假象，以致中共政府擴大徵購，強徵農民口糧，以增加出口。一連串錯誤的舉措，終釀成大面積餓死人的災禍。

在大陸 90 年代的女性小說中，我們見到池莉〈你是一條河〉和虹影《飢餓的女兒》裡都出現了在大飢荒的惡化大環境下，不同於傳統形象的變異的母親。

池莉〈你是一條河〉裡的辣辣便是。老李是糧店的普通職工，在辣辣出嫁前他就對她有意思，當鎮上的居民餓得剝樹皮吃時，老李給辣辣送來了十五斤大米和一棵包菜，辣辣懷裡正抱著滿一周歲還沒吃過一口米飯的孩子，辣辣笑笑，收下了禮物。從此，辣辣背著丈夫以身體去交換大米，一直到她丈夫弄回了一些米麵。可是辣辣卻懷了老李的孩子，這對雙胞胎就在她不斷喝各種打胎藥的同時落地了。

辣辣的丈夫過世後，老李為了看雙胞胎，又送米來，辣辣當面拒絕了理直氣壯的老李，把米倒掉，還把老李趕走。辣辣回到屋裡拍醒了孩子，吩咐他們去把門口的米弄回來。八歲的冬兒對辣辣說：「媽媽，我們不要那臭米。」辣辣在狠狠盯著女兒的那一刻發現冬兒的陰險，嫌惡強烈地湧了上來——「八歲的小女孩，偷聽並聽懂了母親和一個男人的對話，真是一個小妖精。她怎麼就不知道疼疼母親？一個寡婦人家餵飽七張小嘴容易嗎？送上門的六十斤雪花花大米能不要

嗎？」[29]辣辣照準冬兒的嘴，掄起胳膊揮了過去，冬兒趺在地上，鼻子噴出一注鮮血，辣辣說：「你是在什麼時候變成小大人了？真討人嫌！」她說完扭身走開。

　　冬兒是在父親去世的那一夜早熟的，她一直堅信母親終有一天會單獨與她共同回憶那夜的慘禍，撫平她心中烙下的恐懼，母親還會攬她入懷，加倍疼愛她；而她將安慰母親，可是母親一個重重的耳光，打破了她天真的想法，她想對母親說的只有：我恨你！

　　辣辣幾乎每天都要打罵孩子，不是這個，就是那個。

　　在雙胞胎福子和貴子滿七歲那年，辣辣認為學校沒有正常上課，她不想浪費錢，所以，讓雙胞胎仍舊待在屋子的角落，他們很少開口說話，與兄弟姐妹們格格不入，長期受到欺負，近來才學會用牙齒咬人的方式進行反抗，長到七歲還沒刷過牙，渾身都是蝨子，患疾染恙都是自生自滅，形成後天所造成的弱智。

　　有一天，福子團著身子從角落滾到堂屋中央時，辣辣才發覺這個兒子有點不同尋常，她用腳尖撥了撥福子，當她發現福子已經昏厥時，冬兒插嘴說要送他去醫院；但辣辣回說：「少給我逞能。」於是辣辣為福子刮痧、餵吃中藥，但福子的病勢卻在半夜裡沉重起來，斷氣前喊了如母親照顧他的冬兒一聲「姐！」他們家的孩子之間從來都是不分長幼，直呼姓名，福子臨終前的一聲「姐！」彈撥了孩子們的心弦，他們不由自主心酸得大哭起來。冬兒在福子這件事上，她決不原諒母親；辣辣自然也明白，她可以理解女兒，但更加討厭她。

　　福子的死亡對貴子有著嚴重的創傷，辣辣懷著無比的內疚，一改從前對貴子的漠不關心，但貴子卻明顯地抗拒母親對他的關愛，他再

---

[29] 池莉：《細腰》，南京：江蘇文藝出版社，1999 年 4 月，頁 42。

也不叫媽媽；辣辣只好放棄。辣辣很不情願與冬兒打交道，但貴子只認冬兒一個人，所以她只能通過冬兒把她的內疚傳達過去。

但辣辣真是完全沒有母性嗎？其實不然，在小說中我們見到在丈夫死後，她咬緊牙關為了孩子苦撐著一個家；為了送生病的大兒子進醫院，甚至賣血賺錢；對於被她視為「家賤」的冬兒失去音訊後，她也擔心到口吐鮮血；犯了法的二兒子要被槍斃時，她堅持要到刑場，送他最後一程。辣辣是一個苦難的母親，是一個真實存在那樣一個大環境的母親，這樣的母親是有血有肉，愛恨分明的。只是她們不再是慈愛的化身，不再是傳統所頌揚的女性絕對的優美品質。

然而，「當女兒能在文本中（歷史的，文學中的）清晰地看清這個母親角色的本質時，女兒對母親角色的恐懼與鄙視便會油然而生。或者換句話說是，為了避免自己『染上母親的模樣』，成為又一個可憐可悲可哀可憎的母親，女兒可能斷然選擇背棄母親。」[30]於是，我們可以想見小說裡的冬兒向學校遞交了積極回應毛主席偉大號召，上山下鄉接受貧下中農再教育的申請書，她萬分感謝這場偉大的運動給她提供了遠走高飛的機會，從八歲那年目睹父親的死亡，到今天的十七歲，漫長的九年她過的是這樣的日子——

> 母親的謾罵和諷刺是她的家常便飯。一個瘋子哥哥。一個小偷弟弟。一個自私自利的姐姐。一個死在懷裡的福子和半瘋半傻的貴子。一個當了童工自以為是的咬金。一個幼小不諳人事的四清。一口留在她書裡的濃痰。母親不知是和姓李的男人還是和姓朱的老頭好，偏偏不和叔叔好。家裡永遠不清掃，大門永

---

[30] 林丹婭：《當代中國女性文學史論》，廈門：廈門大學出版社，2003 年 3 月，頁325。

　　遠不關上，永遠沒有人問她一句冷熱。冬兒早就恨透了這座黑
　　色的老房子，可憐而又蔑視這群兄弟姐妹。[31]

冬兒最後遠走他鄉，隱姓埋名，決心要靠自己的努力擺脫母親文化對
她的影響，不願成為和母親相同的文化序列的女性，她要走出自己
的路。

　　余秋雨在〈蒼老的河灣〉的散文中提到飢餓的主題，說他寧願在
學院接受造反派的批判，也不願回家，為什麼呢？因為「極度飢餓的
親人們是不願聚在一起的，只怕面對一點食物你推我讓無法入口。」[32]
由這話得知，當親情和糧食形成拉鋸戰時，人性接受著考驗的同時，
是極其殘忍的，母親也不一定是可以禁受得起考驗的。

　　虹影《飢餓的女兒》的時代背景在 50 年代，當時的女人，都聽毛
澤東的話，努力生產，可以戴著大紅花當光榮媽媽。可是小說主角的
母親在生第三胎時大出血，孩子死在肚子裡，護士罵她真是殘忍，還
差三天就要生了，還跑到江邊洗衣服，是她害死她兒子的，母親臉上
出現淺淺的笑容說是：「死一個，少一個，好一個。」護士不解地走開，
她從沒見過這樣無情義的母親。主角認為母親的無可奈何的自嘲，應
該是早就看清自己和孩子的命運──「不出生，至少可避免出生後在
這個世界上所有的痛苦和磨難。大生育導致人口大膨脹，不僅我是多
餘的，哥哥姐姐也是多餘的，全國大部分人全是多餘的，太多餘的人，
很難把多餘的人當作人看待。」[33]

---

[31]　池莉：《細腰》，頁 88-89。
[32]　王劍冰：《中國散文年度排行榜（2002）》，武漢：長江文藝出版社，2002 年 10
　　月，頁 178。
[33]　虹影：《飢餓的女兒》，台北：爾雅出版社，1997 年 5 月，頁 210。

小說裡的母親在 1943 年從鄉下逃婚出來，她不願嫁給從未見過面但答應給二石米的小丈夫，她的骨子裡有叛逆的性格。到重慶後，她到工廠上班，和一個叫袍哥頭的流氓惡霸結婚，婚後生了一個女兒，但袍哥頭開始暴力相向又外遇。母親帶著女兒逃回家鄉，但是按照家鄉祠堂規矩，已婚私自離家的女人要沉潭，母親只好又回到重慶，她幫人家洗衣服養活孩子，後來有個男人不畏袍哥頭的惡勢力，以真心打動了她，兩人結了婚，也陸續生了五個孩子。

袍哥頭從來沒有戒過嫖妓，他染病給母親，而母親也傳染給他的第二任丈夫，從此他的眼睛就壞了。由於他的眼睛出現問題，出了工傷，住進醫院。在這個六張嘴要吃飯的大飢荒時期，比母親小十歲的小孫的出現是他們的救命奇蹟。他倆日久生情，也意外懷了小孩，母親想辦法要打掉小孩，小孫卻不願意，他要承擔一切後果。小孫請求出院的男人原諒，而這個男人也不忍殘害一個無辜的小生命，甚至有意成全，但母親離不開五個孩子；最後法院仲裁小孫每月要負擔孩子的生活費，到小孩成年前不准見孩子。而這個被生下來的孩子，就是小說裡的主角——六六。

完全不知情的六六在缺乏母愛的環境下痛苦地成長，母親最常說的是：「讓你活著就不錯了。」她不知道為何那麼不得母親的緣。

母親住在廠裡女工集體宿舍，週末才回家。回家通常吃完飯倒頭就睡。哪怕六六討好她，給她端去洗臉水，她也沒好聲好氣。六六對母親是厭惡的；但也渴望她的真心。

母親也不是沒有為六六考慮過，母親以為把六六送走是最好的辦法。有一次，要送的人家，他們家有兩個兒子，沒女兒，經濟情況比較好，至少有她一口飯吃，還沒人知道她是私生的，不會受欺負，起碼不會讓哥哥姐姐們為餓肚子的事老是記她的仇。大女兒也不會再因

為母親傷風敗德生下六六這個私生女，而把母親看得那樣低賤。後來，因為對方家裡出事，所以沒送成，最後，六六才無可奈何地被留在了這個家裡。

　　小說裡描述六六向母親要錢繳學費——

> 母親半晌沒作聲，突然發作似地斥道：「有你口飯吃就得了，你
> 還想讀書？我們窮，捱到現在全家都活著就是祖宗在保佑，沒
> 這個錢。你以為三塊錢學費是好掙的？」每學期都要這麼來一
> 趟，我知道只有我哭起來後，母親才會拿出學費。她不是不肯
> 拿，而是要折磨我一番，要我記住這恩典。[34]

這個生活在困境中的傳統女人，像是把女兒當成報復的對象，而究竟是怎麼樣的文化心理和社會環境，使得一個母親沒有辦法拿出正常母親對子女的慈愛去關愛從己而出的生命，但就六六看來，出生就已經不被祝福了，母親就算有再多無奈，無法在眾多孩子面前對她表現出疼惜，至少私底下也該有所行動，但是我們在文本中卻見不到。在小說中，我們見到母親是愛著六六的生父的，正常的狀況，愛這個男人，也會愛著和他一起擁有的孩子，但是，這個母親所表現出來的也不是啊！

　　小說裡的父親角色，像是故意用來對比母親的——「父親不吃早飯，並不是不餓，而是在飢餓時期養成的習慣，省著一口飯，讓我們這些孩子吃。到糧食算夠吃時，他不吃早飯的習慣，卻無法改了，吃了胃不舒服。」[35]父親還常常在母親背後，偷偷塞錢給六六。

34　虹影：《飢餓的女兒》，頁157。
35　虹影：《飢餓的女兒》，頁69。

　　1989 年，成為小說家的六六回到家鄉，這距離她上次和生父見面，自己的身世真相大白，已經九年了，母親問她：「你回來做啥子，你還記得這個家呀？」話很不中聽，但她看著六六的神情是又驚又喜的。母親也不問六六的情況，六六認為母親依然不把她當一回事。母親對六六抱怨家中的經濟狀況。六六對母親說：「明天我給你錢就是了。」母親停了嘴，那是她提醒六六應當要養家的一種方式。

　　晚上，母親從布包底抽出疊得整齊的藍花布衫，那是六六的生父九年前為她扯的一段布，母親已經把它做成一件套棉襖的對襟衫。母親還轉交生父苦攢的五百塊，臨死前說是要給六六做陪嫁，務必一定要交到她手上。母親對她說：「六六，媽從來都知道你不想留在這個家裡，你不屬於我們。你現在想走就走，我不想攔你，媽一直欠你很多東西。哪天你不再怪媽，媽的心就放下了。」[36]

　　這一段母親對六六的真情告白，有值得分析的內涵。母親說：「從來都知道你不想留在這個家裡，你不屬於我們。」其實難道不是母親從來都不想把她留在家裡，也不把她當成一分子。特別的是，我們終於在小說最後見到了「正常」的母親，她承認她對六六的虧欠，也表示對六六所懸掛的一顆心。

　　在虹影的這部小說裡還有個配角——王媽媽，在 1956 年康巴藏族叛亂時，王媽媽的二兒子參加解放軍，當時這樣的新兵去剿匪，根本就是去送死。後來，果然王媽媽在一夜之間成了光榮的烈屬，每逢建軍節和春節，街道委員會都敲鑼打鼓到院子裡來，把蓋有好幾個大紅圓章的慰問信貼在王媽媽的門上。有一年還補發了一個小木塊，用紅字雕著「烈屬光榮」。感到光彩的王媽媽，臉上堆滿喜氣，有時為了雞

---

[36] 虹影：《飢餓的女兒》，頁 351。

毛蒜皮的小事與人發生口角，不出三句話，她總會說：「我是烈屬。」兒媳怨怪王媽媽說是兒子走了，也從不見她傷心落淚。王媽媽振振有詞地說：「我為啥子要傷心，他為革命沒了，我高興還來不及呢。」在傳統重男輕女的價值下，這又是讓人很難理解的母親，是妥協屈服於環境的無奈，還真是出自內心的犧牲小我，完成大我的大愛？

在林白《一個人的戰爭》中，我們看到童年的多米因為爸爸病死，媽媽和鄰人全都下鄉，在母親下鄉的日子裡，多米一個人在家，在那樣孤寂的夜裡，雖然不是孤兒，仍然覺得害怕極了，只有在床上才感到安全。上床，落下蚊帳，並不是為了睡覺，只是為了在一個安全的地方待著。若要等到天黑了才上床，則會膽顫心驚。晚上她從不喝水，那樣就可以不用上廁所。

沒有母親在家的夜晚，已經形成了習慣，從此多米和母親便有了永遠的隔膜，後來，只要母親在家，她就感到不自在，如果跟母親上街，一定會想方設法走在母親身後，遠遠地跟著，如果跟母親去看電影，她就歪到另一旁的扶手邊，只要母親在房間裡，她就要找藉口離開。活著的孩子在漫長的夜晚獨自一個人睡覺，肉體懸浮在黑暗中，沒有親人撫摸的皮膚是孤獨、空虛而飢餓的。處於漫長黑暗而孤獨中的多米，那時還意識不到皮膚的飢餓感，一直到當她長大後懷抱自己的嬰兒，撫摸嬰兒的臉和身體，才意識到，活著的孩子是多麼需要親人的愛撫，如果沒有，必然飢餓。

但其實親情是互動出來的結果，多米始終和母親保持著距離，她從不主動跟母親說話，除了要錢，母親跟她說話她也不太搭理。母親在管教她是嚴厲的，但是對於她的照養，卻也可見用心。她小時候經常發高燒，母親總是徹夜不眠，用心照料。父親在她三歲的時候就已去世，母親拖了六年到三十歲才再婚，在她二十四歲到三十歲的美麗歲月裡，曾

經有一個姓楊的叔叔經常到她家裡，後來他不見了，原來楊叔叔的家庭成分是地主，母親怕影響她的前途。母親再婚時，跟她說：你繼父成分好，以後不會影響你的前途。她十八歲，在農村插隊，雙腳每天浸泡在太陽蒸曬得發燙的水田裡，腳面很快就長滿了水泡，緊接著水泡就變成了膿泡，腳也腫了，人也開始發燒，只好回家治腳。母親領她打針吃藥，早晚兩次用一種黃藥水替她洗腳，還把她的爛腳捧起來舉到鼻子跟前仔細察看。她上大學時，母親送她去搭火車，她豪情滿懷，絲毫想不到要跟母親說一句告別的話，她連看都沒有看在月台上眼巴巴望著她的母親。

這些都是多米長大懂事後，對母愛的回憶，由此可見，小時多米所感受到貧乏而空洞，疏淡而冷漠的母女之情，其實都在於母女倆的性格使然。

母親對子女孤注一擲的獨占愛，也是令子女痛苦不堪的。這時母親和孩子的關係會像冤家和對手，各懷鬼胎，一個心懷雙重的妒忌的想完全占有；一個渴望擺脫，又無法擺脫血緣的強大力量，於是，他們在日常生活中所循環往復的就是監控／反監控、占有／反占有，一系列紛亂無序的緊張情緒。

陳染〈無處告別〉裡的黛二在父親去世那幾年，和母親的相處是相當進退維谷的。母親一感到被女兒冷落或不被注意，便會拋出女兒要好的朋友作為假想敵，醋勁大發地論戰一番。黛二小姐覺得母親太缺少對人的理解、同情，太不寬容，如此小心眼神經質，毫無往日那種溫良優雅的知識女性的教養，近似一種病態。她忽然一字一頓鄭重警告母親：「我不允許您這樣說我的朋友！無論她做了什麼，她現在還是我的朋友。您記住了，我只說這一次！」[37]她為母親難過，為她的孤獨難過。

---

[37] 陳染：《與往事乾杯》，頁96。

還有〈另一只耳朵的敲擊聲〉裡的寡母也對女兒有著強烈的占有，她自認為：「這個世界，黛二是我唯一的果實，是我疲憊生活的唯一支撐。我很愛她，她很美，也很柔弱。在時光對我殘酷的腐蝕、磨損中，我的女兒在長大。然而，長大是一種障礙，長大意味著遠離和拋棄，意味著與外界發生誘惑，甚至意味著背叛。但是她一天天長大獨立這個慘痛的事實，我無法阻擋。」[38]母親把她青春流逝的代價要女兒來陪同償還，其中含括著嫉妒與羨慕的複雜情愫，所以母親說：「時光像個粗暴的強盜，把我當做不堪一擊的老嫗，想輕易地就從我的懷中奪走我生命的靈魂──我的女兒。我無法想像有一天我的黛二棄我遠離。」[39]因此，我們比較容易理解陳染筆下怪癖的母親的矛盾和絕望。這樣的壓力可以想像，無時無刻不被追蹤和窺視的黛二處境的艱難，她和母親既無法溝通，又不能對話，但卻又是親情相恤，彼此的頑強需要，她明白自己對母親責無旁貸的責任。

長期孤兒寡母的生活，會使得這種出於人類本能的集體無意識的戀子心態與日俱增，這種「寡母情結」表現在母親對兒子的身上，更是激烈，這些陰鷙的母親所表現出來的人性的變態與扭曲，和慈母的形象簡直是兩個極端。

在方方〈落日〉裡出現的還不是上述最糟的孤兒寡母的狀況，男主角丁如虎還有個弟弟，但這個母親的怨恨與妒嫉之情，卻已經讓兒子在感情路上進退兩難。

丁如虎是個喪妻多年的中年男子，很需要一個女人來慰藉、溫暖他，但是他的寡母在這件事上，總是採取敵對方式，這使得丁如虎就這樣痛苦地過了十年。母親認定丁如虎無論娶來什麼樣的女人，都無

---

[38] 陳染：《沉默的左乳》，南京：江蘇文藝出版社，1997 年 2 月，頁 203。
[39] 陳染：《沉默的左乳》，頁 204。

疑會傷害她和他的三個孩子，所以她曾浩氣萬丈地警告丁如虎說：「如果你敢弄個女人來結婚，我就撞死在你的新房裡。」[40]

有人替丁如虎介紹了個女人，兩人也展開交往，但丁如虎還沒和母親提起，母親就已察覺，並堅決反對。母親激化的、缺乏安全感的戀子情結，透過她潛意識若隱若顯對兒子具體的身心折磨強烈地表現了出來，而母子之間矛盾又難以調和的痛苦拉扯，已為悲劇的基調下了更好的註腳。

小說裡還有另一個阻擋女兒追求幸福的自私母親。王加英為了家庭犧牲奉獻，但是王加英的母親對於女兒的婚姻大事，從來不發一語，「彷彿不知道她應該結婚，應該有個美滿的家。相反，母親生怕她嫁了人而拋下她獨自過日子。母親總是說媳婦是靠不住的。」[41]母親希望王加英獨身，「為了她自己能活得舒服而獨身。」[42]

屬於母親的秩序世界在被摧毀，其形象也在傾圮，她們不再許諾人類的理想期待，也不願成為美好生命的溫床，透過 90 年代顛覆母親神話主題的小說，我們可能要重新建塑「母親」的整體樣貌。

原本中國家庭系統所建構的秩序與穩定特質，在多元社會文化的影響下，受到非常大的挑戰。隨著社會的變遷，現代化思維早已深植人心，而母職角色也同樣在一連串的變化中，進行著微妙的轉變，那是一種迷惑與脆弱的轉變。女兒們對於母親們要對她們進行的「生命複製」，她們除了厭惡、恐懼外，甚至有一種難以言表的複雜情緒。

在陳染的小說中，有不少篇章表現出母女間無以倫比的愛，「戀母情結」算是占著相當重要的分量，比如在〈與往事乾杯〉和〈空心人

---

[40] 方方：《風景》，南京：江蘇文藝出版社，1995 年 12 月，頁 116。
[41] 方方：《風景》，頁 100。
[42] 方方：《風景》，頁 100。

誕生〉中，兩位主角都是強烈排斥著強勢而冷峻暴烈的父親，而眷戀著弱勢溫柔的母親，甚至在《私人生活》中陳染更進一步創造出鄰居「禾寡婦」的角色，作為主角心目中「理想母親」的完美投射，表現了女兒對於母親深刻而絕對的渴戀。「我」認為禾寡婦「實在是我乏味的內心生活的一種光亮，她使我在這個世界上找到了一個溫暖可親的朋友，一個可以取代我母親的特殊的女人。只要她在我身邊，即使她不說話，所有的安全、柔軟與溫馨的感覺，都會向我圍繞過來，那感覺是一種無形的光線，覆蓋或者輻射在我的皮膚上。」[43]「我」把對理想母親的形象投射在禾寡婦的身上了；〈與往事乾杯〉裡的蕭濛回憶睡在母親的懷抱裡，像睡在天堂一樣安全而美好，她的怯懦、憂鬱和自卑在母親的懷抱裡，在一個個溫馨的夜晚化為烏有。她覺得她的母親是天底下最溫情、最漂亮、最有知識的女人，但卻也是最不幸的女人。而她面對失婚的母親墜入愛河時，她的反應相當複雜，她為母親傷感，也慶幸歲月的滄桑沒有奪走她的風韻，然而這種感傷又有點角色替換，或者與母親融為一體的感覺，不管是性別傳遞、眼淚遺傳或悲戚感染。

　　但是，除了「戀母」的表現外，我們也見到母女之間緊張的白熱化情節。在〈無處告別〉中的黛二小姐與母親，這兩個單身女人的生活最為艱難的問題在於：「她們都擁有異常敏感的神經和情感，稍不小心就會碰傷對方，撞得一蹋糊塗。她們的日子幾乎是在愛與恨的交叉中度過。」[44]

　　每當黛二小姐和母親鬧翻了互相怨恨的時候，她總覺得母親會隔著門窗從窗簾的縫隙處察看她，此時，她便感到──

---

[43]　陳染：《私人生活》，南京：江蘇文藝出版社，頁 96-97。
[44]　陳染：《與往事乾杯》，頁 94。

> 一雙女人的由愛轉變成恨的眼睛在她的房間裡掃來掃去。黛二
> 不敢去看房門，她怕和那雙疑慮的、全心全意愛她的目光相遇。
> 黛二平時面對母親的眼睛一點不覺恐懼，但黛二莫名其妙地害
> 怕用自己的目光與門縫裡隱約透射進來的目光相遇。[45]

黛二小姐覺得擁有一個有知識有頭腦又特別愛你的母親，最大的問題
就是她有一套思想方法，要向你證明她是正確的，她總要告訴你該如
何處事做人。黛二小姐無法像對待一個家庭婦女母親那樣糊弄她、敷
衍她；但她又絕對無法聽從於她。

　　白天的時候，黛二小姐多了一個恐懼。她無法把握母親的又愛又
恨的情緒，她知道孤獨是全人類所面臨的永恆困境，她很怕有一天母
親會發生什麼意外。她很害怕突然有一天面對一種場面──「她唯一
的親人自殺了，頭髮和鮮血一起向下垂，慘白、猩紅、殘酷、傷害、
噁心、悲傷一起向她撞擊……」[46]黛二小姐常被這種想像搞得頭疼欲
裂，心神恍惚，她為自己的想像流下眼淚。她寧肯自己去死，也不想
活著失去母親。其實她是愛母親的。

　　陳染〈凡牆都是門〉「我」和母親的關係是不可分割的──母親既
是「我」的朋友，又是「我」的孩子──母親是一個對「我」來說，
一身兼三職的人，不能不讓她牽腸掛肚。

　　陳染筆下的母女關係是互相牽制，又彼此依賴的矛盾關係，林丹
婭曾評論陳染〈無處告別〉關於黛二小姐和其母親的關係說：「女兒曾
以慈愛的母親對抗專制的父權，實際上也是以自戀的自我對抗另一
性；但當她們發現她們實際上已不是自己時（她們被變成今天的女

45　陳染：《與往事乾杯》，頁 97。
46　陳染：《與往事乾杯》，頁 102。

人），而她們若要擺脫自己的命定屬性時，可憐的母親角色在她們的眼裡就變成了她可以看到的有關自身的將來。她們不能再忍受重蹈母親之轍，她要超越自己（那個文明中的女人），首先得超越母親，因為又一個『女人』母親就在女兒體內孕育，而母親也在孕育著又一個『女人』女兒。她們需『連續不斷地變化！衝破防衛的愛、母親的身分和貪婪：超越自私的自戀……』也就是說她和母親那種既愛又恨的關係，實際上正是她在自戀與割斷自戀之間的狀況。」[47]的確，誠如林丹婭所分析的這種尖銳的母女關係在女性文本中絕不是第一次，當然也可以肯定，不會是最後一次。小說裡的女兒們從可憐母親，和母親站在一起，到怨怪母親的懦弱，而跳脫同情的立場，不再為母親「服務」，努力成為自己。

再看池莉《你是一條河》裡的冬兒向學校遞交上山下鄉接受貧下中農再教育的申請書，她感謝這場偉大的運動給她提供了遠走高飛的機會。從八歲那年目睹父親的死亡到十七歲，漫長的九年她在母親的謾罵和諷刺之下成長，兄弟姊妹死的死、傻的傻、瘋的瘋，這個家永遠沒有人問冬兒一句冷熱，她早就恨透了這座黑色的老房子，但是她對母親是又恨又愛的，那是她既想離去又捨不得離去的複雜情緒所在。

冬兒明知母親一貫嫌惡她，可是她還是想最後證明一下母親對她的心，如果她公開她已經作出的決定，母親和自私自利的姐姐艷春就不會如此焦急，但是「她不，她要把刀交給母親，她渴望由母親而不是她割斷她們的母女情分。」[48]

手心手背都是肉，母親遲遲難以作出決定。冬兒本來就恨她母親，她像是母親前世的冤家，讓她下放了，娘兒倆就成死對頭了。最後，

---

[47] 林丹婭：《當代中國女性文學史論》，頁 292-293。
[48] 池莉：《細腰》，頁 89。

母親把冬兒和姐姐叫到房間，關上門，閒聊似地對她們說：「這豔春還是個姐姐，冬兒馬上就要下鄉了，也不替她張羅張羅行李。」這話把維繫著冬兒的千絲萬縷一時都扯斷了。

冬兒離家後找到她自己的天空，由知青變成大學生，走出和她母親不同的路，成為一個文化人。然而，冬兒在做了母親後，開始學習體諒自己的母親，她一直等待自己戰勝自己的自尊心，最後，帶兒子回去看望媽媽。小說結尾，五十五歲的辣辣，就在冬兒飽含淚水的回憶中閉上了雙眼。

每個人一出生就需要親情的撫慰，這是天經地義的，因為，血緣的關係是無法切割的，母親與子女的關係絕不可能一開始就水火不容，不管是在過度母愛籠罩下的陰影或複雜的想逃離的情懷，或是欲迎還拒地渴望母親，都是如此。總之，沒有子女天生就會往「憎母」的路上走，總是因為太多的外在環境或人的內在性格的種種因素，而產生複雜的母親與子女的關係。

當然，在 90 年代的女性小說中的母親形象也有子女依舊在母愛無怨無悔的光輝照耀下呼吸的；而在這一類的母親形象底下反而映襯出的是子女的嫌惡、厭倦與逃避。

在鐵凝〈午後懸崖〉裡我們見到那一位極力掩護五歲女兒無心殺人致死的母親——溜滑梯上的她把右手伸向陳非，當陳非跌落在一堆廢鐵上，當她和母親的目光對撞的一瞬間，當母親瞪大雙眼將食指緊緊壓在唇上——新聞報導說北京路幼兒園中班的陳非小朋友不慎在打滑梯時，從梯上跌下因頭部撞在地面一塊三角鐵上當場致死——

> 在那些日子裡，去我們家串門的人很多，因為我母親是這個事件的唯一目擊者——串門的人從未把那天在場的孩子放在眼

> 裡，包括我。我深知我母親在那些日子裡的艱難，她必須一遍
> 又一遍地回答各種來訪者的各種詢問，甚至別人不問她也加倍
> 主動地訴說並且說起來滔滔不絕。彷彿只有主動地光明磊落地
> 大講陳非的死亡過程才可能轉移所有人的注意力，才可能保全
> 我永遠的不受懷疑。[49]

她一個五歲的罪犯，靠著母親真真假假神經質的表演，才能得以平安
度日。好讓大家都把這個事件視為一場意外死亡。每當來人散盡，家
中只剩下她和母親時，她們相對無言，母親居然還會對她流露出一點
兒尷尬和愧色，彷彿因為她的表演並不盡人意，然後，她再一次向她
重複那個下午的動作：豎起食指緊緊壓在唇上。她立刻為這個動作感
到一種沉重的寒冷，因為這是一種充滿威脅的愛，一種獸樣的凶狠的
心疼。她將在這種凶狠的被疼愛當中過活，她本應為此對我母親感恩
戴德，與母親更加親密無間，無話不談，但是，她沒有，她對母親出
乎尋常地冷漠，甚至拒絕她的擁抱，對她給予的巨大庇護越來越毫不
領情。

　　「文化大革命」中她和母親被弄到鄉下去了，原因還是陳非的死。
北京路幼兒園一些想打倒母親的老師，說出了她們的懷疑。她們本來
就不滿意母親為什麼犯了那麼嚴重的失誤，還能被提拔為副園長？母
親死不改口，堅持了從前她「看見」陳非死亡的所有說法。作者描繪
了一個護女心切的堅定的母親形象。

　　陳燕慈〈逃回原地〉裡的瑩泥則是在長大後，才回想起對母親的
不孝──「衰老的母親無力再與兒媳爭奪兒子的一點點愛，只好低下

---

[49] 李復威主編、陳染編選：《女性體驗小說》，北京：北京師範大學出版社，1999
年9月，頁66。

頭來乞求女兒救救自己。母親說請幫她再活兩年，可是我拒絕了母親，聽憑死神帶走了她。臨終時母親沒有一句怨言，還讓我去上班。其實那天我可以不上班，我只想離開母親，離開那間屋子。」[50]

回想起母親生前生病的那個階段，五個兄弟姊妹輪流請假看守，但她其實幫母親倒便盆和刷洗時是相當不情願且敷衍了事的，她希望大家湊錢請看護，可是母親不願讓兒女花這個錢，而且大家意見也不一，後來母親停止了一切治療「兄弟姊妹幾個人輪流守在旁邊，叫著媽，媽……至少我是盼著她早點咽氣。可是我們都流著眼淚，對她說著安慰的話。母親昏迷著，縱使她有千言萬語也一句說不出了。而我們壓根就沒想讓她再醒過來。……若是母親活過來，哪個兒女願意收留她呢？似乎各家都有各家的難處。」[51]母親到最後，還把僅有的錢都給了兒女；遲子建在〈重溫草莓〉裡也描述了深情貞烈的母親。

在張欣〈歲月無敵〉裡歷經滄桑的母親方佩在留給女兒的絕筆信中深切地勸諫：雖然金錢是重要的，但它並不值得我們拿出整個生命和全部情感去下注，女人最大的敵人是時間和歲月，當風華過去，定會知道踏實、恬靜的心態是一筆怎樣的財富。方佩以她過來人的經驗對女兒進行人格教化。還有另外一種溺愛孩子的母親，在衛慧的《上海寶貝》裡，我們見到倪可的母親是柔弱的，過度的愛與關懷，反而讓在「一胎化」政策下成長的倪可倍感壓力，於是離家成了倪可脫離母愛的藉口與必須的出路。

「母愛」原本是人世間最純粹無私、包容寬厚、恆久而神聖的情感，但是本節所討論的作家筆下的母親們為了生存、自我追求或實現，卻在有意無意中，有形無形下，一點一滴地散失了作為或成為母

---

[50] 李復威主編、陳染編選：《女性體驗小說》，頁 294。
[51] 李復威主編、陳染編選：《女性體驗小說》，頁 302-303。

親的內涵，這些小說中的母親形象破壞了長久以來我們所墨守也成規的價值與判斷理念，原來母親與子女之間的關係，並非真是那樣地崇高，在現實生活中，確實存在著母女之間互不相容，母子之間互不相愛的仇恨，親情的倫理道德也是會被無情解構的。當母親們不再如傳統無私，奉獻犧牲，事實上，她們也會自私地考量屬於她們自己的實質利益的需求時，於是，由此，我們要學習也要把「母親」放到人性去考量。

　　盛英曾在評論徐小斌的《羽蛇》時說：「徐小斌對母性、人性異化及其價值分離特徵的剖示，其實是她對傳統啟蒙精神的一種抵抗；她期待人們從自我矇蔽和愚昧中解放出來，看到人性惡的真實面貌和破壞性；看到人性滑落的過速性和悲劇性。」[52]筆者認為這段話相當有道理，母親也是「人」，凡是「人」都不可能十全十美，而我們過去卻是嚴苛地去塑造超完美的母親形象，某些層面來說，其實是有違人性的。所以，我們可以藉由這一類的作品去見到赤裸裸的母親的真實面，也因為那樣的無奈的生存狀態，讓我們可以更貼近對「母親」的諒解。

　　馬克思所謂的「異化」（alienation）是指人類被其所創造的商品、典章制度、階級意識形態、勞動、宗教，乃至宗教所剝削以致於產生違背人性的本質。馬克思認為「異化」是人類發展的必定的過程，但是，他相信異化並不一定都是不好的，異化給人帶來衝突，然衝突則引發反省，而反省與行動引導人類克服異化，以臻解放與自由，所以，馬克思將從正面角度所看待的異化命名為「自我增益的異化」（self-enriching alienation）。[53]如果我們也從這樣正面的觀察點切入，

---

[52]　盛英：《中國女性文學新探》，頁 315。
[53]　洪鎌德：《人的解放——21 世紀馬克思學說新探》，台北：揚智出版社，2000 年 6 月，頁 92-104。

不也可以算是見到了「母親」的全面，而不是傳統偏執的集苦難與美德於一身的完美的母親形象，也正因為母親形象的「異化」，我們可能再也見不到小說中兒女們為了報答或迎合母親的美德，只好違背自己本性的「封建」色彩。這應該可以算是精神學上的一大進步。

在這些小說中有一個共同點是「父親」的缺席，有的父親離開人世了，也有生病的父親、性格陰鬱或暴力的父親，在這種父親角色淡化、隱沒的環境背景下，原以為刻板印象中的母親會更成為母親，像馮沅君〈慈母〉、凌叔華〈楊媽〉和丁玲〈母親〉筆下的慈祥容顏，但是，90 年代的小說中的母親卻不是活得像傳統一樣的犧牲奉獻，反是更為自我，因此，那些已經「失去」父親的孩子，又在精神上接收母親不以為然，或者是以為然的迫害，母親的社會功能也消隱不見了。

經由以上小說的研析，我們發現，當有些母親遇上權力結構時，她們的人性陰暗底層的一面就會被掀起，當貪婪、妒忌、怨恨、操控、虐待和主宰的權力被整合在一起時，母愛會漸而消失無蹤。於是，我們見到有偵探式的母親，對子女人權的侵犯；也有變態的母親，阻礙子女追求幸福；也有扭曲子女人格的母親，或者遏制他們的自由精神，或者要子女陪同向下沉淪。這些小說都切入了母親身為人，身為女人的內裡，真實考察並呈示了女性文化心理結構的多元全面。這一點，也正好印證了 90 年代女性文學多元性的特徵。

女性作家們通過對母女關係的重新書寫，對母系血脈淵源的追溯梳理，描寫現實生存中母女血脈相通的深刻親情，撼動以男性為中心的歷史神話，尋找屬於她們自己的女性歷史。

二、父親場景

當代的大陸女性小說，不同於男性作家筆下所討論的父子關係，在於瓦解構成父子血親的關係，兒子們所要建立的是為自己立法的時代；而女作家們有的以強烈的反叛書寫精神，解構「父親」，在這些作家筆下的父親，已經背離傳統寫作意義上的父親；但還有的還是以溫厚感恩的心情，書寫慈愛的父親形象，強化的是自己女兒身分的思考。

在陳染的小說裡有一種固定的尋找父親的「戀父」模式：女主角在從小父母離異或分居的破碎家庭下成長，父親的影像不是以冷酷暴戾、自私專橫，就是模糊的面目出現。但她們總渴望有一個父親的角色時常保護安慰她們，使得她們總是在年長的男人身上尋找父親，也造就了一樁樁因為童年陰影而造就的畸戀。

陳染〈與往事乾杯〉中的少女蕭濛的父親是一個勤於讀書和著書，性情耿直的知識分子。然而書卻被抄了，頭也被剃了，他是文革下被批鬥的對象。蕭濛對暴烈的父親的評述是：一生不知對多少人拍過桌子，也不知因拍桌子而激怒了多少大人物，倒了多少霉。父母分居後，她在路上巧遇父親，卻嚇得狂奔而去，她整個童年時代都懼怕著父親，她覺得自己長期生活在代表著男人的父親的恐怖陰影裡，這也使得她害怕代表著父權的一切男人。

父母離異後，孤獨的蕭濛，在青春期時和一個大她二十多歲的已婚鄰居發生了性關係，這個讓她產生戀父情結的鄰居有一個兒子——老巴，卻在女主角出社會後與她相戀，就在兩人準備結婚時，她才發現她的小男朋友是她初戀情人的兒子，這一場或是延續，或是替代的忘年之愛，讓蕭濛感到羞愧，最後她決定離開老巴。「父親情結困擾著陳染小說中的所有女性，阻擾了她們對異性正常健康的愛情。陳染小

說中的異性戀情都瀰漫著傷害和宿命的悲劇味道，演示一個個靈魂痛苦的掙扎與無奈的墮落。她們對強大的父親權威感到無能為力，更對自己無法抑制內心嚮往權威的本能衝動感到焦慮。」[54]這樣一場因為戀父情結而衍生的畸戀，對女兒的成長產生重大影響。

負面的父親形象，還有〈巫女與她的夢中之門〉裡的父親是「一個有著尼采似的羸弱身體與躁動不安的男人，在我母親離開他的那一個濃郁的九月裡的一天，他的一個無與倫比的耳光打在我十六歲的嫩豆芽一般的臉頰上。」[55]這樣暴力的父親也在〈空心人誕生〉出現過，父親對家庭毫不負責，對兒女絕無半點憐憫之心，所以，我們見到同情母親、憎恨父親的少男，曾在森林裡獨自對著蟻群，下意識地用石塊把地上幾隻雄氣十足的蟻王砸死，這很明顯地是一種「弒父」的象徵。而在《私人生活》中的倪拗拗面對忙於自己事業，不過問妻女的殘暴父親，也曾經用剪刀親手剪破狂傲的父親的新毛料的褲子，以表達強烈的恨意，這條乳白色的褲子是父親的替代物。陳染筆下那些弱勢的母親把暴戾的父親形象對比得更為鮮明。

雖然這些女兒恨父，可矛盾的是，她們其實是期待父親關愛的。當〈與往事乾杯〉裡蕭濛的母親的男友來訪，並對喚蕭濛「孩子」時，她感動得幾乎是哭了，因為父親從來沒有這樣叫過她。她其實是想念父親的。父愛的缺失，使得文本中的女性都不約而同地呈現某種對父親形象的依戀。陳染曾固執地宣稱：「我熱愛父親般的擁有足夠的思想和能力『覆蓋』我的男人，這幾乎是到目前為止我生命中一個最致命的缺殘。我就是想要一個我愛戀的父親！他擁有與我共通的關於人類

---

[54] 張浩：《書寫與重塑——20世紀中國女性文學的精神分析闡釋》，北京：北京語言大學出版社，2006年12月，頁191。

[55] 陳染：《陳染小說精粹》，成都：四川人民出版社，1998年9月，頁103。

普遍事物的思考，我只是他主體上的不同性別的延伸，在他的性別停止的地方，我繼續思考。」[56]

　　陳染多是描述權威的父親，而造就邊緣化的叛逆性女兒形象，以抗拒父權的中心文化，但同時又迷戀不是代表父親形象的年長者、重現父親位置的有婦之夫，不然就是男性的權威者，比如醫生。

　　衛慧和棉棉等人對父親存在意義的顛覆和消解，表現得更為突出。衛慧《像衛慧那樣瘋狂》中的「我」的親生父親莫名其妙在一次冤案中消失，接著出現在她生命中的是，偷看她洗澡的繼父；而棉棉《糖》中的父親缺乏和女兒溝通的能力，是個令人厭惡的知識分子，他之於女兒只是個提供婚姻經費的經濟資助者。

　　再看衛慧《上海寶貝》裡的父親是位大學教授，她努力要與女兒互動，卻不得其門而入，在這些新新人類張揚與蔑視的眼中，父親的形象不再崇高無比，他們只是形象模糊的背景人物；徐小斌《羽蛇》裡從到尾都在小說中出現的孱弱父親，在母親和外祖母的權威下，顯得更是失語沉默的無用；林白《一個人的戰爭》中的多米從小隨母親長大，文本中很少提及父親，甚至沒有談到她對父親的想像或任何感受。這些文本中可有可無的父親形象，似乎有意顛覆傳統以來的父親威權，張揚女性地位的存在。

　　但是，除了上述的父親外，作家也不是一面倒地解構父權，比如林白〈子彈穿過蘋果〉裡的父親是妻子遠離、畢生以煮顏料為務的嚴肅冷峻的矮子，女兒認為：

---

[56] 陳染、蕭鋼：〈另一扇開啟的門〉，《私人生活》，西安：陝西旅遊出版社，200
　　年 5 月，頁 296。

我父親的臉給人一種冷颼颼的感覺，小時候我經常想，只要把手
貼近這臉，手心就會感到一陣慢慢散發的涼氣，就像手上濕了
水，被一陣均勻的風吹乾。……雖然我從小跟著父親相依為命，
但我對他沒有產生過什麼超出常規的激情，也就是戀父，我想我
沒有過，但老木斷定我肯定有很強的戀父傾向，要不絕不可能在
當初只憑一個煮顏料的瓦罐就如醉如狂地愛上他。[57]……

雖然女兒認為自己和父親的感情普通，但是，她卻總要在代表父親的
蓖麻油的氣味的籠罩下才會有安全感；而這個身上充滿了顏料味的父
親，婉拒了有意要下嫁他的女人，他說，他不準備再結婚了，他有一
個女兒，而且還要搞藝術，這兩樣事情就足夠了，主要是他不願意讓
女兒難過。

　　90 年代以降，女作家深入家庭禁區，以大膽前衛的筆觸，把情慾
想像加入家庭關係去探討。比如遲子建的父親獨特的生活經歷、個性
甚至死亡，對遲子建有很深的影響，也提供了遲子建創作的資源。在
〈原始風景〉裡的父親六歲時失去母愛，那時他還有兩個弟弟，他被
迫長大。他曾經考上過音樂學院，可是因為家庭經濟因素，他的願望
最終付之東流。後來，走過滄桑，他在小鎮創建了一所學校，當了二
十幾年的校長，學校的一磚一瓦對他來說都是他生命無法分割的一部
分。女兒深記著他病逝的前幾天他從昏迷中甦醒過來說的第一句話竟
是：「該是期末考試的時候了，孩子們準備得怎樣了？」文本中父親刻
苦正直、善良博大的形象呼之欲出。這樣的父親形象是遲子建記憶中
的父親，所以，我們還可以見到她總是把父親形塑為至高無上，神聖
純美，如月光之神。

---

[57] 林白：《貓的激情時代》，北京：中國文聯出版社，2001 年 9 月，頁 51-52、55。

　　遲子建筆下的父親形象是巨大的情感偶像，父愛是不滅的定律。在〈白雪的墓園〉裡安息的父親，將他不死的靈魂凝聚成母親左眼裡的「一枚鮮紅的亮點」，父親在女兒的戀愛過程中無所不在，便可看出父女情深：

> 曲兒的嘴巴向我靠近，我的心無比麻木，我沒有任何反應……這時我感覺到飢餓，我滿含淚水告訴曲兒說我想吃點東西。曲兒兀然鬆了手，頭埋得極低，默默地為我遞上飯盒，我聞到了那裡面鮮魚的氣息，我想到了一條河流上父親駕著小舟飛駛的情景。我拿起筷子，這時我在燦爛的陽光中發現曲兒在流淚。……越來越晚的天色把他的慾望慫恿得尤為強烈和鮮明，他躺在我身邊，他的 19 歲的柔軟的鬍鬚在我身上像柳絮一樣柔曼地飄拂。……我看見父親在那裡孤苦伶仃地問詢母親的下落，看見父親的褲管包含著季節的風虛弱地晃著。我大聲地叫著父親的名字，我的嗓子嘶啞不堪，這時曲兒已經汗流滿面。[58]

在這種超現實世界的父親，還有〈遙渡相思〉裡不斷以光或影的形態，和孤獨存世的兒子謀面；〈不滅的家族〉裡的父親通過遺傳，在流著他的血液的兒女們的言談舉止中，永續存活在世上；還有〈重溫草莓〉中的父親，不惜施放全身所有的光亮，毀掉自己在上天苦心經營了一年的收成，只為了能讓女兒看一眼他種植在天上的草莓園。

　　這些父親都是永不熄滅的明燈，遲子建執意讓他們活靈活現地出沒在現實生活的場景裡，父親不但沒有因為離開人世而成為兒女成長的缺席者，反而像「不滅的家族」中的精神支柱，永遠活在家人心中。

---

[58] 遲子建：《白雪的墓園》，昆明：雲南人民出版社，1995 年 5 月，頁 26、29-30。

　　池莉從 80 年代的〈太陽出世〉裡描寫趙天勝這個小爸爸的成熟轉變，還有擔負家庭責任的艱辛，到了 90 年代的《來來往往》和《小姐你早》更是明確地描述轉型期的父親角色。

　　《小姐你早》裡的王自力是個不忠實的丈夫，但卻是個在經濟上、照養上負責任的父親，當他和老婆處於白熱化的鬧離婚階段，他還是找了一個下屬——李開玲充當他們家的保姆，他請求為人母的李開玲幫忙，他不能夠讓他的兒子沒有人照料，他希望她能替他管家，他要確保兒子安穩的成長環境；就連他們夫妻倆在商議離婚事宜的會面，他一定首先會詢問兒子的近況。

　　《來來往往》裡的康偉業和妻子段莉娜的婚姻出現紅燈，兩人反目成仇後，段莉娜便口口聲聲對康偉業要錢，說是女兒康的妮開銷大，她要拼命榨乾康偉業的錢；康偉業心裡的那麼一點虛怯和內疚也漸漸消失了。但是，康偉業對康的妮卻有深深的愧疚，他回到家裡，康的妮伏在一大堆書本裡寫作業，康偉業在她身邊坐下，請求她諒解他做生意忙碌，她也懂事地說生意人都忙得一塌糊塗，時間就是金錢，她可以理解。康偉業祝賀康的妮在作文競賽中獲得大獎，許諾要獎勵她一部隨身聽，她高興地抱著康偉業親了幾口，她說她所以能夠獲獎，是媽媽的輔導有功，她要爸爸替她請媽媽出去吃一頓飯犒勞她。康偉業無法說不。說話間，段莉娜已經回家，她來到了父女倆的面前，和顏悅色，之前的兇暴一點跡象都不流露。康偉業自然也不能夠流露出什麼。在女兒面前，他們暗暗較量，誰都不願意把女兒輸給對方。康的妮高興地告訴段莉娜，說爸爸要請她們去餐館吃飯。段莉娜故作驚喜地問康偉業是真的嗎？康偉業輸了。他只好很老實地回答說：「是的。我聽康的妮的。」

　　池莉以寫實的筆法，寫出了不受婚姻環境影響的父愛光輝。男人在事業成功後，即使離棄無法一同成長的妻子；可是這樣的負心漢陳世美對自己的骨肉，依然善盡父親的責任。

　　我們在陳染的小說中，見到她透過對父親進行顛覆性描寫，在突顯父親中心地位的同時，也重構了父親的身分；林白小說中的父親通常只有象徵的意義；遲子建從對父親的重新審視作為切入點，展現父愛充滿溫情和悲憫的一面；池莉寫出了面對愛情已死，但親情永存的父親，以足夠的思想和成熟的能力去處理孩子的問題，見到男性世界開啟的必要。總之，這些作品都顯示它們獨特的審美意蘊。

第三節　情慾的書寫

　　80 年代新時期的女作家，將愛情題材引向情慾境界，對於現代性愛的追求，在精神上更為提升，在行動上更為大膽，進入 90 年代，女性小說不但延續之前的女性情慾書寫，並開始拓展情慾書寫。幾位女作家大膽地以「身體」為書寫對象，在不為人知的私密空間裡展演個體情慾，在流動的女性情慾中，張揚自己的身體，大膽表現出對身體的凝視與愛撫，不但挑戰權威，也挑戰男性。

一、開敞而赤裸的慾望

　　90 年代的大陸女性小說裡前所未有的「自慰」的描寫，是最引起注目的。

　　陳染《私人生活》裡的倪拗拗想像她的手指已經變成禾寡婦的手指，在圓潤的胸乳上摩挲，還有藉由對男朋友伊楠的身體想像，去完成自我的快感；徐小斌的慾望實現，也在某種程度上依賴對男人的想像，〈雙魚星座〉裡的卜零是把自己想像成正在被武士占有的舞姬而得到快感，還有《羽蛇》裡描寫少女找到開啟高潮的鑰匙，她樂於用不著去麻煩另一個人，完全可以是一個人的付出和享受，是純粹意義上的隱密；林白《一個人的戰爭》裡的多米全身赤裸在被子上隨意翻滾，盡情體驗著高潮的魚水之歡，她多次描寫女性面對鏡子欣賞自己裸露的身體，並且在自慰中被自己的慾望吞沒，憑藉自己的身體征服孤寂，而不必依賴男性來完成。

　　鏡子的最大功能就是讓女人產生完美的慾望，且看〈致命的飛翔〉裡的北諾有時候當她自己一個人的時候，她會把內衣全部脫掉，在落地穿衣鏡裡反覆欣賞自己的裸體。她完全被自己半遮半露的身體誘惑住了，「從鏡中看到自己的身體撩人地陳列在床上，她的雙腿雙臀光滑地裸露出來……在想像中微微地夾住了雙腿，她的身體隱隱起伏，潮湧來臨。」[59]她在房間、浴室或鏡子間，尋找個人的安身立命的解放。關於自慰描寫，也出現在虹影長篇的自傳性小說《飢餓的女兒》裡，缺乏家人關愛的六六，被自己內心的慾望折磨著，小說中寫到她在自慰時，歷史老師的形象便出現在她的腦海裡。

　　林白《一個人的戰爭》裡的多米在母親離家插隊的漫長黑暗而孤單的日子，常常幻想被強姦，「想像被追逐，絕望地逃到一處絕壁跟前，無路可去，被人抓獲，把衣服撕開，被人施以暴力，被人鞭打，巨大的黑影沉重地壓在身上，肉體的疼痛和疼痛的快感。在疼痛中墜入深

---

[59] 林白：《迴廊之椅》，昆明：雲南人民出版社，1995 年 8 月，頁 15。

淵，在深淵中飛翔與下墜。這是多米在童年期想像的一幕，就像多米在幼年時所做的夢，到了成年之後，往往有所對應一樣，被強姦的幻想在她的青春期，也變成一件真實而帶有喜劇性的事件。」[60]於是，也就不難想像她和對她強暴未遂的男孩，成為朋友了。

　　鐵凝的小說也多是直接切入女性的原慾世界，對女性的探究已經到達性心理與潛意識的層次，如《大浴女》裡的章嫵就是一個情慾豐滿的女人。章嫵被勞動的農場批准回福安市治病，期限是一個禮拜。唐醫生查不出她的眩暈症，卻在她的反駁中承認精神緊張也是一種病，她的眩暈及時到來，並失去了知覺。醒來時她躺在內科病房白色的病床上，唐醫生收留了她，使她遠離了勞改，也遠離了「暴動」的革命。

　　章嫵暫時地遠離了暴動，她「渴望著唐醫生那對目力集中的平靜的小黑眼珠，她渴望他把那冰涼的、圓圓的小聽診器伸向她的胸。」[61]

　　有一晚當唐醫生值夜班時，她又感覺到眩暈，按了鈴，於是他來到她的病房。這間四張床的病房暫時只住著章嫵一個人，後來她始終沒問過唐醫生，那究竟是他有意的安排，還是碰巧沒有其他病人要住進來。那時夜已經深了，他打開了燈，俯身問她怎麼了哪兒不舒服，她又看見了他那一對小黑眼珠。她把頭偏向一邊，閉起眼說她的心臟難受。他掏出聽診器，憑感覺她已經知道他把它掏了出來。他把它伸向她，當那冰涼的東西觸及到她的皮肉按住她的心臟時，她伸手按住了他的手──他那只拿著聽診器的手，然後她關掉了燈。在黑暗中，他們這樣僵持了很長時間，彼此好像連呼吸都沒有。他那被她按住的手一動不動，儘管他猜想，她按住他並非為了讓他一動不動。他們揣

---

[60] 林白：《一個人的戰爭》，頁 17。
[61] 鐵凝：《大浴女》，南京：江蘇文藝出版社，2001 年 4 月，頁 51。

測著較量著，耗著時間，似乎都在等待著對方的進攻或放棄。接著她的手心出汗了，她手心的汗濡濕了他的手背，她的身體也開始在暗中起伏，因為熱流就在她的小腹湧動、奔竄，就在她的腿間燃燒。她的手心出汗了，身體也開始在暗中起伏，她的聲音更小了，伴隨著抑制不住的喘息。她的聲音伴隨著抑制不住的喘息。這喘息分明有主動作假的成分，又似混雜著幾分被動的哀嘆。她聲音微小地反覆說著：你不能……你不能……你不能……他不知道她是說他不能把手拿開，還是說他不能再繼續做什麼，但他就在這時抽出了他的聽診器，他扔掉它，然後把雙手鎮靜而又果斷地放在了她的兩隻乳房上──

> 當他那瘦長精幹的身子壓迫在她豐腴的裸體之上，她的心靈突然有一種前所未有的輕鬆。是的，輕鬆，她竟絲毫沒有負罪感。她這時才確信，她將被唐醫生真正地收留。她那純粹的慾念的閘門就被這少見的輕鬆給徹底撞開了，她的雙手緊緊抱住他的腰，她的雙腿高高盤起雙腳緊緊勾住他的兩胯，她不讓他停歇不讓他停歇，她還在動作之中把枕頭墊在了臀下，她要他更深入更深入，也許那已不是深入，那是從她體內整個兒地穿過，那是把她的身體整個兒地穿透……[62]

唐醫生離開病房時對她說，也許她應該患有風濕性心臟病，他會給她出具診斷證明和一張休息一個月的病假條，那是當年福安市人民醫院的主治醫生所能開出的最長期限。

　　她「不願意深想她就是為了這個在等待，為了這張可以讓她留在福安留在家中的病假條在等待，這使她顯得卑下，交換的意味也太明

---

[62] 鐵凝：《大浴女》，頁 52。

確。她寧願想成那是她的性慾在等待。和他在一起她體味到一種從未有過的感覺，似乎是由緊張、鬼祟而生的超常的快意，又似乎是墜入深淵時，那徹底墮落的聽天由命。」[63]當他把病假條交到她手中的時候，她再次關掉了燈。這次她有一種主動愛撫他的意願，也許那是女性最原始的身體感激的本能。

　　他們雙方似都有些意猶未盡的意思，幾乎每個星期天，唐醫生都要來章嫵家吃飯。章嫵一個月的病假期滿後，他又給她開了一張假條。他衷心盼望假若他能這樣神不知，鬼不覺地為章嫵把病假延續下去，章嫵不就能夠長久地留在家中了！而一個醫生若被查出替病人作假，那後果也將十分嚴重。他們不會按照職業道德的原則去指責他，職業道德，這原則未免太輕飄。他們會說他是在破壞那場偉大的革命，破壞革命就是反革命，很有可能唐醫生會被當做反革命抓起來。唐醫生的確在冒險，為了章嫵。唐醫生為了章嫵在冒險，因為情慾給予他冒險的勇氣，這一切全然透過作家的筆墨展露無遺。

　　必須一提的是，遲子建讚美近乎人類本真的性愛態度，她所欣賞的是鄉下民間那種原始的、兩「性」相悅的性愛純粹，無關乎縱慾、占有或傳宗接代，因此，我們見到她的筆下出現了很多不安分的出軌的女性身影，《逆行精靈》裡寂寞的鵝頸女人便是其中之一，她曾與拖拉機手、魚販子、老獵人和小木匠發生關係，每一次的豔遇只是為了讓她疲乏沉悶的生活得到調劑，她最愛的依然是她的丈夫和孩子，她不可能會拋棄他們辛苦建立起來的簡樸而溫馨的家。性愛，撫慰了鵝頸女人疲憊而孤獨的身心，在遲子建筆下，我們見不到道德的苛責，因為，她有意傳達：情慾，是人性本真情感需求的表現，是激情

---

[63] 鐵凝：《大浴女》，頁 53。

的釋放，是生命力的表現，在這裡兩性是處於一種平等合作的雙贏的關係。

這樣全開放的、無顧忌的情慾開展的描寫「坦率地暴露自我的經驗世界，它是如此絕對地埋葬自己，以致於他無所顧忌地傾訴了全部的內心生活。結果，這次返回內心的傾訴，不得不變成一次超道德的寫作。它對男權制度確立的那些禁忌觀念，對那些由來已久的女性形象，給予了尖銳的反叛。」[64]而這樣的反叛，在女性文學史上有著突破的意義。

二、充分掌控自主情慾

虹影的另一部長篇《K》，則充分表現了女性充分掌控情慾。小說描寫了三十年代的中國，也觀照了西方人眼中的中國，虹影藉由女主人公──林，打破西方人對東方的刻板僵化的印象與思維方式，尤其是情慾的充分描寫。

小說家林的文學教授丈夫──程，是全部西化的歐美派知識分子，非常崇奉進步，聽都不想聽道家的「迷信」，他認為房中採納之術更是中國封建落後的象徵。林暗中在行房事時，在丈夫身上嘗試，他像中了邪毒，躺倒一個月，試驗完全失敗。此後房事大減，而且似乎走過場。她只能用習房中術自我修身養性，得到性滿足。

林和來自英國的婚外戀人朱利安，第一次真正有機會試驗房中術的修習，果然奏效，性事使她精神百倍毫無倦意，她驚喜異常。林對朱利安承認，她確實如他所說具有雙重性格：「在社會上是個西式教育

---

[64] 陳曉明：《剩餘的想像：九十年代的文學敘事與文化危機》，北京：華藝出版社，1997年7月，頁224。

培養出來的文化人，新式小說作家；藏在心裡的卻是父母、外祖父母傳下的中國傳統思想，包括房中術的修練。她一直沒有機會展開她的這一人格，未料到在一個真正的歐洲人身上得到試一下的機會。」[65]

林對充滿好奇的朱利安解釋說：房中術是男女雙方的互滋互補，陰陽合氣。男人只要他能學會這個對應方法，就會更有益，並非犧牲對方。她舉她父親為例，七十歲的人，精神卻像五十不到，笑聲高揚，腳步有力。之後，他倆一整天瘋狂的房事，還在繼續，在儘快結束吃飯，儘快回到床上去之前，朱利安不能放開林的手，彷彿黑暗會悄悄偷走她。他覺得生命真好；有林的陪伴，生命更好。房中術就房中術，哪怕在床上再次輸給這個中國女人，他也是英國歷史上第一人。

林帶著她的婚外英國戀人朱利安，到北京的鴉片館，一邊抽鴉片，一邊享受充分的性愛，事後，朱利安細細回味那次難忘的歡愛，他承認從來沒見過一個女人的性慾，可以那樣百無禁忌地顯露出來，把人最深處的本能掀翻出來。

隨著時代的邅變，作家筆下的女性對自己的情慾有了更成熟的認識，在靈與肉的搏擊中，正視這份來自生命深處的原始衝動。所以，她們有勇氣和能力通過她們的情慾的視角去審視自己的靈魂和肉體，打破過去傳統兩性情慾關係中男性駕馭和控制女性的舊有觀念。

於是在海男《坦言》裡我們見到作者將女主角設定為模特兒，因為模特兒的身體就代表著商品，但我們見到徽麗完全掌握自己的人生，她暗戀焦明華、與麻醉師老公胡克離婚、她以她的魅力讓原本視女人為商品的劉昆拜倒在她的腳下。小說以最大的限度展現了人對身體的本體慾求，以及對身體的探險。

---

[65] 虹影：《K》，台北：爾雅出版社，1997 年 5 月，頁 103。

　　還有池莉在〈綠水長流〉也寫出了為性而性，不再是專屬男性的專利，女性也可以單純地從性出發，從性結束。女工程師李平平用求實的態度對文學家「我」說：「初戀是被你們文學家寫得神乎其神了。其實狗屁。不過是無知少年情竇初開，又沒及時得到正確引導，做了些傻事而已。」[66]她們舉杯一碰，相視而笑，為她們從生活中獲得共同的認識而欣慰。當「我」作為一個女人經歷了女性所該經歷的一切之後回頭遙望。「我」對初戀這個階段只有淡然一笑──初戀是兩個孩子對性的探索。是一個人人生的第一次性經驗。初戀與愛情無關。在「我」幫助李平平做了第一次人工流產之後，她老實地告訴「我」：她一看見方宏偉的粉刺後就心跳，就聯想到他的下身一定發育得很早。至於愛不愛他，她不知道。後來李平平知道了，她一點也不愛方宏偉。

　　在這樣的狀況下，女性是完全掌控自己的身體與情慾的。徐小斌在《雙魚星座》中讓貌美的卜零以裸露的身體逼迫出「石」這個男人的無能懦弱，捂住臉的「石」只敢從指縫裡窺視卜零，卜零戰勝了「石」，她覺得這種報復的快感比實際占有還要興奮。其他如張抗抗《情愛畫廊》、衛慧《上海寶貝》和棉棉《糖》，她們的軀體化語言，在展現性愛歡愉的感覺與享受的體驗時，用詞精緻典雅，同時也都通過描繪女性關於性的渴望、衝動、追求、滿足與實現，去高舉女性個性解放的大旗，去標示其情慾自主的獨立人格。

---

[66] 池莉：《紫陌紅塵》，南京：江蘇文藝出版社，1995年8月，118。

第四節　關懷主題的書寫

女性作家突現其真切感，在細膩的日常生活流程書寫中，將屬於自己的普照式的人文情懷融化其間。於是產生不少關注底層的作品，講述了在社會底層為了基本的生活條件而掙扎奮鬥的故事，「當人們發現『慾望敘事』已經有氾濫成災的傾向時，明顯具有批判現實主義回歸傾向的關注底層的作品重新喚起了我們對人道主義對文學的責任感、使命感的記憶。」[67]

在 90 年代的商品大潮高漲的環境中，也有作家的創作精神是拒絕冷漠，遠離玩世不恭的，她們以表現人間情懷的寫作的姿態，貼近女性生存現狀的人文關懷創作，因為她們知道文學除了認識生活，給人以審美的功能外，重要的還在於對人性、社會、文化和生命所呈現的關懷。

一、人性關懷

張欣〈你沒有理由不瘋〉裡的谷蘭，寧願身敗名裂也要固守她的良心；張欣關懷著那一群沉溺在商業社會裡，與生存環境對抗、融合或者物化的女性，她寫出了現代人所面臨的矛盾、尷尬與憂患，在文本中強烈表現出急切焦灼的批判精神。所以，我們見到她筆下的喬曉菲成功後，內心卻是寂寞痛苦的，沒有人真心和她分享榮耀和財富。張欣從關懷女性的立場出發，強調「精神性」的價值，她所要告訴我們的是；崇拜金錢的結果，會造成內心的匱乏，真正的愛是無價的，是金錢買不到的，唯有停止慾望，人性深處的良心就會出現。尤其在

---

[67] 樊星：《當代文學新視野演講錄》，桂林：廣西師範大學出版社，2007 年 1 月，頁 115-116。

〈歲月無敵〉、〈首席〉、〈掘金時代〉等作品中，張欣似乎無意於虛妄的都市批判，她更關切地反映著現代人生命，以及期待精神如何提升，如何以堅實的文化意蘊，回饋社會。

鐵凝也是相當注重人性尊嚴價值的作家，尤其她在寫作長篇小說，特別在意人物的命運，所以可見她在挖掘人性意識，對於人性和社會環境的聯繫關注，特別是女性的個體存在與生存意識，企圖展現人性的深邃。她在《大浴女》中大膽撩起人性卑鄙的面紗，咄咄逼人地追問衝突的靈魂，讓尹小跳勇敢地面對人生際遇；然後在小說末尾安排退休的俞省長和尹小跳在公園裡討論一本關於猶太人的書，書中有一段：「一個罪人，他縱火燒毀了一座廟宇，那最神聖的，那世上最受尊崇的巨廈，被處以僅僅三十鞭子的懲罰；倘若一個狂人殺了他，那狂人所受的懲罰將會是死刑。因為所有廟宇和所有聖地都抵不上單單一個人的生命，哪怕是縱火者，瀆神者，上帝之敵和上帝的恥辱。」[68]這段話講到了生命的價值。於是兩人有了以下的對話——

> 他說對，生命的價值，一個民族對生命的尊重。
>
> 她說比方您，您想到過自殺嗎？他說沒有，最困難的時候我也沒想過。
>
> 她說那您有過要消滅一個生命的衝動嗎？
>
> 他說沒有，為什麼你要這樣提問呢？
>
> 她說因為我有過，很久很久以前，一個罪人摧毀了我心中的廟的聖殿，這一切罪過也許只夠挨二十鞭子的，但是我卻成了狂人，我就是那個狂人。[69]

---

[68] 鐵凝：《大浴女》，頁 352。
[69] 鐵凝：《大浴女》，頁 352。

作者安排尹小跳在最後勇敢地說出過往，一段讓她一直活在罪惡中的往事，藉此在其內心搏擊中，獲得再生。

鐵凝大膽坦露人性底層的本真、展示其內心隱密的情緒——孤寂、困惑、焦慮、荒誕、虛無、施虐或受虐——以現代人的生存意識去觀照，並反思其行為方式。〈無雨之城〉裡講到了沒有全然完美如意的人生，現實和理想之間總是存在著永恆的矛盾。例如：普運哲期望能江山與美人兼得，卻只能選擇其一；陶又佳不顧道德，一心只想得到普運哲，卻失去所愛；普運哲的妻子葛佩雲想方設法偷拍丈夫和外遇的照片，藉以保住僅存利害關係的婚姻，但她卻為了這些照片受盡白已賀的折磨；而利令智昏的白已賀，卻在車禍中喪生。這些人的欲求都出於「愛」，都有正當理由，但碰撞出來的結果都難以如願，小說對人生的不完滿提出了哲理性的關懷。

馬新莉在〈透視生命的真相——鐵凝 20 世紀 90 年代小說中的人性探索〉中說鐵凝在觀察外部世界，反叛傳統文化習俗觀念的同時，並沒有忘記自我審視和剖析，她清醒地意識到，女性解放的阻力，除了現實社會的制約，還有女性自身的個性弱點和缺憾，她衝破了歷史批判和男性批判的單一格局，開始女性自身弱點的揭示，指出了女性的不覺悟，告誡女性要勇於面對自身弱點，關注精神成長。她進一步肯定鐵凝是「最善於挖掘人性、審視自我的作家之一，她不規避現實的悲劇，不遁入心靈的深淵，以一種隱忍的悲憫情懷，博大的胸襟擁抱世俗，觸摸生命，在不間斷的希望中探詢生命的真諦。」[70]

女性寫作的神聖使命是對人性的呵護、對生命個體的關懷，作家能夠對人性進行深入的探討，是因為新移民作家擁有的多重邊緣身

---

[70] 馬新莉：〈透視生命的真相——鐵凝 20 世紀 90 年代小說中的人性探索〉，《哈爾濱學院學報》，第 27 卷第 3 期，2006 年 3 月，頁 102。

分，使她們可以站在旁觀的局外人的角度，客觀地體察她們所見到的，海外邊緣人的悲歡離合與其關懷。在 90 年代的女性小說中，我們見到女性寫作在以往爭取自身權益、關注自我命運外，還充分體察了人性在物質慾望的衝擊下的精神期待和道德願望，展現了作家對文學本有的現實責任。

80 年代以後，隨著現代派思潮深入人心，作家在慾望橫流中保持和弘揚人文精神與關懷，把握自己存在的意義，以人性透視為核心，藉由貼近現實生活的描寫，呼喚良知真情，尋找精神家園，使文學不失真誠，比如蔣子丹〈桑葉為誰升起〉裡的蕭芒從宗教情感裡吸取了自身救贖的力量；方方的〈祖父在父親心中〉沉重地寫出了上一代知識分子的萎縮現實，還有池莉在〈白雲蒼狗謠〉中通過流行病研究所的改革，提出了體制改革和探索人的素質與文化的關係問題；至於 90 年代的反思文學，比起 80 年代更加深化而超越，就像王安憶《叔叔的故事》講述了人性和階級性的複雜關係、歷史的荒謬，還有對人物心靈陰暗面的正視。

這樣看來，遲子建筆下所出現的傻子形象，也是有其特殊意義的，如〈霧月牛欄〉裡被繼父打傻了的寶墜；〈青春如歌的正午〉裡被人認為是精神失常的陳生。這些人物的價值就在於加深了遲子建「藝術作品中的悲劇氣氛，強化了人與人之間的那種矛盾衝突，並在這種非正常情況下更真實更尖銳的矛盾衝突中，以極端的藝術的方式展示了人類的醜陋。」[71] 這種藝術方式等於是先展示人性的醜陋，洞悉人的可悲，然後喚醒人性底層靈魂中的關愛和信仰。遲子建喜歡有氣味的小說。因為有氣味的小說，總是攜帶著浪漫的因素，使人讀後留有回味的餘

---

[71] 管懷國：《遲子建藝術世界中的關鍵詞》，長沙：中南大學出版社，2006 年 4 月，頁 198。

地。她相信每一個優秀作家都是具有浪漫氣息和憂愁氣息的人——浪漫氣息可以使一些看似平凡的事物，獲得藝術上的提升，而憂愁之氣則會使作家在下筆時具有一種悲天憫人的情懷。[72]

　　成熟的女性主義寫作，有著深切的人性關懷，而不僅僅是對男性文化的解構，應該是要建構人性的光輝，比如孫惠芬和方方的小說，以方方的〈一波三折〉為例加以說明。盧小波從「勞改犯」，搖身變成開公司賺大錢的「大款」後，深知有錢能使鬼推磨，它讓年輕時他所愛戀的鄰家女孩，成為他的情婦，當年所以沒能在一起，是因為他的工種不好而被女孩家裡反對，如今「她現在天天陪我睡覺，她丈夫只要她每月交五百塊錢回去就行。她的媽媽當年那樣罵我，現在給我當傭人，每天為我打掃廁所，倒垃圾。我朝她臉上吐一口痰，她都不會改變笑容。」[73]小說中呈現了盧小波沾沾自喜的報復心理與行為，他認為：「人得有錢。錢能使人高貴，使世界上最壞的人成為最受歡迎的人。使最無恥最無知的人處處受到尊敬。」[74]但是，作者在小說最後安排盧小波拒絕了兩個小記者採訪他，他主動找到昔日的老朋友，並出了高價的稿酬，指定要讓日子過得並不寬裕的老朋友採訪，可是，老朋友得知他的近況和改變後，最後決定放棄十萬塊錢的專訪費，給盧小波電話留言說：誰也預測不了自己明天會發生什麼事，希望他好自為之。

　　小說講到了人性的弱點與生活的無奈，但是，作者也提示了當我們認清自身的弱點與優勢後，應該要努力在轉型期的困惑與迷惘中確定自身的價值觀。

---

[72] 中華文苑：http://www.china-culture.com.cn/zj/ft/53.htm。
[73] 方方：《黑洞》，南京：江蘇文藝出版社，1995 年 12 月，頁 378。
[74] 方方：《黑洞》，頁 377。

有麵包不一定幸福，人都需要情感的慰藉和精神的燭照。於是，我們見到王安憶在《我愛比爾》中設計阿三是個主動大膽追求金錢與情感的女性，但外交官比爾的一句話打破了她的愛情夢：「作為我們國家的外交官員，我們不允許和共產主義國家的女孩戀愛。」阿三在繪畫藝術中找不到精神寄託後，她開始放縱，穿梭在酒店大廳販售自己。作者特別在小說結尾安排被捕入獄的阿三越獄成功，讓她成為逃犯，等於是斬斷了她和「物質」所有的緣分，當然同時也讓她超越了物質對她的束縛。

二、社會關懷

池莉〈化蛹為蝶〉裡的孤兒小丁在孤苦的環境中成長，但是池莉卻讓這個小人物出頭天，不但事業成功，還娶了個家世背景很不錯的女記者，可是就在他事業和婚姻兩相得意時，他突然感到迷失，並開始找尋他的人生意義，後來，他回到家鄉從事慈善事業，小丁把他小時候的「紅星福利院」，改名為「小丁孤兒院」，移址城郊——

> 小丁圈的一塊地皮正是他理想中的，有山坡，有荒塘，有樹林，原始又零亂，鄉野味很地道。小丁熱血沸騰地投入了「小丁孤兒院」的建設。孩子們的住房還是比較現代化，衛生設備挺齊全，但山坡荒塘樹林依舊。小丁率領孩子們栽樹墾荒，塘裡養了魚，地裡種了菜，養了五禽六畜，每日裡大紅公雞在竹林裡引吭高歌。
>
> 「小丁孤兒院」的孩子們可以不疊被子，可以隨意打赤腳，可以漫山遍野瘋玩瘋鬧。

小丁是「小丁孤兒院」的董事長兼總經理，院長依然是王美。
王美已經是半老的太婆，為了紅星福利院的生存與前途，她只
好委曲求全，但她一直堅持將自己的被子疊成豆腐塊以示對小
丁的抗議。不過小丁對王美的優厚奉養使王美常常無法挑剔小
丁的行為。……小丁本人每天都和孤兒們一樣生活，衣著隨意，
像一個大男孩。當然，他的生意並沒有放鬆，就連附近的幾家
法國汽車公司都只買「小丁孤兒院」的雞蛋和蔬菜，並且都樂
意出高價，因為它們是真正無污染的綠色食品。[75]

池莉讓發達的小丁透過對社會的回饋，去找到自己最無與倫比的人生
狀態。

　　90 年代女作家的寫作姿態，「已不再是單純將男性世界視為一個
對立的存在，一個繞不過去的巨大障礙，而是一種更為寬厚、更為平
靜的包容性姿態，一種與男性具有至少同樣高度與深度的姿態，這裡
面隱含的實質性變化，是女性對男性的傳統依賴性的進一步解脫，是
對女性的獨立生存能力和精神價值的進一步確認。」[76]在作家的文本中
我們確實見到她們努力地理解和把握文學的功能。改革過程伴隨著很
多問題，道義和利益兼顧的兩難帶來很多無奈和苦痛，作家以清晰理
性的文本的表現方式，把沉重的痛苦注入人文關懷的視野，並對社會
人生給予極大的關注，從更深的層次去探測人的本質，負載著對歷史、
社會和人類廣泛問題和困境的生存關懷，直抵生存本真的願望，提升
人的靈魂。

---

[75] 池莉：《午夜起舞》，頁 360-361。
[76] 李有亮：《給男人命名——20 世紀女性文學中男權批判意識的流變》，北京：社
　　會科學文獻出版社，2005 年 5 月，頁 262。

　　且看衛慧《上海寶貝》反映了一定程度的社會現實，把上海這一代青年的空虛與苦悶，及其潛在個性表露無遺。當然不可諱言地，小說具有某種教化作用，可能有人擔心小說中的黑道、毒品的充斥，會對讀者產生不良影響，但作者安排倪可協助天天戒毒，實有其正面意義；而設計天天因吸毒的悲慘下場，不也有警惕作用。

　　王安憶在她 90 年代的小說中，特別注意到整個社會環境，造成人與人之間的隔閡與距離，〈憂傷的年代〉裡的「我」、〈叔叔的故事〉裡的叔叔、《米尼》裡的阿康和米尼，他們的童年都是孤寂的，都是在困惑中摸索掙扎而成長起來的。王安憶提到關於她筆下的米尼說：「我想知道米尼為什麼那麼執著地要走向彼岸，是因為此岸世界排斥她，還是人性深處總是嚮往彼岸。我還想知道：當一個人決定走向彼岸的時候，他是否有選擇的可能，就是說，他有無可能那樣走而不這樣走，這些可能性又是由什麼來限定的。人的一生中究竟有多少可能性。」[77] 而《紀實與虛構》裡的「我」雖然從小在上海長大，但畢竟是外來戶，總有無根的焦慮，文本中讓讀者強烈感受到的虛無、憂傷與孤獨，引發人物對自我生命存在的追問，提示了人類共同面對的問題。

三、文化關懷

　　作家賦予筆下的人物守護著他們的道德良知，讓他們在文化困境裡長途跋涉，在文化詰問中在在提問，而找到更為寬廣的可能性，和更為博大的自由空間。比如張欣〈歲月無敵〉裡的母女抗拒世俗的誘惑，只為捍衛她們的藝術靈魂；〈愛又如何〉裡的可馨儘管她的傳

---

[77]　王安憶：《男人和女人，女人和城市》，昆明：雲南人民出版社，2000 年 8 月，頁 15。

統人文價值被現實生活折磨得破碎不堪，還是渴望能夠修復她的赤子之心。

　　還有，唐穎的《美國來的妻子》也是相當諷刺的一部長篇。小說裡已經「傍」上美國老闆的上海女人汪文君，利用出差的機會回國和丈夫元明清離婚。當她走在闊別十年的上海街上，她發現一切都變了，到處都在建設，挖路、拆房子，交通擁擠、空氣混濁，街邊的梧桐樹不見了，她的心緒煩亂，她希望能幫助元明清逃離這個混亂的上海城，可是，卻又難以理解地企圖在元明清身上，重溫昔日所熟悉的上海優雅、沉穩、安定的味道。

　　另外，在海外的作家也擔任著文化守護者的角色。嚴歌苓曾說過：「我的寫作，想的更多的是在什麼樣的環境下，人性能走到極致。在非極致的環境中人性的某些東西可能會永遠隱藏。我沒有寫任何『運動』，我只是關注人性本質的東西，所有的民族都可以理解，容易產生共鳴。」[78]作家到了美國後，異質的生活與文化給了她很大的震撼與感動，讓她們原本已是敏感的創作，又因為浸染了西方的文學理論與思想，而產生了變化，這中間也包括了西方社會眼中所見到的東方歷史文化視點。也因此，我們見到嚴歌苓小說中的「中國形象」，其實是在她到美國以後的作品，才鮮明豐滿起來的，因為「也許只有處身於國外，才會有更多的心志和精力為自己身後的國家所吸引，而在這樣的一種遷徙之後，嚴歌苓在其小說文本中呈現出的『中國形象』更多的具有『歷史記憶』的特徵。」[79]

---

[78] 舒欣：〈嚴歌苓——從舞蹈演員到旅美作家〉，《南方日報》，2002 年 11 月 29 日。

[79] 曾艷：〈對岸的寫作——論嚴歌苓的小說創作〉，《樂山師範學院學報》，第 21 卷第 1 期，2006 年，頁 59。

自從 80 年代以來，到海外留學、工作或移居的中國人越來越多，海外作家以紀實性或通俗性的書寫記錄了海外華人的異國生活，深刻地寫出了東西文化透過個體經歷的衝撞，就像在《少女小漁》中「揭示出處於弱勢地文化地位上的海外華人，在面對強大的西方文化時所感受到的錯綜複雜的情感，及在這種境遇中獲得跨越文化障礙的內心溝通的艱難性與可能性。」[80]但是，小漁卻通過了艱難性和可能性，用她善良的美好心靈，去感染和他假結婚的洋老頭，洋老頭也因為她的真誠關懷漸而改變，她盡最大的努力去照顧被女友拋棄又中風的洋老頭，甚至在最後要搬回男友身邊前，還把洋老頭的房子清掃乾淨，她想留下清爽些、人味些的居處給洋老頭，小說結尾兩人的告別表明了他們內心真性情的溝通，讓我們見到文化的隔閡，還是會被真誠以待的關懷給融化。

還有虹影在《女子有行》中也講到了文化尋根與種族融合的問題，表現了華人移民後，失去文化根基的感覺。其中〈來自古國的女人〉，虹影把背景放到紐約，讓中國女性主義與國際化思潮對話，當中涉及跨國資本的問題。虹影反駁有人認為她在丟大中國的臉的說法：「我們有我們的長處，也肯定有缺點。我們不能老孤立在中國這個地方，早就應該與國際對話。在經濟上早就這樣做了，在文化上為什麼不願這樣做呢？」[81]

海外作家關懷中國人文，以她們的書寫，開拓了新的文化精神，展現中國文化的變化，讓我們了解文化衝突的表現，才是文學與歷史前進的動力，也見到作家以異質的文化撞擊出人性的關懷，對人性本

---

[80] 陳思和主編：《中國當代文學史教程》，上海：復旦大學出版社，1999 年 9 月，頁 357。

[81] 阿琪：〈虹影：飢餓是我的胎教，苦難是我的啟蒙〉，《女友》雜誌，2000 年 11 月 22 日。取自 www.3stonebook.com/older/aj/aja2.htm。

色有深層的關注。就如《飢餓的女兒》和《K》包涵了屬於中國的文化，小說所以能打動西方人的原因，在於表現了人性的殘酷與多種樣貌，以及因為那些罪惡與失敗而起的懺悔精神，這是多數在西方出版的華文作品所欠缺的。

四、生命關懷

　　富有生命意識的作家會對慾望世界提出關懷，以其獨特的生命文化，表現對人的生存關懷的意圖，以責任和良知關注生命的現實問題。畢淑敏也是在生命關懷上著力的作家之一。《紅處方》裡戒毒醫院的院長簡方寧，被病人莊羽陷害，莊羽出身於高幹家庭，喜歡追求驚世駭俗的刺激，也尋求毒品的短暫快樂，她剛住院就希望有一天可以把院長也變成病人。所以，她出院後在送給院長的油畫裡摻加了劇毒，使簡方寧天天不自覺地吸入從油畫散發出的毒氣而染上毒癮。簡方寧百感交集地面對殘酷的化驗結果，並請教權威景教授，景教授提出要治療毒品感染，必須切割大腦中主管人的痛苦和快樂感覺的中樞——藍斑，但是熱愛生命的簡方寧，覺得一個人若無法感受快樂和悲傷，而失去對世界的感覺，不如死去。所以，她選擇結束生命，以她熱愛的方式生存。在這裡對比著藉戒毒事件，講到了生命的崇高。

　　另外，畢淑敏也在〈女人之約〉和〈生生不已〉裡安排女主角自覺地走向生命的盡頭，文本中關注了人的尊嚴力量和生命意識；還有在〈預約死亡〉裡也有主角對生命的達觀態度，以及因其人格光輝而讓生命永恆延續的期盼。

　　呼喚著愛和理解的女作家，擁有寬厚綿長的人文思想，用力鋪陳人物的慾望生命和人格衝動，以交織著感性和理性的生命思考，探究

關於人的存在本質、自由和生命意義，關懷人性、社會與生命價值，企圖通過不同的生命撞擊，揭露重壓在人們身上的有形與無形的問題，展示現實關懷的人文品格，體現人道主義情懷的回歸，在這一方面女作家已經在通往人文關切的路上作出了獨特的貢獻。

第五節 社會現實的書寫

小說反映人生現實，從大陸自改革開放以來，那樣劇烈變化的時期，更可見世態人情的多種樣貌。

一、時代變化的真實樣貌

虹影在她的自傳體小說《飢餓的女兒》中，有著她自己切身經驗的灰黯的生活，還有令人難以置信的天災、人禍，其描述之真實，正是中國官方刻意要隱瞞的。從小說所展示的歷史劫難，歷歷在目的傷痛，記錄了一段殘酷的歷史，算是中國近幾十年來的社會史，讓讀者與小說中的人物及其命運、文化感知有著強烈而深刻的認同。比如小說裡記錄 1950 年，共產黨決定用大兵力剿四川的反共游擊隊，大鎮反、大肅反延續了好幾年。城裡的幾個刑場每天槍斃人，斃掉的人大多沒人敢去認領，就地挖坑埋了。還有一段講到：勞改營裡沒有任何東西可吃，犯人們挖光了一切野菜，天上飛的麻雀，地上跑的老鼠，早就消滅得不見蹤跡。因為，當地老百姓，比犯人更精於捕帶翅膀和腿的東西。還有個三十六歲的人，在天冷地凍死去，他最後咽氣時，雙手全是血抓剜土牆，嘴裡也是牆土，眼睛睜大著，沒人給他收屍。

小說中記錄了，人們餓到吃一種叫觀音土的礦物，吃在肚子裡，發脹發硬，解不出大便，死時肚子像大皮球一樣。六六的大舅媽是村子裡第一個餓死的，大表哥從學校趕回去弔孝，途中所見飢餓的慘狀便不忍目睹，「插著稻草賣兒賣女的，舉家奔逃的，路邊餓死的人連張破草席也沒搭一塊，有的人餓得連自己的家人死了都煮來吃。」[82]飢餓不但淡化了親情，也扭曲了人格。大表哥回學校後「一字未提母親是餓死的，一字不提鄉下飢餓的慘狀，還寫了入黨申請書，讚頌黨的領導下形勢一片大好。他急切要求進步，想畢業後不回到農村。家裡人餓死，再埋怨也救不活。只有順著這政權的階梯往上爬，才可有出頭之日，幹部說謊導致飢荒，飢荒年代依然要說謊，才能當幹部。」[83]

這種政治引起的親情關係的荒誕，還可以從王大媽面對戰死的兒子，沒有任何的悲痛，只有榮耀，可以見得；六六的歷史老師也是，文革開始，造反了，歷史老師和他的弟弟先是在家操練毛主席語錄，用語錄辯論。然後他們走出家門，都做了造反派的活躍分子、筆桿子，造反派分裂後，兩人卻莫明其妙地參加了對立的兩派。在 1966 年到 1968 年，很多人家裡經常分屬幾派，拍桌子踢門大吵的，不足為奇。後來，歷史老師選擇結束生命，不知是無法承受精神的折磨，還是因為他害了他弟弟，覺得罪有應得。

小說的主角六六生下來已是 1962 年夏秋之際，大家都說她好福氣，因為——

> 那年夏季的好收成終於緩解了，連續三年，死了幾千萬人、弄到人吃人的地步的飢荒。整個毛澤東時代三十年之中，也只有

[82] 虹影：《飢餓的女兒》，頁 208-209。
[83] 虹影：《飢餓的女兒》，頁 209。

那幾年共產主義高調唱得少些。

等我稍懂事時，人民又有了些存糧，毛主席就又勁頭十足地搞起他的「文化革命」政治實驗來。都說我有福氣，因為大飢荒總算讓毛主席明白了，前無古人的事還可以做，全國可以大亂大鬥，只有吃飯的事不能胡來。文革中工廠幾乎停產，學校停課，農民卻大致還在種田。雖然缺乏食品，買什麼樣的東西都得憑票，大人孩子營養不良，卻還沒有到整年整月挨餓的地步。人餓到成天找吃，能吃不能吃的都吃的地步，就沒勁兒到處抓人鬥人了。

飢餓是我的胎教，我們母女倆活了下來，飢餓卻烙印在我的腦子裡。母親為了我的營養，究竟付出過怎樣慘重代價？我不敢想像。[84]

這些反映時代現實的描寫，都記錄了難以抹滅的一則則的傷痛。此外，作者還在文本中描寫了中國鄉下吃胎盤的習慣。

還有虹影在《阿難》裡和阿難相依為命的叔叔，在文革中被定為外國特務，因為老實的叔叔無法說出「裡通外國，為反華集團作間諜」的底細而割腕自殺。

在另一部半自傳性的小說《一個人的戰爭》中，林白寫到了 1976 年間，一個帶隊幹部，手裡掌握著十幾個年輕人的命運前途的絕對霸權。

在多米十九歲那年，被分配到《N 城文藝》改稿，她喜出望外，因為她從小體質差，最怕體力勞動，太陽一曬就頭暈，體力的事總是令她恐懼，好在她在學校是個好筆桿，才有這樣的難得機會。她一下

---

[84] 虹影：《飢餓的女兒》，頁 48-49。

鄉就被公社的宣傳幹事召去開了一次會，宣布為公社的通訊員，有任務向縣廣播站、省報、省廣播電臺乃至《人民日報》、中央人民廣播電臺等報導本地的農業學大寨、以糧為綱、多種經營、興修水利、平整土地、春耕生產、狠抓階級鬥爭這根弦、大割資本主義尾巴、計畫生育、踴躍參軍等等新聞。

　　有線廣播網深入人心，是他們生活中的有機組成部分。十七歲的孩子們下到農村，在夜晚，點著煤油燈寫了一篇又一篇的通訊稿，其中有的被廣播裡那個親切熟悉說著本地方言的女聲讀出，他們的名字也被隨之讀出，他們緊張地從廣播裡聽到了自己的名字，興奮得徹夜難眠。

　　誰料多米在知青會上被帶隊幹部批評，說她寫了點報導就驕傲自滿，緊接著就是評選一年一度的先進知青，本以為憑她的突出表現不光大隊能評上，公社也該評上的。結果就是不評她。

　　多米天生不會討好人，對於帶隊的幹部也是一樣，李同志到他們生產隊來過幾次，她都沒有跟他彙報思想，他第一次態度還好，第二、第三次就冷淡多了，後來，基本不到他們隊去。而最令多米感到震驚的是，她到 N 城改稿回來，聽說李同志在知青和農民中散布說她被人拐賣了，後來電影廠人事科的幹部通過組織來要她，李同志一邊跟她說這是一件絕不可能的事，一邊跑到公社找文書，不讓文書在公函上蓋章。

　　後來，高考制度恢復了，帶隊幹部大勢已去，知青們全憑自己本領，不用別人置一詞而盡得風流，自己可以作主，不是像以前那樣，需要由別人做出決定。後來，多米放棄高考，選擇到需要編劇人才的電影場當編劇。

　　文本中還敘述了多米的母親一直到三十歲才再婚，在她二十四歲到三十歲的美麗歲月裡，曾經有一個姓楊的叔叔經常到多米他們家走

動，可是後來他不見了，聽母親的同事說楊叔叔的家庭成分是地主，母親怕影響多米的前途。之後，母親再婚時跟多米說繼父的成分好，以後不會影響她的前途。

作家們將她們所關注的現實，投射到小說裡，將她們所參與的歷史過程和社會變遷，以開放的感受結構書寫，使讀者能夠更加真實地直面現世生活。

鐵凝《大浴女》裡尹亦尋和章嫵倆夫婦是在 60 年代末從北京調到外省省會福安市的，他們的調動，原本已經有了些懲罰的意思：年輕氣盛，說話口無遮攔的尹亦尋，作為北京建築設計院的一名工程師，曾經對北京市的城市布局發表過不滿的意見。他們交託好大女兒照顧小女兒，便攜帶行李奔赴葦河農場。這種勞動已被暗示是沒有期限的，他們做好了長期的準備。他們被工廠的工人階級領導和管理，第一件事就是夫妻分居，這樣有益於革命意志的堅定和農場勞動的嚴肅。在勞動之餘，他們也有足夠的時間學習或者批判，鬥爭或者檢討。他們也熱情地想過要脫胎換骨，但他們同時又是懦弱的和想入非非的，比如當他們一身臭汗地結束一天的勞動，回到各自的男女宿舍時，丈夫是渴望得到妻子的，如同妻子也渴望著丈夫。

山上有一間小屋，只有在星期天，對集體宿舍的夫妻開放。在隊上的八十對夫妻總會需要這間小屋，但屋子只有一間，日子也只有一天，因此他們必須排隊等候。

> 他們這排隊也和買糧買菜有所不同，他們雖是光明正大的夫妻，卻不能光明正大地人挨人地真排起隊來等候對那間小屋的使用。這「使用」的含意是盡人皆知的直接，直接到了令人既亢奮又難為情。因此他們這排隊就帶著那麼點兒知識分子式

的矜持、謙讓或者說教養，也許還有幾分無力的小計謀。從
星期天清晨開始，你絕不會看見一支確鑿的隊伍在小屋門前
蜿蜒，你卻能看見一對對的男女由遠及近，參差地分布在小
屋四周。他們或在一棵樹下，或在一片菜地裡，或坐著兩塊磚
頭像在促膝談心。他們看似神態平和，眼睛卻不約而同死盯著
山上的小屋那緊閉的門。每當屋門打開一次一對夫妻完了事走
出來，下一對進去的即是離門最近的，而次遠者便會理所當然
地再靠近一步。這「一步」也是分寸得當的，至少離門十五米
開外吧，誰會忍心去坐在門口等候呢。還有來得更晚的夫妻，
來得更晚的自會判斷自己應占的位置，從沒有一對晚來的夫妻
越過先到者徑直搶到小屋門前去。先來後到，夫妻們心中很是
有數。[85]

出農場走兩公里，葦河鎮上有賣燒雞的，只有星期天，男隊和女
隊的人們可以去鎮上解饞。但很可惜常常這些夫妻是不能既擁有小屋
又品嘗燒雞的。而且那年月雞也是珍貴的，由於農場來了章嫵他們這
些人，鎮上的燒雞頃刻間就會賣完。

曾經有一對夫妻妄想兩樣同時兼得，在星期天凌晨，農場大門剛
開，他們就出了農場鑽進了那蒼茫厚密的葦叢。他們捨棄了對山上的
小屋的等待，只想在葦叢裡辦完了好事就直奔鎮上去買燒雞。但他們
被農場幾個工人當場抓住，他們被當做革命意志不堅定，生活作風趣
味低下的典型，在各種學習會上作了無數次的檢討。

這些反映當代現實的小說文本，真切地寫出了小人物在大環境壓
迫下真實的情感需求。

---

[85]　鐵凝：《大浴女》，頁 43。

二、市井生活百態

　　所謂「民以食為天」，因此，應該可以最容易地從人民百姓的飲食習慣，去看改革開放的進步。大陸學者張太原在一篇〈改革開放以後中國城鎮居民食品消費生活的變化──以北京為例〉提到：「1978 年到1998 年，北京居民家庭的人均食品支出從 163.95 元增加到 2053.82 元，平均每年遞增 13.5%；根據『小康』標準進行測算，1998 年，全市已經實現小康標準的 98.76%，可以說，首都人民的生活水平已基本達到『小康』。從勉強溫飽到小康，這種明顯的變化對於見過世面的北京人來說，感受應該是十分深刻的。從吃不飽到吃得好，再到吃得科學，北京人吃的層次的遞進，在某種程度上是北京人的社會生活全面變化的反映。而北京是中國的首都，她的變化可以說是中國變化的一個縮影。因此，改革開放以後，北京城鎮居民食品消費生活的變化在某種程度上也代表了中國絕大多數人食品消費生活的變化。」[86]

　　以下試著從池莉小說裡的飲食文化，來談談改革開放前後的變化。

　　《來來往往》裡的康偉業隨著改革開放逐漸發達後，他已經無法忍受在人聲湧動，嘈雜喧鬧，煙味酒氣直衝肺腑的便宜餐廳用餐，他認識到「吃飯的環境就是吃本身，就是一道最重要的菜，一個人胃口只有那麼大能夠吃多少食物呢？關鍵在於享受環境和過程。」[87]所以當他老婆點了價格偏低，體積偏大的──魚香肉絲、三鮮鍋巴、麻婆豆腐、紅燒瓦塊魚、珍珠丸子、油炸藕夾──和女兒大吃大喝時，他跑進了臭氣燻天，污水遍地的洗手間，面對著鏡子前的自己，他警覺到妻子已經和他不同調了，他絕對無法再為了孩子勉強維繫婚姻；他要

---

[86] 張太原：〈改革開放以後中國城鎮居民食品消費生活的變化──以北京為例〉，文章來源 http://www.cc.org.cn/zhoukan/zhonguoyanjiu/0309/0309191010.htm。
[87] 池莉：《來來往往》，北京：作家出版社，1998 年 8 月，頁 98。

的用餐環境是和他的工作夥伴林珠一起的——酒店裡有時鮮果盤,「單間裡有音響設備,餐桌上有一次性的桌布。」[88]

而在《小姐你早》裡的戚潤物,受邀到一家海鮮城用餐,被帶入一間只接待熟客,以特殊服務和昂貴價格體現其價值的包廂,名為「美人撈」,這是熟客和老闆之間的暗語,是個名副其實的名字——包廂有一面玻璃牆壁,玻璃那邊是人工仿造的大海,有著標準三圍的小姐,穿著三點式的比基尼,依著客人所點的海鮮,當場表演下海捕捉,客人小費給得越高,小姐就撈得越不容易。

作者在小說中敘述說:「又好看又刺激又可望不可即,這就使吃海鮮變得非常有意思了。在『美人撈』,吃的是過程而不是簡單的結果。吃結果現在在中國太容易了。一般餐館,起價三元,面向工薪階層。路邊大牌檔,五塊錢一碗沙鍋煲,裡面雞鴨魚肉面面俱到。吃結果就是果腹了,是饕餮之徒的選擇,是具體的現實生活。吃過程就是吃文化吃藝術吃形而上。文化藝術和形而上應該是比較昂貴的東西。這就有一點和國際接軌的意思了。『美人撈』就是吃過程的地方。」[89]

這兩部小說透過人物對食物的質大於量的要求、用餐環境氣氛的改變,以及刺激消費的新玩意,見出經濟改革開放後,隨著大陸市場通路的逐漸流暢,耳濡目染、羽翼漸豐的人們,其「口味」是愈來愈挑剔了。

鄧小平的改革開放,奠定了其經濟基礎,廣大的市場,牽引著世界各國的經濟脈動,成為國際體系相當看重的區塊,相對地,也影響著廣大民眾隨著外在大環境的轉變,而對現實生活需求的提升。這種需求除了物質上的,最嚴重的還有精神上的。

---

[88] 池莉:《來來往往》,頁68。
[89] 池莉:《小姐你早》,頁135-136。

《小姐你早》裡的戚潤物在嫁給王自力之前，曾在瀋陽和吳畏一見鍾情，可惜兩人身邊都已各自有伴，但這卻不是主要的原因，她離開吳畏的原因有四點：一、是調動工作太困難。二、是東北米飯和蔬菜太少。三、是冬天太寒冷。四、是戚潤物與王自力的關係已經公開，如果分手怕影響不好，不利於個人進步和專業上的發展。但是，歷史就是喜歡和人們開玩笑，以前你以為一定不可能發生的事，現在都一一被推翻了。第一，今天調動工作不再困難。夫妻不再可能分居十幾二十年。要不然，把這邊的工作辭了，到那邊應聘就是了。第二，今天北方的大米和蔬菜不是問題了。第三，現在暖氣也普及了。第四，現今的男女關係更不是問題。你今天一個男朋友，明天再換一個男朋友，根本沒有人管你。組織上不會找你談話和批評你，更不會影響你的前途和事業。改革開放以前，一切都受制於環境，受制於他人，找個伴侶也一定要考慮對自己的生存有利；改革開放以後，男女雙方開始覺醒，於是婚姻的問題接踵而生。

此外，改革開放的時代，尤其是發展商品和建設市場經濟的社會環境，是最能夠激發人性向上的動力，池莉在她的小說中掌握住新的時代環境，而把這種內在的衝動，變成了現實——例如：《你以為你是誰》的背景是國營大中型企業的經濟轉軌，池莉安排陸武橋為了掙脫工人的生活困境，不惜留職停薪承包居委會的餐館；《化蛹為蝶》、《午夜起舞》、《來來往往》和《小姐你早》的大背景，是商品大潮和市場經濟所構造的特定環境，池莉安排孤兒小丁抓住一個偶然的機會，馳騁商海；王建國和康偉業兩人都是機關幹部，但為了改變人生，實現自我，毅然決定下海經商；王自力被市政府建委派去做房地產而發跡。

唐翼明在《大陸「新寫實小說」》中說：「從80年代末期開始，似乎有一些新的現象出現了，在文學方面，某種變化的跡象尤其來得明

顯，例如從 70 年代末期到 80 年代中期一波接一波出現的文學潮流，作者與評論家對於旗幟與主義的熱衷，不同流派的集結與論戰等，到 80 年代末期頗有一種漸趨平靜、冷卻而進入某種混沌狀態之勢。」[90]池莉的寫作格局的擴大，其風格也隨著大陸整個大環境的開放而「開放」——小說更加突出人的生命歷程的經驗成長，包含著多重的、社會的、政治的與歷史的意味，讓讀者可以透過她所擅長表現的市民家庭生活和精神心理，或所反映的世態人情，得到充分的理解和同情，並透過其經驗的自我內化中得到反思。她曾表示：「正因為我深知我自己所知有限，所以不敢對我不知的一切妄加評說，所以不敢以我有限的個體生命去輕率地承諾重大的質問。所以在任何時候我都不願意失去現實的分寸感。所以我從來都蔑視沒有事實背景的激情與崇高。我的寫作僅表達我個人以為的對於生活的準確感知。」[91]由此可知，其作品的「寫實」價值。

在這樣市場經濟建設過程，發展商品經濟滾滾大潮的社會環境中，我們見到女作家們，讓她筆下的人物，經歷了城鄉經濟轉軌和市場經濟建設過程中，所產生的種種矛盾、誘惑與問題，引發讀者無限的思考。

在轉型階段，經濟上市場化帶來的種種社會現象的變化——生活習慣、思想行為，甚至審美觀都在改變，這種本質性結構的改變，是具有劃時代的意義特徵的。張抗抗《情愛畫廊》裡的舒麗把自己失去周由的原因之一，歸結為市場經濟大潮，她認為這個覆蓋全國的狂潮，不知已沖散了多少幸福的情侶——

---

[90] 唐翼明：《大陸「新寫實小說」》，台北：東大圖書公司，1996 年 9 月，頁 3-4。
[91] 池莉：《午夜起舞》，南京：江蘇文藝出版社，1998 年 8 月，頁 364。

> 在現今的社會大市場上，性通貨貶值得最迅速也最厲害，一個
> 電話就可以把性伴侶呼到床上，可是愛卻永遠地退出了流通，
> 比錯幣錯票還難得遇到了。人們曾說愛情屬於形而上，而今卻
> 變成了錢而上、情而下。性貶值也許意味著女人的貶值，女人
> 要想得到貨真價實的情愛，性的魅力已不是主牌，新的王牌究
> 竟是什麼呢？像水虹那樣全身上下、裡裡外外都是王牌的女
> 人，為了得到自己傾心的愛侶，不也是經歷了從南到北那麼艱
> 難的一番周折麼？當貧窮的女人們不談愛情或丟棄愛情的時
> 候，愛情之火卻開始在那些富裕的女人心中熊熊燃燒，這真可
> 算得上是九〇年代的一大奇觀了……[92]

還有，周潔茹〈點燈說話〉中所展示的符合現代科技的手提電話和電腦的網路世界，也是無遠弗屆地將物質誘惑迅速蔓延。

轉型期以來的中國大陸社會愈加商業化，個人慾望極度膨脹，金錢成了社會的主宰，改革開放的深入發展，引發了前所未有的社會人生問題。文學之於這些社會人生問題的回應，有的作家為符合商業化的潮流，讓她筆下的人物完全成功地拿到追逐物質和金錢的錦旗；有的則是有意識地以形而上的追求，重建過去時代的人文精神，以抗拒物質化潮流。而池莉的難得，在於走在這兩條極端路線的中央，客觀地讓她筆下的人物，掌握時機地抓住市場經濟和商品大潮的機會，並耽溺在物質世界中，充分享樂，可是另一方面卻又安排他們在滿足了人生慾望後，又能夠現實地，無法完滿地享齊人之福，而又紮實地回到真實生活中。

---

[92] 張抗抗：《情愛畫廊》，頁 427。

好比在《來來往往》裡，池莉讓康偉業在他的人生追求中，實現了他的目標，在名利的社經地位上算是成功了；可是，充滿物欲的時代的另一個幸福標記——愛情，池莉就很真實地安排康偉業無法如願，一方面，康偉業因為過去在婚姻關係中，曾經受惠於妻子的娘家，所以當娘家發動家長的攻勢，他受到了約制而遲遲無法如願；而另一方面，在等待和妻子協議離婚，與婚外戀人林珠同居時，他才發現兩人成長背景的差異，導致價值觀、生活觀上的無法對話，最後，還是走到愛情的盡頭。

又在《小姐你早》中，我們也同樣見到在發展商品經濟、追逐物質實利時代的產物——王自力，池莉讓他接受生活的懲罰，同時也讓戚潤物對過去的故步自封的自己反躬自省，這些現實中的存在狀態的安排，都在在反映出：人是不可能無限制地發展其慾望的，人生的慾望是必須有所節制和超越的，由此可見，作者對過度膨脹的物欲的批判意識以及對世道人心的警惕。

三、士商地位的翻轉

知識分子在商品大潮下的窘境和生存危機，可從地方的諺語看出：「窮得像教授，傻得像博士」，「再窮也莫當老師」，知識分子被嘲諷為比文革時的「臭老九」還要低等的「窮老十」，還有所謂的「知識苦力」[93]等等，都側面反映說明了士商地位的翻轉。

方方〈行雲流水〉裡的吳丹和高人云是青梅竹馬的戀人，可是因為吳丹的家庭背景太複雜，所以高人云的一對勉強自保的大學教授的

---

[93] 潘國靈：〈商品經濟大潮下當代大陸知識分子的邊緣化〉，《二十一世紀》網路版，總第 15 期，2003 年 6 月號，頁 3。

父母，戰戰兢兢地央求他們的兒子不要為自己的前途雪上加霜。於是，兩人最終還是分手了。

在當時大學教員的薪水並不高，在小說文本中我們見到高人云的女兒高苑和他有了這樣的對話——

> 高苑說：「讀了大學又怎麼樣？不讀又怎麼樣？都不是找一份工作掙錢活命？人家還比你們掙得多哩。聽說政府宣布一百塊錢為貧窮線，咱家裡兩個副教授，一家人卻在貧窮線上掙扎。電視機是黑白的，冰箱是廉價的，洗衣機是單缸的，錄音機是磚頭式的，就這，你和媽媽還一天到晚起早摸黑。」
>
> 高人云說：「你怎麼一天到晚光想這些？怎麼不想爸爸媽媽對社會的貢獻？不想我們創造的社會財富？不讀大學，我們做得出這些嗎？」
>
> 高苑說：「想過呀，你們做大貢獻，創造社會財富，那憑什麼就只給你們這點報酬呢？別人就怎麼可以輕輕鬆鬆地過得舒服呢？」[94]

此外，我們還見到高苑升學考試的競爭壓力，以及高人云夫妻在經濟拮据的狀況下，要想辦法籌錢給女兒復讀的苦心。大學教授的生活很艱難，社會的變化不如以往，高人云就和他的教授父親比較，父親在當教授時一個月的工資養活一家人，還有兩個保姆、一個車夫，都還有盈餘；而他現在的薪水只能養活他自己，而且還不夠買書、買衣服。

方方的另一篇〈無處遁逃〉裡的安曉月是音樂學校的鋼琴教師，在文革中做過學校宣傳隊的獨唱演員。一年夏天，她的學生邀請老師

---

[94]　方方：《白夢》，南京：江蘇文藝出版社，1995 年 12 月，頁 259。

參加聚會，地點在一家合資的歌舞廳，高雅舒適。學生提議歌聲優美的安曉月怎麼不出來唱，安曉月當場回絕，學生說：「你是放不下架子吧。不過以我們現在的觀念，一個人只要他窮，他除了吃口飯，有件廉價的衣服穿穿其它一無所有，他就根本沒架子。他靠什麼來架住自己呢？」後來，清貧的安曉月被說服了，因為她的先生嚴航要考托福到美國攻讀博士，她要幫他籌費用，所以，她根本無法抗拒四天的歌唱收入，等於她在學校一個月的薪水的誘惑。安曉月說服身為大學講師的嚴航說：「現在的局勢你明白不？一提唱歌的，人人都羨慕，一提教書的，個個都同情。」[95]

還有，李立夏的妻子，本來也在中學教外語，後來也跳槽到她親戚合資的公司，坐一天辦公室，等於大學教授四五天的勞動；嚴航的同事小李小馬也紛紛離開學校，為了賺錢轉行到南方的公司。

在小說還可看出大學教職的辛苦教課、批改作業、作研究、評職稱，不少科學菁英，因為負擔太重，英年早逝。

馬克思認為每個時代總有屬於它自己的問題，而所謂問題：「就是公開的、無畏的、左右一切個人的時代聲音。問題就是時代的口號，是它表現自己精神狀態的最實際的呼聲。」[96]比如，張欣〈愛又如何〉裡原是恩愛夫妻的知識分子可馨和沉偉，面對經濟壓力，開始惡言相向，彼此猜忌，最後，當可馨見到身為市委宣傳部幹部的沉偉用摩托車載客，和客人在夜色中殺價時，她流下了眼淚，沒有麵包，哪來的愛情？

由以上這些小說的舉例研析，或可從作家小說風格的轉變，見到中國大陸的改革開放，對文學界造成巨大的衝擊；而文本中直接指向

---

[95] 方方：《白夢》，頁309。
[96] 馬克思：《馬克思恩格斯全集》，北京：人民文學出版社，1982年8月，頁289-290。

現實的存在問題，對當代的都市生存狀態切入最直觀，表達最真切的本質，展示了小說的社會現實意義與批判意識。

第五章　結論

陳思和稱 80 年代的文學為「共名時代的文學」，並針對此解釋說：「當時代含有重大而統一的主題時，知識分子思考問題和探索問題的材料都來自時代的主題，個人的獨立性被掩蓋在時代主題之下。我們不妨把這樣的狀態稱作為共名，在這樣狀態下的文化工作和文學創作都成了共名的派生。」[1]

90 年代的作家們站在不同的立場寫作，發出獨立存在的聲音，陳思和表示：中國當代文學進入 90 年代以前，處於一種共名狀態。所謂「共名」是指時代本身含有重大而統一的主題，知識分子思考問題和探索問題的材料都來自時代的主題，個人的獨立性因而被掩蓋起來。

但是，90 年代以來，隨著市場經濟迅速發展，整個社會文化空間的進一步開放，大眾文化市場應運而生，偏重個人性和多元性的無名的文化狀態，取代了過去共名的文化狀態。與「共名」相對存在的，是「無名」狀態。所謂「無名」，指的是多種主題並存，而不是沒有主題；是指時代進入比較穩定、開放、多元的社會時期，人們的精神生活日益變得豐富，那種重大而統一的時代主題，往往攏不住民族的精神走向，於是出現了價值多元、共生共存的狀態。[2]文化工作和文學創

---

[1] 陳思和：《中國新文學整體觀——大膽探索・激情反思》，台北：業強出版社，1990 年 3 月，頁 71。

[2] 陳思和：〈共名與無名〉，《陳思和自選集》，桂林：廣西師範大學出版社，1997 年，頁 139。

造都反映了時代的一部分主題，卻不能達到一種共名狀態，我們把這樣的狀態稱為「無名」，於是，90 年代的文學踩在 80 年代的土地根基上往前邁步，走出一條被稱作是「無名時代的文學」。

陳思和說：「隨著市場經濟的迅猛發展，來自群眾性的審美要求呈現出越來越多樣化，而較為僵硬的傳統政治宣傳方式也相應地發生了變化，當代文學史上第一次出現了無主潮、無定向、無共名的現象，幾種文學走向同時並存，表達出多元的價值取向。如宣傳主旋律的文藝作品，通常是以政府部門的經濟資助和國家評獎鼓勵來確認其價值；消費型的文學作品是以獲得大眾文化市場的促銷成功為其目的；純文學的創作則是以圈子內的行家的認可和某類讀者群的歡迎為標誌，等等。由於多種並存的時代主題構成了相對的多層次的複合文化結構，才有可能出現文學多種走向的局面。」[3]「隨著 90 年代初知識分子菁英集團的瓦解與商品經濟大潮的衝擊，曾經瀰漫在 80 年代的二元對立的思維模式逐漸發生改變……圍繞著『改革開放』而尖銳對立的兩極意識形態也隨之逐漸淡化。隨著大眾文化市場的形成，傳統文學的審美趣味相應地發生變化，群眾性多層次的審美趣味分化了原先二元對立的藝術觀念。」[4]

每個作家以個人獨特的不同體驗出發，直面人生。有的持續堅定地走傳統的路；有的往歷史去取材；有的往廣闊的民俗民間文化走；有的走進極端的私人生活；有的極度地迷戀自身的生命體驗；有的在商品經濟條件下走出了通俗之路。90 年代的文學便是在這種「無名」

---

[3]　陳思和主編：《中國當代文學史教程》，上海：復旦大學出版社，1999 年 9 月，頁 322。

[4]　陳思和主編：《新時期文學概說（1978-2000）》，桂林：廣西師範大學出版社，2001 年 11 月，頁 9。

的情勢下造就了屬於自己的特色——多種衝突與對立並存的格局，達成其文化藝術的多元發展。

考察中國女性文學的三次解放，會發現：

第一次：「五四時期」——女性解放的目標是在追求婚姻自主。

第二次：「新時期」——女性走出「婚姻圍城」，投入事業，力求經濟自主。

第三次：90 年代（有人稱為「後新時期」）——有的女性回望歷史、貼近現實；有的女性走出婚姻和事業的圍城；也有人孤傲地回歸自我的城堡，尋求女性純粹的自我。「女性書寫」的先鋒者徐坤，曾對 90 年代出現的第三次婦女解放作了總結性描述：「第三次解放，即是 90 年代女性對自己身體的解放……正視並以新奇的目光重新發現和鑑賞自己身體，重新找回女性丟失和被湮滅的自我。」[5]

誠如北京大學教授謝冕曾以「女性文學的大收穫」為題說：「中國女性文學在中國新文學歷史中，大體走過了如下的歷史性進程：一、女性覺醒並爭取女權的時代。表現女性爭取自身權利，如戀愛自由、婚姻自主、以及爭取與男性同樣的勞動、教育、工作的權利等，這一時期的女性寫作匯入了五四新文化運動個性解放的時代大潮流之中；二、投身社會運動的時代。此即所謂『男女都一樣』的消弭女性的性別意識的時代；三、突出特徵，女性反歸自身的時代。這一階段是中國社會開放的產物，女性文學呈現出與世界同步的狀態。也是女性文

---

[5]　徐坤：《雙調夜行船：九十年代的女性寫作》，太原：山西教育出版社，1999 年，頁 17。

學最接近本真的性別寫作的階段。」[6]這段話有助於在總結本書時，概括地為現、當代女性文學的發展再做一個整體的回顧。

女性文學與時代的關係是整體的，無論是女性的情感或生命體驗，實際上都不可能完全脫離現實生活而獨自存在。本書所討論的小說，可以說大約是反映了女作家所處的社會。這一群屬於她們自己的時代和歷史的小說家，在創作初期，反觀並審視自我，因此，她們的小說大抵說來有一種精神上的自傳性質，而隨著她們的感覺及其意識的推進，隨著她們的敘事方式所顯示的獨特的女性視角，我們可以看出不同時期的女性文學確實為整個現、當代文學史增添了不同的光彩。

本書從各個角度與面向，歸結大陸當代女性小說的書寫特色，提出結論。

第一節　書寫的特點

一、豐滿的女性自覺意識

90 年代以來的女性寫作最引人注目的特徵之一，便是充分的性別意識和性別自覺。冉小平說：「只有到社會深入發展，女性可以充分關注自我的時代才可能實現全意義的女性書寫，90 年代新生代女作家在女性文學方面顛覆附加使命，回覆女性自身審視也成為必然。反過來

---

[6]　譚湘：〈「兩性對話」——中國女性文學發展前景〉，北京《中國現、當代文學研究》，第 3 期，1999 年，頁 51。

說，不論書寫身體對於我們期待的女性文學來說，有多麼的不足甚至失誤，對於中國女性文學而言，都是有革命性意義的。」[7]

顧燕翎將女性意識發展劃分為五個階段：

第一階段是「不知期」：一切以男性價值為標準，女性意識尚未形成。

第二階段是「認同期」：試圖提供女性「上進」的機會，加入原屬男性的高階層社會或團體。

第三階段是「抗議期」：體會到女性所遭遇的阻礙是群體性、結構性的問題，女性意識自此覺醒，開始就種族、階級、性別、宗教等等角度來從事系統性的思考，所關注的也擴大至大多數婦女的問題。往往也帶動了婦運的開端。

第四階段是「女性中心期」：相信女性是文明與生命的基石，強調女性經驗和女性文化的真實性與重要性，力圖以此來改進男性的缺失。

第五階段是「兩性合作期」：是未來百年內的理想，兩性刻板印象消失，在個體人格發展或社會價值方面，都注重整體性與包容性，並不是兩極對立。[8]

很明顯地，90 年代的女性小說已經到了第四個階段。女性意識不但是社會文化的概念，也屬於歷史範疇，因此，細密地體察女性的生存體驗和生命存在的真實，對於整個歷史、文化和社會有相當大的價值。

---

[7] 冉小平：〈從書寫身體到身體書寫──二十世紀 90 年代新生代女作家創作漫論〉，《二十一世紀》網絡版，總第 15 期，2003 年 6 月。

[8] 中國論壇編輯委員會編：《女性知識分子與台灣發展》，台北：中國論壇雜誌社，1989 年 6 月，頁 125-127。

　　90 年代商業大潮如波濤洶湧襲來，社會發生結構性的變化，在都市生活中，有些女作家回望歷史，放大自己的格局去看母系而來的生命體驗。女作家以其特有的方式進行創作，在其作品中，往往融進了作家自身的生活情感，具有相當獨特的性別特徵，她們擔負起表現女性的任務，去體現女性意識。在特定的社會發展背景下，她們的精神世界有所騷動，日益自覺到自己的性別身分，發現自己的情感需求。女性意識是根植於經驗的，那是屬於她們自身的特殊經驗，當她們在生活中覺察到有著受到壓抑、威脅和冒犯的意識，其女性意識便產生變化，漸而增強著自我感，同時對於大家所認同的社會現實，大家所以為理所當然的，提出質疑和挑戰。

　　像嚴歌苓擅長塑造在異鄉努力打拼的女性人物的生存困境以及情感需求，《吳川是個黃女孩》裡的「我」遠赴美國留學，畢業後因為所學的「舞蹈物理學」屬於冷門，四處謀職碰壁，最後淪為從事按摩業並用手為客人進行性服務謀生。她在購物時被有種族歧視的保全人員毆打又求助無門；官司敗訴後，為了付昂貴的律師費幾乎變得一無所有，同時她還在和她命運大不同的妹妹吳川身上對照自己更為悲情的一面。但是，遊走於道德與罪惡邊緣的「我」，並沒有被環境打倒；後來，她成了高中老師，在重拾姊妹情誼的同時，也認識了一名男子開始編織愛情。作者從多個角度表達了在海外漂泊的生活的艱難，同時也保留了中國傳統中親情無價的文化機制──備受寵愛的吳川，雖然驕傲而冷漠，但是卻在姐姐的生活發生災難時，暗中為姐姐報仇，表現出難得而深刻的女性意識。

　　也有些女作家受到各種異質文化的碰撞，一時無法適應那樣的複雜與喧囂，為了固守自己的天地，把自己孤絕起來，並深刻地和自己的靈魂對話，對女性自身本質和生存意義的探討，所反映出的女性內

心的慾望、情感和想像，能呈現女性不同程度或方式的自省能力及其
掙扎圖存的迷惘與選擇；能審視女性深層的傳統意識以及其對所生存
的社會的反思。

　　于東曄說：「90 年代以來的文化語境中，女性意識更多的是強調
女性的獨特性，即女性的身體經驗。」[9]身體書寫，是一種對文化傳統
的顛覆和反叛，陳染、林白、徐小斌和海男等人，以明確的性別身分
進入文化視野的寫作，進行具有強烈性別意識的書寫，她們正視自己
的身體並表達對身體寫作的強烈渴望，那代表了一種女性認識自身的
對性別意識的覺醒，其書寫姿態是極端個人化，書寫內容也是叛逆而
有強大衝擊力的。

　　作家利用她筆下的人物把生活在都市中的痛苦和困頓移情呈現。
「個人化敘事的核心是對男性化敘事的反叛，拒絕男性敘事對女性權
利的慾望化書寫，從而把自我軀體由被動的慾望對象改寫為主動的慾
望主體。這種對身體姿態的書寫恰恰使她們成為自我慾望的主體。」[10]
就像陳染筆下女主角對同性、異性或雙性慾望的深刻表達。

　　新生代女作家的個人化寫作方式與取材，擺脫了傳統的群體民
生，意識形態化的創作模式，使文學真正成為一種具獨特個性的個體
色彩創作。她們以寫實為基調的創作方法描寫當下生活，十分真切地
展示了年輕一代在當代社會中的生活與心態，也是一種不容忽視的成
功。似乎可以說，女性書寫已衝破最後一道防線，開啟了女性文學的
新的局面。

---

[9]　于東曄：《女性視域：西方女性主義與中國文學女性話語》，頁 46。

[10]　王素霞：《新穎的「NOVEL」——20 世紀 90 年代長篇小說文體論》，北京：光
　　明日報出版社，2006 年 8 月，頁 78。

二、特殊的語言策略

　　中國女性文學不同於西方女權主義文學，兩者的最大的不同點，在於西方的女性作家曾接受女權主義的洗禮，並對男性世界展開性別抨擊；而中國的女性文學不但不崇尚女權主義，而且還與一些關注女性命運的男性作家結盟，一起為長期受壓迫的女性高呼不平。

　　90年代女性文學的興起「既與菁英文化的受挫導致知識分子的文人化定位有關，也是1980年代女性文學自身發展的某種延續，而且還是對五四新文學源頭活水的接引。當然，另一個不可忽略的因素就是受到了女性運動的全球化的影響。但需要強調的是，這種影響並不是全盤照搬。……女性運動是全球化的，但中國的女性文學的發展在接受西方理念的同時，也保留著其自身的脈絡。」[11]

　　其二者的差異應該還在於對女性解放的認知。在中國當時提倡女性解放之初，一些先進人士對於女性解放的共同認識，便是女性要和男性一樣走出家庭的牢籠，和男性一樣擔負起對國家社會的義務與責任，這就大大有別於西方女權主義者，所強調的兩性的平等與自由的權利，以及對於男性中心秩序的顛覆。

　　喬以鋼說：「當代部分女作家在文學創作中顯然深受西方女性主義思潮影響。就中國的歷史和現實來講，女性主義作為一種挑戰男性中心文化的思潮，一種認識和把握世界的視角，一種解剖現存性別秩序、性別關係的方法，對揭露和消除千百年來男性中心思想的影響具有不可忽視的積極意義。」[12]

[11] 金文兵：《顛覆的喜劇／20世紀80-90年代中國小說轉型研究》，北京：中國社會科學出版社，2004年1月，頁120。
[12] 喬以鋼：《中國當代女性文學的文化探析》，北京：北京大學出版社，2006年12月，頁60。

　　法國女性主義理論家埃萊娜・西蘇提出「寫你自己。必須讓人們聽到你的身體。」[13]她主張女性作家必須由自己的身體出發，張揚女性意識，尋找女性話語權，表達長久以來被忽視了的女性慾望，以及被歪曲的女性生存現實。我們見到從陳染、林白、徐坤到衛慧、棉棉，新生代女性小說，以獨白或靈魂自訴的方式，狂放其激情，表達自言自語或大膽言說的突圍意識，讓其令人瞠目結舌的女性敘述，拆除過去男權話語對女性話語的有形與無形的控制，尋找延續性的女性話語權，將五四時期與新時期的女性意識加以傳承，並進行前所未有的對男權社會的大膽的突破與顛覆。

　　試舉徐坤的女權話語為例，在〈招安、招安、招甚鳥安〉裡的徐小紅當她意識到男性文化對女性不該是占有與被占有，控制與被控制的關係，她不願面對來自強大的男性世界的溫柔招安，於是大聲喊出了「招安、招安、招甚雞巴安」；〈小青是一條魚〉裡的小青為達到消弭男性文化的目的，直接用「Fuck You, Fuck You」來代替男性話語徹底放棄傳統的男性文化傳統，儘管如此她的未來還是茫茫無知。

　　90 年代女性寫作的來源，多是 80 年代後期大量湧入的西方女性主義文學理論，隨著作家寫作漸而深入時，舉步維艱的作家開始因其不同文化背景而遭遇難題，但多數作家深知這種焦慮危機，會影響她們難以真實地表達中國女性的獨特聲音，因此她們走出「借用」或「重複」西方話語的資源階段，而讓自己免於陷入尷尬的處境，她們逐步超越外來話語的局囿，在女性文學的風潮、個人化寫作的招搖與城市文學的興盛中，各自找到和世界對話的方式，於是，20 世紀 90 年代女性創作繁花似錦的局面出現了。

---

[13] 張京媛編：《當代女性主義文學批評》，北京：北京大學出版社，1992 年 1 月，頁 188、194、195。

　　再舉陳染的〈破開〉來看，黛二與殞楠尖銳的直指破開男性中心文化後，女性才有美好遠景可言：「她們是軀殼，他們是頭腦；她們是陪襯，他們是主幹；她們是空間的容器角落裡的泥盆，他們是棟樑之樹；她們的腿就是他們的腿，他們是馴馬的騎手；他們把項鏈戴在她們的脖頸上，她們把自由和夢想繫在他們的皮帶上……」[14]以反諷的對比寫出了女性意圖文化自救的決心。

　　讀者可以很強烈地見到作家筆下性別思潮的覺醒，以及女性主義的反撲，使其小說不僅明顯表現女性主義的思想，有著顛覆父權的象徵，也轉化西方女性主義的關注來呈現相當具有大陸在地色彩的女性主義議題，如：情慾、兩性關係與生存價值等，都是作家所關懷的主題。作家將個人吸收消化得來的見解與思維表達在作品當中，在那樣的社會、時代背景下，一種前所未見的、獨特的新女性形象遂成其形。

　　90 年代的女性主義批評話語「以反叛傳統性別秩序，顛覆與解構男性中心文化為旨要，以建構女性性別主體、女性文化和女性主義詩學為價值追求，將鮮明的社會性別視角和女性主義文化立場作為構成文本、闡釋文本的必備範疇，它的顯著特點是對既有的性別文化秩序提出了強烈質疑。」[15]外來理論的女性主義文學批評，在中國多元型態的市場經濟下，激活了個體與個性，個人經驗帶給作家一種衝擊力，純粹從性別角度書寫私人生活與情感，並透過此私人化的經驗去尋找和發現生活與存在的無限可能，體現新的時代對文學內在品質與隱密經驗的尊重。因此，唯有正視女性主義批評在繁榮表面下所潛伏的缺陷和危機，才能讓女性主義研究在一個正常學術化發展的軌道上進行。

---

[14] 陳染：《沉默的左乳》，南京：江蘇文藝出版社，1997 年 2 月，頁 270。

[15] 于東曄：《女性視域：西方女性主義與中國文學女性話語》，北京：中國社會科學出版社，2006 年 9 月，頁 151。

　　總之，90 年代的女性作家勇敢超越前輩的思想侷限，以真正獨立的性別意識，獲取女性言說的話語權，探索女性群體不同於男性的生命世界，使得神祕的女性生命藝術再現，成就不同於男性寫作的文化現象。

三、性別探索與認同

　　女人和女人同性之間的張力是最難以把握的，80 年代的新時期女性小說就對女性生存的提出深切的關注，特別在女人與女人的關係中做了大量的探索。從 80 年代中後期到 90 年代呈現女女關係的重點可歸納為三類：一是同盟，二是對立，三是同性戀。以下分項詳述之。

　　第一，同盟：女人們團結合作，相互砥礪，共同抵抗男權社會的壓迫，建立女性獨立的城堡。代表作如 80 年代張潔的〈方舟〉，小說裡的梁倩、荊華和柳泉，當她們在遭受丈夫精神或肉體上的摧殘後，她們毅然決然走出失敗的婚姻，不再沉默，互相打氣把精神寄託在事業上，反倒在充滿男性價值觀念的社會中，努力超越自己的性別角色，以求得到社會的認同和接受；這樣的女性互助延續到 90 年代，如前所提張欣和陳染筆下就有很多同盟的好友，她們彼此互相深刻地欣賞、尊重，且集體一致對外，其所對抗的不僅是男性社會還有職場壓力。

　　第二，對立：指的是女人之間相互嫌棄厭惡而產生矛盾與衝突的作品，如 80 年代末的鐵凝的《玫瑰門》，還有徐小斌的〈如影隨形〉等。到了 90 年代，池莉的〈你是一條河〉裡的母親與女兒冬兒之間的誤解，幾乎是到了斷絕關係的地步。畢淑敏的《女人之約》更是寫到了女人間可怕的妒嫉，見多識廣的女廠長和女工鬱容秋兩人互看不順

眼，但鬱容秋佩服以博學多才征服男人的女廠長，她渴望同樣以自身的能力來獲得對方的尊敬，所以鬱容秋和女廠長訂下約定：如果鬱容秋可以圓滿完成任務，女廠長就要向她鞠躬，鬱容秋為了這個夢想不惜豁出性命，但就在她彌留之際，得到的也只是欺騙。因為這個懂得幾國語言，有管理經驗的女廠長一向自視甚高，她一直把鬱容秋視為浪蕩輕浮、淺薄無知的女人，所以根本不肯履約。女人與女人間的芥蒂是可以在一個眼神、一句話、或偏見的刻板印象就結下樑子的。

　　第三，同性戀：90 年代的身體寫作涉及到女性生活、女性心理、女性成長的各個方面，其中最為作家關注的命題之一便是女同性戀的描寫。在父權封建制歷史悠久牢固的中國，將女同性戀題材看成是反常的性關係，是邊緣中的邊緣；但 90 年代的女性作家敢於在自己的文本中表現女同性戀的題材，對於大陸女性文學有其重大的積極意義。陳染筆下的三姐妹繆一、黛二與麥三有一段時間好到一個星期不見，就會彼此思念，也曾經發誓永遠在一起都不嫁人。她們深刻地欣賞愛慕並尊重，細心呵護著稍不小心就會滑向崩潰的危險情誼。林白《一個人的戰爭》中的多米和南丹，〈回廊之椅〉的朱涼和七葉，〈瓶中之水〉中的二帕和意萍，〈說吧，房間〉中的老黑和南紅等都是。但是，她們卻都面臨很大的性別認同障礙與社會壓力，於是她們不是逃離，就是失蹤或死亡。只有〈說吧，房間〉裡的被解僱的老黑和落魄的南紅，她們超越低層次的精神需求和生理衝動，相依為伴攜手向前。

　　王艷芳肯定陳染和林白等人「對同性戀的正面書寫無疑已經表徵著女性寫作的自覺程度的加強，而就女性寫作歷史本身的發展而言，也具備著創建意義，即她們的寫作對女性自我的開掘已經從單一的精神取向走向多元，也就是說，女性自我的認同已經不再侷限於對母親、

父親、異性或同性的排斥性的單一認同方式，而是能夠在多種認同關係中存在，這代表著女性寫作的某種成熟狀態，也就是自我認同的某種成熟狀態。」[16]

由上可知，90 年代以來的女性所面臨的文化情境要豐富複雜得多。作家受到社會因素與文化背景的影響，在急邃推進的現代化、商業化進程，擠壓著女性的生存空間，其筆下的個人化（私人化），雖說達到了前所未有的宣洩與張揚，但在某種意義上，也說明了女性不斷惡化的社會生存環境，以致女性躲進屬於她們的象牙塔中。

「女性寫作介入歷史的這種表述方式成為女性反抗被言說、被規定、被塑造的既定命運的一種獨立的文化姿態，從而成為我們體察女性生存的有力參照。」[17]90 年代以來的女性所面臨的文化困境，從其情感體驗和精神探索兩方面來看，兩性的情愛關係的改變，到職場競爭的壓力，都讓我們藉由作家的小說見到其女性意識經歷對社會的外部探索和剖析，以及對內在的審視和反思。

四、解構男權神話

隨著西方女權主義文論的引進，20 世紀 90 年代的女性作家開始用女性自己的眼睛來看待世界，作家對於現代性愛的追求，在精神上更為提升，在行動上更為大膽，她們不再對性迴避，從對性的關注到對女性性心理的揭示，展現了完全女性化的自覺。

---

[16] 王艷芳：《女性寫作與自我認同》，北京：中國社會科學出版社，2006 年 5 月，頁 230-231。
[17] 程文超：《新時期文學的敘事轉型與文學思潮》，廣州：中山大學出版社，2005 年 1 月，頁 259。

　　作家對生存體驗的闡述，不再是出自於男性的生命感悟，而是發自於女性的內在心語，她們從長期以來的性壓迫以及性壓抑的禁慾文化中掙脫，男性在性活動中不再居主導地位，女性也不甘於只能默默承受。她們解構著男性話語的中心價值觀及其審美標準，通過女性經驗的自我解讀和女性軀體的大膽展示，破解男性傳統以來的威權神話，重視心底深處性愛意識的存在與需求，主動要求在性活動中享有其權利，從這個角度來看，她們顛覆了男性中心社會建構的政治、歷史、道德等方面的理念，其作品是有積極意義的。

　　徐坤《廚房》和陳染〈嘴唇裡的陽光〉等都以神來之筆寫出了女人面對成熟男性的性器官、性誘惑時躁動甚至虛幻的心理活動；林白《一個人的戰爭》開門見山就描寫了五歲的多米的手淫情狀，著實對傳統文本提出挑戰姿態。渴望父愛的多米有著向男性索取溫情的心理習慣，所以當她差點被強暴時，居然好奇心大於羞恥感，僅僅把它看成單調生活中的一種刺激，而和強暴者成了朋友；而在接受矢村的誘騙交付初夜權時，也不把所謂的處女貞操當成慎重的一回事了。女作家在大膽展示女性原慾世界，以女性身體作為符號書寫的背後，同時也構成了一種對男性的漠視，因為那些原本被遮蔽不見天日的性感體驗、隱密心理，竟被女作家正大光明地搬上男權中心文化祭壇，她們要構建的是一個更為平等而健全的文化體系。

　　在過去的文學作品中，女性和純潔唯美畫上了等號，她們只能歌頌愛情，含蓄而羞澀被動地等待性愛或表達朦朧的內心活動；但是，90年代的女性小說破解了男性神話的原慾，在關於性的體認、場面、細節和感受中，展示細膩而真摯的描寫。

五、嶄新的新市民光廊

　　作家面對 90 年代豁然開朗的都市場景，細說市民的智慧及其對生存的滿足，並以成熟的城市意識和文化關懷去觀照城市人生，也在探究都市之時，正面探討都市對人性定型的文化功能，還有現代人在城市中的選擇與擔當。就像張欣〈致命的邂逅〉裡情感受挫的寒池，最終還是保留了人性中的善良純真。其他如之前所提張欣和池莉筆下還有很多這樣的女性形象的樹立，這不但肯定了女性存在的價值意義、本質特色，以及女性思想的跨越，也標示著作家於都市意識的自覺成長中邁出了重要的一大步。

　　池莉說：「作家要瞄準要研究要抓住要表現的是人類共通的情感。不論這個人生活在什麼地方，作家只有真正生動地寫活他，『這個人』才能走進千千萬萬的讀者心中。……當你深刻瞭解一個人時，你必然同時瞭解了他的生活環境和地方特點給他性格的影響，然而，你若單純瞭解一個地方的風物景致和民俗俚語，你永遠也寫不出真實的人。」[18]

　　樊星認為：「具有特定地域文化特色的作家作品，是特定地域文化的產物；另一方面，有才華的作家，又可以憑著自己具有創新意味的作品改變地域文化文學的傳統面貌，寫出新的天地。」[19]90 年代以來，以池莉和張欣為代表的「新市民小說」的崛起，展現了真實而可觀的城市生活與城市人的描寫，女作家以其敏銳細膩的感知，比起男作家有著更深厚的關注情懷。

---

[18]　池莉：《真實的日子》，南京：江蘇文藝出版社，1995 年 8 月，頁 227。

[19]　樊星：《當代文學新視野演講錄》，桂林：廣西師範大學出版社 2007 年 1 月，頁 146。

　　池莉說過：「我首先希望我是一個大眾意義上的正常人。……我希望我具備世俗的感受能力和世俗的眼光，還有世俗的語言，以便我與人們進行毫無障礙的交流，以便我找到一個比較好的觀察生命的視點。我尊重、喜歡和敬畏在人們身上正發生的一切和正存在的一切。這一切皆是生命的掙扎與奮鬥，它們看起來是我們熟悉的日常生活，是生老病死，但是它們的本質驚心動魄，引人共鳴和令人感動。」[20]張欣也不諱言地說她自己喜歡吃龍蝦，也覺得汽車很便利，在情人節收到花也會感到虛榮，她說她是一個身陷紅塵的人。於是，我們見到作家筆下物質化的生存本質，還有市場經濟讓女性生命得以迸發的能量。

　　改革開放以後，經濟地位成為衡量人的社會地位的新標準，人們的生活情感，也相對地引起劇烈變化。我們透過新市民小說見到激動不安的群體，見到城市的成長，也見到生活在城市裡的人的青春與生命的成長。雖然新市民小說方露端倪，卻可以由小見大，想像其未來隨著都市現代化進程而漸具規模。

第二節　書寫的失衡

一、兩性關係的失調

　　兩性社會的繁榮與和諧，應以男女的實質平等為基礎，為促成男女真平等的社會實現，男性應該在女性甦醒的過程中，更加清醒，唯有兩性同時獲得自省的冷靜，才能縮短性別溝渠的距離。「女性文學的

---

[20]　池莉：《午夜起舞》，南京：江蘇文藝出版社，1998 年 8 月，頁 364-365。

最終使命是書寫女性自身來顛覆男性中心歷史對於婦女的遮蔽與扭曲，從而達成人類雙性文化的建構。」[21]

　　但可惜的是，如前幾章所討論的，我們不太見得到作家在文本中對於兩性和諧關係的著墨。除了遲子建的小說以外──〈親親土豆〉裡身患絕症的農民秦山，在生命即將走到盡頭時，捨不得白花錢醫治無可救藥的臭皮囊，堅持要給妻子買一條軟緞旗袍，讓她可以在明年夏天穿上，正因為這樣一份超越生死的關愛，他的妻子才能在他離開人世後平靜地生活下去；〈河柳圖〉裡的中學教師程錦藍被丈夫遺棄後，嫁給了沒有文化的粗俗商販裴紹發，這段婚姻外人看來極不相配，連他們的親友都不看好，大家都認為是優雅多情的程錦藍自暴自棄，但他們夫妻卻能珍惜彼此，互相扶持，共度餘生；〈日落碗窯〉裡的關全和雖然在心裡介意妻子對村裡不幸的青年男教師的關心，但他並不硬加阻擋，反而對妻子表現更多的體貼與溫柔，因為他知道支撐愛的屋子的大樑柱便是信任。

　　林白《一個人的戰爭》、棉棉《啦啦啦》裡的多米和「我」在找不到一條適合女性生存的道路時，唯一的選擇就只能是逃跑。這似乎是當下女性小說中對兩性關係描寫的共同特點：男女和諧共處狀態是缺席的。

　　李金榮說：「由於新生代作家女性小說越來越強調『女性身分』的寫作，強化『性別意識』，把男性與女性在社會上共存的事實，企圖以女權中心代替男權中心而造成的不平等，這是不利女性文學發展的。」[22]李

[21] 陳思和、楊揚編選：《90 年代批評文選》，上海：漢語大辭典出版社，2001 年 1 月，頁 71。

[22] 李金榮：〈在突圍與困厄之間──90 年代新生代女性小說價值評估〉，《山東理工大學學報》（社會科學版），第 22 卷第 3 期，2006 年 5 月，頁 86。

金榮在這裡所說的「企圖以女權中心代替男權中心而造成的不平等」其實也不是那麼絕對，筆者倒是覺得因為女性經濟獨立自主也活得自我，似乎不太去為對方妥協或犧牲，也或者嘗試為愛情或婚姻努力，但發現行不通後，便選擇放棄，另外，還有現實的問題也是她們所考量的，比如婚姻如果不是「加分」的，她們其實不太願意走進去，張欣〈窯藝〉裡志同道合的曹天際與葉一帆，還有〈致命的邂逅〉裡郎才女貌的章邁與寒池，最後還是屈服於實際生存壓力而各奔東西，80年代航鷹筆下的〈東方女性〉為婚姻檢討的林清芬已不復見。

　　這些作家筆下早就沒有所謂的刻骨銘心和地老天荒。再看池莉《來來往往》的段莉娜和《生活秀》的來雙揚，都是在遭受丈夫的背叛和傷害後，勇敢走出自我，池莉塑造了堅強的女性形象，但卻也和其他作家一樣，尚未找到一條雙性共建，和諧美滿的共存之路。

　　確實，作家「不應以切割歷史與未來的手法來展示孤立的自我，不應曲解性別的社會性，不應把精神在肆意的追求中丟失。女性作家們找到身體書寫的很好起點，但切不可到此止步，困於令人窒息的經驗胡同。男女兩性分庭抗禮是女性走向精神獨立的必由之路，然而獨立精神的存在又不能僅僅建立在對男性的抑制之上，否則會重蹈男權傳統的覆轍，導致新的失衡。」[23]

　　還有一部分的文本，也寫到了女性投入男權文化的遊戲之中，將情與愛分離，參與男性的情愛周旋，希望能透過控制男性的慾望而得到自主權，如周潔茹的〈到常州去〉表面上是男主角積極自信地主動進攻，女主角感覺是被動無奈的，但事實上女主角才是握著遙控器的人，她鼓勵縱容著男主角的行動，但最後又冷漠地拒絕，給男性自尊

---

[23]　冉小平：〈從書寫身體到身體書寫──二十世紀 90 年代新生代女作家創作漫論〉，《二十一世紀》網絡版，總第 15 期，2003 年 6 月。

以強烈的打擊。徐小斌的《雙魚星座：一個女人和三個男人的故事》裡的卜零和〈迷幻花園〉的芬和怡都懂得以子之矛，攻子之盾，讓男人得到報應，無地自容。張潔的〈她吸的是帶薄荷味的煙〉、鐵凝的〈無雨之城〉、殷惠芬的〈慾望的舞蹈〉也都展示了一群懦弱無能、萎瑣不堪、自私冷酷的男性。這在前面已經說到。

其實女作家也並非刻意漠視兩性關係的和諧與理解，比如，和陳染比起來，張欣對男性是寬容許多的，張欣會安排她筆下的女主角寬宏大量地帶領迷路的丈夫回家，在事業成功的女主角反思對婚姻的疏忽，並願意給丈夫調適的時間與機會，就算最後分手或成全也是理性的，努力過的。因此，她筆下的兩性關係是可以期待達到雙性和諧的理想的；還有，徐坤在〈春天的二十二個夜晚〉的結尾也是發出了呼喚兩性和諧的嚮往。

西方女性主義理論認為，「無論是強調男女政治、經濟平等的女權主義，還是強調女性性別特徵優越性的女性主義，最後的落腳點都是不要求男女在任何方面都平等，而是提倡男女互補，充分尊重男女各自的獨立人格。基於此，新生代女性小說中對女性身體的敘事，僅是女性尋求主體的步驟之一，女性要真正地完成主體性建構，僅靠對身體、對隱私心理與經驗的喃喃自語是很難實現的，女性只有從身體出發，再次把目光轉向歷史、社會政治經濟等擴大的現實層面，在『人』的背景上展開女性文本，才能真正尋找到出路。」[24]

兩性應該學習對彼此「差異性」的尊重，自覺地開掘兩性公共話語資源，並勇敢地正視其所共同面對的生存世界而達成共識，以實現各自的人生價值，達成兩性彼此欣賞、相互尊重的並存關係。

---

[24] 李金榮：〈在突圍與困厄之間——90年代新生代女性小說價值評估〉，頁87。

　　總之，當代女性小說若欲走出屬於自己更寬廣更長遠之路，則必須在個人與公共空間、內部與外部世界、自戀與自省意識間，尋求在性別意識與超性別意識的平衡中庸點，以促進雙性共建的善美關係。兩性要得到雙贏的最大勝利，就是男女要認知其自然差異，並肯定其脣齒相依的關係。健康的兩性世界應該雙性都能充分發展，是互依共生、彼此尊重、和諧互愛像太極一樣，陰陽和諧，互助共建的；而不是需要／被需要、救贖／被救贖、控制／被控制的二元對立。

二、偏重「都會」的場景安排

　　由於 90 年代城市崛起，商品經濟沸沸揚揚活絡了整個社會發展，以致於我們見到的小說文本多以城市為人物的主要活動環境，相對地，卻少見農村的景觀，除了鐵凝的少數篇章。尤其是集中在城市白領階級的都會女性，對於打工妹、下崗女工，甚至是「三陪女」，都不在女作家的觀照範圍，然而，這些沉默的多數平凡女性，卻是最不該被忽略的。

　　喬以鋼說：「女作家居住的城市環境使她們對市民生活更有發言權，只有在處理城市題材的時候，她們的寫作才顯得游刃有餘。而對農村生活，女作家則無熟透於心之感，往往以局外人的身分審視。」[25] 的確，經由以上各章的討論，我們見到 90 年代女性小說的敘事主題，都是圍繞著城市展開的，這不僅影響持平書寫的可觀性與女性經驗在審美意義上的親切感，相信也在某些程度上削弱了 90 年代女性文學的藝術成就。

---

[25] 喬以鋼：《多彩的旋律——中國女性文學主題研究》，天津：南開大學出版社，2003 年 1 月，頁 152-153。

　　而且其都會的書寫較多是停留在表面現象的敘述，未能深入到城市的深層，除了歷史的縱深感外，在沉澱和思考上是較為欠缺的。就以衛慧和棉棉這些 70 年代出生的前衛作家來說，她們有著急切地書寫城市的衝動，這些衝動是多面的，她們筆下的城市是個慾望之都，有縱情色慾，因為多元化的文化情境給人們造成強烈的感情衝擊，所以她們更多關注城市與人的慾望衝突；她們將城市妖魔為名利競技場，對城市產生懷疑，所以也可見其思想秩序的錯亂；也有讓城市中的文化邊緣人得以出頭的另類書寫，但是其所設定的迪廳、網吧、酒吧的狹窄城市空間，也侷限了書寫的格局；還有新女性探求情愛的自愛生存，努力地在找尋自我位置的過程中，認真地與城市關係的焦慮中調整自己。這些內容雖然有些部分十分墮落頹廢，文化趣味也顯得沉溺，但卻都很真實地反映了城市裡某部分人的生活面向。

三、過分關注身體書寫

　　新生代女性小說因為強調個人化，尤其關注在書寫身體，所以主觀性當然很強，作家在人物身上傾注她們自己個體生命的獨特體驗，並敢於正視自己身心的自然與自在，這是她們書寫的特色，可是從另一方面看，她們對於身體的過多關注，會使得文本不夠創新，感覺大同小異的片斷一再重複出現，有雷同重複之嫌；還有對於身體的過度偏激的強調──常用的關鍵語詞和大量的身體敘述──也容易讓她們的創作，給讀者感覺千篇一律，有江郎才盡之感。

　　此外，作品中那些過於頻繁的身體描寫，不管是女主角用欣羨讚賞的眼光去注視自己的身體，還是對於內心情慾的波動的極盡展現，都很容易又成為櫥窗裡「被看」的主角，又陷入慾望化的對象。尤其，

出版市場為了行銷，總要尋求有力的市場運作，比如林白《一個人的戰爭》出單行本時，被書商刻意在封面設計了一幅春宮圖，以作家的女性身分和身體寫作作為促銷手段和賣點。

　　當然，女性作家要擁有自己的性別，從身體開始出發，是很好的一條捷徑，可以用來表徵自己獨立的生命體驗與價值立場，然而，作家在掀開被遮蔽的女性經驗，沉浸在語言的快感中，建立自己敘事倫理價值觀的同時，應該要特別注意淪入走回頭路的陷阱。

第三節　未來研究方向

　　關於 90 年代中期以來，女性文學評論有兩個顯著的特色，一個是更注重梳理貫穿整個新時期（包括一般所謂的「後新時期」）的女性文學發展軌跡，「史」的意識明顯有所加強；另一個是注意到了中國女性主義文學及批評與西方女性主義的一些差異，將性別意識與民族環境、民族意識結合起來考察。[26]這兩個特色也是未來可以期待的展望。

　　還有，兩岸 90 年代女性小說的比較，還有新生代男女作家的話語策略與寫作特色比較，以及城市小說的發展脈絡等，都是可以致力研究的方向。

　　除了以上，筆者對於未來的可更深入研究的方向提出以下四點：

---

[26] 林樹明：《多維視野中的女性主義文學批評》，北京：中國社會科學出版社，2004 年 5 月，頁 377。

一、比較兩性作家情慾書寫的差異

衛慧的《上海寶貝》被批評得最厲害的，應該是小說中露骨的性愛描寫。關於這類引人注目的大膽的情慾書寫，第一次是張賢亮《男人的一半是女人》的出現，第二次是賈平凹的《廢都》，第三次則是衛慧的《上海寶貝》。前兩次從男性的角度出發，突出表現的是男人的身體與性；而到了第三次其所突出的是女人的身體與性，這實在是中國文學作品中少之又少的。其實，《上海寶貝》裡性描寫的篇幅，並不比《廢都》的數量多，但《廢都》的性僅在異性間，不像《上海寶貝》還有發生在同性身上，尤其在過去的性活動中的女人，是被動地被描述觀察的對象，但到了《上海寶貝》則反了！衛慧寫出了現實中男人所看不到的女人，所以是否因為是這樣的複雜情結，引起學界的撻伐？對於男作家和女作家寫「性」的兩者之間的差異和爭議，是未來值得研究與討論的。

二、值得研究的「青春成長小說」

90 年代女性文學表現出建構女性文化的努力。就目前狀況而言，這種女性文化的建設至少包括：一、女性自我性別意識的獨立。二、女作家文本寫作的文化策略。三、文本性、想像性的本質。四、與整個社會文化水乳交融的聯繫。[27]基於這四點，在歸結到新生代小說所呈現的生命經歷，是很能見出人物的青春成長的。比如《一個人的戰爭》、《私人生活》和《糖》「極力浮現生命生長歷程中的痛感，以『身體姿態』的變化來表達時間在個體生命上烙下的印跡。這種記憶既是表面

---

[27] 喬以鋼：《多彩的旋律——中國女性文學主題研究》，頁 172。

直觀的，又是心理可感的，以致勾畫了特殊的個體生命歷程，形成了頗有意味的成長型小說結構。」[28]不論作家是賦予小說人物的成長、或生存自救的故事，藉由其蛻變，都可見其寄託的生命意義，對於生命教育的研究應該是很有價值。因此，這也是未來值得研究的議題。

三、作家風格轉變之研究

隨著作家本身的年齡增長，以及對文學不懈地追尋與探索，還有外部環境不斷地改變，這些因素都會影響作家對主題意蘊、選擇題材、審美價值取向的改變。

在衛慧筆下的《上海寶貝》裡的都市的情愛似乎只有性，愛的成分少得可憐，但是在她 2004 年出版的《我的禪》中竟然談論了愛，而且文本中可以感受到她對西方文明已經失去了興味，並試圖在東方傳統文化中找尋心靈寄託。林白也是走出「一個人的戰爭」的「致命的飛翔」，在 21 世紀初的《婦女閑聊錄》她從慾望敘事走向民間敘事，走出她充滿焦慮的框架；在 2003 年第一期《花城》發表的長篇《萬物花開》，她又以似冷靜客觀的黑色幽默，藉由一個腦子長了五個瘤的白痴又具有特異功能的鄉村少年，不但展示了大陸鄉村世俗生活的眾生相，也寫出了底層百姓生活的辛酸。如果你先看小說文本，是絕對猜不到作者是林白的。因為屬於林白的沉重和灰黯，已經被廣闊而明亮的意境給取代；《玻璃蟲》的敘述風格也是，雖然林蛛蛛和林多米一樣都有豐富的私人生活經歷，但是林蛛蛛身上展現的是一種平和，已看不到林多米的激進了。

---

[28] 王素霞：《新穎的「NOVEL」——20 世紀 90 年代長篇小說文體論》，頁 37。

　　林白曾在一次接受採訪時表示，她覺得她的改變跟年齡有關係：跟她那次走黃河也有很大關係。她 2000 年寫完《玻璃蟲》，內心非常空虛，人不在寫作之中內心就很空虛，她和世界的關係是很奇怪的，找不到恰當的關係。其實她很怕人的，要跟人互動是很為難的。有朋友陪著她，一起去比如到陝北、河南，去了以後硬著頭皮問人家你家有幾口人，幾畝地，每天吃什麼。通過這麼一個事件，自己好像能夠跟人溝通了，能夠跟人交談，寫完了《枕黃記》，以後就來了一個親戚，跟她講家鄉的事情，以前她不會有耐心聽，現在有耐心聽了，他講的這些東西，要變成文字要通過她自己、自我的生命的追問。她自己認為《萬物花開》就是一部關於生命與自由的書。她徹底走出了自己的內心，開始對外部的世界高度加以參與，所以，她覺得她的生活可能窄小，但是她的作品卻很遼闊。[29]《萬物花開》，正是說明了林白的視野的開闊與變化。

　　還有，王安憶在 2000 年出版的〈富萍〉和 2003 年的〈桃之夭夭〉已經擺脫她過去小資情調的女性形象，取而代之的是底層女性旺盛的生命力；張抗抗在《情愛畫廊》一改過去她 80 年代的寫作風格，引起轟動尚未平息時，又於 2002 年出版了長篇小說《作女》──「作女」指的是要主動選擇，並決定自己生活方向，不再被動接受命運安排的女人──張抗抗在小說中，極力關注在 21 世紀自由經濟下，都會女性的生存挑戰，超越了過去昔日的情愛描寫，更加著重的是女性的精神世界；鐵凝在 2006 年出版的長篇歷史小說《笨花》也是超越了她過去

---

[29] 新華網，新浪網：〈林白：我是一個沒有現實感覺的人──作家林白作客新浪網訪談實錄〉，2004 年 4 月 20 日。
　　http://big5.xinhuanet.com/gate/big5/news.xinhuanet.com/book/2004-04/20/content_1430079.htm

的格局與藝術風格，很明顯地可以看出她在挑戰自我的野心──小說寫了從晚清末年到抗戰勝利五十多年間的歷史變遷，其中頻繁現身的真實歷史人物，展現了鐵凝不同於其他小說家的歷史姿態。

　　經過 90 年代末，女性寫作往新世紀邁進，作家走出了自己的房間，其創作風格的轉變也是未來值得比較與研究的課題。

四、影視文學未來可期

　　當代的女性小說改編為電視劇或電影大多獲得優秀的佳績，前者如池莉的《來來往往》和《小姐妳早》、虹影《上海王》、王海玲《新結婚時代》，甚至是近期六六的《蝸居》；後者如王安憶《長恨歌》、嚴歌苓《少女小漁》和《天浴》，甚至是近期張翎〈餘震〉（改編為《唐山大地震》）都是未來值得研究的作品。

　　文學與影視，兩者的藝術表現形式有別──不管是表現的手法、結構的要素以及美學呈現的原則──都各有其特色。文學文字裡的情感描摹、修辭技巧，還有文字以外提供給讀者的想像、延伸的情感，可能是影視所無法表現的；然而，影視可以提供文字的現場重現，並以其多元的藝術──歷史、政治、文化與社會情緒──從文字轉換為影像傳達，以對白陳述，以音樂襯托，充分營造角色性格與其所處的環境，鏡頭交錯運作、顏色的處理，多層面向的表現，提供讀者更廣闊的欣賞的角度與空間。

　　文學與影視的關係，隨著時代變化，與各自的藝術發展而轉變。兩種藝術媒體，都在不斷地尋求突破與創新，也都在檢視其中呈現的人性與社會、文化等各個層面。在這樣一種新的深度語言溝通媒介中，可以讓讀者與觀眾藉由文學與影像的閱讀與欣賞，得到最大的心靈滿足。

　　所以，未來在影視文學的研究上，當代的女性小說也是擔當不容忽視的重要角色的。

參考書目

一、作家文本

方方：《白夢》，南京：江蘇文藝出版社，1995 年。

方方：《風景》，南京：江蘇文藝出版社，1995 年。

方方：《黑洞》，南京：江蘇文藝出版社，1995 年。

王安憶：《叔叔的故事》，台北：業強出版社，1991 年。

王安憶：《姊妹們》，北京：華夏出版社，1997 年。

王安憶：《紀實與虛構》，北京：作家出版社，1996 年。

王安憶：《處女蛋》（原名：我愛比爾），台北：麥田出版社，1998 年。

王安憶：《米尼》，海口：南海出版公司，2000 年。

王安憶：《長恨歌》，台北：麥田出版社，2005 年。

王安憶：《香港的情與愛——王安憶自選集之三》，北京：作家出版社，
1996 年。

王安憶：《妹頭》，上海：南海出版公司，2000 年。

王安憶：《男人和女人，女人和城市》，昆明：雲南人民出版社，2000 年。

王安憶：《王安憶自選集之五·長篇小說卷·米尼》，北京：作家出版社，
1996 年。

池莉：《真實的日子》，南京：江蘇文藝出版社，1995 年。

池莉：《午夜起舞》，南京：江蘇文藝出版社，1999 年。

池莉：《來來往往》，北京：作家出版社，1998 年。

池莉：《細腰》，南京：江蘇文藝出版社，1990 年。

池莉：《一冬無雪》，南京：江蘇文藝出版社，1999 年。

池莉：《紫陌紅塵》，南京：江蘇文藝出版社，1995 年。

池莉：《小姐你早》，北京：作家出版社，1999 年。

池莉：《來來往往》，北京：作家出版社，1998 年。

林白：《一個人的戰爭》，台北：麥田出版社，1998 年。

林白：《林白文集》，第 2 卷，南京：江蘇文藝出版社，1997 年。

林白：《林白文集 4──空心歲月》，南京：江蘇文藝出版社，1997 年。

林白：《致命的飛翔》，武漢：長江文藝出版社，1997 年。

林白：《迴廊之椅》，昆明：雲南人民出版社，1995 年。

林白：《德爾沃的月光》，昆明：雲南人民出版社，1995 年。

林白：《貓的激情時代》，北京：中國文聯出版社，2001 年。

虹影：《飢餓的女兒》，台北：爾雅出版社，1997 年。

虹影：《K》，台北：爾雅出版社，1997 年。

虹影：《女子有行》，台北：爾雅出版社，1998 年。

張抗抗：《情愛畫廊》，台北：業強出版社，1998 年。

張欣：《歲月無敵》，武漢：長江文藝出版社，1996 年。

張潔：《中國國外獲獎作家作品集，張潔卷》，昆明：雲南人民出版社，
　　2001 年。

陳染：《不可言說》，北京：作家出版社，2000 年。

陳染：《沉默的左乳》，南京：江蘇文藝出版社，1997 年。

陳染：《私人生活》，南京：江蘇文藝出版社，1997 年。

陳染：《陳染小說精粹》，成都：四川人民出版社，1998 年。

陳染：《與往事乾杯》，南京：江蘇文藝出版社，1997 年。

陳染：《斷片殘簡》，昆明：雲南人民出版社，1995 年。

陳染：《時光倒流──陳染散文集》，北京：新華出版社，2003 年。

陳染編選：《女性體驗小說》，北京：北京師範大學出版社，1999 年。

陳丹燕：《上海的金枝玉葉》，台北，爾雅出版社，1999 年。

棉棉：《糖》，台北：生智出版社，2000 年。

黃蓓佳：《輸掉所有的遊戲》，南京：江蘇文藝出版社，1998 年。

黃蓓佳：《午夜雞尾酒》，南京：江蘇文藝出版社，1998 年。

衛慧：《上海寶貝》，台北：生智出版社，2000 年。

衛慧：《衛慧精品集》，長春：時代文藝出版社，2000 年。

衛慧：《像衛慧那樣瘋狂》，珠海：珠海出版社，1999 年。

衛慧：《我的生活美學》，珠海：珠海出版社，1999 年。

遲子建：《白雪的墓園》，昆明：雲南人民出版社，1995 年。

遲子建：《傷懷之美》，昆明：雲南人民出版社，1995 年。

嚴歌苓：《少女小漁》，北京：當代世界出版社，2003 年。

嚴歌苓：《無出路咖啡館》，台北：九歌出版社，2001 年。

鐵凝：《大浴女》，南京：江蘇文藝出版社，2001 年。

鐵凝：《鐵凝文集‧玫瑰門》，南京：江蘇文藝出版社，1996 年。

二、理論與批評

（一）專著

丁柏銓、周曉揚：《新時期小說思潮和小說流變》，南京：南京大學出版
　　社，1991 年。

卜紅：〈感受陳染的「超性別意識」〉，《青海師專學報》（教育科學），
　　第 4 期，2006 年。

于東曄：《女性視域：西方女性主義與中國文學女性話語》，北京：中國
　　社會科學出版社，2006 年。

二十所高等院校：《中國當代文學作品選評》，河北：河北人民出版社，
　　1985 年。

中共上海市委宣傳部編：《九十年代上海人形象》，上海：上海人民出版
　　社，1993 年。

中國論壇編輯委員會編：《女性知識分子與台灣發展》，台北：中國論壇
　　雜誌社，1989 年。

王周生：《關於性別的追問》，上海：學林出版社，2004 年。

王岳川：《中國鏡像──90 年代文化研究》，北京：中央編譯出版社，
　　2001 年。

王劍冰：《中國散文年度排行榜（2002）》，武漢：長江文藝出版社，
　　2002 年。

王素霞：《新穎的「NOVEL」——20 世紀 90 年代長篇小說文體論》，北
　　京：光明日報出版社，2006 年。

王達敏：《新時期小說論》，合肥：安徽大學出版社，1999 年。

王緋：《畫在沙灘上的面孔：九十年代世紀末文學的報告》，太原：山西
　　教育出版社，1999 年。

王德威：《如何現代，怎樣文學？——十九、二十世紀中文小說新論》，
　　台北：麥田出版社，1998 年。

王曉明主編：《在新意識形態的籠罩下——90 年代的文化與文學分析》，
　　南京：江蘇人民出版社，2000 年。

王曉明編：《人文精神尋思錄》，上海：文匯出版社，1996 年。

王曉明主編：《在新意識型態的籠罩下——90 年代的文化和文學分析》，
　　南京：江蘇人民出版社，2000 年。

王鐵仙：《新時期文學二十年》，上海：上海教育出版社，2001 年。

王艷芳：《女性寫作與自我認同》，北京：中國社會科學出版社，2006 年。

白燁：《熱讀與時評——90 年代以來的長篇小說》，北京：中國社會科學
　　出版社，2005 年。

皮述民、邱燮友、馬森、楊昌年：《二十世紀中國新文學史》，台北：駱
　　駝出版社，1997 年。

石曉楓：《兩岸小說中的少年家變》，台北：里仁書局，2006 年。

包亞明、王宏圖、朱生堅：《上海酒吧——空間、消費與相象》，南京：
　　江蘇人民出版社，2001。

任一鳴：《中國女性文學的現代衍進》，香港：青文書屋，1997 年。

吉登斯：《現代性與自我認同》，北京：三聯書店，1998 年。

朱寨、張炯主編：《當代文學新潮》，北京：人民文學出版社，1997 年。

西蒙・波娃著，楊美惠譯：《第二性》，台北：志文出版社，1999 年。

何金蘭：《文學社會學》，台北：桂冠圖書公司，1989 年。

吳義勤：《中國當代新潮小說論》，南京：江蘇文藝出版社，1997 年。

吳義勤主編：《王安憶研究資料》，濟南：山東文藝出版社，2006年。

吳福輝：《都市漩流中的海派小說》，湖南：湖南教育出版社，1995年。

吳宗蕙：《女作家筆下的女性形象》，北京：首都師範大學出版社，1995年。

呂正惠：《小說與社會》，台北：聯經出版事業公司，1988年。

呂正惠主編：《文學的後設思考》，台北：正中書局，1991年。

呂晴飛主編：《中國當代青年女作家評傳》，北京：中國女性出版社，
　　1990年。

李小江等著：《文學、藝術與性別》，南京：江蘇人民出版社，2002年。

李小江：《夏娃的探索——婦女研究論稿》，鄭州：河南人民出版社，
　　1988年。

李今：《海派小說與現代都市文化》，合肥：安徽教育出版社，2000年。

李有亮：《給男人命名：20世紀女性文學中男權批判意識的流變》，北京：
　　社會科學文獻出版社，2005年。

李書磊：《都市的遷徙——現代小說與城市文化》，長春：時代文藝出版
　　社，1993年。

李復威主編、張德祥編選：《情感分析小說》，北京：北京大學出版社，
　　1999年。

汪暉、余國良編：《上海：城市、社會與文化》，香港：中文大學出版社，
　　1998年。

周玉山：《大陸文學與歷史》，台北：東大出版社，2004年。

孟繁華主編：《九十年代文存1990～2000》，北京：中國社會科學出版社，
　　2001年。

林丹婭：《當代中國女性文學史論》，廈門：廈門大學出版社，2003年。

林樹明：《多維視野中的女性主義文學批評》，北京：中國社會科學出版
　　社，2004年。

金文兵：《顛覆的喜劇——20世紀80-90年代中國小說轉型研究》，北京：
　　中國社會科學出版社，2004年。

金漢：《中國當代小說藝術演變史》，杭州：浙江大學出版社，2000年。

施淑：《大陸新時期文學概況》，台北：行政院文化建設委員會，1996年。

施淑：《兩岸文學論集》，台北：新地出版社，1997年。

施叔青：《對談錄——面對當代大陸文學心靈》，台北：時報文化公司，
　　1989年。

施淑：《大陸新時期文學概觀》，台北：行政院文化建設委員會印行，
　　1996年。

洪子誠：《中國當代文學概說》，香港：青文書屋，1997年。

洪鎌德：《人的解放——21世紀馬克思學說新探》，台北：揚智出版社，
　　2000年。

約翰・奧尼爾：《身體形態——現代社會的五種身體》，北京：春風文藝
　　出版社，1999年，頁110。

胡敏等譯：《女權主義文學理論》，長沙：湖南文藝出版社，1989年。

胡曉真：《才女徹夜未眠——近代中國女性敘事文學的興起》，台北：麥
　　田出版社，2003年。

夏濟安：《夏濟安選集》，台北：志文出版社，1974年。

唐翼明：《大陸「新寫實」小說》，台北：東大圖書公司，1996年。

唐翼明：《大陸新時期文學（1977～1989）：理論與批評》，台北：東大
　　出版社，1995年。

孫隆基：《中國文化的深層結構》，台北：唐山出版社，1990年。

徐坤：《雙調夜行船：九十年代的女性寫作》，太原：山西教育出版社，
　　1999年。

徐小斌：《世紀末風景》，昆明：雲南人民出版社，1996年。

徐坤：《雙調夜行船——九十年代的女性寫作》，太原：山西教育出版社，
　　1999年。

徐岱：《邊緣敘事——20世紀中國女性小說個案批評》，上海：學林出版
　　社，2002年。

荒林：《花朵的勇氣：中國當代文學文化的女性主義批評》，北京：九州
　　出版社，2004年。

馬克思：《馬克思恩格斯全集》，北京：人民文學出版社，1982年。

康燕：《解讀上海1990-2000》，上海：上海人民出版社，2001年。

張韌：《新時期文學現象》，北京：文化藝術出版社，1998 年。

張子樟：《試論大陸新時期小說》，台北：行政院文化發展委員會，1996 年。

張子璋：《走出傷痕──大陸新時期小說探論》，台北：東大圖書公司，1991 年。

張文紅：《倫理敘事與敘事倫理──90 年代小說的文本實踐》，北京：社會科學文獻出版社，2006 年。

張志忠：《1998 年：世紀末的喧嘩》（百年中國文學總系），濟南：山東教育出版社，2002 年。

張志忠：《九十年代的文學地圖》，太原：山西教育出版社，1999 年。

張京媛：《當代女性主義文學批評》，北京：北京大學出版社，1992 年。

張炯：《新時期文學格局》，西安：陝西人民教育出版社，1998 年。

張浩：《書寫與重塑──20 世紀中國女性文學的精神分析闡釋》，北京：北京語言大學出版社，2006 年。

張鈞：《小說的立場──新生代作家訪談錄》，桂林：廣西師範大學出版社，2002 年。

張韌：《文學的潮汐》，北京：中國文聯出版公司，1994 年。

張韌：《新時期文學現象》，北京：文化藝術出版社，1998 年。

張岩冰：《女權主義文論》，山東：山東教育出版社，1998 年。

張誦聖：《文學場域的變遷》，台北：聯合文學出版社，2001 年。

張清華：《中國當代先鋒文學思潮論》，南京：江蘇文藝出版社，1997 年。

張清華主編：《中國新時期女性文學研究資料》，濟南：山東文藝出版社，2006 年。

盛英：《中國女性文學新探》，北京：中國文聯出版社，1999 年。

盛英主編：《二十世紀中國女性文學史》，天津：天津人民出版社，1995 年。

許志英、丁帆主編：《中國新時期小說主潮》（上、下卷），北京：人民文學出版社，2002 年。

許道明：《海派文學論》，上海：復旦大學出版社，1999 年。

陳信元、欒梅健主編：《大陸新時期文學概論》，台北：南華管理學院，1999 年。

陳信元：《從台灣看大陸當代文學》，台北：業強出版社，1989 年。

陳思和、楊揚編：《90 年代批評文選》，上海：漢語大辭典出版社，
　　2001 年。

陳思和：《中國新文學整體觀——大膽探索‧激情反思》，台北：業強出
　　版社，1990 年。

陳思和：《陳思和自選集》，桂林：廣西師範大學出版社，1997 年。

陳思和：《新時期文學概說（1978～2000）》，桂林：廣西師範大學出版
　　社，2001 年。

陳思和：《還原民間——文學的省思》，台北：東大圖書公司，1997 年。

陳思和主編：《大陸當代文學史教程 1949-1999》，台北：聯合文學出版
　　社，2001 年。

陳思和主編：《中國當代文學史教程》，上海：復旦大學出版社，1999 年。

陳美蘭：《中國當代長篇小說創作論》，上海：上海文藝出版社，1991 年。

陳家春：《慾魔的透視——中國當代小說與性文化》，香港：香港教育圖
　　書公司，1999 年。

陳惠芬：《想像上海的 N 種方法——20 世紀 90 年代「文學上海」與城市
　　文化身分建構》，上海：上海人民出版社，2006 年。

陳順馨：《1962：夾縫中的生存》（百年中國文學總系），濟南：山東教
　　育出版社，2002 年。

陳順馨：《中國當代文學的敘事與性別》，北京：北京大學出版社，1995 年。

陳曉明：《表意的焦慮：歷史的建構與解構：當代中國文學的變革流向》，
　　北京：中央編譯出版社，2001 年。

陳曉明：《剩餘的想像：九十年代的文學敘事與文化危機》，北京：華藝
　　出版社，1997 年。

陳曉明：《無邊的挑戰——中國先鋒文學的後現代性》，長春：時代文藝
　　出版社，1993 年。

陳曉蘭：《女性主義批評與文學詮釋》，蘭州：敦煌文藝出版社，1999 年。

喬以鋼：《中國當代女性文學的文化探析》，北京：北京大學出版社，
　　2006 年。

喬以鋼：《多彩的旋律——中國女性文學主題研究》，天津：南開大學出版社，2003 年。

彭小妍主編：《認同、情慾與語言》，台北：中央研究院中國文哲研究所，1996 年。

程文超主編：《新時期文學的敘事轉型與文學思潮》，廣州：中山大學出版社，2005 年。

黃發有：《準個體時代的寫作：20 世紀 90 年代中國小說研究》，上海：上海三聯書店，2002 年。

黃重添、莊明萱、闕豐齡、徐學、朱雙一合著：《台灣新文學概觀》，台北：稻禾出版社，1992 年。

黑格爾：《美學》（第一卷），北京：商務印書館，1997 年。

甯亦文：《多元語境中的精神圖景——九十年代文學評論集》，北京：人民文學出版社，2001 年。

楊昌年：《現代小說》，台北：三民書局，1997 年。

楊義：《二十世紀中國小說與文化》，台北：業強出版社，1993 年。

楊澤主編：《從四〇年代到九〇年代——兩岸三邊華文小說研討會論文集》，台北：時報文化出版公司，1994 年。

葛紅兵主編：《城市批評——上海卷》，北京：文化藝術出版社，2002 年。

管懷國：《遲子建藝術世界中的關鍵詞》，長沙：中南大學出版社，2006 年。

劉亮雅：《情色世紀末：小說、性別、文化、美學》，台北：九歌出版社，2001 年。

劉慧英：《走出男權傳統的藩籬》，北京：三聯書店，1995 年。

鄭明娳：《當代台灣女性文學論》，台北：時報文化出版公司，1993 年。

樊星：《當代文學新視野演講錄》，桂林：廣西師範大學出版社，2007 年。

蕭同慶：《世紀末思潮與中國現代文學》，合肥：安徽教育出版社，2000 年。

戴錦華：《猶在鏡中——戴錦華訪談錄》，北京：知識出版社，1999 年。

戴錦華：《鏡城地形圖》，台北：聯合文學出版社，1999 年。

戴錦華：《世紀之門》，北京：社會科學文獻出版社，2000 年。

酈邦洪：《新時期小說研究》，廣州：廣東人民出版社，1996 年。

羅思瑪莉・佟恩著，刁筱華譯：《女性主義思潮》，台北：時報文化出版
　　公司，1996 年。

蘇珊・朗格：《情感與形式》，北京：中國社會科學出版社，1986 年。

顧燕翎主編：《女性主義理論與流派》，台北：女書文化出版社，1996 年。

（二）學位論文

尤美琪：《「黑雨中的腳尖舞」：陳染文本的書寫／閱讀／性別》，台北：
　　清華大學中國文學研究所碩士論文，2001 年。

江靜芬：《王安憶小說之女性情誼研究》，台北：彰化師範大學中國文學
　　研究所碩士論文，2004 年。

李圭嬉：《「五四」小說中所反映的女性意識》，台北：中國文化大學中
　　國文學研究所碩士論文，2005 年。

林佳芬：《王安憶《長恨歌》研究》，台北：東吳大學中國文學研究所碩
　　士論文，2004 年。

林岳伶：《虹影小說研究》，台北：高雄師範大學回流中文碩士班碩士論
　　文，2006 年。

林怡君：《重繪移民女性：聶華苓與嚴歌苓作品中的華裔美國移動論述》，
　　台北：交通大學語言與文化研究所碩士論文，2003 年。

林皇杏：《存在主義的側影──嚴歌苓《無出路咖啡館》析論》，台北：
　　彰化師範大學國文學系碩士論文，2003 年。

邱綉雯：《「在說中沉默，在沉默中說」：林白小說研究》，台北：清華
　　大學中國文學研究所碩士論文，2005 年。

洪士惠：《上海流戀與憂傷書寫──王安憶小說研究（1976～1995）》，
　　台北：淡江大學中國文學研究所碩士論文，2001 年。

徐文娟：《嚴歌苓小說主題研究》，台北：成功大學中國文學研究所碩士
　　論文，1999 年。

張乃心：《方方小說研究》，台北：政治大學國文教學碩士學位班碩士論
　　文，2006 年。

陳振源：《張潔小說之人物研究》，台北：文化大學中國文學研究所碩士論文，2004 年。

黃淑祺：《王安憶的小說及其敘事美學》，台北：政治大學中國文學研究所碩士論文，2003 年。

黃淑祺：《王安憶的小說及其敘事美學》，台北：政治大學中國文學研究所碩士論文，2004 年。

葉如芳：《嚴歌苓的移民女性書寫》，台北：東海大學中國文學研究所碩士論文，1999 年。

劉秀美：《大陸新寫實小說研究——以劉恆、方方、池莉及劉震雲作品為主》，台北：清華大學中國文學研究所碩士論文，2000 年。

潘雅玲：《王安憶小說中的人物形象》，台北：彰化師範大學中國文學研究所碩士論文，2005 年。

顏瑋瑩：《王安憶長篇小說研究》，台北：文化大學中國文學研究所碩士論文，2005 年。

（三）學報期刊論文

丁毅：〈關於《長恨歌》評價的幾個問題〉，《上海大學學報》，第 1 期，1996 年。

于青：〈苦難的昇華——論女性文學女性意識的歷史發展軌跡〉，《中國現代、當代文學研究》，第 1 期，1998 年。

中國新聞社：〈專訪女作家虹影——「愛寫作就像愛男人」〉，中國《新聞週刊》，總第 164 期，2004 年 1 月 12 日。

王娜、虞箐：〈唐穎：我還是比較喜歡純文學〉，《新聞晨報》，2007 年 1 月 14 日。

王文廣：〈欲望魔瓶的傾覆——衛慧小說話語世界〉，《鹽城工學院學報》（社會科學版），第 2 期，2006 年。

王東：〈中國共產黨怎樣破解了歷史與現實難題〉，《北京日報》理論週刊，2002 年 11 月 11 日。

王向東：〈向人類生命本質和生存本義的逼近——王安憶人性、人生小說論〉，《唯實》，第 1 期，2000 年。

王向東：〈孤獨城堡的構建與衝決——論王安憶小說的孤獨主題〉，《楊州大學學報》，第 2 期，1999 年。

王季鋒：〈《長恨歌》：王安憶「民間」意識本位還原〉，《洛陽師範學院院報》，第 4 期，1998 年。

王金珊、鄭彬：〈論王安憶小說的敘事技巧〉，《淄博學院學報》（社會科學版），第 1 期，2002 年。

王泉：〈論王安憶女性小說敘事的獨特性〉，《益陽師專學報》，第 1 期，2001 年。

王紅旗：〈陳染的私人情結〉，《中國婦女報》，2001 年 11 月 14 日。

王苹：〈由欲到義：情愛的升華——評王安憶九十年代小說中的愛情書寫〉，《當代文壇》，第 3 期，2003 年。

王雪瑛：〈生長的狀態——論王安憶九十年代的小說創作〉，《當代作家評論》，第 2 期，2001 年。

王緋：〈遲子建的傷懷〉，《北京日報》，2001 年 12 月 3 日。

王曉明：〈九十年代的女性——個人寫作（筆談）·在創傷性記憶的環抱中〉，《文學評論》，1999 年 5 月。

王曉明：〈從「淮海路」到「梅家橋」——從王安憶小說創作的轉變談起〉，《文學評論》，第 3 期，2002 年。

王麗君：〈王安憶小說創作論〉，《赤峰學院學報》（漢文哲學社會科學版），第 27 卷第 4 期，2006 年 4 月。

王俊秋：〈救贖與懺悔：虹影小說的道德反省與宗教意識〉，《當代作家評論》，第 6 期，2006 年。

毛少瑩：〈覺醒與困惑：從大陸 90 年代女性寫作看中國女性意識〉，《九十年代兩岸三地文學現象國際學術研討會論文集》，2000 年 6 月。

皮進：〈海派女作家筆下的空間意象——以張愛玲、王安憶、衛慧為例〉，《船山學刊》，第 2 期（復總第 60 期），2006 年。

石曉楓：〈林白、陳染小說中的家庭變貌及意義論述——以女兒書寫為觀察核心〉，《師大學報：人文與社會類》，第 49 卷第 2 期，2004 年。

石曉楓：〈論王安憶《長恨歌》的海派傳承〉，《中國現代文學理論季刊》，第 11 期，1998 年 9 月。

石曉楓：〈論王安憶《紀實與虛構》中的個人與城市〉，《國文學報》，第 30 期，2001 年 6 月。

冉小平：〈從書寫身體到身體書寫——二十世紀 90 年代新生代女作家創作漫論〉，《二十一世紀》網絡版，總第 15 期，2003 年 6 月。

任靜：〈海派女作家的流變軌跡與內在差異〉，《南京工業職業技術學院學報》，第 6 卷第 1 期，2006 年 3 月。

朱西寧：〈恨歸何處——評王安憶《長恨歌》〉，《聯合文學》，第 12 卷第 9 期，1996 年 7 月。

朱英：〈近代上海商業的興盛與海派文化的形成及發展〉，《三峽大學學報》（人文社會科學版），第 4 期，2001 年。

伊蘭・修華特（Elaine Showalter）著，張小虹譯：〈荒野中的女性主義〉，台北《中外文學》，第 14 卷第 10 期，1986 年 3 月。

余岱宗：〈反浪漫的懷舊戀語——長篇小說《長恨歌》的一種解讀〉，《小說評論》，第 2 期，2001 年。

余玲：〈論當代文學日常敘事缺席的原因〉，《樂山師範學院學報》，第 4 期，2004 年。

余玲：〈「喧囂」的另一種解讀——再論新生代日常敘事〉，《當代文壇》，第 2 期，2006 年。

吳芸茜：〈與時間對峙——論王安憶的小說哲學〉，《文藝理論研究》，第 4 期，2003 年。

吳俊：〈瓶頸中的王安憶關於——《長恨歌》及其後的幾部長篇小說〉，《當代作家評論》，第 5 期，2002 年。

吳炫：〈穿越當代經典——「晚生代」文學及若干熱點作品局限評述〉，《山花》，第 9 期，2003 年。

吳智斌：〈無根的寫作：衛慧、棉棉作品對「父親」的解構〉，《當代文壇》，2001 年 2 月。

吳義勤：〈生存之痛的體驗與書寫──陳染小說論〉，《小說評論》，第 69 期，1996 年 3 月。

吳福輝：〈老中國土地上的新興神話──海派小說都市主題研究〉，《文學評論》，第 1 期，1994 年。

吳曉晨：〈論陳染的女性自覺寫作〉，《延安大學學報》（社會科學版），第 3 期，2003 年。

吳曉晨：〈作為女性的自覺寫作──論陳染小說創作〉，《杭州師範學院學報》（社會科學版），第 5 期，2003 年。

呂幼筠：〈試論王安憶小說中的性別關係〉，《廣東社會科學》，第 3 期，1999 年。

呂君芳：〈「用平淡達到輝煌」：王安憶小說語言風格〉，《安慶師範學院學報》（社會科學版），第 6 期，2001 年。

宋劍華、劉力：〈論 90 年代女性長篇小說現象〉，《當代中國文藝研究（天津社會科學）》，第 3 期，2006 年。

李今：〈日常生活意識和都市市民的哲學──試論海派小說的精神特徵〉，《文學評論》，第 6 期，1999 年。

李冰：〈徐小斌：我是那個追求完美的木匠，新華網〉，《北京娛樂信報》，2004 年 6 月 9 日。

李聖：〈在宿命中漂泊──王安憶小說《長恨歌》解讀〉，《邊疆經濟與文化》，第 4 期（總第 28 期），2006 年。

李海燕：〈王安憶城市女性慾望書寫論〉，《廣西社會科學》，第 1 期（總第 127 期），2006 年。

李金榮：〈在突圍與困厄之間──90 年代新生代女性小說價值評估〉，《山東理工大學學報》（社會科學版），第 22 卷第 3 期，2006 年 5 月。

李子慧：〈王安憶與性別寫作〉，《湛江師範學院學報》（社會科學版），第 1 期，2000 年。

汪躍華：〈九十年代的女性：個人寫作（筆談）〉，《文學評論》，第 58
　　期，1999 年。

孟繁華主持：〈女性文學與「70 年代出生的女作家」的討論〉，《中國現
　　代、當代文學研究》，2001 年 4 月。

林朝霞：〈突圍與創新——談王安憶小說流變〉，《邯鄲師專學報》，第
　　2 期，2003 年。

尚曉嵐：〈上海寶貝告別傳媒〉，《北京青年報》，第 15 版，2000 年 4
　　月 8 日。

於可訓：〈池莉的創作及其文化特色〉，北京《中國現代、當代文學研究》，
　　第 10 期，1996 年 10 月。

邱心：〈從〈神聖祭壇〉到〈烏托邦詩篇〉——王安憶創作的轉捩點〉，
　　《讀書人》，第 4 期，1995 年 6 月。

邱心：〈當代中國女作家創作路向的轉變——閱讀張潔、王安憶、池莉和
　　陳染的小說〉，《讀書人》，第 16 期，1996 年 6 月。

俞潔：〈上海城市的當代解讀——評王安憶的兩個長篇：《長恨歌》與《富
　　萍》〉，《杭州師範學院學報》（社會科學版），第 4 期，2002 年。

南帆：〈王安憶小說的觀察點：一個人物，一種衝突〉，《當代作家評論》，
　　第 2 期，1984 年。

南帆：〈城市的肖像——讀王安憶的《長恨歌》〉，《小說評論》，第 1
　　期，1998 年。

施戰軍：〈獨特而寬厚的人文傷懷——遲子建的文學史意義〉，《當代作
　　家評論》，第 4 期，2006 年。

虹影：〈饑餓是我的胎教，苦難是我的啟蒙〉，《女友》雜誌，2000 年
　　11 月 22 日。

秋紅：〈論遲子建小說中的「死亡」藝術〉，《小說評論》，第 104 期，
　　2000 年 2 月。

范耀華：〈池莉小說的女性意識〉，武漢《長江日報》，2003 年 3 月 25 日。

姚馨雨：〈身體寫作：女性意識的張揚與迷失〉，《南通大學學報》（哲
　　學社科），第 1 期，2005 年。

侯迎華：〈論 90 年代王安憶小說的敘述姿態——兼論其「女性化」寫作
　　傾向〉，《新鄉師範高等專科學校學報》，第 3 期，2003 年。

胡良桂：〈當代都市文學的型態〉，《中國現代、當代文學研究》，第 12
　　期，1996 年。

胡軍：〈神話的坍塌與重建——談陳染小說戀父、弒父與「回家」〉，《株
　　洲師範高等專科學校學報》，第 7 期，2002 年 2 月。

孫瑋芒：〈《上海寶貝》：從中國內部顛覆父權社會〉，《PC home e-people
　　不應切割》，2000 年 6 月 9 日。

唐長華：〈王安憶 90 年代小說研究述評〉，《當代文壇》，第 4 期，
　　2002 年。

唐雲：〈飛翔的女性神話——讀林白的長篇小說《汁液‧一個人的戰爭》〉，
　　《小說評論》，1995 年 3 月。

唐蒙：〈從靈魂向肉體傾斜——以王安憶、陳染、衛慧為代表論三代女作
　　家筆下的性〉，《當代文壇》，第 2 期，2002 年。

孫俊青：〈對父權秩序的頑強顛覆和解構——談王安憶的女性主義創作〉，
　　《華北電力大學學報》（社會科學版），第 3 期，2006 年 7 月。

孫桂榮：〈「女權主義」與女性意識的文本表達——對當前小說性別傾向
　　的一種思考〉，《小說評論》，第 3 期，2006 年。

孫蘭花：〈女性視域下的審美燭照——以王安憶小說中的女性形象為例〉，
　　《寶雞文理學院學報》（社會科學版），第 26 卷第 2 期，2006 年 4 月。

徐德明：〈王安憶：歷史與個人之間的「眾生話語」〉，《文學評論》，
　　第 1 期，2001 年。

徐岱：〈另類敘事：論新生代三家〉，《南方文壇》，第 5 期，2002 年。

荒林：〈林白小說：女性慾望的敘事〉，《小說評論》，1997 年 4 月。

馬春花：〈刀刃上的舞蹈——評衛慧《上海寶貝》兼及晚生代女作家創作〉，
　　《小說評論》，第 93 期，2000 年 3 月。

馬新莉：〈透視生命的真相——鐵凝 20 世紀 90 年代小說中的人性探索〉，
　　《哈爾濱學院學報》，第 27 卷第 3 期，2006 年 3 月。

馬超：〈王安憶小說的人性形態〉，《哈爾濱師專學報》，第 2 期，1999 年。

馬超：〈王安憶小說的敘事策略〉，《西北師大學報》（社會科學版），
　　第 1 期，1999 年。

馬超：〈論王安憶小說的時空背景〉，《文藝理論研究》，第 1 期，1998 年。

高俠：〈王安憶小說敘事的美學風貌〉，《當代文壇》，第 4 期，2000 年。

高廣方：〈宿命與漂流──論王安憶《米尼》與聶華苓《桑青與桃紅》內涵
　　比較〉，《鹽城師範學院學報》（哲學社會科學版），第 3 期，1998 年。

郜元寶：〈匱乏時代的精神憑弔者──60 年代出生作家群印象〉，《文學
　　評論》，1995 年 3 月。

張浩：〈論王安憶小說的悲劇建構〉，《鄭州大學學報》（哲學社會科學
　　版），第 3 期，2002 年。

張子樟：〈苦難的試煉──大陸新時期小說中的成長經驗〉，中華發展基
　　金管理委員會、國立中央大學中國文學系所「兩岸文學發展研討會」
　　論文集，2000 年 9 月。

張玉萍、伏開蓮：〈徐坤女性小說探析〉，《臨沂師範學院學報》，第 5
　　期，2000 年。

張紅萍：〈論遲子建的小說創作〉，《文學評論》，1999 年 2 月。

張海蘭：〈傳承拓展與深化──張愛玲與王安憶都市小說創作比較一隅〉，
　　《華北水利水電學院學報》（社科版），第 22 卷第 2 期，2006 年 5 月。

張浩：〈從私人空間到公共空間──論王安憶創作中的女性空間建構〉，
　　《中國文化研究》，第 4 期，2001 年。

張清華：〈從〈青春之歌〉到《長恨歌》──中國當代小說的敘事奧祕及
　　其美學變遷的一個視角〉，《當代作家評論》，第 2 期，2003 年。

張煉紅：〈九十年代的女性──個人寫作（筆談）‧從拒絕到聯繫〉，《文
　　學評論》，1999 年 5 月。

梁旭東：〈王安憶的性愛小說：建構女性話語的嘗試〉，《廣播電視大學
　　學報》（哲學社會科學版），第 2 期，2002 年。

梁君梅：〈一個重視心靈的作家──談王安憶的小說立場〉，《山東科技
　　大學學報》（社會科學版），第 2 期，1999 年。

梅家玲：〈虛構的權利——《紀實與虛構》‧王安憶著〉，《中國時報‧
　　開卷周報》，1996 年 11 月 28 日。

畢紅霞：〈王安憶九十年代以來幾部長篇小說的女性人物形象之比較〉，
　　《瓊州大學學報》，第 4 期，2003 年。

陳巧雲：〈陳染小說的一種解讀〉，《福建論壇》（文史哲版），1996
　　年 1 月。

陳信元：〈九〇年代大陸女性寫作初探——以王安憶、林白、陳染作品作
　　為觀察場域〉，中華發展基金管理委員會、國立中央大學中國文學系
　　所「兩岸文學發展研討會」論文集，2000 年 9 月。

陳思和、張新穎、王光東：〈知識分子精神的自我救贖〉，《文藝爭鳴》，
　　第 5 期，1999 年。

陳思和：〈試論 90 年代文學的無名特徵及其當代性〉，《復旦學報》（社
　　會科學版），第 1 期，2001 年。

陳思和：〈論海派文學的傳統〉，《杭州師範學院學報》（人文社會科學
　　版），第 1 期，2001 年。

陳思和：〈營造精神之塔——論王安憶 90 年代初的小說創作〉，《文學
　　評論》，第 6 期，1998 年。

陳思和：〈當代知識分子的價值規範〉，《上海文學》，1993 年 7 月。

陳虹：〈中國當代文學：女性主義‧女性寫作‧女性本文〉，《中國現代、
　　當代文學研究》，1995 年 11 月。

陳純潔：〈試論 20 世紀 90 年代小說創作形態〉，《內蒙古大學學報》（人
　　文社會科學學報），第 6 期，2002 年。

陳寧：〈方方小說創作中的女性形象〉，《文藝評論》，第 4 期，2004 年。

陳駿濤：〈自戀和自省、自強——女性寫作論議之三〉，《科學時報》，
　　1999 年 3 月 7 日。

陳駿濤：〈寂寥和不安分的文學探索——陳染小說三題〉，《文學評論》，
　　1992 年 6 月。

郭欣：〈女作家池莉：小說不是我的自傳〉，《新聞晨報》，2001 年 03
　　月 23 日。

陸瑾：〈獨特的女性敘事曲——析王安憶《長恨歌》的敘事特點〉，《小說寫作》，第 3 期，2006 年。

喻世華：〈逃離與回歸——論林白對精神家園的追求〉，《鎮江高專學報》，第 14 卷第 4 期，2001 年 11 月。

曾麗華：〈敘述理性的生存景象——王安憶小說淺論〉，《五邑大學學報》（社會科學版），第 2 期，2002 年。

曾艷：〈對岸的寫作——論嚴歌苓的小說創作〉，《樂山師範學院學報》，第 21 卷第 1 期，2006 年。

新華網，新浪網：〈林白：我是一個沒有現實感覺的人——作家林白作客新浪網訪談實錄〉，2004 年 4 月 20 日。

湯潔：〈女性的城市——論王安憶小說中上海／女性的想像關係〉，《重慶文理學院學報》（社會科學版），第 5 卷第 4 期，2006 年 7 月。

舒欣：〈嚴歌苓——從舞蹈演員到旅美作家〉，《南方日報》，2002 年 11 月 29 日。

傅鏗：〈大陸知識分子日益邊緣化〉，《中國時報周刊》，第 40 期，1992 年。

葉辛：〈王安憶和她的小說〉，《文匯月刊》，1982 年 11 月。

葛紅兵：〈身體寫作及其審美效應：世紀末中國的審美處境〉，「葛紅兵個人網站」——http://www.xiaoyan.com，2004 年 6 月 6 月。

葛紅兵：〈上海：都市書寫的前沿〉，《評論圓桌》，第 8 期，2006 年。

董兆林：〈我愛比爾，米尼呢？——王安憶近作的嬗變〉，《文學自由談》，第 4 期，1996 年。

董麗敏：〈墜落的飛翔——評所謂「七十年代出生的小說家群」〉，《中國現代、當代文學研究》，2001 年 1 月。

管興平：〈頹廢‧偷窺‧欲望——棉棉《糖》、九丹《烏鴉》、衛慧《我的禪》評析〉，《沙洋師範高等專科學校學報》，第 3 期，2006 年 2 月。

趙改燕：〈現代都市與女性生存的兩種詮釋——王安憶、張梅都市小說比較分析〉，《韶關學院學報》，第 5 期，2002 年。

趙欣：〈張愛玲王安憶小說女性形象比較〉，《哈爾濱師專學報》，第 2
　　期，2002 年。

趙萍：〈淺論 90 年代女性小說創作特徵〉，《無錫商業職業技術學院學
　　報》，第 4 期，2005 年。

趙曉珊：〈女性意識：時尚與鏡像──王安憶小說女性形象分析〉，《寧
　　夏大學學報》（人文社會科學版），第 4 期，2001 年。

趙稀方：〈中國女性主義的困境〉，《文藝爭鳴》，第 4 期，2001 年。

楊經建：〈90 年代女性主義小說的敘事表現風貌〉，《理論與創作》，第
　　6 期，2000 年 6 月。

劉釗：〈論池莉小說中女性存在的市民化策略〉，《長春師範學院學報》，
　　第 4 期，2001 年。

劉影：〈王安憶小說研究述評〉，《南京師範大學文學院學報》，第 3 期，
　　2001 年。

劉永麗：〈20 世紀文學中上海書寫的現代品格〉，《西南民族大學學報》，
　　總第 174 期，2006 年 2 月。

劉月萍：〈從池莉小說創作看 90 年代後「新寫實小說」創作的審美變化〉，
　　《通化師範學院學報》，第 23 卷第 1 期，2002 年。

劉志友：〈論池莉 20 世紀 90 年代的小說〉，《思想戰線》，第 5 期，
　　2001 年。

劉保昌：〈在愛與欲之間──論 20 世紀 90 年代小說的五種情愛書寫〉，
　　《中國現代、當代文學研究》，2001 年 7 月。

劉敏慧：〈城市和女人：海上繁華的夢──王安憶小說中的女性意識探
　　微〉，《小說評論》，第 5 期，2000 年。

劉傳霞：〈化腐朽為神奇──評王安憶的《香港情與愛》〉，《丹東師專
　　學報》，第 7 期，1998 年。

劉傳霞：〈商業化的兩性遊戲與古樸的人間情義──評王安憶《香港的情與
　　愛》〉，《煙台師範學院學報》（哲學社會科學版），第 4 期，1999 年。

劉傳霞：〈論 20 世紀 90 年代女性小說的寫作群體〉，《青島大學師範學
　　院學報》，第 4 期，2001 年。

蔡文婷：〈走過憂傷年代──大陸作家王安憶〉，《光華》中英文版，第
　　24 卷第 3 期，1999 年 3 月。

潘國靈：〈商品經濟大潮下當代大陸知識分子的邊緣化〉，《二十一世紀》
　　網路版，總第 15 期，2003 年 6 月。

鄭崇選：〈孤獨的生存體驗　執著的精神追求──陳染創作論〉，《廣西
　　師範大學學報》，2000 年 1 月。

魯向黎：〈抗爭與流浪──析張抗抗《作女》之女性意識〉，《牡丹江教
　　育學院學報》，總第 96 期，2006 年 2 月。

蔣濟永：〈身體消費的文化隱喻──衛慧《上海寶貝》的文化解讀〉，《名
　　作欣賞──百家茶座》，2006 年 5 月。

黎荔：〈論王安憶小說的敘述方式〉，《唐都學刊》，第 4 期，1999 年。

蕭曉紅：〈「好侏儒」：溝渠裡的明月──王安憶作品男性形象分析〉，
　　《語文學刊》，第 4 期，2006 年。

錢秀銀：〈論王安憶小說敘述方式的轉換〉，《北方論叢》，第 1 期，
　　1999 年。

謝海泉：〈「我喜歡把筆觸伸進人的心靈」──訪青年女作家王安憶〉，
　　《小說林》，第 17 期，1983 年 2 月。

韓冷：〈磨鏡與斷袖──海派小說中的同性戀現象〉《文學研究》，第 4
　　卷第 4 期，2006 年 7 月。

羅崗：〈尋找消失的記憶──對王安憶《長恨歌》的一種疏解〉，《當代
　　作家評論》，第 5 期，1996 年。

譚湘：〈「兩性對話」──中國女性文學發展前景〉，北京《中國現、當
　　代文學研究》，第 3 期，1999 年。

譚玉敏：〈民間立場與凡間英雄──論王安憶小說中的世俗性〉，《長江
　　學術》，2006 年 2 月。

實踐大學數位出版合作系列
語言文學類　AG0135

大陸當代女性小說研究

作　　者 / 陳碧月
統籌策劃 / 葉立誠
文字編輯 / 王雯珊
視覺設計 / 賴怡勳
執行編輯 / 孫偉迪
圖文排版 / 陳湘陵

發 行 人 / 宋政坤
法律顧問 / 毛國樑　律師
印製出版 / 秀威資訊科技股份有限公司
　　　　　114 台北市內湖區瑞光路 76 巷 65 號 1 樓
　　　　　電話：+886-2-2796-3638　傳真：+886-2-2796-1377
　　　　　http://www.showwe.com.tw
劃撥帳號 / 19563868　戶名：秀威資訊科技股份有限公司
　　　　　讀者服務信箱：service@showwe.com.tw
展售門市 / 國家書店（松江門市）
　　　　　104 台北市中山區松江路 209 號 1 樓
　　　　　電話：+886-2-2518-0207　傳真：+886-2-2518-0778
網路訂購 / 秀威網路書店：http://www.bodbooks.tw
　　　　　國家網路書店：http://www.govbooks.com.tw
圖書經銷 / 紅螞蟻圖書有限公司
　　　　　114 台北市內湖區舊宗路二段 121 巷 28、32 號 4 樓
　　　　　電話：+886-2-2795-3656　傳真：+886-2-2795-4100

2011 年 06 月 BOD 一版
定價：350 元
版權所有　翻印必究
本書如有缺頁、破損或裝訂錯誤，請寄回更換

國家圖書館出版品預行編目

大陸當代女性小說研究 / 陳碧月著.
-- 一版. -- 臺北市：秀威資訊科技, 2011.06
面 ；　公分. -- (語言文學類；AG0135)
BOD 版
ISBN 978-986-221-711-5(平裝)

1.中國小說　2.現代小說　3.女性文學　4.文學評論

820.9708　　　　　　　　　　100001909

讀者回函卡

感謝您購買本書,為提升服務品質,請填妥以下資料,將讀者回函卡直接寄回或傳真本公司,收到您的寶貴意見後,我們會收藏記錄及檢討,謝謝!
如您需要了解本公司最新出版書目、購書優惠或企劃活動,歡迎您上網查詢或下載相關資料:http:// www.showwe.com.tw

您購買的書名:_____

出生日期:_____年_____月_____日

學歷:□高中 (含) 以下　　□大專　　□研究所 (含) 以上

職業:□製造業　□金融業　□資訊業　□軍警　□傳播業　□自由業
　　　□服務業　□公務員　□教職　　□學生　□家管　　□其它_____

購書地點:□網路書店　□實體書店　□書展　□郵購　□贈閱　□其他

您從何得知本書的消息?

　　□網路書店　□實體書店　□網路搜尋　□電子報　□書訊　□雜誌

　　□傳播媒體　□親友推薦　□網站推薦　□部落格　□其他_____

您對本書的評價:(請填代號　1.非常滿意　2.滿意　3.尚可　4.再改進)

　　封面設計____　版面編排____　內容____　文╱譯筆____　價格____

讀完書後您覺得:

　　□很有收穫　□有收穫　□收穫不多　□沒收穫

對我們的建議:_____

_____

_____

11466
台北市內湖區瑞光路 76 巷 65 號 1 樓

秀威資訊科技股份有限公司　　　收

　　　　　　BOD 數位出版事業部

⋯⋯⋯⋯⋯⋯⋯⋯⋯⋯⋯⋯⋯⋯⋯⋯⋯⋯⋯⋯⋯⋯⋯⋯⋯⋯⋯⋯⋯

（請沿線對折寄回，謝謝！）

姓　　名：＿＿＿＿＿＿＿＿　年齡：＿＿＿＿　性別：□女　□男

郵遞區號：□□□□□

地　　址：＿＿＿＿＿＿＿＿＿＿＿＿＿＿＿＿＿＿＿＿＿＿＿＿＿

聯絡電話：(日) ＿＿＿＿＿＿＿＿＿＿＿ (夜) ＿＿＿＿＿＿＿＿＿＿＿

E-mail：＿＿＿＿＿＿＿＿＿＿＿＿＿＿＿＿＿＿＿＿＿＿＿＿＿＿